Une naissance dans le bush

*

Pour le bonheur de Connor

*

Une maman pour Demi

BARBARA HANNAY

Une naissance dans le bush

Traduction française de
ANNIE LEGENDRE

HARLEQUIN

Titre original :
THE CATTLEMAN'S SPECIAL DELIVERY

Ce roman a déjà été publié en 2014

HARPERCOLLINS FRANCE
83-85, boulevard Vincent-Auriol, 75646 PARIS CEDEX 13
Service Lectrices — Tél. : 01 45 82 47 47

www.harlequin.fr

ISBN 978-2-2804-1732-7

1

Jess se trémoussa sur son siège, le dos douloureux. Depuis des heures, ils roulaient sur cette route solitaire, au rythme des essuie-glaces et de la pluie torrentielle sur le pare-brise, et elle commençait à souffrir de cette immobilité forcée. Cela n'avait rien d'étonnant, en ce début de son neuvième mois de grossesse, qu'elle se sente épuisée par ce périple sans fin.

Dans l'obscurité opaque du bush, entre une musique assourdissante et le bruit monotone du moteur, elle finissait vraiment par trouver le trajet insupportable.

A ses côtés, son mari mâchait un chewing-gum tout en pianotant sur le volant au son du dernier morceau de son groupe folk préféré. Après avoir décroché un emploi de gérant dans un pub de l'Outback, Alan affichait un air très satisfait. Elle-même le reconnaissait volontiers : c'était une occasion inespérée pour gagner régulièrement un peu d'argent et prendre un nouveau départ. Grâce à ce travail, ils allaient enfin quitter la ville et ses tentations, à l'origine de tous leurs soucis.

Ils revenaient maintenant de Gidgee Springs où ils avaient visité le pub et réglé les dernières formalités durant la matinée. Dans quelques mois, quand le bébé serait assez grand, Jess intégrerait les cuisines, afin de rapporter un second salaire.

Certes, elle n'avait jamais imaginé mener une existence dans une petite ville du bush australien au moment où elle avait prononcé ses vœux, deux ans plus tôt, sur une plage tropicale idyllique.

Comme elle était naïve, à l'époque !

Aujourd'hui, après avoir tiré le diable par la queue pendant des mois, elle voyait cet emploi comme leur dernière chance de s'en sortir.

Enfin.

Alors que la voiture accélérait, elle scruta la pénombre à travers le halo des phares, à peine assez puissant pour percer le lourd rideau de pluie. Elle discernait mal les lignes blanches délimitant la route étroite. Heureusement, la circulation était rare par ici.

Fermant les paupières pour se reposer un instant, elle se laissa pourtant envahir par ses soucis. Comment oublier la terrible dispute entre elle et Alan, le jour où elle avait découvert, quelques semaines plus tôt, qu'il avait dilapidé toutes leurs économies dans une énième entreprise hasardeuse ? Ce jour-là, elle avait bien failli claquer la porte…, mais elle savait d'expérience combien élever seule un enfant est difficile. Elle-même n'avait jamais connu son père et avait grandi auprès d'une mère exigeante et austère, incapable de lui témoigner la moindre affection.

Mais même seule, elle se disait parfois qu'elle gagnerait mieux sa vie que son mari et saurait fournir un toit à son enfant.

Et puis, Alan avait reçu cette offre d'emploi par miracle et elle avait décidé de saisir cette chance offerte par le destin. En plus, pouvait-elle priver un enfant de son père ?

Elle exagérait peut-être, après tout. Dans quelques heures, ils auraient regagné Cairns pour la naissance du bébé. Puis ils commenceraient tous les trois une nouvelle vie à Gidgee Springs.

De toute façon, avait-elle une autre option ?

Reece Weston faillit ne pas voir le véhicule dans le fossé. Au moment de tourner dans le chemin de son exploitation, il distingua à la lueur des phares de son 4x4 la forme arrondie d'un kangourou étendu sur le bitume. Puis il repéra des traces de pneus sur le sol et, plus loin, l'éclat métallique d'une carrosserie dont la peinture blanche tranchait sur la nuit d'encre.

En proie à une bouffée d'angoisse, il freina pour s'arrêter sur le bas-côté et vit aussitôt une petite citadine, à l'habitacle défoncée après plusieurs tonneaux, couchée dans le fossé.

Il n'avait pas remarqué ce véhicule deux heures plus tôt. Et, par ce temps de chien, il était sans doute le premier à l'apercevoir. Le visage assombri, il s'empara de la lampe torche rangée dans sa boîte à gants et glissa son portable dans la poche de sa veste.

Puis, sous un ciel sans lune, il entreprit de descendre dans le fossé boueux, cinglé par des rafales de pluie en plein visage. La portière était ouverte du côté passager et le siège déjà vide. Craignant de trouver un corps éjecté par le choc, il éclaira le sol avec sa torche mais ne remarqua rien de suspect. Aussi fit-il le tour du véhicule… pour finalement découvrir, à travers la vitre fermée, le corps d'un homme effondré sur le volant.

A toute allure, il ouvrit la portière et détacha la ceinture de sécurité avant de tâter le cou de l'inconnu, à la recherche de son pouls.

Rien.

Il essaya le poignet. Toujours aucun signe de vie.

C'est alors qu'il entendit un cri.

Le bruit ténu perça un instant la pluie, puis s'éteignit. Durant une seconde, il crut que son imagination lui jouait des tours. Peut-être n'était-ce qu'un effet du vent ?

Quand de nouveau, il discerna le cri. Plus fort.

— Au secours ! Je vous en prie ! A l'aide !

Une voix de femme. Sans doute la passagère du véhicule.

S'emparant de son téléphone, il composa le numéro de la police du district, qui, à son grand soulagement, décrocha immédiatement. Jamais il n'avait été aussi content d'entendre la voix rocailleuse du seul sergent de la ville.

— Mick ? Reece Weston à l'appareil. Un accident s'est produit sur la route, juste à l'entrée de ma propriété. Un véhicule a heurté un kangourou et a fini sa course dans le fossé. J'ai rapidement examiné le conducteur, mais le pauvre diable est déjà mort. Et je crois qu'une femme crie dans le champ voisin. Elle appelle à l'aide. Je vais aller voir.

— O.K., Reece. Je préviens l'ambulance de Dirrambilla et j'arrive. Mais je ne pourrai pas être chez toi avant deux bonnes heures et les secours risquent de mettre encore plus longtemps. Avec toute cette pluie, les rivières sortent de leur lit.

Après avoir remercié le sergent, il coupa la communication

en étouffant un juron. Dans un moment pareil, il se demandait pourquoi ses ancêtres avaient choisi de s'installer dans l'un des endroits les plus isolés de toute l'Australie !

Tout en éclairant le fossé avec sa lampe torche, il remonta sur la route et plaça ses mains en porte-voix.

— Ho, hé ! Il y a quelqu'un ? Où êtes-vous ?

— Au tournant d'un chemin. Vite ! Je vous en prie !

Il ne connaissait qu'un seul sentier tracé dans ce coin du bush : celui de sa maison. La passagère avait probablement rampé hors du véhicule pour chercher de l'aide et sa voix trahissait à la fois la peur et la souffrance.

Sans hésiter, il s'élança dans sa direction, le visage fouetté par la grêle, sa course ponctuée par les tremblotements du faisceau de sa torche. Il trouva finalement la femme plus loin sur la route inondée, blottie contre le poteau de la boîte aux lettres.

Braquant sa lampe sur elle, il découvrit son visage pâle, aux grands yeux égarés. Ses cheveux longs retombaient en mèches détrempées sur ses épaules alors qu'elle serrait contre elle une grosse masse encombrante.

Faisant un pas vers elle, il comprit alors ce qu'elle tenait entre ses bras : son énorme ventre de femme enceinte de plusieurs mois.

Il se figea sous l'effet de la surprise.

L'inconnu arriva au moment précis où la douleur recommençait à la tarauder, insoutenable, malfaisante et cruelle. Essayant de respirer comme lors de ses cours de préparation à l'accouchement, Jess ne parvint pourtant pas à s'apaiser. Elle avait trop peur — même s'il était encore trop tôt pour la naissance. Pas trois semaines avant le terme. Pas dans un chemin détrempé du bush, au milieu de nulle part.

L'homme se rapprocha sans qu'elle puisse le distinguer clairement. Il semblait de haute taille, les cheveux bruns. Plutôt jeune.

— Etes-vous blessée ?

Elle secoua la tête, obligée d'attendre la fin de la contraction pour répondre.

— Je ne pense pas, dit-elle enfin. Mais je… je crois que le travail a commencé.

Il laissa échapper une exclamation étouffée. Peut-être se demandait-il ce qu'elle faisait là, au bord de cette route déserte, dans un tel état. Embarrassée, elle chercha aussitôt à s'expliquer :

— Mon mari a besoin d'aide. J'essayais de trouver une maison.

A cet instant, elle sentit la main de l'inconnu effleurer son coude. Malgré la pluie, elle trouva sa paume tiède, un peu calleuse et elle sut instinctivement qu'elle pouvait lui faire confiance. Mais avait-elle vraiment le choix ?

— Alan est inconscient. Je n'ai pas réussi à le ranimer. Et les douleurs ont commencé pendant que j'escaladais le rebord du fossé.

Elle secoua la tête avec nervosité, à bout de souffle.

— En plus, mon téléphone ne fonctionne pas. Je ne capte aucun réseau, mais il faut absolument prévenir les secours !

— J'ai vu votre mari, répondit son sauveur d'une voix calme.

A la lueur de la torche, elle aperçut ses yeux marron foncé, d'un brun nuancé tirant vers le café. Il la regardait d'un air soucieux, comme s'il hésitait.

— J'ai déjà appelé la police locale et les secours arrivent. Mais pour le moment, nous devons surtout nous occuper de vous. Et du bébé.

En proie à une nouvelle contraction, elle ravala sa réponse dans un gémissement sourd, incapable de penser.

— Appuyez-vous sur moi.

Passant un bras autour de ses épaules, l'étranger l'attira contre son torse vigoureux, l'aidant à se stabiliser.

Elle se sentait déjà réconfortée par sa seule présence.

— Merci, fit-elle une fois la douleur éteinte.

En réponse, l'homme retira son long manteau en coton huilé pour l'en envelopper avec sollicitude.

— Vous ne pouvez pas rester ici. Enfilez ça, il vous protégera de la pluie le temps que j'aille chercher ma voiture. Pouvez-vous m'attendre sans bouger ? Je vais faire aussi vite que possible.

— Oui, bien-sûr… Merci.

Partant en courant, il tint finalement parole et, quelques

secondes plus tard, elle vit les phares d'un 4x4 au tournant du chemin. L'instant d'après, il ouvrait la portière dans un grincement, sautait sur le sol boueux et, avant même qu'elle n'ait compris ses intentions, la soulevait de terre.

— Pour l'amour du ciel ! Que faites-vous ? Je suis aussi lourde qu'une baleine. Vous allez vous rompre le dos.

— Pas de chichis, je vous prie. Vous ne pouvez pas grimper dans cette camionnette dans votre état. Voilà, vous êtes installée.

Avec précaution, il la déposa sur le siège du passager.

— Inutile d'attacher votre ceinture, ma maison est à côté et je roulerai lentement, dit-il avec un demi-sourire qu'elle distingua malgré la pénombre.

— Mais… Et Alan ? Nous ne pouvons pas l'abandonner !

— L'ambulance et la police sont en route.

La voix de l'inconnu semblait calme mais ferme.

Elle le dévisagea, bouche bée.

— Nous ne pouvons pas le laisser seul. Le pauvre est inconscient.

En se rappelant à quel point son mari était pâle et immobile suite au choc, elle se mit à trembler.

Sans la lâcher du regard, Reece respira un grand coup. Avec ses yeux emplis de larmes, elle le plaçait face à un terrible dilemme. Dans son état, pouvait-il lui annoncer la mort de son mari ? A son avis, mieux valait seulement lui rappeler l'urgence de sa propre situation.

— De toute évidence, vous êtes sur le point d'accoucher, dit-il en atténuant la rudesse naturelle de son ton. Je suppose que vous n'avez pas envie de donner naissance à votre enfant à l'arrière d'une camionnette pas très propre et chargée de matériel divers ?

— Euh… non.

— Je vous propose une chambre dans ma maison. De toute façon, vous n'avez pas le choix, et je suis sûr que c'est… ce que souhaiterait votre mari.

Plongée en pleine confusion, elle renonça à discuter. Tout en bas, au plus profond de ses entrailles, elle devinait déjà la tête du bébé prête à sortir avec toute la force de la vie en train d'éclore.

A peine la camionnette avait-elle démarré qu'elle se sentit

de nouveau malmenée par une énième contraction. Inspirant longuement en dépit de la douleur toujours plus forte, plus profonde et plus intense, elle se mit à haleter, les yeux perdus dans la nuit noire. Elle résistait de toutes ses forces, essayant de ne pas gémir comme une bête blessée.

En fait, elle ignorait qu'un accouchement pouvait faire aussi mal.

A la fin de son spasme, elle entendit son sauveur lui demander doucement :

— Est-ce votre premier enfant ?

Elle hocha la tête.

— Oui. Et vous ? Votre femme est-elle déjà passée par là ?

— Je ne suis pas marié.

— Alors… il n'y a pas de femme chez vous ?

— Malheureusement, non.

A grand-peine, elle cacha sa déception. Elle avait espéré trouver là-bas une femme d'expérience, ou au moins capable de la rassurer.

— Au fait, je m'appelle Reece, dit-il avec un bref sourire.

En se tournant vers lui, elle trouva soudain un charme surprenant à son visage sévère.

— Reece Weston.

— Jess Cassidy. Et j'aimerais encore vous remercier pour votre aide.

Il haussa les épaules.

— Je suis content de vous avoir trouvée.

— Moi aussi.

— Attendez-vous une fille ou un garçon ?

Il cherchait visiblement à la distraire de son calvaire et de son inquiétude pour son mari.

— Aucune idée. Je n'ai pas voulu savoir. Je préfère avoir la surprise.

Elle ne disait pas vraiment la vérité. En fait, elle avait refusé qu'Alan connaisse le sexe du bébé, de peur qu'il ne se montre trop possessif avec un garçon. A l'époque, elle ignorait encore si elle comptait rester avec lui et redoutait qu'il ne cherche à la retenir.

Et maintenant... Submergée par une vague de culpabilité, elle revit son visage livide, aux yeux clos.

Mais peut-être paniquait-elle inutilement ? Peut-être tout se passerait-il bien ?

Soudain, au travers du rideau de pluie, elle aperçut la forme d'une vaste maison — une de ces demeures typiques du North Queensland, avec son toit de tôle et ses épais murs de crépi blanc. Et, dans cette nuit hostile, elle la trouva particulièrement accueillante avec sa véranda illuminée par le halo doré de plusieurs petites lampes. Une fois la voiture arrêtée devant les marches, elle aperçut même deux fauteuils à bascule et, clouée sur des piliers de bois, une rangée de patères. Les portemanteaux supportaient divers vêtements de protection et des chapeaux en poil de lapin, communément appelés Akubras, parfaits pour lutter contre le dur soleil d'Australie.

En voyant la Jeep, un homme âgé, au corps déformé par les rhumatismes, sortit de l'ombre en agitant les deux bras au-dessus de sa tête.

Reece, lui, bondit de la camionnette pour se précipiter à la portière de Jess.

— Je me sens beaucoup mieux, Reece. Je peux me débrouiller toute seule.

Mais il ignora ses protestations.

— Pas question ! Je m'occupe de tout.

La soulevant sans effort, il la reposa peu après au sol avec mille précautions.

— Qui amènes-tu, fiston ?

— Il y a eu un accident sur la route, répondit-il à l'adresse du vieil homme. Et cette jeune femme a besoin de s'allonger. Je vais l'installer dans ma chambre.

— Une de tes petites copines du moment, hein ?

Ignorant la remarque, il ajouta simplement :

— Peux-tu nous apporter quelques serviettes de toilette, Grand'Pa ?

Un bras ferme autour de sa taille, il aida Jess à gravir les quelques marches du perron et ouvrit devant elle la porte-fenêtre. Les sens exacerbés, elle capta le bruit de la pluie frappant le toit de tôle au moment où son hôte allumait la lumière à l'intérieur. Il la conduisit rapidement dans une vaste chambre aux murs blancs où l'attendait un grand lit recouvert d'un plaid en coton bleu.

— Asseyez-vous, je vous en prie, fit-il en lui désignant un fauteuil. Je vais préparer le lit.

— Il ne faut pas…

Mais elle s'interrompit, pliée en deux par une douleur fulgurante.

Ils n'étaient tout de même pas obligés de partager une telle intimité ? S'agrippant des deux mains au pied du lit, elle supporta la douleur tant bien que mal.

Une fois encore, elle dut patienter jusqu'à la fin de la contraction pour rouvrir les yeux avec peine. Reece avait allumé les deux lampes de chevet et éteint le plafonnier. Il lui avait aussi ouvert le lit, infiniment tentant. S'approchant d'elle, il l'aida à retirer son manteau… à l'instant précis où le vieil homme reparaissait, une pile de serviettes entre ses mains noueuses.

Celui-ci aperçut soudain le ventre de Jess.

— Je te présente Jess Cassidy, Grand'Pa.

— C'est toi qui lui as causé ces ennuis ?

Elle admira le contrôle du jeune homme, qui se contenta de secouer la tête.

— Je te l'ai déjà expliqué tout à l'heure. Il y a eu un accident sur la route.

— On dirait bien qu'elle va mettre bas dans pas longtemps.

Reece soupira, toujours patient, avant de lui prendre le linge des mains.

— Oui, le travail a commencé. Si tu pouvais appeler les Médecins volants, ça nous rendrait service. Le numéro est affiché au-dessus du téléphone de la cuisine.

Même si le vieil homme semblait peu désireux de quitter la pièce, il finit par obtempérer devant le geste péremptoire de son petit-fils.

Reece se tourna alors vers Jess.

— Vous devez retirer vos habits, ils sont trempés.

Vêtue d'une blouse ample et d'un pantalon de grossesse, elle ressemblait à un pauvre petit chat mouillé. Mais n'avait-elle pas oublié le reste de ses vêtements dans sa valise, à l'arrière de la voiture ?

— Je… je n'ai rien d'autre à me mettre.

— Je vais vous prêter quelque chose.

Fouillant dans sa penderie, il en sortit une chemise à carreaux bleus et verts, visiblement assez grande pour lui servir de chemise de nuit.

Quand il lui tendit le cintre, elle remarqua son regard doux et rassurant.

— Vous pourrez vous habiller seule ?

— Oui, merci.

Bien sûr qu'elle se débrouillerait seule ! Pas question de laisser un bel inconnu lui ôter ses vêtements. Sans doute était-il déjà choqué par l'incongruité de la situation… alors inutile de lui laisser en plus un souvenir cauchemardesque !

— Ça va aller, dit-elle encore avec une fausse assurance.

Mais à peine avait-elle terminé sa phrase qu'elle eut l'impression qu'un animal féroce lui déchiquetait le ventre. Se cramponnant de justesse au montant du lit, elle crut que ses genoux allaient se dérober sous elle.

— Oh ! Mon Dieu… Je suis désolée… ça y est ! Le bébé arrive.

2

Non, ce n'était pas possible ! Ce bébé ne pouvait pas naître maintenant.

Reece examina Jess d'un air désemparé. La jeune femme semblait épouvantée… et pouvait-il la blâmer ? Lui-même était terrifié par la tournure des événements. Jamais, au cours de sa vie, il n'avait été confronté à ce genre de situation. Normalement, les enfants ne mettaient-ils pas des heures et des heures à venir au monde ?

Au fil des minutes, il s'était persuadé que son rôle se bornerait à prendre soin de Jess jusqu'à l'arrivée du médecin volant ou de l'ambulance — en espérant que l'un des deux parvienne jusqu'à sa maison malgré la pluie.

La pauvre fille.

Une fraction de seconde, il revit la silhouette massive de son mari, effondré sur le volant.

Et maintenant, le bébé pointait le bout de son nez, sans que la future mère puisse serrer la main d'un proche ou d'un ami.

— Mon Dieu ! s'écria-t-elle avec un gémissement. Faites que tout ceci s'arrête !

Au comble du désarroi, il se retint de lui répondre, à court de mots réconfortants, car l'accouchement ne prendrait pas fin avant un sacré bout de temps. Comme il se sentait démuni ! Certes, il avait déjà aidé ses vaches à vêler, mais la plupart du temps, il se contentait d'attacher une corde au postérieur du veau et de tirer, la botte solidement calée sur la large croupe de la parturiente. Bizarrement, il doutait fort que cette technique marche avec Jess !

— Peut-être qu'en vous allongeant, vous auriez moins mal ?

— Vous avez raison. N'importe quoi, fit-elle, haletante. Mais qu'on en finisse !

A la lumière des lampes de chevet, avec son cou mince, ses longs bras blancs et ses cheveux sombres et humides, elle ressemblait à une très jeune fille. Ses yeux, frangés de longs cils, hésitaient entre le vert et le bleu — il n'aurait pu trancher. Fasciné, il détailla malgré lui son petit nez étroit et sa bouche pulpeuse. A cause de ses vêtements imbibés, elle paraissait encore plus pitoyable et vulnérable.

Un pauvre petit être, en puissance d'un enfant, dont il était responsable.

Jamais il ne s'était senti aussi inutile.

— Je vous conseille vraiment de retirer ces vêtements humides.

Cette fois, Jess accepta son aide sans rechigner. Et Reece, le souffle court, l'aida à enlever sa blouse. Ce n'était pas la première fois qu'il déshabillait une femme, loin de là..., mais il avait plutôt l'habitude de fréquenter des créatures aussi promptes à se dénuder qu'à disparaître à l'aube.

Secoué par cette expérience inédite, il s'efforça d'adopter le détachement professionnel d'un médecin.

Mais il ne put s'empêcher de remarquer sa peau laiteuse, aussi douce qu'un pétale de fleur, au moment où il tenait entre ses mains les formes épanouies de cette jeune femme au terme de sa grossesse. Comme elle était belle ! Aussi majestueuse qu'une déesse-mère malgré sa fragilité.

Sentant le désarroi de la future maman, il se dépêcha, l'aidant à se débarrasser de son pantalon trempé, déjà en partie roulé par ses soins sur les cuisses. Puis, pendant qu'elle essuyait sa poitrine avec une serviette bien sèche, il s'occupa de ses jambes avant d'essorer ses cheveux.

Comme elle enfilait finalement sa chemise à carreaux, il remarqua que le vêtement lui tombait jusqu'aux genoux et réprima un sourire, se contentant de retrousser les manches pour libérer ses avant-bras.

Jess avait gardé les yeux baissés durant toute l'opération.

— Maintenant, dit-il en l'aidant à s'allonger sur le lit, étendez-vous confortablement.

D'après sa mère, qu'il n'avait pas vue depuis dix ans, il était né dans cette pièce, contrairement à son frère cadet, Tony, qui avait vu le jour dans une clinique chic de Cairns.

Bien sûr, la situation économique de ses parents s'était améliorée entre-temps.

Reposant au calme, Jess massait maintenant son abdomen distendu, les yeux rivés au mur du fond.

— Mon grand-père a dû appeler les Médecins volants, dit-il. Ils sont sans doute en route, mais je vais essayer de les joindre pour obtenir quelques informations.

Peut-être ne pourraient-ils pas atterrir dans cette tempête, mais il devait au moins obtenir leurs conseils. Il nageait en plein cauchemar, obligé d'affronter une urgence médicale sans aucune aide, à des kilomètres à la ronde. Sa mère avait raison. Cette terre n'était pas faite pour les femmes.

— Puis-je vous rapporter quelque chose de la cuisine, Jess ? Un verre d'eau, peut-être ?

Elle hocha faiblement la tête.

— Oui, une gorgée…

Se précipitant dans la pièce voisine, il trouva son grand-père en train de tourner les boutons de la radio avec force jurons.

— Impossible de faire marcher ce fichu bazar !

— As-tu pu joindre les Médecins volants ? répondit-il avec un soupir.

Le vieil homme le regarda tel un enfant pris en faute.

— J'ai oublié.

Encore un problème de taille ! Depuis plusieurs mois, son grand-père perdait progressivement la mémoire.

Mais il n'avait pas le temps de s'en inquiéter ce soir.

— Il faut absolument que nous arrivions à les prévenir. Je vais essayer de les appeler.

Le visage de son aïeul s'éclaira de l'un de ses rares sourires.

— Au moins, j'ai pensé à mettre la bouilloire sur le feu. Tu vas avoir besoin d'eau chaude, non ?

Quand Reece revint dans la chambre, équipé d'une trousse à pharmacie, de serviettes supplémentaires et d'un verre d'eau,

Jess luttait contre l'envie farouche de pousser. Elle respirait frénétiquement, comme lors de ses cours.

Puis, comme la contraction s'éloignait, elle rouvrit les paupières.

— Comment vous sentez-vous ? demanda-t-il en posant le verre sur la table de chevet.

— Horriblement mal. En tout cas, une chose est sûre : le sexe, pour moi, c'est fini !

Elle le vit réprimer un sourire et lui décocha un regard furibond. Les hommes avaient une sacrée chance. Une nuit de plaisir et, neuf mois plus tard, leur femme endurait seule tous les maux de l'enfantement.

Dans le fond, peut-être l'absence d'Alan était-elle une bonne chose ? Car, en cet instant, elle n'aurait pas mâché ses mots avec lui.

A cette pensée, elle se ressaisit aussitôt. Seigneur ! Le pauvre homme. Comment pouvait-elle garder rancune à son mari dans l'état où il se trouvait ? Sans doute était-il gravement blessé. Ou pire…

Non, elle refusait d'imaginer une issue dramatique pour son époux malgré ses yeux mouillés de larmes. Pour Alan et pour elle-même, elle devait tenir le coup.

Déterminée, elle essuya furtivement ses paupières avec la manche de la chemise prêtée par Reece.

— Voulez-vous boire un peu d'eau ?

Elle secoua la tête. Elle n'éprouvait plus aucun besoin. Ni aucune envie. En fait, elle ne voulait plus qu'une chose : un miracle. Un miracle qui l'emmènerait loin de cette maison solitaire, perdue au fin fond du bush. Consciente que Reece faisait de son mieux, elle lui en était certes reconnaissante du fond du cœur…, mais comment un jeune éleveur célibataire pouvait-il l'aider à mettre un enfant au monde ?

— Avez-vous réussi à joindre le Médecin volant ? Arrive-t-il bientôt ?

Reece eut alors un sourire plein de compassion qui adoucit les traits de son visage.

— Avec toute cette pluie, il ne peut pas prendre le risque d'atterrir sur notre terrain.

La gorge nouée, elle se sentit gagner par la panique.

— Mais alors ? Qu'allons-nous faire ? Je vais devoir attendre l'ambulance ?

Il baissa les yeux, l'air embarrassé.

— Je vous en supplie, dit-elle avec un gémissement. Dites-moi qu'une ambulance est bien en route.

— C'est le cas. Un policier vient de Gidgee Springs et une ambulance de Dirrambilla.

Elle devina pourtant qu'il ne lui disait pas toute la vérité.

— Vous semblez inquiet…

Acculé, il grimaça.

— Les rivières sont en crue.

— Donc, eux non plus n'arriveront pas jusqu'ici ?

— C'est très probable.

Victime d'une nouvelle contraction, elle n'essaya même pas de sauver la face. A quoi bon ? Tout se liguait contre elle. D'abord, cet horrible accident, puis ce bébé qui semblait bien décidé à naître en dépit des circonstances. Et maintenant, cette absence de secours…

Elle allait mourir, et son bébé aussi.

Seuls, en pleine brousse.

— Hé, Jess !

Elle sentit la main de Reece sur son avant-bras.

— Cela va aller. Tout va bien se passer.

— Non, non. Je n'ai pas la moindre idée de ce que je dois faire et vous non plus.

Avec un sourire d'excuse, il haussa les épaules :

— J'ai déjà fait naître des veaux, donc, inutile de paniquer. J'ai aussi réussi à joindre le standard du Médecin volant et à parler au médecin de garde. Il m'a donné toutes les consignes nécessaires et il reste en standby pour me guider pas à pas durant l'accouchement.

— Formidable ! Je suis censée avoir mon bébé à distance, c'est ça ?

Coupée dans son indignation, elle éprouva soudain le besoin de pousser. Un besoin plus fort que tout, impératif. Les yeux fermés, elle serra les dents pour étouffer un hurlement. Elle aurait tant voulu pousser, de toute son âme, mais elle se souvenait des consignes de la sage-femme. Elle ne devait pas essayer trop tôt.

Bon sang, comment résister ?

Cette fois, elle ressentait un besoin urgent, presque primitif.

— Reece ! Est-ce que… Pouvez-vous regarder si vous apercevez… la tête… du bébé ?

— Vous voulez que je vérifie ?

Déjà épuisée, elle opina du chef, toute honte bue. Si Reece voyait le crâne, elle pourrait enfin s'abandonner.

Scrutant son visage au moment où il soulevait la chemise, elle vit ses yeux sombres s'agrandirent, sa pomme d'Adam monter et descendre.

— Alors ? Où en sommes-nous ?

— Votre bébé a de beaux cheveux noirs.

— Vraiment ?

Malgré sa souffrance, et en dépit des circonstances catastrophiques, elle esquissa un mince sourire. Le bébé existait déjà, c'était une petite personne à part entière. Et il avait les cheveux noirs, comme elle.

Sous l'effet de la joie, elle sentit son cœur s'emballer.

D'un coup d'œil, elle nota aussi avec surprise l'émotion dans les yeux de Reece. Le pauvre garçon n'avait pas demandé à être mêlé à ce drame. Pourtant, il s'évertuait à l'aider. Elle réalisa alors qu'il avait étendu une alèse imperméable sur le lit et sorti plusieurs objets de la boîte de premiers secours. Il avait beau être un parfait étranger, il se consacrait entièrement à elle et au bébé. Sans hésiter, sans reculer.

Elle se laissa envahir par une profonde gratitude.

— Merci mille fois, Reece. Si ce bébé est un garçon, je lui donnerai votre prénom. Et je…

Une nouvelle fois, elle fut interrompue par une force dévastatrice, comme si chaque cellule de son corps lui ordonnait de pousser. A peine avait-elle encore conscience que Reece s'affairait autour d'elle, qu'il s'emparait de son matériel médical. Elle entendit seulement, à un moment, le claquement sec de gants stériles qu'on enfile.

A présent, elle ne pouvait rien faire d'autre que pousser. Encore et encore.

— Vous vous débrouillez très bien. Les épaules du bébé sont presque sorties. Tout se passe exactement comme prévu. Brave petite ! Vous êtes fabuleuse, Jess. Allez-y ! Continuez.

— Je n'en peux plus…

Epuisée, elle se laissa aller contre les oreillers. A bout de force, elle n'arrivait plus à pousser en dépit de la voix forte de son sauveur.

— Votre bébé est presque là, Jess ! Ce n'est pas le moment d'abandonner. Je vois son petit visage. Il est adorable… Allez ! Encore un effort.

— Je… suis… si contente…

Une seconde plus tard, elle sentit de nouveau une onde la parcourir et se mit à pousser avec l'énergie du désespoir.

— Bravo, Jess. Nous y sommes presque.

Le visage déformé par la souffrance, elle se tordit sous l'assaut d'une terrible contraction. Dans un dernier effort, elle expulsa le bébé de ses entrailles alors que Reece lâchait un cri triomphal.

A bout de souffle, osant à peine croire que le cauchemar se terminait enfin, elle retomba en arrière, ruisselant de sueur.

— Garçon ou fille ?

— Eh bien… Je crois que vous aurez du mal à l'appeler Reece.

— C'est une fille ?

Il arborait maintenant un sourire d'une oreille à l'autre.

— Une très jolie petite demoiselle. Indéniablement.

Une fille. Au-delà de son profond épuisement, elle éprouva soudain une merveilleuse émotion. Secrètement, elle avait rêvé que son enfant soit une fille. Mais elle avait fini par se persuader qu'elle attendait un garçon pour éviter toute déception. Sous le choc, elle mit quelques secondes à prendre conscience du cadeau que la vie lui offrait.

Et elle ferma les yeux, le sourire aux lèvres, engloutie par une irrésistible vague de sommeil.

Waaaaah !

Au son du léger vagissement, elle se réveilla aussitôt, sa fatigue effacée par un puissant sentiment d'urgence. Joyeuse et maladroite, elle tenta de se redresser, consciente de sa nouvelle responsabilité.

— Comment est-elle ? Est-ce que tout va bien ?

— Je ne suis pas médecin, mais, à vue d'œil, je dirais que tout est en place. Elle a dix doigts, dix orteils et une jolie bouche en forme de fleur.

Comme elle luttait pour s'asseoir, Reece la devança en déposant son enfant au creux de ses bras.

— La voilà, dit-il doucement.

Sentant soudain un poids sur sa poitrine, elle baissa les yeux et découvrit... un miracle. Sa petite fille. Son visage rouge et un peu fripé, mais déjà parfait.

— Bonjour, princesse.

L'enfant s'agita dans ses bras avec ses toutes petites mains aux ongles transparents et roses comme des coquillages. En plus de ses oreilles délicatement ourlées, de son minuscule mais élégant nez, elle avait une amusante houppette brune dressée sur le sommet du crâne.

— Oh ! Reece ! Elle est magnifique.

Croisant le regard de son hôte, elle vit les larmes briller dans ses yeux bruns tandis qu'il lui adressait un sourire embarrassé.

— Félicitations.

— Félicitations à vous aussi. Vous avez été formidable.

Elle éprouvait maintenant une immense reconnaissance à son égard. Tout était arrivé si vite. Dire que sans lui, sa fille serait probablement née sous la pluie, dans un fossé boueux...

Maintenant, elle avait l'impression que cette chambre toute simple, à l'écart de la civilisation moderne, était l'endroit le plus confortable, le plus chaleureux et le plus sûr de la planète.

— Merci, dit-elle enfin.

Si ce simple mot lui semblait trop faible pour exprimer sa gratitude, elle craignait de fondre en larmes en ajoutant une syllabe.

L'air affairé, Reece cacha son embarras et lui tendant un vieux châle en cachemire rose, trouvé au fond d'un tiroir.

— Enveloppez-la dedans. Il ne faut surtout pas qu'elle attrape froid. Vous voulez peut-être la nourrir, d'ailleurs ?

— Je vais essayer.

— Vous savez comment faire ?
— Je crois.

En sortant sous la véranda, Reece avait le sentiment du devoir accompli. Puis il s'aperçut qu'il tremblait. Il n'avait jamais tenu un bébé entre ses bras avant ce jour — pas même lors du baptême de son neveu, dont il était aussi le parrain, qui s'était déroulé dans la cathédrale de Sydney. Ce soir, il avait eu l'impression d'assister à un miracle. La petite créature avait glissé du corps de sa mère jusque dans ses mains.

A cet instant, il avait regardé le délicat visage en forme de cœur et vu la petite fille ouvrir les yeux pour la première fois. Il avait ensuite noté le léger tremblement de sa bouche avant qu'elle ne pousse son premier cri.

Et il avait ressenti une émotion inconnue, incomparable.

Les deux mains soudées à la rambarde de la véranda, il tentait maintenant de recouvrer ses esprits. Curieusement, il avait la sensation que sa vie avait changée de manière décisive.

Mais ne se trompait-il pas ?

Dans une heure au plus tard, la police ou l'ambulance arriverait. Et si ce n'était pas cette nuit, les secours viendraient le lendemain au plus tard. Une chose était certaine : à ce moment, la mère et l'enfant s'en iraient pour toujours. Elles sortiraient de sa vie comme elles y étaient entrées. Par hasard. Et lui reprendrait le cours de l'existence solitaire qu'il menait depuis vingt ans auprès de son grand-père. De nouveau, il serait accablé de soucis, il s'inquiéterait de son élevage et de la santé de son seul parent... En guise de distractions, il savourerait de longues chevauchées dans le bush et effectuerait quelques visites dans la ville voisine, où il retrouverait de jeunes et jolies célibataires peu farouches.

— Alors, c'est fini tout ce tintouin ?

En se retournant, il aperçut son grand-père, apparu comme par magie derrière lui et occupé à désigner du menton la porte-fenêtre aux rideaux tirés.

— Jess vient de mettre au monde une petite fille, dit-il d'une voix enrouée.

— Bon. Elle n'a pas chômé. Est-ce qu'elle va rester ?

— Non, évidemment. Elle va sans doute retourner sur la côte aussi vite que possible.

— Oui. C'est ce qu'elles font toutes.

Son grand-père poussa un long soupir avant que son visage ne s'éclaire enfin :

— Est-ce que je peux la voir ?

— Elle a besoin d'être seule. Elle nourrit son bébé. Et puis, il est tard, Grand'Pa. Tu devrais aller te coucher.

— Et le toubib qui devait tomber du ciel ?

— Je vais le rappeler.

Reece avait suivi à la lettre les instructions du médecin, utilisant des gants et des ciseaux stérilisés, mais il préférait s'assurer qu'il n'avait commis aucune erreur.

— Tu veux éclairer le terrain d'atterrissage, fiston ? Je m'occupe des torchères.

Etonné par cette proposition, il masqua sa surprise. Pour la première fois depuis des mois, son grand-père se montrait spontanément coopératif.

— Malheureusement, le sol est trop inondé. Aucun avion ne pourra atterrir dans ces conditions, au risque de s'embourber.

Puis il ajouta avec un sourire :

— Mais je suis sûr que tout le monde apprécierait une bonne tasse de thé.

Jess était trop perturbée pour dormir, partagée entre l'inquiétude que lui inspirait l'état d'Alan et une sourde excitation. Incapable de fermer les yeux, elle admirait le petit trésor endormi à ses côtés. Tout à l'heure, Reece l'avait aidée à baigner le bébé et alors qu'elle manipulait maladroitement le petit corps aussi glissant qu'une grenouille, lui s'était montré calme et efficace.

Au final, elle avait pu sécher sa fille et utiliser des serviettes de table en guise de couche pendant qu'il confectionnait un berceau improvisé. Retirant le tiroir d'une commode, il l'avait tapissé de coussins en remplacement du matelas avant de transformer des taies d'oreiller en draps.

Puis il avait calé son installation sur deux chaises installées près du grand lit.

Grâce à lui, elle avait son enfant à portée de main et pouvait le veiller en permanence. Elle lui avait même trouvé un nom : Rosie Millicent Cassidy.

— Millicent était le prénom de ma grand-mère. Et Rosie parce que cela ressemble un peu à Reece, dit-elle, bien calée contre ses oreillers, quand il lui apporta un thé chaud et parfumé.

Tout en buvant sa tasse à petites gorgées, elle remarqua la légère rougeur de son hôte.

— Il ne faut pas vous sentir obligée…

— Ce n'est pas une obligation, en effet. Mais vous nous avez évité le pire des cauchemars. Et puis, Rosie est un joli prénom.

Il baissa les yeux sur l'enfant endormie.

— Vous avez raison. En plus, je trouve qu'elle ressemble vraiment à un bouton de rose.

Elle sourit.

— Très romantique ! Et tout à fait inattendu de la part d'un éleveur de bétail. Mais vous avez raison : elle est rose et froissée comme une fleur à peine éclose.

Il lui sourit à son tour et leurs regards se croisèrent pendant une fraction de seconde. Se noyant dans ses yeux sombres et profonds, elle se surprit alors à penser un bref instant : *Si seulement…*

Puis elle se ressaisit, honteuse.

Comme s'il percevait son malaise, il se leva vite pour gagner la porte.

— Bien, je crois qu'il est temps de dormir.

— Bonne nuit, Reece. Et encore merci. Pour tout.

— Si vous avez besoin de quelque chose, appelez-moi. Je ne serai pas loin. Je reste aux aguets.

Après son départ, Jess se sentit étrangement seule. Dehors, la pluie s'était transformée en une fine bruine qui glissait silencieusement sur le toit. Posant sa tasse vide sur la table de chevet, elle s'installa confortablement dans le lit.

Elle était épuisée et avait besoin de reprendre des forces avant le réveil de Rosie.

Aussi ferma-t-elle les paupières au cœur de cette maison silencieuse, bercée par le chuchotement de la pluie. De toute son âme, elle priait pour qu'Alan soit en sécurité dans une ambulance, en route vers l'hôpital.

Comment pouvait-elle l'avertir pour Rosie ?

Elle dut s'assoupir un moment... car en entendant un coup de frein, suivi par le crissement de pneus devant la maison, elle se réveilla en sursaut. Désorientée, elle perçut alors des bruits de voix, des pas pressés. Des hommes parlaient quelque part dehors.

S'agissait-il de la police ? Ou, enfin, d'une ambulance ? Etaient-ils venus la chercher ? S'asseyant dans le lit, elle alluma la lampe de chevet et vérifia que Rosie allait bien. Comme elle caressait le front de l'enfant, celle-ci gémit dans son sommeil.

— Désolée. Je ne voulais pas te déranger.

Des pas résonnaient maintenant dans l'entrée. L'instant d'après, on toquait à sa porte.

— Oui, entrez.

Reece apparut, vêtu d'un jean et d'une chemise qu'il n'avait pas eu le temps de boutonner, son torse musclé se découpant dans l'entrebâillement du tissu.

— Le sergent Bryant est là, Jess. Il est désolé de cette visite tardive, mais il souhaiterait vous parler.

Soudain effrayée, voire un peu malade, elle regarda le policier pénétrer dans la chambre, les yeux écarquillés. Il avait l'air d'un brave homme, avec son crâne dégarni et son embonpoint. Quant à son expression, elle reflétait une bienveillance toute paternelle.

— Bonsoir, madame Cassidy.

— Bonsoir, sergent.

Désignant du menton le berceau, il ajouta :

— Les félicitations sont à l'ordre du jour, on dirait.

— Oui, merci.

Il se rapprocha du lit.

— Elle est vraiment mignonne. Quelle fichue nuit vous venez de passer !

A ces mots, elle tenta d'avaler la boule d'angoisse qui obstruait sa gorge.

— C'est le moins qu'on puisse dire… Est-ce que… Vous êtes-vous occupé de mon mari ?

Le sergent Bryant baissa les yeux et s'éclaircit la gorge.

Et elle comprit aussitôt, avant même qu'il n'ouvre la bouche.

— Je suis vraiment navré, dit-il simplement.

— Il est… mort, n'est-ce pas ?

— Oui, j'en ai bien peur.

Au plus profond d'elle-même, dans le secret de son cœur, elle le savait déjà. Mais jusqu'à cet instant, elle ne s'était pas avoué clairement la vérité et elle crut recevoir un uppercut en pleine figure. Affaiblie par les épreuves, elle resta muette, incapable de trouver ses mots.

Elle ne parvenait même pas à verser la moindre larme.

Sans doute la peine viendrait-elle plus tard.

— Je devrais vous interroger sur les circonstances de l'accident, déclara le sergent. Mais nous verrons cela plus tard. Je ne veux pas vous déranger davantage cette nuit…

Elle opina doucement comme le policier poursuivait :

— La pluie s'est enfin arrêtée. L'ambulance devrait arriver ici avant l'aube. Elle vous ramènera à Dirrambilla où vous serez examinée par un médecin. Je vous reverrai là-bas.

Après un nouveau coup d'œil au berceau, il lui adressa un bon sourire.

Puis il sortit.

Un long moment, elle demeura silencieuse, se répétant en boucle les terribles mots.

Dans quelques heures, elle quitterait cette maison.

Et elle commencerait une nouvelle vie.

Comme c'était étrange ! L'espace d'une nuit, elle avait vu cette chambre modestement meublée comme un véritable sanctuaire. Un abri sûr contre les éléments déchaînés… et contre le monde réel, qui lui avait tout pris.

Reece s'était montré si gentil… et il s'était merveilleusement sorti d'une situation délicate. Néanmoins, avant l'aube…

Elle partirait. Et comble de l'ironie, elle serait une mère célibataire, finalement.

3

56, Mary Street,
Edmonton, Cairns

3 mars

Cher Reece,

Encore une fois, merci pour tout ce que vous avez fait. Rosie et moi vous devons la vie. Je vous écrirai plus longuement quand j'en aurai le temps, mais je voulais vous rassurer. Les funérailles d'Alan se sont passées aussi bien que possible et je m'en sors à peu près.

J'ai pensé qu'une photo de Rosie vous ferait plaisir. Elle a déjà beaucoup changé, n'est-ce pas ?

Avec toute mon amitié et ma gratitude.

Jess.

56, Mary Street,
Edmonton, Cairns,

25 avril

Cher Reece,

Mille mercis pour le nounours en peluche rose et le joli pyjama à pois. Ils sont trop mignons. C'est tellement gentil à vous ! Je crois bien que j'ai pleuré en ouvrant le colis. Mais ne serait-ce pas plutôt à moi de vous envoyer des cadeaux, après tout ce que vous avez fait ? Ce n'est que partie remise, soyez-en sûr.

Rosie est en pleine forme. Elle devient ronde et rose

à souhait et ne me réveille pas beaucoup la nuit, bien qu'elle soit parfois nerveuse, surtout le soir.

Elle commence à sourire. Vous ne pouvez imaginer à quel point elle est jolie quand elle sourit. Et, une fois qu'elle a commencé, on ne peut plus l'arrêter. Comme si elle trouvait le monde follement amusant.

Encore merci pour tout. Toute mon amitié.

Jess.

89, Potts Street,
Redlynch, Cairns

16 juin

Cher Reece,

Un grand merci de la part de Rosie et de moi-même. Quelle belle surprise nous avons eue en ouvrant votre colis ! Tous ces jolis livres pour enfant, avec ces merveilleuses illustrations ! Rosie les adore déjà et nous les regardons souvent.

Je lui ai tout de suite montré les vaches, les cochons et tous les animaux qui habitent sur votre propriété, quoi que je n'aie pas eu le temps de la visiter. Elle poussait des gloussements extasiés et tapotait les pages de ses petites mains potelées — sa façon à elle de manifester sa joie.

Vous en avez certainement par-dessus la tête de recevoir des photos d'elle, mais je ne résiste pas à l'envie de vous envoyer un nouveau cliché. Ainsi, vous pourrez voir comme elle a bien profité des dernières semaines ! Ne faites pas attention à moi, par contre. J'étais très fatiguée, le jour de la photo, et je n'avais pas eu le temps de me laver les cheveux. Mais vous m'avez vue dans un état bien pire, n'est-ce pas ?

J'espère que votre grand-père se porte bien, tout comme vous. Vous ne parlez pas beaucoup dans vos lettres. Ce n'est pas une critique, rassurez-vous. Je comprends très bien que vous ayez mieux à faire.

Votre toujours reconnaissante,

Jess.

*
* *

Entrebâillant la porte de la chambre de son grand-père, Reece vérifia qu'il dormait paisiblement. Rassuré, il retourna ensuite dans la cuisine et sortit une bière du réfrigérateur dont il fit sauter le bouchon. Renversant la tête, il but alors une longue gorgée en laissant le liquide glacé couler dans sa gorge.

Puis, poussant la moustiquaire, il sortit sous la véranda et s'accouda à la balustrade, heureux de contempler l'étendue des paddocks qui s'étirait jusqu'à la lointaine ligne des arbres. Il songeait à Jess. Encore.

Dans ses lettres, elle prétendait qu'elle allait bien, mais il sentait bien qu'elle ne disait pas toute la vérité. D'abord, elle ne disposait ni d'un ordinateur ni d'un téléphone — il le savait car elle ne lui envoyait jamais de mails. Et voilà qu'elle venait de changer d'adresse. En apparence, pas de quoi fouetter un chat, même s'il avait conscience qu'un déménagement avec un enfant en bas âge n'était jamais une partie de plaisir. En fait, il était surtout inquiété par la photo jointe.

Sortant le cliché de sa poche, il l'examina attentivement à la lueur de la lampe. Rosie éclatait bel et bien de santé et il ne put retenir un sourire en reconnaissant la jolie petite frimousse qu'il avait aperçue le premier. A présent, elle semblait toute ronde.

Mais il était choqué par le changement survenu chez la jeune maman, métamorphosée en quelques semaines. Jess avait terriblement maigri. Avec ses yeux cernés et son sourire figé, elle pouvait bien prétendre à une légère fatigue, elle semblait surtout souffrante, ou du moins très préoccupée.

Ou les deux.

Certes, elle avait reçu un sacré choc en devenant mère et veuve en une seule nuit. Mais il restait persuadé que Jess Cassidy traversait une période anormalement sombre.

Et à cause de cette idée fixe, qui s'ajoutait aux problèmes causés par son grand-père, il sut qu'il ne fermerait pas l'œil avant l'aube.

*
* *

Profitant d'une brève accalmie dans le tourbillon matinal du bar, Jess se précipita sur le téléphone. Cachée derrière le grand réfrigérateur, elle composa le numéro de la crèche.

— Alana ? Jess Cassidy à l'appareil. Je vous appelle juste pour savoir si Rosie va bien.

— Mais oui, très bien, répondit gentiment la jeune employée.

— Aucun signe de température ? Vous êtes certaine ?

Rosie avait pleuré une bonne partie de la nuit et Jess était terrifiée à l'idée qu'elle tombe malade.

— Rien à signaler, Jess. Comme vous étiez inquiète, j'ai gardé un œil sur elle. Elle a fait un petit somme, et elle s'est réveillée en pleine forme.

— Ouf ! Cela me fait plaisir.

— J'ai remarqué qu'elle se mordait les poings. Les dents commencent sans doute à pousser. C'est tout à fait normal.

— Jess ! rugit soudain une voix d'homme derrière elle. Qu'est-ce que vous fabriquez dans ce coin ?

Pivotant sur elle-même, elle reconnut le patron du bar-restaurant, Jo Fink, qui la dévisageait d'un regard haineux. Un instant plus tôt, elle l'avait vu en train de discuter avec des clients à l'autre bout de l'établissement... alors comment avait-il pu revenir aussi vite ?

— Je... je passais juste un petit coup de fil.

— Pas pendant vos heures de travail, et à mes frais en plus !

— Ce n'était pas pour le plaisir ! Je devais prendre des nouvelles de ma fille.

— Les clients d'abord !

Après lui avoir arraché l'appareil des mains, il plaqua une fiche de commande sur le comptoir.

— Deux pancakes aux framboises, cria-t-il. Avec de la crème. Et plus vite que ça !

Les mâchoires serrées, elle se remit au travail. Des pancakes, encore et toujours ! Elle commençait à se lasser de cette mauvaise cuisine, à base de produits bon marché, qu'elle expédiait sans utiliser la moindre parcelle de son talent. En tant que chef dûment qualifié, elle aurait aimé servir de bons pancakes moelleux, des œufs brouillés cuits à la perfection, du bacon frit à point... Elle avait honte de ces aliments caoutchouteux et baignés dans l'huile. Après six mois de ce travail à la chaîne, elle arrivait à saturation.

Cela dit, elle avait conscience que ce job à temps partiel, effectué quatre jours par semaine de 6 h 30 à 14 h 30, lui permettait de garder un toit sur la tête et de nourrir sa fille. Face à un taux de chômage qui croissait à vue d'œil, elle s'estimait déjà heureuse d'avoir décroché un emploi.

Et puis, grâce à ce travail sur le front de mer, elle admirait les palmiers et la plage, au moins de temps en temps.

Tout en lançant une pleine louche de pâte à pancake dans la poêle, elle se jura de confectionner pour le dîner un plat digne de ce nom.

Les sourcils froncés, Reece frappa à la porte de l'appartement n° 4 A. S'il n'était pas rassuré par cet immeuble, sombre et en mauvais état, presque sordide, il était aussi très nerveux à la perspective de revoir Jess.

Constatant qu'il n'y avait personne, il sentit son moral baisser encore d'un cran.

La voisine de palier entrouvrit alors une porte écaillée avec un air méfiant.

Il fit aussitôt un pas vers elle.

— Je cherche Jess Cassidy.

La femme recracha la fumée de sa cigarette par les narines.

— A cette heure-là, elle travaille.

— Où travaille-t-elle ?

— Aucune idée. Elle rentre dans l'après-midi.

A l'évidence, son interlocutrice, pas très loquace, n'avait aucune envie de donner plus de détails.

Ainsi, Jess avait besoin de travailler pour gagner sa vie…, mais que faisait-elle de Rosie dans la journée ? Dans sa dernière missive, elle lui avait écrit qu'elle se « débrouillait ». Cela signifiait-il qu'elle rencontrait des problèmes ? Depuis son départ, il l'avait toujours imaginée vivant avec sa fille dans un appartement confortable grâce à l'assurance-vie de son défunt mari.

Bien sûr, cette situation ne le regardait pas. Après tout,

Jess Cassidy n'était pour lui qu'une semi-inconnue, même si, grâce au hasard, il avait partagé avec elle l'un des moments les plus forts et les plus critiques de sa vie de femme. En l'espace d'une nuit, ils avaient connu des moments exceptionnels et, à la naissance de Rosie, il avait su qu'un lien indéfectible s'était noué entre eux.

Et quatre mois plus tard, il le pensait toujours. Ce qui représentait beaucoup pour un homme comme lui, si peu habitué au contact humain.

Revenant en début de soirée, il aperçut avec soulagement, une lumière derrière les fenêtres de l'appartement de la jeune femme. Une musique de jazz, très douce, filtrait sous la porte accompagnée d'une bonne odeur de cuisine.

Enfin, il sentit la tension liée à son voyage en ville diminuer un peu. Tout paraissait normal, finalement.

A peine avait-il frappé à la porte que la jeune femme apparut dans l'entrebâillement, Rosie perchée sur sa hanche. Il nota aussitôt la minceur des bras blancs qui enserraient le corps grassouillet du bébé. Ses cheveux sombres noués en queue-de-cheval, Jess portait un jean délavé et un T-shirt rose très pâle. Aucun doute, elle avait maigri et semblait exténuée.

Par contre, Rosie, éclatant de santé, le regardait de ses yeux brillants.

D'abord fermée, presque sur la défensive, Jess arrondit soudain la bouche sous l'effet de la surprise.

— Bonsoir, Jess.

Alors que Rosie gazouillait gaiement, elle esquissa un petit sourire.

— Comme j'étais en ville à cause de mon grand-père, déclara-t-il, j'ai pensé que je pourrais vous rendre une petite visite. Michael est à l'hôpital pour des examens et les médecins veulent le garder cette nuit.

Jess rajusta le bébé sur sa hanche.

— Je suis ravie de vous revoir. Ce n'est pas trop grave pour votre grand-père au moins ?

— On ne peut rien dire pour le moment.

Avec son bouquet de fleurs enveloppées de papier bleu, il se jugea soudain ridicule. Tout à l'heure, il avait trouvé cette composition jolie sur l'étal du vendeur, mais ne se montrait-il pas un peu trop romantique ?

Coinçant les fleurs sous son bras, il brandit à la place un joli paquet-cadeau multicolore.

— Tiens, Rosie, cela risque de te plaire… Elle a l'air en pleine forme, dit-il ensuite à l'intention de sa mère.

— Reece, il ne fallait pas ! Vous avez été déjà si généreux.

Elle recula avec un sourire gêné.

— Mais entrez. Ne restez pas sur le palier.

Percevant la réticence dans sa voix, il obtempéra néanmoins sans hésiter et découvrit un appartement étriqué, meublé de façon sommaire, avec une minuscule cuisine, une petite table, deux chaises et un divan au tissu bleu fané. Au fond, une porte conduisait sans doute à la chambre. A défaut du confort, il apprécia la propreté irréprochable des lieux.

— Asseyez-vous, dit-elle en lui désignant le canapé.

Embarrassé par son bouquet de fleurs, il le posa rapidement sur la table et s'installa à l'une des extrémités du sofa. Jess occupait l'autre bout, Rosie sur les genoux.

— Regarde ce que Reece t'a apporté, dit-elle à l'enfant d'une voix enjouée.

Pendant que la fillette tapotait le paquet avec des gloussements de joie, Jess déchira l'emballage.

— Oh ! fit-elle devant le jouet, une sorte de boîte au couvercle garni de grosses fleurs en plastique.

— La vendeuse m'a expliqué qu'il s'agit d'un jardin magique. Une sorte de boîte à musique plus élaborée.

Comme Rosie tirait la collerette blanche d'une marguerite, les notes aigrelettes d'une comptine se répandirent dans la pièce.

Le bébé sourit avant de tirer sur un coquelicot, qui se mit à jouer une autre mélodie.

Cette fois-ci, Jess sourit vraiment.

— Très ingénieux ! C'est un cadeau magnifique, Reece. Et parfait pour son âge.

Ses yeux verts étincelèrent — car oui, décidément, ils étaient vert émeraude. Et soudain, Reece réalisa qu'il était surtout venu pour vérifier qu'elle savait encore sourire. Elle était si belle quand elle avait cette petite lueur joyeuse au fond du regard !

Un moment, ils partagèrent un silence embarrassé, seulement occupés à observer Rosie jouer.

— Comment allez-vous, Jess ?

— Très bien, merci.

Mais tout en parlant, elle enroulait nerveusement une boucle de cheveux de sa fille autour de son doigt.

— J'espère que vous ne vous tracassiez pas à mon sujet.

— Non, pas du tout.

Nouveau silence.

— Où dormez-vous cette nuit ? Avez-vous des amis à Cairns ?

— Non. J'ai réservé une chambre dans un hôtel du bord de mer, pas très loin de l'hôpital.

Soudain, Rosie attrapa le nez de sa mère avec un piaillement de bonheur. Jess se mit à rire avant de proposer :

— Voulez-vous rester dîner ?

— Non, non. Je suis juste passé vous dire bonjour. Je ne veux pas vous déranger.

— Vous avez tort. J'ai préparé un sauté de poulet aux aromates.

Avant que Reece ne refuse de nouveau, elle ajouta :

— Après tout ce que vous avez fait pour moi, Reece, je peux au moins vous inviter à dîner, n'est-ce pas ?

— Dans ce cas… je dois admettre que ça sent drôlement bon.

— Alors, c'est décidé. De toute façon, tout est prêt.

Avec un nouveau sourire, elle installa le bébé sur une couverture posée au sol, avec son nouveau jouet, et se dirigea vers la cuisine.

Mais à peine avait-elle esquissé un pas qu'un long cri s'éleva. Au comble du désespoir, Rosie s'était renversée sur le dos et agitait les bras et les jambes en l'air.

Jess soupira.

— Elle est toujours nerveuse, à cette heure-là.

— Puis-je la prendre ?

— Elle en sera ravie ! Dans ce cas, je vais mettre la table.

Un instant, il regarda la fillette se tortiller à ses pieds, la bouche sèche. Il avait spontanément proposé son aide, mais ne connaissait rien aux bébés. Or, comme les animaux, ces petits êtres sentaient la peur. Et comme prévu, Rosie se raidit avec un nouvel hurlement dès qu'il la prit contre lui.

Au même moment, on frappa à la porte.

— Bon sang, s'écria Jess en posant sa cocotte sur la table, je ne reçois jamais personne et j'ai soudain droit à deux visites dans la même soirée.

Mauvais timing, se dit-elle en retirant ses maniques. *En plus, je ne possède que deux chaises !*

Et puis, en toute honnêteté, elle commençait à se réjouir à l'idée de cette soirée en tête à tête avec Reece.

Avec une petite grimace d'excuse, elle ouvrit la porte et se figea, l'estomac noué.

Deux escogriffes, aussi larges que hauts, s'encadraient sur le seuil, la mine patibulaire. Inquiète, elle bafouilla un peu :

— Bon-bonsoir…

— Madame Cassidy ?

— Oui.

— Votre mari est-il là ?

Elle réprima un long frisson glacé.

— Non… Il est mort dans un accident de voiture il y a quatre mois.

— Ah !

L'homme au crâne rasé, visiblement en charge des opérations, parut brièvement déstabilisé. Mais il se ressaisit vite et, avec un coup d'œil éloquent en direction de Reece, qui l'avait rejointe, il annonça :

— Je représente les intérêts de Tighe's Electrics.

Jess fronça les sourcils.

— Tighe's Electrics ? Mais je n'ai aucun problème avec mon électricité.

— Je parle de vos appareils ménagers achetés chez Tighe.

Elle perçut clairement la menace voilée dans la voix de l'homme.

Se penchant, il inspectait déjà la cuisine du regard :

— Je vois un réfrigérateur et une machine à laver à propos desquels nous vous avons déjà envoyé plusieurs rappels.

Elle crut que ses jambes allaient se dérober sous elle.

— Mais... non. Je n'ai rien reçu. Cela dit, j'ai souvent déménagé, ces derniers temps. Mon courrier s'est peut-être perdu ?

Impassible, l'homme brandit un document officiel sous ses yeux.

— Si vous avez un problème avec les services postaux, ce n'est pas notre affaire, ma p'tite dame. Et il est écrit sur ce papier que nous avons le droit de reprendre les articles non payés.

— Mais... c'est impossible ! s'écria-t-elle en se cramponnant au chambranle de la porte. Vous n'avez pas le droit ! Mon mari les a payés comptant.

L'usurier secoua la tête.

— Apparemment, votre mari ne vous a pas dit la vérité. Ces appareils ont été achetés à crédit et nous n'avons reçu aucun paiement depuis six mois.

Prise de vertige, elle ne sut pas comment réagir face à cette énième mauvaise nouvelle. Depuis sa mort, elle avait découvert tous les mensonges d'Alan, y compris les énormes dettes qu'il avait contractées avec ses deux cartes de crédit. A sa stupeur, elle avait même appris qu'il avait liquidé son assurance-vie. En somme, il ne lui avait rien laissé, sinon d'exorbitantes créances à rembourser.

— Excusez-moi, fit alors une voix grave dans son dos. Je peux peut-être faire quelque chose ?

Elle sursauta. Elle avait complètement oublié la présence de Reece et s'empourpra violemment. Qu'allait-il penser d'elle ?

— Trop tard, répondit l'un des gorilles. Les ordres sont les ordres. Mon collègue et moi, nous sommes venus récupérer la marchandise. Maintenant.

— Et si je vous faisais un chèque ? demanda Reece d'une voix ferme.

L'homme fronça ses épais sourcils.

— Désolé, mon gars. En plus, on n'a pas de temps à perdre.

La tête haute, avec toute la dignité dont elle était encore capable, elle laissa finalement passer les deux hommes.

Quinze minutes plus tard, il ne restait plus rien dans la cuisine, à l'exception du four et de l'évier sur lequel Jess avait dû entasser sa nourriture — des œufs, du beurre, du lait, du fromage, une boîte en plastique remplie de compote de fruits maison, des légumes à la vapeur…

A présent, Reece observait Jess du coin de l'œil. Impuissante, elle serrait les dents et ravalait ses larmes malgré ses yeux brillants.

Quand soudain, elle tendit les bras pour reprendre sa fille.

— Merci de vous être occupé de Rosie.

— Pas de problème.

De toutes ses forces, elle serra l'enfant contre elle.

— Au moins, elle, personne ne peut me l'enlever, déclara-t-elle en posant un baiser sur le crâne duveteux.

En bas, dans la rue, elle entendit plusieurs chocs alors que ses appareils électroménagers étaient chargés dans un camion.

— Ça va aller ? demanda Reece, la gorge serrée.

— Oui, très bien.

Désignant l'évier, elle ajouta d'un ton faussement léger :

— Je m'occuperai de mes provisions demain.

Apparemment, la jeune femme croulait sous les soucis financiers même si elle refusait de l'admettre — ce qui n'allait pas lui faciliter les choses pour l'aider.

— Je vais aller chercher de la glace, dit-il enfin. Cela vous permettra de garder vos denrées au frais jusqu'à demain.

Quand il revint avec un sac de glaçons, le camion était parti. Jess ne se trouvait plus dans le salon, mais une lumière douce filtrait sous la porte de la chambre, d'où s'échappait une voix féminine mélodieuse.

Dans la cuisine, le ragoût de poulet mijotait de nouveau et la radio avait été éteinte.

Entreprenant de disposer les cubes de glace dans l'évier, il entendit au bout d'une minute Jess approcher dans son dos.

— Je crois que Rosie a eu sa dose de comptines. Elle dort à poings fermés.

Apercevant le bouquet de fleurs qu'il avait apporté, elle ajouta :

— Je ne vous ai même pas remercié pour ces gerberas. Elles sont très belles, Reece, joyeuses et colorées.

De nouveau, il pensa que son cadeau n'était guère approprié.

— Je crains juste de ne pas avoir de vase… peut-être pourrais-je les mettre dans un pichet ?

A cet instant, il brandit la bouteille de vin qu'il tenait à la main.

— J'ai profité des courses pour ramener une bonne bouteille de vin. Avec le poulet, cela ne peut pas nous faire de mal. Il vient d'Afrique du Sud. Un bon cru d'après le type du drugstore.

A sa grande surprise, il vit le visage de Jess s'éclairer.

— Alors, vous restez quand même ?

— Vous m'avez invité, non ?

— Bien sûr !

Un grand sourire aux lèvres, elle sortit d'un geste preste des verres pour l'alcool, avant de disposer les fleurs dans un grand broc à eau au centre de la table, entre des sets de plastique rouge.

Comme par enchantement, grâce à cette explosion de couleurs vives, elle trouva la triste petite cuisine presque gaie et pimpante.

Et une minute plus tard, elle servait son odorant ragoût pendant qu'ils s'installaient l'un en face de l'autre devant la petite table de bois blanc.

— Délicieux ! s'exclama Reece dès la première bouchée.

— Merci. Il s'agit de l'une de mes recettes favorites.

— Vous aimez cuisiner ?

— Absolument. C'est même mon métier.

— Vraiment ?

— Oui. J'ai passé tous mes diplômes de cuisine et je suis devenue chef.

Plongé dans ses pensées, Reece savoura son plat en silence. Il ne savait presque rien à propos de Jess. Pour lui, elle était restée l'inconnue en détresse qu'il avait recueillie quelques heures dans sa maison.

— Vous n'êtes pas très bavard, ce soir.

Relevant la tête, il rencontra ses yeux verts, où brillait une lueur amusée.

— Désolé. Je réfléchissais.

— Vous êtes inquiet pour votre grand-père ?

— En partie, oui. Mais je pensais aussi à vous.

— Ne vous tracassez pas à mon sujet, répondit-elle en soutenant son regard.

Puis levant son verre, elle déclara :

— Bon vin. Le vendeur ne s'est pas moqué de vous.

Refusant de mordre à l'hameçon, il secoua la tête.

— Désolé, Jess, mais je ne peux m'empêcher de m'inquiéter. Vous avez des ennuis, n'est-ce pas ?

— Pas du tout. J'ai du travail, Rosie est adorable… Tout va très bien. Sincèrement.

— Avez-vous les moyens de vous racheter des appareils ménagers ?

— Oui, évidemment.

Il sut immédiatement qu'elle mentait.

— Franchement, Reece, je n'ai aucune envie de parler d'argent ce soir. Je ne supporte plus de penser sans cesse aux factures et autres traites à payer. Je m'occuperai de toute cette histoire demain. A chaque jour suffit sa peine. Ce soir, Rosie dort, j'ai un ami pour bavarder avec moi et une bonne bouteille de vin. J'aimerais en profiter.

Incapable de résister à son sourire, il le lui rendit. Lui aussi avait l'impression de vivre une parenthèse dans sa vie. Dîner avec une jolie fille doublée d'un cordon-bleu le changeait de la compagnie maussade et fantasque de son grand-père.

Jess but une autre gorgée, pétillante et gaie.

— Alors, dites-moi un peu… Si vous pouviez vous retrouver là, maintenant, tout de suite, dans n'importe quel endroit du monde… où voudriez-vous aller ?

Ici ! se retint-il de dire. Par chance, il se reprit juste à temps pour ne pas la désorienter. Il ne souhaitait nullement lui révéler à quel point il appréciait sa compagnie.

— Allez ! s'exclama-t-elle, joueuse. Quel endroit choisiriez-vous ? Une ville ou un pays ?

En réponse, il haussa les épaules.

— Plutôt une ville.

— En été ou en hiver ?

— En hiver. Cela me changerait radicalement des tropiques. Avec de la neige, si possible.

— Manhattan à Noël ? fit-elle, ses yeux verts étincelants.

— Ce serait parfait !

Il l'imagina soudain dans une rue bondée de New York, sa mince silhouette perdue au milieu des taxis jaunes et des gratte-ciel. Dans sa vision, elle portait un long manteau de mohair, agrémenté d'un foulard aux motifs colorés. Des flocons de neige piquetaient même sa longue chevelure.

Séduit par cette vision, il ferma les paupières.

— Et vous ? demanda-t-il. Où aimeriez-vous partir ?

De nouveau, il vit ses superbes yeux étinceler comme des gemmes.

— Manhattan ne me déplairait pas. A condition que je puisse faire du shopping dans les boutiques à la mode. Mais…

Elle hésita un instant, pencha la tête sur le côté.

— Tout dépend si Rosie m'accompagne. Dans ce cas, je préférerais une plage. Pas sur la côte du North Queensland, bien entendu ! Plutôt dans un endroit où l'on peut surfer, bâtir des châteaux de sable et pêcher des crevettes dans les rochers.

D'un seul coup, il s'imagina Jess en Bikini.

Décidément, il devenait complètement idiot !

Après le repas, Jess nettoya la vaisselle dans une cuvette en plastique puisque l'évier était désormais occupé par toutes ses provisions, seulement rafraîchies par des barres de glace. Par politesse, elle avait refusé qu'il s'astreigne à laver les assiettes…, mais maintenant qu'il était parti, elle trouvait l'appartement triste et vide.

Il lui manquait déjà, même si cela n'avait pas de sens. Ce garçon ne lui appartenait pas et il n'y avait rien entre eux.

Reece était seulement un homme de l'Outback, de passage en ville, et ils ne se reverraient probablement jamais.

Désormais seule, elle songea de nouveau à ses problèmes. Elle ne disposait d'aucune économie. Et maintenant qu'elle avait partagé son dîner avec Reece, elle allait devoir se contenter de pain et de fromage tout le reste de la semaine. Et où diable allait-elle dénicher un réfrigérateur et une machine à laver ?

Ces derniers mois, elle s'était battue pour garder la tête hors de l'eau. Mais ce soir, elle s'avouait dépassée par les événements. Pire, elle avait l'impression de couler.

Deux heures plus tôt, elle avait eu beaucoup de mal à dissimuler son désarroi devant Reece. Mais elle ne pouvait pas perdre la face sous ses yeux. Pas une fois de plus !

Heureusement, ils avaient partagé une soirée très agréable. Assise face à lui, elle s'était noyée dans son regard d'un brun chaud avant d'admirer ses traits harmonieux, ses hautes pommettes, sa bouche ferme et sensuelle. Seigneur ! Elle fantasmait comme une collégienne !

En plus, Reece n'avait pas manifesté le moindre intérêt à son encontre — d'un point de vue sentimental, du moins. Et même dans le cas contraire, elle n'aurait pas pu se permettre d'entamer une liaison.

Pas avec les milliers de dollars de dettes suspendues au-dessus de sa tête comme une épée de Damoclès. Elle n'avait plus qu'un objectif désormais : garantir une vie stable et paisible à Rosie. Mais elle aurait besoin de plusieurs années pour redresser ses finances, à cause des créances d'Alan. Aussi elle ne pouvait pas se laisser distraire par un homme, aussi héroïque, gentil et séduisant soit-il.

Une fois la vaisselle rangée, elle regagna la chambre qu'elle partageait avec sa fille sur la pointe des pieds.

Baigné par la lumière tamisée d'une petite lampe rose, le vieux berceau à la peinture écaillée qu'elle avait acheté au rabais semblait moins laid. Longtemps, elle observa la petite fille endormie, ses duveteux cheveux noirs, comme un léger nuage autour de son crâne, ses petites mains ouvertes, sa bouche où perlait une goutte de lait.

Et, comme chaque fois qu'elle l'admirait, son cœur se gonfla d'amour. Un amour si puissant qu'elle en souffrait presque.

Elle se jura alors que tout irait bien pour sa fille.

Je suis dure à la tâche. Nous viendrons à bout de ces dettes et nous aurons une vie merveilleuse.

Sans homme.

4

Une fois le médecin parti, Michael et Reece Weston échangèrent un regard perplexe.

Ils avaient à la fois eu de bonnes et mauvaises nouvelles. Ainsi, contrairement aux craintes de Reece, les résultats des tests étaient meilleurs qu'espérés. Son grand-père n'avait pas besoin de rester à l'hôpital… même si les examens avaient révélé un cœur très fatigué. Désormais, le vieil homme vivrait avec un certain nombre de handicaps — fatigue, respiration difficile, jambes enflées… Et sa situation ne risquait pas de s'améliorer avec le temps.

En conclusion, le médecin avait suggéré un changement de vie radicale, conseillant fermement à Michael de s'installer dans une maison de retraite à Cairns.

— Je connais un endroit parfait, qui dispose d'une unité de soins performante, avait-il déclaré avant de demander à une secrétaire de leur apporter divers dépliants publicitaires.

A présent, Mickael feuilletait les brochures avec une grimace répugnée.

— S'ils s'imaginent que je vais me laisser enfermer dans un de ces mouroirs, s'écria-t-il en jetant le papier au sol, ils croient au Père Noël !

— Là-bas, tu aurais un médecin sur place, capable de te suivre régulièrement…, répondit Reece avec prudence.

Son grand-père haussa les épaules.

— Tu me vois croupir dans une cage, avec un tas de vieux débris en train de perdre leur râtelier ?

Se penchant pour ramasser le prospectus, il examina les photos qui s'étalaient sur le papier glacé : toutes montraient des personnes âgées, bien habillées et souriantes, occupées à peindre, jouer au golf ou jardiner.

— S'il t'arrivait malheur, dit-il, les sourcils froncés, tu serais immédiatement pris en charge. Tu n'ignores pas combien de temps met un médecin pour arriver à Warringa, n'est-ce pas ?

— Ça m'est égal. Je préfère mourir chez moi, répondit le vieil homme avec emphase. J'ai vécu à Warringa toute ma vie et je ne veux pas m'installer ailleurs. C'est trop tard.

Il supportait mal d'entendre son grand-père, l'homme qui l'avait élevé, évoquer sa propre mort. Et puis, ils avaient si longtemps vécu seuls dans le bush, tous les deux, qu'il comprenait sa position. Tout au long de sa vie, Michael n'avait connu que la poussière ocre des routes, les grands ciels bleus sur des horizons sans limite, et l'isolement de l'Outback. Il ne l'imaginait pas en train de composer un bouquet de fleurs japonais ou en visite dans les Jardins Botaniques de Cairns en compagnie de petits vieux bavards.

La vie de son grand-père évoquait une ligne droite : durant des années, il avait conduit des troupeaux de bétail au travers des vastes plaines, résisté aux inondations et aux sécheresses, et lutté contre les incendies. Il avait connu un mariage heureux, trop vite interrompu par le décès de son épouse. Puis son fils unique était mort, le père de Reece.

Non, décidément, il ne pouvait pas lui imposer un changement de vie si brutal.

Mais comment régler son problème ? Obligé de s'occuper de Warringa, il ne pouvait pas rester à la maison pour veiller sur son grand-père. Il devait trouver quelqu'un pour l'aider. Et vite.

A la surprise de Jess, Reece l'attendait à la sortie de son travail, devant le restaurant. Il patientait sur le trottoir, les mains dans les poches de son jean, nonchalamment adossé au tronc d'un palmier. A cause des rayons du soleil filtrant à travers les palmes, ses cheveux noirs comme le jais semblaient briller. Et, avec son sourire d'un blanc éclatant et sa peau bronzée, il était diablement séduisant.

Mais elle ne voulait pas d'un homme attirant dans sa vie.

Aussi se félicita-t-elle d'avoir enfilé un vieux jean et strictement tiré ses cheveux en arrière. Au moins, elle n'était pas à son avantage !

— Bonjour, fit-il, chaleureux.

— Bonjour, Reece.

— Vous a-t-on déjà dit que vous faisiez les meilleurs hamburgers du Queensland ?

Elle le dévisagea un instant, bouche bée.

— Quand les avez-vous goûtés ?

— Nous avons mangé ici ce midi, mon grand-père et moi.

Elle se rappelait maintenant que, durant le coup de feu du déjeuner, son patron lui avait répété les compliments d'un client. Mais, à cause de la pression, elle n'y avait pas prêté attention.

De toute manière, elle ne comprenait toujours pas pourquoi Reece se trouvait encore là à 17 heures. Il n'avait tout de même pas l'intention de lui faire la cour !

— Alors, votre grand-père est sorti de l'hôpital. Comment va-t-il ?

— Pas trop mal, merci. En ce moment, il se repose à l'hôtel, devant la télévision. Il est devenu fan de l'air conditionné.

— Par cette chaleur, je le comprends. Je suis ravie d'apprendre qu'il va mieux.

— A dire vrai… ce n'est pas aussi simple que ça.

Pensif, il posa les yeux sur l'horizon, à l'endroit où les eaux calmes de la mer de Corail rencontraient le ciel.

Bleu turquoise contre bleu azur.

Puis il reporta son attention sur elle.

— Avez-vous quelque chose de prévu ?

— Oui. Je dois aller récupérer Rosie à la crèche.

— A pied ?

Elle hésita. Certes, elle aimait bien Reece — trop sans doute — et elle lui était infiniment reconnaissante de son intervention lors de son accouchement…

Mais elle devait rester sur ses gardes. Pas question de lui donner de faux espoirs !

A sa grande surprise, il déglutit avec peine en se mordillant nerveusement les lèvres.

— J'ai peut-être l'air de vous draguer, mais il ne s'agit pas de ça.

Bon sang ! Avait-il lu dans ses pensées ? Un peu confuse, elle se força à sourire.

— La crèche est dans ce coin. Vous venez ?

Lui emboîtant le pas, il prit quelques secondes avant de demander :

— Avez-vous prévu de vous acheter de nouveaux appareils ménagers ce soir ?

A l'évidence, il s'intéressait seulement à elle d'un point de vue pratique. Elle refoula un léger sentiment de déception.

— Non, pas aujourd'hui.

En vérité, durant les prochaines semaines, elle avait prévu de se contenter d'une glacière portative et d'une lessive hebdomadaire dans une laverie automatique.

Mais elle était trop fière pour avouer cette triste réalité à son compagnon.

S'arrêtant brusquement, il se planta devant elle, les mains dans les poches.

Ils se trouvaient devant les grilles du jardin tropical et, plus tard, chaque fois qu'elle se remémorerait cette scène, elle en retrouverait spontanément chaque détail, chaque sensation. De nouveau, elle verrait la couleur éclatante des fleurs d'hibiscus, elle sentirait l'odeur des gousses de vanille, l'enivrante fragrance du jasmin, et entendrait le bourdonnement des abeilles.

Comme si elle avait été marquée à jamais par cet instant.

Face à elle, l'air inquiet, Reece paraissait soudain moins assuré.

— Quelque chose ne va pas ? demanda-t-elle.

Il lui décocha un drôle de sourire, mi-triste, mi-amusé, et elle en fut beaucoup trop chamboulée.

— Je… je voulais vous proposer quelque chose. A mon avis, cela nous arrangerait tous les deux, mais je ne sais pas si cela va vous plaire.

Déjà, elle secouait négativement la tête.

— Si vous comptez me prêter de l'argent, vous perdez votre temps.

— Il ne s'agit pas de ça !

Etonnée, elle fronça les sourcils.

— Que voulez-vous, alors ?

— J'aimerais vous proposer du travail.

— Mais… j'ai déjà un emploi.

— Je sais…, mais laissez-moi vous expliquer…

Après une brève hésitation, elle acquiesça finalement avec curiosité.

— J'écoute.

Lui avala sa salive. C'était le moment de vérité.

— Eh bien… il se trouve que mon grand-père ne peut plus rester seul. Je vais donc devoir embaucher quelqu'un pour s'occuper de lui durant la journée.

— Une infirmière ?

— Non, pas exactement. Plutôt une sorte de gouvernante. Une personne capable de faire la cuisine et s'occuper de la maison. Si je ne trouve pas une aide au plus vite, je devrai engager une équipe de ranchers. Je dois gérer mon élevage et Michael refuse d'intégrer une maison de retraite.

— Je… je vois.

Reece s'éclaircit la gorge.

— Je vous paierai bien. Et vous serez nourrie et logée.

Un instant, elle eut l'impression qu'une violente bourrasque la balayait.

— Et cette… cette gouvernante… Habiterait-elle dans la propriété ?

— Oui…, mais la maison est bien assez vaste pour tout le monde. Vous disposeriez de votre chambre, d'une salle de bains personnelle et d'une petite pièce mitoyenne pour loger Rosie.

A l'évidence, il avait pensé à tout.

Et elle avait terriblement envie de dire oui.

Waouh ! Si elle acceptait ce job, elle n'aurait plus de loyer à payer. Ni de frais de nourriture. Elle pourrait même rembourser ses dettes deux fois plus vite.

Jamais elle n'avait été aussi tentée.

Trop, peut-être.

Il y avait forcément un piège.

Tout en réfléchissant à vive allure, elle pesa le pour et le contre. Du côté positif, elle pensait aux avantages financiers, inespérés. Sans compter qu'elle appréciait la perspective de s'occuper de Mickael et du ranch.

D'un autre côté, elle vivrait aussi près de Reece chaque jour, et malgré l'excitation qu'elle éprouvait, elle flairait la mauvaise idée. Il était bien trop séduisant, bien trop gentil pour que leur cohabitation se déroule sans anicroche.

Seule, isolée au milieu de nulle part avec un tel homme, elle courrait à la catastrophe. Or, ne s'était-elle pas promis d'éviter ce genre de danger encore la veille au soir ? Elle ne pouvait pas s'engager dans une nouvelle histoire d'amour avant d'avoir réglé ses propres problèmes.

Elle secoua finalement la tête.

— Je suis désolée, Reece, mais il vaut mieux que je reste à Cairns.

— Je comprends.

En dehors d'une soudaine contraction de la mâchoire, elle ne remarqua nul changement dans sa physionomie. Il encaissait plutôt bien la nouvelle et elle s'en réjouissait.

— Qui ne tente rien n'a rien, dit-il avec un sourire forcé.

— Merci d'avoir pensé à moi, en tout cas.

Il haussa les épaules.

— Je vous en prie.

Jetant un coup d'œil en direction de la crèche, située à peine vingt mètres plus bas, elle désigna du menton l'enseigne colorée de l'école.

— Je dois vraiment récupérer Rosie.

— Oui, bien sûr.

— Reece, j'espère que tout ira bien pour vous et Michael. Et je suis sûre que vous trouverez une personne compétente.

— Je vous remercie. Inutile de vous inquiéter.

— N'oubliez pas de saluer Michael de ma part.

Secrètement déprimée, elle s'approcha de Reece et déposa un baiser hâtif sur sa joue râpeuse. Et l'espace d'un instant, elle lutta de toutes ses forces contre une folle envie de s'abandonner entre ses bras musclés.

— Je dois y aller. Mais nous restons en contact, n'est-ce pas ?

— Evidemment. De votre côté, embrassez Rosie pour moi.

— Je n'y manquerai pas.

Elle pivota sur elle-même, les yeux brillant de larmes. Quelle bêtise ! Certes, elle avait conscience de prendre la bonne décision.

Mais pourtant…

Si je travaillais au ranch, je n'aurais pas besoin de laisser Rosie à la crèche tous les jours. Elle resterait avec moi toute la journée…

Non ! Elle refusait de divaguer, de se laisser aller aux regrets. Elle devait rester forte, fidèle à ses objectifs.

Cela dit, accepter ce job serait le meilleur moyen de remercier Reece pour tout ce qu'il a déjà fait pour moi et Rosie…

A cette pensée, elle eut la sensation de recevoir un seau d'eau glacée.

Ne s'était-elle pas montrée terriblement égoïste ? Reece était confronté à un véritable dilemme. Il avait besoin d'une personne de confiance pour s'occuper de son grand-père, exactement comme elle avait eu besoin d'aide lors de la naissance de Rosie.

Lui n'avait pas hésité une seconde à lui porter secours… tandis qu'elle venait de le congédier froidement…

Figée devant la porte de la crèche, elle tourna la tête vers le bout de la rue. Déjà, Reece s'éloignait à grandes enjambées, sur le point de disparaître au tournant.

Elle se mit alors à courir.

Après tout, peut-être était-ce mieux ainsi ? Tout en cherchant à se convaincre, Reece accéléra l'allure. Mais alors pourquoi devait-il lutter contre le gouffre douloureux qui lui ouvrait la poitrine ?

Il avait eu une mauvaise idée en proposant à Jess de venir travailler à Warringa. Evidemment, elle était une excellente cuisinière et elle avait éperdument besoin de gagner un peu d'argent. Mais n'aurait-il pas pris trop de risque en l'installant au ranch ? Elle n'avait pas passé une nuit à Warringa avec sa petite fille qu'il regrettait déjà leur présence à toutes les deux. Alors, qu'adviendrait-il si elles restaient plusieurs mois ? Il risquait de beaucoup trop s'attacher !

Or, elles finiraient par partir.

Il ne nourrissait aucun doute à ce sujet. Entre l'abandon de sa mère et ses nombreux déboires sentimentaux avec les filles, il avait retenu la leçon. Jess s'était montrée sage en déclinant son offre. Et, malgré la trace de ses lèvres pulpeuses sur sa joue, il lui en était reconnaissant.

A présent, il allait solliciter une agence d'intérim pour dénicher une gouvernante d'âge mûr bardée de références. Et s'il ne trouvait pas la perle rare, il se résignerait à employer une équipe de cow-boys pour le domaine et s'occuperait lui-même de son grand-père.

Il refusait de se laisser paralyser par ce genre de problème. Et...

— Reece !

Il crut que la voix de Jess le transperçait comme une flèche. Se retournant brutalement, il la vit remonter la rue à toute allure, et, contrarié, il sentit son cœur s'affoler.

— Quelque chose ne va pas ? cria-t-il. Il est arrivé malheur à Rosie ?

A bout de souffle, elle pila net devant lui.

— Non, non. Simplement, j'ai... j'ai réfléchi. A propos du travail que vous me proposez. J'aimerais vous aider.

A ces mots, Reece s'exhorta au calme.

— Je n'aurais jamais dû refuser, dit-elle enfin. Je ne sais pas ce qui m'a pris.

— Warringa est très isolée.

— Je sais, mais quelle importance ? Alan et moi projetions de nous installer à Gidgee Springs. Donc, de toute façon, Rosie et moi étions destinées à vivre dans le bush.

Lui décochant un grand sourire, elle ajouta :

— Et je vous dois bien ça !

— Vous n'avez pas de dette envers moi.

— Si, Reece. Vous m'avez déjà tellement aidée.

— Il ne s'agit pas de service rendu ou de gratitude. Je vous offre seulement un emploi sérieux et réaliste.

En réponse, elle hocha vigoureusement la tête.

— Oui. Et je serais ravie de l'accepter.

En était-elle vraiment certaine ? Craignant qu'elle ne change de nouveau d'avis, il s'abstint de tout commentaire.

Et il ignora délibérément toutes les sirènes d'alarme qui résonnaient dans son esprit au moment de déclarer :

— Ce serait merveilleux.

— Jess Cassidy ? répéta le grand-père de Reece. La petite qui a accouché à la maison ?

— Oui. Non seulement elle est excellente cuisinière, mais elle sait parfaitement entretenir une maison.

Le regard du vieil homme s'étrécit.

— Alors, j'avais raison. Elle t'intéresse.

— Que vas-tu t'imaginer ? Je l'ai embauchée pour qu'elle s'occupe de toi, point final.

— Je n'ai pas besoin qu'on veille sur moi.

Reece soupira.

— D'accord. Je n'ai pas l'intention de discuter avec toi sur ce point. Rappelle-toi juste que je vais bientôt commencer à rassembler les bêtes et que je serai plus tranquille en te sachant en sécurité à la maison.

— Alors, tu veux me coller une gardienne de prison !

— Jess ? Elle serait ravie d'entendre ça.

— Et sa gamine ?

— Elle s'appelle Rosie et elle va emménager avec sa mère.

— Et brailler toute la nuit chez nous ?

— C'est une petite fille plutôt calme. Et puis de toute façon, tu ne l'entendras pas. Je vais les installer dans l'ancien appartement de mes parents, à l'autre bout de la maison. En outre, tu pourras toujours t'acheter des bouchons d'oreille. Ou mettre la télévision à fond… même si je suis certain qu'elles ne te dérangeront pas. Peut-être même finiras-tu par apprécier leur compagnie !

Michael grimaça.

— Ça m'étonnerait. Tu as été un nourrisson épouvantable. Tu couinais tout le temps.

De nouveau, Reece poussa un profond soupir.

— Quel rapport avec Rosie ? Tous les bébés sont différents.

*
* *

— Mamy, c'est moi, Jess. Comment vas-tu ?

— Jess, ma chérie ! Je me porte comme un charme. Et toi ? Et Rosie ?

— Tout va bien, merci. Rosie grandit à vue d'œil. J'aimerais tellement que tu la voies !

— J'ai toujours la jolie photo que tu m'as envoyée. Elle est exposée sur mon buffet.

Jess esquissa une grimace en imaginant le cliché perdu au milieu des photos des sept autres arrière-petits-enfants de la vieille dame. Parfois, elle acceptait mal de partager sa grand-mère avec le reste de la famille. Depuis la mort de sa mère, sa mamy n'était-elle pas la seule survivante parmi ses proches ? Hélas, elle avait aussi trois fils, que Jess n'avait rencontrés qu'en de rares occasions, ainsi que six petits-enfants en plus de Rosie. Tous vivaient sur la Gold Coast, à l'autre bout de l'Australie.

Après la mort d'Alan, elle avait d'ailleurs hésité à s'installer là-bas. Mais parce que la vie y était trop chère et qu'elle n'était même pas sûre de décrocher un emploi dans cette région, elle avait vite renoncé.

— Je t'appelais pour t'annoncer que j'ai trouvé un nouveau travail.

— Oh ! Vraiment ? Un bon poste ? Qui te plaît ?

— Oui, beaucoup. En fait, c'est le job idéal pour moi. Je vais travailler chez un éleveur de bétail en tant que gouvernante.

— Un éleveur de bétail ? Dans le bush ?

— Oui. Il s'agit du ranch où Rosie est née.

— Je vois. Ainsi tu vas travailler chez ce merveilleux garçon qui t'a secourue ? demanda la vieille dame, malicieuse.

— Oui. Mais je ne me souviens pas avoir précisé qu'il était merveilleux.

— En tout cas, tu semblais beaucoup l'apprécier.

Parce qu'elle n'avait jamais su mentir, elle sentit sa voix trembloter.

— Pas de la manière que tu imagines. Du reste, il s'agit seulement d'un nouveau travail, mamy. En plus, cette offre tombe à pic.

Elle avait beaucoup réfléchi et la situation était maintenant claire dans son esprit.

Elle en était d'ailleurs très satisfaite.

Une minute plus tard, elle raccrochait en promettant à sa grand-mère de lui rendre visite pour Noël.

Quelques jours plus tard, en plein soleil, elle reconnut à peine la piste conduisant au ranch de Reece, si différente de l'angoissant chemin arpenté la nuit du drame. Aujourd'hui, elle pouvait admirer les pâtures où s'éparpillaient de magnifiques bœufs Brahman, parqués derrière des barrières où se posaient des aigrettes blanches. Puis elle contempla la masse sombre des arbres dressés au bord de la gorge, ainsi que les rochers rouges et les plaines ondoyantes qui s'étendaient à perte de vue.

Avec une curiosité nouvelle, elle découvrait ce paysage au parfum d'aventure.

Assise à l'arrière du 4x4 de Reece, elle s'était glissée près du siège-auto de sa fille, tandis que Michael somnolait à l'avant, à côté de son petit-fils installé au volant.

Quant au vaste coffre, il abritait, outre leurs bagages, un petit lit d'enfant flambant neuf, une commode blanche laquée assortie, une chaise haute, une moustiquaire et des piles de vêtements pour bébé.

— En hiver, il peut faire très froid à Warringa, avait expliqué Reece dans le magasin où ils effectuaient quelques emplettes avant le départ.

En dépit des protestations de Jess, il avait insisté.

— Rosie ne doit pas tomber malade. Et puis, considérez ça comme une avance sur votre salaire. Ne vous inquiétez pas, vous me rembourserez petit à petit.

Il avait aussi tenu à acheter un joli mobile multicolore à suspendre au-dessus du lit et une veilleuse rose en forme de champignon.

Comme ils approchaient de la propriété, elle se laissa gagner par l'impatience. Des bâtiments de bois commençaient à apparaître progressivement — un abri pour les machines agricoles, des étables, des écuries, un moulin à vent… Se redressant sur son siège, elle chercha la maison du regard.

A demi caché par d'immenses figuiers de Moreton Bay,

l'édifice apparut au dernier tournant, avec son style typique du Queensland, ses murs blancs, son toit bas en tôle rouge décoloré par les intempéries.

Un instant, elle se remémora les circonstances tragiques de sa première visite. Elle se revoyait, scrutant la nuit à travers la tempête, puis soulagée en apercevant la véranda éclairée. Elle avait considéré cette demeure comme un havre de paix au moment d'entrer dans la petite chambre tiède, soutenue par les bras de Reece.

Et aujourd'hui, elle trouvait la vieille maison, abritée du soleil par les grands arbres, tout aussi accueillante — même si la façade réclamait sans doute un bon coup de peinture. Elle qui avait grandi dans un modeste appartement des faubourgs de Perth, réalisait un peu son rêve en emménageant à Warringa.

Enfin, elle allait saisir la chance que la vie lui offrait.

5

— Vous allez encore dormir dans ma chambre cette nuit.

Jess dévisagea Reece en priant pour ne pas rougir. Il précisa aussitôt :

— C'est juste pour cette nuit. Votre appartement n'est pas encore prêt.

— Mais… mais…

Bon sang ! Pourquoi ne parvenait-elle pas à gérer ce genre de situation sans bégayer ? Après avoir passé toute une journée enfermée dans la voiture de Reece, elle avait perdu toute maîtrise d'elle-même.

Arquant un sourcil noir, il lui jeta un regard amusé.

— Mais quoi ? Vous vous inquiétiez de l'endroit où je vais dormir ?

— Non, ce n'est pas cela…

Comme elle mentait mal ! Car de toute évidence, elle était taraudée par cette question…

— Je passerai la nuit dans l'un des hamacs de la véranda. Comme la dernière fois.

Evidemment ! Elle aurait dû s'en douter. Reece n'était pas le genre d'homme à lui tendre un piège pour l'attirer dans son lit. D'ailleurs, il n'avait jamais manifesté le moindre intérêt à son encontre — ou du moins, aucune attirance sexuelle. Et elle le comprenait très bien après le spectacle désolant qu'elle lui avait infligé la première fois, trempée comme un rat et pliée en deux par la douleur.

Mais était-il convenable que son employeur couche dehors ? Quasiment sous les fenêtres de sa propre chambre ?

— Ne vous tracassez pas, Jess, lui dit-il, une lueur amusée

dans son regard brun. J'ai passé la moitié de ma vie à dormir par terre dans le bush.

— Oui, oui, je sais…

— Bon, maintenant que ce problème est réglé, je vais vous montrer la cuisine. Que diriez-vous de prendre un thé ?

Sa fille babillant gaiement dans les bras, elle le suivit avec étonnement. En longues foulées souples, Reece sortit de la maison grâce à un passage couvert qui menait à une petite bâtisse de bois.

— La cuisine séparée est un vestige du passé, dit-il en remplissant une bouilloire qu'il posa sur le gaz. En hiver, et parfois même en été, tous les gens du coin utilisent des poêles à bois. Ainsi, si un incendie se déclare, le reste de la maison est préservé.

— Très ingénieux, répondit-elle en examinant la pièce.

Elle n'était pas gênée à l'idée de travailler à l'écart du bâtiment principal. Au contraire, elle appréciait d'avoir son propre domaine. Elle trouva la cuisine simple, sans nulle touche féminine dans sa décoration, mais vaste et lumineuse avec ses hautes fenêtres protégées par des volets à claire-voie par où circulait la brise. Contre le mur du fond trônait une énorme cuisinière de fonte avec deux fours, encadrée de bancs à dossier. Plus loin, une longue table de pin se dressait, environnée de ses six chaises, dans l'attente qu'une famille vienne s'asseoir pour dîner.

Une fois la chaise haute de Rosie installée devant la table et ses pots et ingrédients de base alignés sur les comptoirs, Jess s'y sentirait chez elle.

— La réserve se trouve par là, déclara Reece en ouvrant une porte.

Les yeux écarquillés, elle pénétra à sa suite dans une petite pièce dont les étagères, alignées jusqu'au plafond, croulaient sous les provisions. De toute évidence, ils étaient prêts à soutenir un siège.

— Waouh ! fit-elle avec un grand sourire. Mais c'est le paradis !

Il eut un petit rire étonné.

— Vous n'êtes pas compliquée.

— N'importe quel cuisinier digne de ce nom rêverait d'avoir un tel cellier.

— Et encore, vous n'avez pas vu la chambre froide !

— Parce qu'il y a aussi une chambre froide ?

— Oui. Juste ici.

Il poussa une lourde porte. Aussitôt, elle aperçut un spectaculaire quartier de bœuf suspendu au plafond, flanqué de briques de lait et de mottes de beurre dans leur emballage. Toutes les denrées trônaient sur des rayonnages de bois.

— Oh ! Bon sang ! Mais c'est fabuleux ! Je crois que je suis en train de tomber amoureuse…

Haussant les sourcils, il lui glissa un regard en coin.

— … de votre cuisine, dit-elle précipitamment, le feu aux joues.

Il hocha la tête.

— Sortons d'ici ou Rosie risque d'attraper froid.

Mais, en s'effaçant devant la porte, il détourna le regard au moment où elle passait près de lui.

Déjà installé à la table de la salle à manger, une serviette glissée dans le col de sa chemise, Mickael attendait son repas sans lâcher Jess du regard. Depuis une minute, elle préparait le biberon de Rosie.

— Que reprochez-vous au lait maternel ? demanda-t-il, non sans provocation.

Elle se raidit, tout de suite sur la défensive. Certes, le vieil homme avait eu une vie difficile, mais il n'avait aucune idée des épreuves qu'elle avait endurées au cours des derniers mois.

Elle respira un grand coup avant de répondre.

— A la mort de mon mari, le choc a été tel que je n'ai pas réussi à allaiter mon bébé.

Comme Michael secouait la tête, guère convaincu, Reece abandonna un instant les fourneaux. Il avait insisté pour préparer le dîner ce premier soir, de manière à souhaiter la bienvenue aux deux filles.

— Laisse Jess tranquille, Grand'Pa. Tu ne connais rien aux bébés !

Elle aurait voulu l'embrasser. Après les avoir tous deux gratifiés d'un coup d'œil peu amène, le vieillard aux traits tannés perdit son expression vindicative et haussa les épaules.

— Bon… Peut-être aurez-vous plus de chance la prochaine fois.

— Je vous garantis qu'il n'y aura pas de prochaine fois.

— Ridicule ! Vous êtes bâtie pour mettre au monde une tribu de petits Queenslanders pur beurre. N'est-ce pas, Reece ?

Occupé à tourner sa cuillère de bois dans une grosse marmite, l'intéressé ajouta une large rasade de Worcestershire Sauce sans daigner répondre.

Le regard fixé sur lui, Jess se demanda un instant comment il se débrouillait, avec son jean délavé et les manches de sa chemise roulotées, pour sembler encore plus viril devant des casseroles.

Puis elle chassa cette pensée, seulement concentrée sur sa hâte à reprendre en main cette cuisine qui deviendrait bien vite son domaine.

Cette nuit-là, Rosie se mit à pleurer après minuit.

Confortablement installé dans son hamac, Reece entendit ses pleurs, puis le craquement du parquet quand Jess quitta son lit. Rapidement, il l'entendit murmurer des mots doux et l'imagina en train de caler sa fille sur son épaule, ses lèvres posées sur sa minuscule joue satinée, tout en la berçant pour l'endormir.

Hélas, il passait beaucoup trop de temps à observer la jeune femme depuis leurs retrouvailles. Il avait tout de suite remarqué combien son beau visage s'adoucissait dès qu'elle contemplait son enfant. Sa voix aussi se faisait plus tendre, plus caressante. En somme, il aurait pu l'admirer pendant des heures en train de dorloter sa petite fille. Il se sentait profondément ému par son amour, sa sollicitude, son dévouement…

Sans doute un psy aurait-il expliqué sa fascination par un vieux complexe d'abandon, causé par la fuite de sa mère durant son enfance…

Bah… c'était une vieille histoire…

Comme Rosie continuait à pleurer, il sauta de son hamac

et rentra à l'intérieur sur la pointe des pieds. S'assurant que la chambre de son grand-père était bien fermée, il ferma ensuite la porte du vestibule, afin d'isoler la chambre de Jess.

Un instant, il hésita ensuite à frapper chez la jeune femme afin de lui proposer son aide. Peut-être pouvait-il faire chauffer un biberon ? Hélas, il ne se sentait pas de taille à affronter la jeune femme en tenue de nuit.

Le temps qu'il retourne à son hamac, les mains nouées sous la nuque et la tête levée vers les étoiles, la maison était de nouveau calme. A côté, il entendit seulement le vieux lit de bois grincer quand Jess se recoucha.

Il devait maintenant dormir. Sauf qu'il rencontrait un léger problème : dès qu'il fermait les paupières, il était assailli par la vision de Jess en nuisette et par les courbes délicates de son corps, modelées par un rayon de lune.

Il rêvait alors qu'elle s'approchait de lui, un sourire mystérieux aux lèvres…

Bon sang ! Maintenant, trop tard pour avouer qu'il avait commis une terrible bévue en l'invitant à venir s'installer chez lui !

Le lendemain matin, Jess s'attela à la préparation du petit déjeuner.

— N'essayez pas de nous cuisiner des plats compliqués ! déclara Michael en la saluant sans sourire. Une bonne assiette d'œufs brouillés et de bacon, je ne connais pas mieux pour requinquer un homme avant une rude journée de travail. Si vous savez faire ça, des plats simples pour d'honnêtes travailleurs, vous n'entendrez jamais une plainte de ma part.

Comme Reece roulait des yeux avec humour, elle réprima un sourire.

— Je crains que vous n'ayez pas droit au bacon et aux œufs tous les jours, répondit-elle d'un ton ferme.

Et Reece de renchérir :

— J'ai communiqué à Jess la liste des aliments recommandés par le médecin.

Haussant les épaules, le vieil homme se perdit dans la contemplation de son assiette encore vide.

Jess s'empressa alors de le rassurer :

— Oh ! Je ne m'inquiète pas pour vous. On peut faire une excellente cuisine sans mettre en danger son taux de cholestérol.

Elle commençait à s'habituer aux ronchonnements du vieux Michael. Il n'avait pas un caractère acariâtre, mais se comportait naturellement comme un vieux bougon. Or, elle avait bien l'intention de gagner son cœur, ou du moins son estomac, en lui concoctant des petits plats délicieux et… légers.

Le petit déjeuner terminé et Rosie couchée pour son petit somme de la matinée, Reece lui proposa de visiter son futur appartement.

— Par contre, le ménage n'a pas été fait depuis des lustres…

Cette partie de la maison était fermée depuis la mort de son père et il dut se débattre un moment avec le trousseau de clés pour la déverrouiller. Une fois entré, il se précipita vers les fenêtres et les ouvrit en grand, au son du grincement des antiques volets. Dans la lumière éclatante du soleil, une vaste salle aux murs blancs apparut, remplie de poussière et de toiles d'araignée.

— Humm… C'est pire que dans mon souvenir ! fit-il avec une grimace.

— Mais cette chambre est immense !

Apparemment, elle ne se souciait pas du désordre — une bonne journée de travail suffirait à tout nettoyer. En fait, elle s'intéressait uniquement à l'espace dont elle disposerait désormais : à elle seule, la pièce semblait plus grande que les minuscules appartements où elle avait résidés durant toute sa vie. Soufflée, elle contempla un long moment le magnifique plafond orné de poutres de pin couleur de miel.

Puis, avançant dans la salle, elle repéra contre l'un des murs un vaste lit aux montants de cuivre, doté d'un matelas poussiéreux et, en face, une grande armoire en pin à l'ancienne. Près de la fenêtre, une psyché de verre taillé se dressait. Depuis combien de temps n'avait-elle pas reflété l'élégante silhouette d'une jeune femme ?

Se dirigeant vers une porte qu'elle n'avait pas encore remarquée, Reece l'ouvrit aussi.

— Il faudra passer le balai à côté. Mais cet endroit plaira certainement à Rosie.

Lui emboîtant le pas, elle découvrit que l'une des extrémités de la véranda avait été transformée en une agréable petite pièce. Cet espace, isolé grâce à des parois constituées de volets à claire-voie s'élevant jusqu'au plafond, bénéficiait de la fraîcheur de la brise sans pâtir du soleil. Et, grâce aux moustiquaires placées devant les ouvertures, Rosie ne serait pas importunée par des insectes.

Elle adressa à Reece un sourire ravi.

— C'est absolument parfait. Et même plus ! Je n'ai jamais vu un endroit aussi fabuleux. J'ai l'impression que l'un de mes rêves secrets se réalise.

Très satisfait, son hôte continua la visite guidée.

— Quant à la salle de bains, elle se trouve par là.

Elle le suivit dans une vaste salle avec un carrelage à damier noir et blanc, munie d'une douche et d'une ancienne baignoire à pieds. Le soleil se reflétait sur les murs immaculés à travers une vitre à petits carreaux verts et roses. La lumière égayait la pièce malgré la couche de poussière posée sur le lavabo et la coiffeuse en chêne.

Jess peinait maintenant à contenir son excitation.

— Je n'en crois pas mes yeux, Reece. C'est tellement… incroyable ! Non, extraordinaire !

Se tournant vivement, elle s'élança vers lui, bras grands ouverts pour le remercier… quand elle le vit se raidir et reculer discrètement.

Elle se ressaisit aussitôt. Quelle mouche l'avait piquée ? Cet homme était son employeur et elle-même venait de perdre son mari. Surtout, ne l'avait-il pas embauchée parce qu'elle lui inspirait de la pitié ? Jamais il n'avait dû envisager une liaison avec elle, ce qui expliquait son air réprobateur et contrarié.

— Quand j'aurai tout nettoyé, dit-elle simplement, cet endroit sera superbe… et digne d'un magazine de décoration. J'ai hâte de m'y mettre.

Elle rit et ajouta :

— C'est dire combien je suis impatiente car j'ai toujours eu en horreur le ménage.

— Je vous aiderai.

— Pas question ! Vous avez déjà des journées éreintantes avec votre bétail.

— Mon troupeau peut attendre. A nous deux, nous remettrons de l'ordre dans cette pièce en un claquement de doigt.

Son regard chaleureux pétillait de nouveau lorsqu'il ajouta en souriant :

— Je vais vous montrer où se range l'aspirateur. Moi, je m'occuperai d'astiquer les meubles et de chasser les toiles d'araignée.

Reece non plus n'avait jamais apprécié de lessiver les murs et nettoyer les vitres…, mais curieusement, en compagnie de Jess, il jugeait ces corvées amusantes.

Sans doute parce qu'elle avait l'enthousiasme communicatif ?

A mesure qu'ils frottaient, le parquet, couleur de miel, émergeait de sa gangue de poussière et les murs, d'un beau blanc crémeux, perdaient leurs scories.

En plus, Reece se sentait largement récompensé de ses efforts par le sourire lumineux de sa compagne. Parfois, entre deux travaux, il plongeait au fond de ses grands yeux bleu-vert comme pour s'y noyer.

Pouvait-il s'avouer son attirance à son égard ? A certains moments, il avait aussi l'impression de surprendre une lueur d'intérêt dans le regard de Jess. Sans parler du courant impalpable, fait d'innocents signaux, qui circulait entre eux en éveillant ses sens.

A plusieurs reprises, il dût se retenir de l'approcher, de la prendre dans ses bras et l'embrasser.

S'il cédait à cette folie, il réduirait à néant les chances de la jeune femme de mener avec son enfant une vie saine et normale.

Jess n'était à Warringa que depuis une journée. Et il lui avait proposé un emploi, pas une aventure !

En plus, la pauvre femme pleurait sans doute encore son mari.

Comment avait-il pu s'imaginer une seconde qu'il lui plaisait ?

Hélas, peu habitué à vivre auprès d'une femme, il était profondément troublé par leur proximité.

Mais une fois qu'il aurait commencé à rassembler les troupeaux, le problème serait réglé.

Courbaturée, le dos moulu mais radieuse, Jess se redressa lentement pour admirer les fruits de leur dur labeur.

— C'est un très bel appartement.

— Je suis heureux de le voir de nouveau habité.

— Depuis combien de temps était-il fermé ?

— Un bon moment. Nous n'en avions plus vraiment l'usage, répondit-il, évasif, après un court silence. En plus, il réclamait trop d'entretien.

La mère de Reece avait-elle habité ici ? Elle n'osa pas lui poser la question, sachant par expérience combien le rapport entre les enfants et leur mère est parfois complexe et fragile.

Mais en pensant à l'enfance de Reece, elle éprouva un pincement de sympathie douloureuse, sans rapport avec les sentiments ou les sensations qu'il éveillait d'ordinaire en elle quand il traînait dans les parages.

Aujourd'hui encore, elle n'avait pu s'empêcher d'admirer sa musculature en action, ni le profil harmonieux de son beau visage.

Comme elle avait honte ! N'était-elle pas là pour gagner leur vie, à Rosie et à elle, et pour mériter son salaire en s'occupant au mieux du grand-père de Reece et de sa maison ?

Par chance, il serait bientôt occupé à regrouper son bétail, vacciner et soigner les animaux quand il ne réparerait pas les clôtures. Bref, toutes les activités qui accaparaient pleinement un éleveur !

Malheureusement… une fois Reece disparu des heures durant pour se livrer à ses différentes tâches, elle sentit sa satisfaction fondre comme neige au soleil.

Fidèle à son poste, elle se levait à l'aube en même temps que lui…, mais pendant qu'il engloutissait un solide petit déjeuner, à peine échangeaient-ils quelques mots. Très pressé, il enfouissait ensuite son casse-croûte dans l'une des grandes poches de sa veste et disparaissait à l'horizon, deux chiens au pelage curieusement parsemé de taches bleues derrière son cheval.

Elle savait qu'il était alors rejoint par deux hommes d'une exploitation voisine, mais même avec leur aide, il ne rentrait jamais avant le coucher du soleil.

En somme, il demeurait absent plus de douze heures.

Et il lui manquait.

Ce qu'elle jugeait déraisonnable étant donné la vie agréable qu'elle menait désormais. Jamais elle n'aurait osé rêver d'un tel travail. Chargée d'entretenir la maison, cuisiner et veiller sur Michael, elle avait pourtant l'impression de s'offrir une sinécure en comparaison de son ancien emploi au restaurant. Elle profitait aussi d'un logement merveilleux, dépourvu de loyer. Et, cerise sur le gâteau, elle gardait sa fille à plein temps à ses côtés.

En plus, à sa grande surprise, elle appréciait la vie dans le bush. Le matin, elle étendait le linge, accompagnée par le rire rauque d'un kookaburra. Depuis les fenêtres de la cuisine, elle profitait d'une vue magnifique sur les paddocks à l'herbe grasse, ombragés par de grands gommiers dégingandés qui se détachaient sur le bleu du ciel. Dans l'après-midi, elle admirait aussi les kangourous en train de faire la sieste à l'ombre, ou de brouter en petits groupes au crépuscule.

Loin de l'agitation des villes de la côte, elle se repaissait du spectacle de la nature. Et, vivant au rythme du soleil, elle commençait à pardonner à Alan les erreurs qu'il avait commises au point de les plonger, Rosie et elle, dans une situation dramatique.

Surtout, elle ne se laissait pas distraire par les ronchonnements de Michael. Ils formaient même une bonne équipe, tous les deux.

Oui, elle était heureuse ici.

Elle avait enfin donné une bonne impulsion à sa vie et elle se surprenait parfois à prier pour que le conte de fées dure toujours. Mais élevée par une mère profondément pessimiste, elle ne gardait aucune confiance en l'avenir.

Des années plus tard, elle croyait encore entendre ses sombres prédictions.

« Ne te réjouis pas trop vite, Jess. La vie ne nous fait jamais de cadeau. Juste au moment où tu te crois tirée d'affaire, le destin se charge de scier la branche où tu étais assise. »

Mais elle avait décidé d'être heureuse, envers et contre tout. Et, après sa rencontre avec Alan, elle s'était donnée à lui de toute son âme.

Chaque fois que son mari l'avait déçue, elle lui avait pardonné, toujours prête à lui offrir une autre chance. Mais sa mère avait raison. Un malheur guettait toujours dans l'ombre.

Exactement comme le soir de l'accident. Même maintenant, à l'abri derrière les hauts murs du ranch, elle restait hantée par l'horrible spectre de la peur et du doute.

Perché sur la barrière d'un enclos dans le soleil couchant, Reece pensait à tous les problèmes à régler avec le troupeau qu'il venait de rentrer. Dans l'un des paddocks, il avait installé les jeunes veaux à engraisser, ceux qu'il devrait conduire dès le lendemain dans de nouveaux pâturages du côté de Rockhampton. Dans une autre stalle, il avait réuni les moutons qu'il avait trouvés, solitaires et sans marque, aux confins de Warringa.

Des moutons sauvages qu'il lui faudrait vacciner et tatouer à l'oreille. Normalement, cette tâche incombait à l'un de ses aides, mais il envisageait de s'y atteler dans la soirée, avant que la nuit tombe.

Au moins aurait-il une bonne excuse pour ne pas rentrer.

Pour ne pas voir Jess.

Il réprima une grimace, pas très fier de sa lâcheté. Il trouvait assez cavalier d'avoir emmené une jeune femme dans les régions isolées de l'Outback pour ensuite la délaisser toute la journée.

En théorie, il avait jugé brillante l'idée de l'inviter sous son toit. D'autant qu'avec son grand-père, il avait trouvé la parfaite excuse. En plus, il avait conscience d'offrir à la jeune femme la sécurité financière et l'opportunité d'élever sa fille.

Mais malheureusement, rien ne se déroulait comme prévu !

D'un bond, il quitta son perchoir. A l'horizon, le soleil déclinait en dessinant au sol de longues ombres étirées et une brise fraîche souleva le col de sa veste. Il réfléchissait maintenant à son dernier souci en date.

Au fond de lui, il savait pertinemment qu'envisager un avenir à long terme à Warringa avec une fille comme Jess relevait de l'utopie. Un jour, elle réclamerait à retourner à Cairns où Rosie et elle pourraient participer à la vie associative, se faire des amis, rencontrer d'autres mères avec de jeunes enfants... Jess rêverait bientôt de fêtes, de sorties au cinéma ou au restaurant... tout ce qui manquait cruellement dans le bush.

Et si quelqu'un méritait une belle vie, n'était-ce pas elle ?

En d'autres termes, il avait conçu un plan parfait sur le papier... qui se compliquait dès qu'il était question de sentiment. Ou de sexe.

Par conséquent, il refusait de montrer à la jeune femme à quel point elle lui plaisait.

Et pour ne pas se trahir, il la voyait le moins souvent possible.

— Alors ? demanda Jess à Michael, comme ils étaient installés devant une tasse de café dans la cuisine. Quel est le programme de Reece, aujourd'hui ?

Elle posait cette question tous les jours, souvent au petit déjeuner ou en milieu de matinée.

Le vieil homme roula des yeux comiques.

— Comme d'habitude. Il va chercher le bétail, l'enfermer dans des enclos, séparer les jeunes mâles de leur mère, et sélectionner les bêtes à vendre.

— Est-il aussi occupé toute l'année ?

— Ça, on peut dire que dans notre métier, on ne chôme pas ! rétorqua Michael en regardant avec intérêt Jess enfourner une cuillère de purée de légumes dans la bouche de Rosie.

Puis il ajouta avec l'un de ses rares sourires :

— Elle n'est pas très bruyante, finalement.

— Dois-je comprendre qu'elle ne vous dérange pas ?

— Pas pour le moment, en tout cas.

Elle sourit à son tour.

— Ravie de l'entendre !

Tout se passait au mieux dans sa vie. Alors pourquoi éprouvait-elle cette désagréable sensation de frustration ?

Tout de même... elle ne voyait plus beaucoup son ange

gardien. Certains soirs, toute la maisonnée dormait déjà lorsqu'il rentrait. Pour le dîner, elle lui laissait un repas chaud dans le four. Peut-être se montrait-elle paranoïaque, mais elle avait parfois l'impression que Reece s'absentait loin du ranch volontairement.

Il cherchait à l'éviter. Elle en était certaine.

Comme chaque jour, il avait passé des heures interminables en selle, entre chaleur et poussière. Aussi, après une bonne douche, Reece se dirigea-t-il vers la cuisine pour déguster, avec un plaisir évident, un sauté de bœuf aux petits légumes, agrémenté d'une sauce savoureuse. Jess réalisait des merveilles aux fourneaux. Il ne pouvait pas lui retirer ce talent. En fait, elle transformait les plats les plus simples en gourmandises.

— On se régale, fiston ?

— Oui, c'est excellent ! s'exclama-t-il en voyant son grand-père entrer dans la cuisine en pyjama et pantoufles.

— Sacrée petite cuisinière, hein ?

Sans ses lunettes, Michael devait plisser les yeux pour voir distinctement.

— Tout à fait. On dirait que vous commencez à bien vous entendre, tous les deux…

Tout en opinant du chef, le vieil homme s'assit lentement sur une chaise, non sans une petite grimace de douleur provoquée par le craquement de ses os.

A table, Reece continua son repas. Il avait toujours apprécié la compagnie de son grand-père et, après des années de vie commune, il pouvait prédire le moment exact où ce dernier allait lui infliger une leçon de moral.

Michael se pencha vers lui.

— Tu ne vas pas lui souhaiter bonne nuit ?

— A qui ? A Rosie ?

Le vieil homme renifla, agacé.

— Non, à Jess.

Cette fois-ci, il dévisagea son grand-père avec incrédulité. Bien sûr, Michael traversait parfois des moments de confusion, mais tout de même…

— Elle est déjà couchée, Grand'Pa.

— Elle se trouve peut-être dans sa chambre, mais elle lit tard tous les soirs. D'ailleurs, elle dévore petit à petit tous les vieux bouquins de ton père. Tu sais bien... ceux qu'il avait rapportés de Sydney, durant ses études d'agronomie...

Un instant, le vieil homme parut fier de lui rappeler qu'il avait autrefois payé les études de son fils. Puis il reprit sans en démordre :

— En tout cas, je suis sûr qu'elle ne dort pas.

Piquant une carotte du bout de sa fourchette, Reece l'observa attentivement.

— Je n'ai pas envie de la déranger.

— Elle est très seule, Reece.

Il sentit soudain un frisson glacé lui parcourir l'échine et d'un seul coup, il repensa à ses souvenirs d'enfant. Sa mère tournant comme une lionne en cage dans le salon, les disputes avec son père, ses longues fuites à cheval, dont elle revenait sombre et triste.

Et puis un jour, sa disparition...

Avec précaution, il reposa les couverts dans son assiette.

— Pourquoi ? Tu crois qu'elle se sent seule ?

— Elle m'interroge sans cesse sur tes activités. Elle me demande où tu es ou combien de temps va durer le rassemblement des bêtes... Tous les jours, au petit déjeuner ou à midi, elle me sert la même chanson.

Il crut une seconde que son cœur ralentissait.

— Jess me voit chaque matin au petit déjeuner. Pourquoi ne me posait-elle pas directement ces questions ?

Michael haussa les épaules.

— Elle n'est pas timide, mais je crois que tu l'impressionnes.

— C'est absurde.

A cet instant, son grand-père le dévisagea longuement. Son regard, jadis si perçant, semblait désormais embrumé par l'âge, même si on y devinait toujours une volonté de fer.

Reece soupira.

— Bon, d'accord, je vais lui parler.

*
* *

Glissant un marque-page dans son livre, Jess le posa ensuite sur sa table de chevet. L'histoire, située durant la Crise de 29 aux Etats-Unis, était bien écrite et romanesque à souhait. Mais l'heure tournait et elle avait sommeil.

Au moment où elle s'apprêtait à éteindre la lampe, elle distingua des pas dans le couloir. Les doigts sur l'interrupteur, elle se figea. Ce ne pouvait être que Reece. Le bruit s'arrêta derrière sa porte et elle se redressa en retenant son souffle. Souhaitait-il lui parler ? Elle ne voyait aucun inconvénient à ce qu'il entre un instant, même pour un simple bonsoir.

Vêtue d'une longue chemise de nuit, elle était couverte quasiment du menton aux genoux. Donc, aucun problème de ce côté-là.

Si seulement elle avait laissé la porte entrouverte ! Elle lui aurait peut-être facilité les choses…

Bon sang, mais qu'espérait-elle, au juste ?

Rejetant la légère courtepointe, elle sauta à bas du lit. Mais à peine avait-elle posé ses pieds nus sur le carrelage qu'elle entendit les pas s'éloigner.

Il était parti…

Consciente d'être stupide, elle s'élança aussitôt jusqu'à la porte et l'ouvrit en grand. Le couloir était déjà plongé dans la pénombre. Et vide.

Bêtement désappointée, elle referma la porte et, rejoignant son lit, se recoucha en tirant le drap sur sa tête.

Elle sentait des larmes de rage lui brûler les yeux.

Mon Dieu ! Comment pouvait-elle être aussi idiote ?

Si Reece avait besoin de compagnie féminine, comme tous les hommes de la région, il savait où en trouver.

Quant à elle, ne devait-elle pas se consacrer à Rosie, à Michael et à toute cette grande maison à sa charge ? Au fil des jours, elle s'évertuait d'ailleurs à embellir la demeure en la nettoyant, la polissant, la rafraîchissant avec soin. Quelle ingrate d'espérer davantage !

*
* *

Le lendemain matin, quand Reece entra dans la cuisine, le soleil n'était pas encore levé. Jess, devant les fourneaux, s'activait devant une poêle où grillaient d'appétissantes tranches de bacon.

— Bonjour, Reece ! dit-elle sans lever les yeux. Le thé est prêt.

— Merci.

— Et je n'ai plus qu'à cuire les œufs.

D'habitude, il s'asseyait directement à sa place, mais ce matin-là, il vint la rejoindre et tendit les mains vers les plaques chaudes du fourneau.

— Il fait frisquet, aujourd'hui…, mais des odeurs aussi délicieuses réveilleraient un mort.

En dépit des apparences, il ne parlait pas du bacon, mais bien du parfum de la jeune femme, ce délicat mélange d'eau de toilette et de savon. Se tournant vers lui, elle écarquilla ses yeux bleu-vert et entrouvrit la bouche.

Comme il avait envie de se pencher sur elle, de goûter la douceur de ses lèvres, fraîches et tendres comme des pétales à peine éclos !

— Tout va bien ? demanda-t-il brusquement.

Elle fronça les sourcils.

— Mais, oui… Pourquoi ?

Il haussa les épaules, faussement désinvolte.

— Je voulais juste m'assurer que vous ne vous ennuyez pas trop ici, avec deux vieux loups solitaires pour seule compagnie.

— Oh ! mais pas du tout !

A cet instant, elle se précipita vers le grille-pain dans lequel roussissaient deux tranches du délicieux pain qu'elle avait confectionné la veille.

— Entre Michael et Rosie, je ne vois pas le temps passer… Et la petite est si heureuse ici ! Elle est ravie que je reste toujours à ses côtés.

— Mon grand-père se porte beaucoup mieux depuis votre arrivée. Quant à la maison, elle étincelle de propreté. Je ne l'avais pas vue dans un tel état depuis bien longtemps. Vous ne devriez pas vous donner autant de mal.

— Cela ne me dérange pas, répondit-elle en lui tendant son assiette d'œufs au bacon. Vous aussi, vous travaillez dur.

Et je dois bien gagner notre pitance, à Rosie et à moi, vous ne croyez pas ?

Tout en la remerciant d'un signe de tête, il rejoignit sa place.

— Il est vrai que je n'ai pas eu beaucoup de temps à moi, ces derniers jours.

— Est-ce que Michael vous a parlé ? demanda-t-elle, les yeux étrécis par la suspicion.

— Quelle question ! Evidemment. Il vous aime beaucoup. Donc, il s'inquiète.

Sans répondre, elle se servit une grande tasse de thé.

— Je suis contente de l'apprendre. Moi aussi, j'apprécie votre grand-père.

Puis, ajoutant un nuage de lait, elle s'appuya au comptoir en regardant Reece engloutir avec appétit son petit déjeuner.

— Sa conversation est parfois très instructive, dit-elle encore. On devine qu'il a beaucoup vécu et qu'il ne manque pas d'expérience.

Elle faillit ajouter un mot, mais referma finalement la bouche. A la place, elle s'empara du paquet solidement ficelé qu'elle avait posé sur le comptoir.

— Sandwich au rosbif et cornichons pour le déjeuner. Ça vous va ?

— Parfait.

Dès le début, il avait su que cette conversation ne les mènerait nulle part. Mais au moins avait-il essayé.

6

Les dents de Rosie perçaient lentement et, quand elle ne dormait pas, brisée par la fatigue, elle gémissait durant des heures. A la stupeur de Jess, Michael déploya bientôt des trésors d'ingéniosité pour distraire le bébé. Il inventait pour elle des jeux de son époque avec un vieux chiffon et quelques bouts de ficelle. Souvent, il lui chantait aussi de célèbres comptines. Tous deux marquaient une nette préférence pour *Promenons-nous dans les bois* et *Pigeon vole*.

Et quand le vieil homme riait aux éclats des mimiques de l'enfant, il semblait transformé.

L'espace d'un instant, on devinait qu'il avait jadis été un homme beau et séduisant.

— Michael, pourriez-vous garder un œil sur Rosie pendant que je range le linge ?

D'ordinaire, elle installait la petite fille sur l'herbe, avec ses jouets, mais des nuages s'amoncelaient dans le ciel, annonçant une pluie imminente.

Michael parut ravi.

— On sera très bien tous les deux sous la véranda, hein, mon chou ?

Après un dernier coup d'œil au ciel, de plus en plus menaçant, Jess s'élança vers le séchoir, installé entre deux manguiers au solide tronc rugueux. Après avoir vécu des années dans de modestes appartements où le linge séchait au-dessus de la baignoire, elle savourait le luxe inouï d'étendre les vêtements en plein air. Chaque fois qu'elle les décrochait, elle s'amusait à plonger son visage dans les différents tissus pour humer leur bonne odeur d'herbe et de soleil.

C'était l'un des nombreux plaisirs de la vie au ranch.

Tout en chantonnant gaiement, elle revint vers la véranda.

Michael et Rosie n'étaient plus là.

Refoulant une vague de panique, elle se morigéna : Michael était rentré avec sa fille, voilà tout.

— Michael ? fit-elle d'un ton léger en entrant dans la maison.

Elle s'attendait déjà à le voir assis dans son fauteuil favori, la petite sur les genoux.

Mais elle découvrit une pièce vide.

— Michael ? Où êtes-vous ?

Pas de réponse. De nouveau, elle ressentit l'aiguillon de la peur.

— Michael ? Rosie ?

Laissant tomber le panier à linge sur le parquet, elle s'élança dans toute la maison, ouvrant brutalement les portes qui claquaient contre les murs. Personne. Nulle part.

Inutile de t'affoler ! Ils doivent être dans la cuisine.

Elle se précipita vers la petite pièce isolée.

Mais elle ne les trouva ni dans la cuisine, ni dans la buanderie, ni dans la chambre froide et, cette fois, elle se laissa gagner par un sentiment de terreur aiguë. La gorge nouée, elle essaya de se rassurer, en se répétant qu'elle exagérait. Michael était un adulte responsable, la tête un peu ailleurs, certes, mais jusqu'à présent, n'avait-il pas toujours fait preuve de bon sens ?

Le vieil homme avait élevé Reece quasiment tout seul et il adorait Rosie.

Jamais il ne lui ferait le moindre mal.

Pas intentionnellement, en tout cas.

Oh ! Mon Dieu.

Après avoir parcouru la maison de long en large, elle se rua dans le jardin pour faire le tour de la bâtisse, inspecter le débarras et la vieille cabane décrépite. Puis, debout sous la véranda, elle embrassa du regard l'ensemble des paddocks, cherchant désespérément la silhouette du vieillard et de la petite fille.

Comment diable un homme de cet âge avait-il pu disparaître aussi vite ?

Plaçant ses mains en porte-voix, elle hurla :

— Michael ?

Pour toute réponse, elle n'obtint que le croassement âpre d'un corbeau.

Cette fois, elle sentit la panique déferler en elle comme une vague. Epouvantée, elle mesurait soudain l'intensité de son amour pour son enfant. Elle avait adoré son enfant dès la première seconde et chaque jour, elle était bouleversée par l'adorable personnalité de la petite fille, par ses câlineries de chatte et sa douceur. Au fil des semaines, son amour s'enracinait de plus en plus profondément dans son cœur.

Rosie était si belle, si parfaite !

Shwiiiips !

En entendant le bruit désormais familier d'un lasso en pleine action, elle sursauta. Reece ou l'un de ses hommes n'était pas loin.

Galopant déjà vers les paddocks, dont certains se dissimulaient entre les arbres, elle s'arrêta finalement devant la première porte, impossible à ouvrir. L'escaladant tant bien que mal, elle vacilla dangereusement à son sommet avant de sauter de l'autre côté. De nouveau, elle s'élança à travers l'herbe rase en courant.

Pourvu qu'il n'y ait pas de taureaux !

La mèche du lasso claqua de nouveau.

Le bruit s'échappait d'un bosquet de gommiers, à l'autre bout du terrain. Le cœur affolé, elle accéléra…, mais toutes les barrières étaient closes. Sans hésiter, elle plongea sous le fil barbelé, déchiquetant au passage sa peau et ses vêtements. Bah ! Quelle importance ? Elle devait trouver Rosie et Michael coûte que coûte.

Et seul Reece pouvait l'aider.

Se redressant péniblement, elle contourna le buisson et se retrouva nez à nez avec un troupeau de lourdes bêtes cornues fonçant droit sur elle dans un nuage de poussières.

De part et d'autre, des hommes à cheval évoluaient au galop.

— Reece ! cria-t-elle en identifiant sa haute silhouette au milieu du groupe.

Mais, trop absorbé par sa tâche, il ne l'entendit pas.

Agitant frénétiquement les bras, elle essaya en vain d'attirer son attention. C'est alors qu'elle aperçut le quad garé près de la clôture et reconnut les cheveux blancs de Michael, ainsi que ses larges épaules voûtées par l'âge.

Baissant les yeux, elle vit alors une petite silhouette rose et blanche, confortablement calée sur ses genoux.

— Rosie !

Avec des sanglots dans la gorge, elle fondit sur sa fille.

— Da ! fit l'enfant en lui décochant un sourire à une seule dent.

— Oh ! Ma chérie !

Soulevant le bébé dans ses bras, elle enfouit son visage dans sa chevelure duveteuse. Et elle lui murmurait encore des mots d'amour à l'oreille quand elle vit plusieurs grosses bêtes aux cornes et aux sabots menaçants se ruer sur elles.

Horrifiée, elle recula, sa fille blottie contre son sein.

— Comment avez-vous pu faire une chose pareille ? cria-t-elle à l'intention de Michael, qui s'approchait d'elle sur son quad.

— Que vous arrive-t-il, Jess ?

— Ce qu'il m'arrive ? Vous avez emmené mon bébé sans me prévenir. Vous l'avez conduite ici, au milieu des taureaux sauvages, où elle aurait pu se faire piétiner !

Furieuse, elle jeta un regard haineux aux bêtes mugissantes qui se trouvaient à seulement quelques centimètres… mais, heureusement, bien enfermées derrière les solides barrières du corral.

— C'est idiot, rétorqua Michael. Rosie se porte comme un charme. Je voulais juste lui montrer les animaux.

— Mais ce n'est qu'un bébé ! Et vous ne m'avez pas dit où vous alliez !

Elle tremblait encore de colère et de peur quand un bruit de sabots résonna derrière eux. Reece venait de les rejoindre sur son grand hongre noir.

— Que se passe-t-il ? Pourquoi avez-vous emmené la petite ici ?

— Demandez à votre père ! s'exclama-t-elle.

Mais à peine avait-elle prononcé ces mots qu'elle les regrettait déjà. En voyant les sourcils noirs de Reece se froncer avec fureur au moment où il sautait de sa monture, elle s'en voulut d'avoir accusé le vieil homme.

— Grand'Pa ?

Michael fit claquer sa langue.

— Tu aimais beaucoup regarder les bêtes quand tu étais petit.

— Mais, Grand'Pa, Rosie n'est qu'un bébé ! A quoi pensais-tu ?

— Il ne t'est jamais rien arrivé, Reece.

Scrutant son grand-père une longue minute, il finit par secouer la tête avec un soupir avant de poser les yeux sur Jess.

— Tout va bien ? demanda-t-il gentiment.

— Oui, ça peut aller.

A cause de sa blessure, elle souffrait d'un élancement dans l'omoplate, mais la douleur se calmait peu à peu.

— Je vais vous escorter jusqu'à la maison.

— Non, c'est inutile. Je peux me débrouiller toute seule.

— Mais vous saignez !

Avec un regard à son épaule, elle prit soudain conscience de son T-shirt déchiré et maculé d'une grosse tache rouge.

— Je me suis écorchée avec du fil barbelé. Ce n'est rien.

— Il faut vous désinfecter. Laissez-moi vous raccompagner.

En s'éloignant, elle jeta un dernier coup d'œil en arrière. Toujours assis sur son quad, le vieux Mickael dressait le menton d'un air frondeur, même s'il semblait désormais un peu honteux de ses actes.

Pour la première fois, elle remarqua son air las et fatigué. Avec ses rares cheveux blancs, sa barbe de cinq jours plus dure qu'une poignée d'épines, ses yeux rougis par le soleil et la poussière, il semblait très âgé. Un instant, elle contempla ses mains aux articulations noueuses, déformées par l'arthrite, et piquetées des taches brunes propre au grand âge. Quel cruel contraste avec la peau douce et soyeuse de son bébé !

— A tout à l'heure, Michael, dit-elle gentiment. On se retrouve à la maison.

Quand ils arrivèrent devant la vaste demeure, l'ombre des eucalyptus s'allongeait déjà sur les paddocks.

Une compagnie de galahs, en train de se nourrir sur la pelouse, s'envola à tire-d'aile en dévoilant une nuée de ventres roses.

— Je suis désolé pour cet incident. Je crains que les « absences » de mon grand-père ne se multiplient.

— Vous n'avez pas à vous excuser. C'est ma faute, en réalité. Je n'aurais pas dû demander à Michael de surveiller Rosie. Après tout, si vous m'avez embauchée, c'est pour m'occuper de lui, n'est-ce pas ?

Il haussa les épaules.

— Il aime qu'on lui donne des responsabilités. Malheureusement, il va bien un instant et, la minute d'après, il ne semble plus…

Incapable d'achever sa phrase, il désigna Rosie d'un signe de tête.

— Ça fait un bout de temps que je ne l'ai pas vue. Elle a bien poussé, on dirait.

— Depuis quelques jours, elle essaie d'avancer avec les mains et les genoux. Je crois qu'elle va bientôt commencer à ramper.

— Ah ! Vraiment ?

— Vous manquez le meilleur. Quand vous rentrez, le soir, elle est déjà couchée.

— Ah ? Oui, bien sûr…

Encore une phrase en suspens.

Soudain, enchantée par la vue des oiseaux, Rosie battit des mains et cria :

— Pa !

Surpris, il interrogea Jess du regard.

— Pa ?

— Ne vous inquiétez pas. Elle m'appelle comme ça moi aussi. C'est son premier mot, alors je ne veux surtout pas la reprendre.

— Je comprends.

Il lui sourit, une petite lueur au fond des yeux. Ils partageaient un joli moment avec cette promenade à trois, en direction de la maison. Soudain, elle se sentit heureuse, en harmonie avec le monde qui l'entourait. Elle n'avait pas été aussi gaie depuis longtemps.

Et de nouveau, elle laissa ses vieux rêves remonter à la surface : un compagnon idéal, une belle maison et des enfants dont les cris joyeux monteraient du jardin. Elle chérissait cette vision depuis son adolescence, même si elle avait rapidement perdu tout espoir suite à son lamentable mariage avec Alan.

Elle avait bien conscience de commettre une folie en y songeant encore.

Elle avait été embauchée pour ses talents de bonne ménagère. Rien de romantique dans ce choix. Et comment oublier les nombreuses dettes qu'elle devait rembourser ? Jamais elle n'entamerait une nouvelle relation alourdie d'un tel poids. Pas question de faire payer à un autre homme les erreurs de son défunt mari !

— Merci de m'avoir escortée, dit-elle en gagnant la véranda.

— Je rentre avec vous pour soigner votre blessure. L'un de mes gars va s'occuper de mon cheval.

La magnifique monture noire fut dessellée en un tournemain et renvoyée aux écuries d'une claque sur la croupe.

Sans doute Jess aurait-elle dû se montrer surprise du soudain intérêt de Reece. Après tout, ne gardait-il pas ses distances depuis des jours avec elle ? En plus, elle pouvait fort bien désinfecter seule son égratignure. Mais elle n'avait pas envie qu'il s'éloigne. Pas tout de suite.

— Merci, répondit-elle simplement.

Ensemble, ils se rendirent dans la cuisine où elle installa sa fille dans la chaise haute, avec un de ces biscuits au chocolat dont elle raffolait.

— La trousse d'urgence se trouve dans l'un de ces placards.

Et tandis que Reece fourrageait dans les innombrables rangements de la cuisine, elle éprouva soudain un profond embarras.

— Je… humm… Je dois retirer mon T-shirt, n'est-ce pas ?

Comme il lui faisait face pour la dévisager une seconde, elle sentit son cœur bondir dans sa poitrine.

— Tournez cette chaise et asseyez-vous dos à moi, dit-il simplement d'une voix calme.

Puis il ajouta avec un petit sourire en coin :

— Je ne regarderai pas, promis.

Elle avait bien conscience qu'une telle pudeur était sans doute inutile après ce qu'il avait vu lors de son accouchement. Pourtant, elle rougit jusqu'aux oreilles.

Non ! Elle devait se ressaisir. Elle résidait à Warringa en tant qu'employée. Pourquoi peinait-elle autant à s'en souvenir ?

— Si vous retirez votre T-shirt toute seule, vous risquez d'aggraver votre blessure. Laissez-moi vous aider.

— Non, je… ça ira très bien. Je…

— Jess… des fils se sont pris dans votre plaie !

— Oh !

Avec précaution, il commença à la dévêtir tandis qu'elle l'aidait maladroitement, les joues cramoisies. Une fois déshabillée, elle s'assit en lui tournant le dos, le laissant tamponner sa blessure avec un antiseptique. Mais il avait beau effleurer sa chair, elle vibrait de tout son être à chaque contact.

— Vous avez raté votre vocation, dit-elle d'un ton faussement désinvolte. Vous m'avez d'abord montré vos talents de sage-femme et maintenant, vous vous improvisez chirurgien…

Dans cette position, elle ne pouvait pas voir son visage, mais il poursuivit sa tâche en silence. Si l'opération n'était guère sensuelle, elle frémissait pourtant comme s'il la caressait.

Elle ferma les yeux, au comble de la confusion. Elle avait envie qu'il la touche.

Une envie telle qu'elle se raidit progressivement, plus tendue que la corde d'un arc.

— Je vous fais mal ?

La gorge nouée, elle s'abstint de répondre et secoua la tête.

— Voilà, c'est fini, dit-il après un dernier tapotement.

Elle étouffa un gémissement de regret quand il s'écarta.

Puis, se jetant sur un torchon propre, soigneusement plié sur le coin de la table, elle se couvrit la poitrine avant de se lever.

C'est alors qu'elle croisa son regard.

Oh !…

Le désir, un désir brûlant comme une flamme, étincelait au fond de ses yeux, aussi noirs qu'une nuit sans lune. Elle remarqua aussi son expression douloureuse, entre frustration et hésitation.

Un long moment, ils restèrent muets.

Qu'aurait-elle pu dire ? Hantée par des images érotiques, complètement déplacées, elle imaginait ses caresses, submergée par des envies interdites qu'elle endiguait difficilement par la seule force de sa volonté.

Paralysé comme elle, Reece semblait la proie du même tourment amoureux.

Peut-être devaient-ils enfin accepter leurs sentiments, cesser de nier leur attirance mutuelle ? À cor et à cri, leur désir ne demandait qu'à s'exprimer.

Aimantés l'un par l'autre, ils se rapprochèrent lentement… quand Rosie se mit à pleurer. Elle venait de faire tomber son gâteau.

Serrant farouchement le torchon sur sa poitrine, Jess se précipita pour ramasser le biscuit mâchouillé.

— Tiens, le voilà, mon chou. Vu son état, je te garantis que personne ne va te le voler.

Jetant un regard furtif à Reece, elle le vit soudain froncer les sourcils et toussoter.

Le charme était rompu.

— Il faut que je retourne au corral.

Déjà, il se dirigeait vers la porte.

Et elle n'avait même pas eu le temps de le remercier !

7

Après cet incident, Reece et Jess se comportèrent différemment. Plus très pressé de partir le matin, Reece écoutait la radio dans la cuisine, allumée en fond sonore, et commentait avec elle les informations de 6 heures devant son petit déjeuner.

Le soir aussi, il rentrait plus tôt. La plupart du temps, il se débrouillait pour dîner avec elle et son grand-père, instaurant une nouvelle et agréable routine. Après le repas, ils jouaient parfois au rami avec Michael — quand ils ne regardaient pas tous ensemble la télévision, retransmise jusqu'à Warringa grâce à une puissante antenne satellite. Et si Michael se couchait plus tôt, Reece et Jess lisaient côte à côte dans le salon au lieu de s'enfermer chacun dans leur chambre.

Jess appréciait sincèrement la compagnie de son employeur. Elle aimait son humour bienveillant, son esprit vif et son calme.

Deux semaines plus tard, les troupeaux avaient été marqués et vaccinés pour les plus jeunes, ou envoyés par train dans les riches pâturages du sud du pays pour les autres. A Warringa, une fois le rassemblement des bêtes effectué, Reece décida de s'octroyer un peu de répit en s'installant confortablement, durant une journée entière, dans un hamac sous la véranda.

Observant le manège des oiseaux dans le ciel bleu, il se contenta d'abord de boire une ou deux bières avant d'encourager les efforts de Rosie, occupée à ramper. Puis, en fin d'après-midi, au moment où Jess servait à tout le monde une limonade, il décréta qu'elle avait aussi besoin de repos.

— Pourquoi n'irions-nous pas dans les gorges demain ?

demanda-t-il. Nous pourrions faire un pique-nique et nous baigner.

— J'ignorais qu'il y avait des gorges dans le coin. Mais j'en serais ravie.

En réalité, Reece avait souvent songé à délaisser un peu son activité d'éleveur pour organiser des séjours touristiques dans les gorges de Cobbold, endroit spectaculaire entre tous situé sur ses terres. Hélas, Michael s'était toujours opposé à son projet.

Et le lendemain, il se sentit récompensé par la réaction de Jess. Durant un long moment, elle resta à contempler le magnifique spectacle des falaises rouges qui se dressaient devant une eau turquoise.

— C'est... époustouflant ! Mais je vais devoir surveiller Rosie.

— Ne vous inquiétez pas. Nous allons descendre jusqu'à un coin tranquille où nous pourrons nous baigner sans danger.

— Y a-t-il des crocodiles ?

— Pas dans ce coin.

Pas très rassurée, elle lui adressa un sourire hésitant.

— Vous pouvez me faire confiance, Jess.

— Je le sais bien, répondit-elle d'une voix très douce. Vous me l'avez déjà prouvé à de nombreuses reprises.

Bouleversé par le regard de la jeune femme, il résista à l'envie de gravir les plus hautes montagnes, d'affronter des bêtes féroces ou d'enflammer un brasier pour l'impressionner...

A la place, il se contenta d'allumer un petit feu de camp, assez vif pour réchauffer l'eau du thé près de la baignoire rocheuse où ils comptaient patauger. Et tout en buvant une tasse brûlante, ils s'amusèrent à tremper leurs pieds dans l'eau glacée. Il s'escrima ensuite à tenir Rosie, bien décidée à éclabousser tout le monde de ses minuscules pieds roses, au-dessus de l'eau.

Peu après, Jess enfila son maillot de bain à l'abri d'un rocher — un rassurant maillot une pièce — avant de déshabiller une Rosie gloussante et terriblement excitée par cette aventure.

Quand elle s'occupait de sa petite fille, elle parvenait un peu à oublier la puissante silhouette et le torse musclé de Reece, qui la distrayaient en permanence.

Dans l'eau très froide, Rosie commença par hurler de terreur...

avant de s'habituer très vite, ses glapissements se transformant en gros rires tandis qu'elle frappait l'eau de ses mains potelées.

L'instant d'après, Reece les rejoignit, les muscles bandés sous sa peau mate et veloutée.

Elle s'efforça désespérément de ne pas regarder.

— Vous devriez nager, dit-il. Je vais m'occuper de Rosie.

— J'en meurs d'envie. Cela ne vous dérange pas ?

Jamais elle ne pourrait mettre le bébé dans les bras de Reece sans le toucher… et en effet, dès le premier contact, elle sentit une décharge électrique la traverser des pieds à la tête. Dire qu'elle avait multiplié les efforts durant des semaines pour s'éloigner de lui ! Mais par sa seule présence, il éveillait en elle une excitation, une nervosité incontrôlable. A ses côtés, elle éprouvait toujours cette douloureuse frustration…

Une fois Rosie confiée aux soins de Reece, elle s'éloigna à grandes brasses. Puis, plongeant à pic, elle alla explorer le fond sablonneux, décoré de minuscules cailloux blancs, pour finalement remonter à l'autre bout de la piscine naturelle, les poumons en feu.

En sécurité.

Alors, tout en flottant sur le dos, elle se perdit dans la contemplation des nuages qui s'effilochaient au-dessus du canyon aux roches d'ocre.

Elle se trouvait au cœur d'une véritable carte postale, un lieu pittoresque de l'Outback tel que les touristes les appréciaient tant.

Concentre-toi sur la beauté du paysage. Ne pense plus à Reece. Pense à ta chance d'être ici !

Elle avait à présent une vie si différente ! Dorénavant, elle s'imaginait mal habiter de nouveau en ville, dans un minuscule appartement — même si elle avait conscience que ce jour viendrait. Elle devait bien s'y préparer.

En attendant, elle profitait de cette existence sauvage. Sans compter qu'elle pouvait se féliciter de ses derniers relevés bancaires : le montant astronomique de ses dettes commençait enfin à baisser.

Tout était si parfait ! Elle n'avait qu'à regagner tranquillement l'autre rive, en ignorant la superbe musculature de Reece.

Pourquoi ne se focalisait-elle pas sur ses obligations maternelles, comme sécher Rosie, trempée de pied en cap ?

A son tour, Michael se décida à rouler le bas de son jean pour tremper ses pieds dans une mare. Puis, au moment de pique-niquer à l'ombre des rochers, le vieil homme se coucha sur le sable chaud, un bras sur le visage, pour une petite sieste. De son côté, Reece retira de nouveau sa chemise pour profiter du soleil d'hiver, encore supportable à cette période de l'année. Calant fermement une Rosie geignarde sur son bras, il convainquit même Jess de partir en promenade.

— La marche va l'endormir, déclara-t-il avec conviction, comme s'il avait déjà élevé une ribambelle d'enfants.

Si elle se releva avec réticence, après quelques minutes de marche, elle se réjouit de leur ballade improvisée. En parallèle du cours d'eau, le chemin, taillé dans la roche, offrait des vues spectaculaires sur le canyon. Surtout, elle aimait écouter Reece évoquer les premiers habitants du pays, les Aborigènes, dont on pouvait encore admirer les mystérieux dessins gravés dans la roche.

— Je me suis souvent dit qu'il serait judicieux d'ouvrir cet endroit au public, dit-il soudain, tout à trac.

— Vous voulez amener des touristes ici ?

— Pas exactement. Je n'ai pas envie qu'une horde de voyageurs irrespectueux viennent dénaturer ces gorges. Non, je pensais à de petits groupes, en nombre limité, à qui je proposerais le gîte et le couvert. La propriété est assez vaste pour qu'on y aménage des chambres d'hôtes. Nous pourrions aussi organiser des excursions en canoë sur la rivière, qui n'est pas dangereuse. Cela mettrait un peu d'animation dans le coin.

Il n'avait pas tort. La solitude pesait parfois sur ces terres. A cet instant, elle se mit à réfléchir à toute allure, entrevoyant des perspectives toutes plus excitantes les unes que les autres.

— Vous aurez besoin d'une bonne cuisinière.

Elle vit le regard de Reece s'allumer.

— Certainement. Vous en connaissez une ?

S'attendait-il à une telle réponse de sa part ? Elle était déjà assez troublée par sa proximité sans avoir besoin, en plus, de bâtir avec lui des châteaux en Espagne.

De retour à la maison, elle tenta de recouvrer son calme en servant le repas de Rosie avant de la laver et la mettre au lit. Mais au moment de regagner sa chambre, vers 22 heures, elle était toujours hantée par la vision de Reece au bord de la rivière, par la beauté sensuelle et la puissance de son corps à demi nu.

Comment aurait-elle pu s'endormir dans ces conditions ?

Aux alentours de minuit, Reece, accoudé à la balustrade de la véranda, contemplait les vastes paddocks éclairés par la lune. Jamais il ne trouverait le sommeil si, chaque fois qu'il fermait les paupières, il entrevoyait le corps mince de Jess. Il ne songeait plus qu'à sa peau nue, perlée de gouttelettes d'eau aux faux airs de diamants, à la courbe pleine de ses seins, plus appétissante qu'une friandise.

Mais alors qu'il méditait sur sa conduite et l'absurdité de la situation, il entendit des pas derrière lui. Pivotant lentement, il aperçut une forme pâle.

C'était elle, en tenue de nuit, pieds nus sur le plancher de bois.

Bon sang !

Le cœur battant, il s'avança vers elle.

— Quelque chose ne va pas, Jess ?

— Non, non, tout va très bien. Simplement, je n'arrive pas à dormir. J'allais prendre une tasse de thé quand je vous ai vu dehors.

Un instant, il contempla ses longs cheveux noirs dénoués sur ses épaules et entrevit sa peau, sous le long T-shirt qu'elle portait la nuit. Comme elle semblait douce et pâle, pareille à une soie précieuse. Il discernait même la rondeur de ses seins sous la fine étoffe, aux pointes durcies par le froid.

Il crut alors qu'une vague de désir, comme une lave brûlante, l'engloutissait. Tout à l'heure, durant la baignade, il avait déjà éprouvé cet élancement douloureux. Ce soir, il ignorait s'il aurait la force de résister. Si elle s'approchait…

Elle fit justement un pas vers lui.

Levant son visage sous le halo de la lune, elle dévoila ses lèvres d'un rose très pâle, plus douces et renflées qu'un fruit.

— Et vous ? Pourquoi êtes-vous encore debout ?

— Moi non plus, je ne parviens pas à dormir, dit-il avec réticence.

Elle sourit étrangement. Et, dans ses yeux verts, il crut lire une sorte de défi.

Comment aurait-il pu résister ?

Au moment où elle s'apprêtait à répondre, il la fit taire d'un baiser.

Se raidissant d'abord, elle s'abandonna finalement à son étreinte avec un doux soupir. Et tandis qu'il resserrait ses bras autour de son corps mince, elle fondit contre lui en entrouvrant ses lèvres.

Il crut un instant rêver : était-ce vraiment Jess, blottie dans ses bras ? Jamais il n'aurait dû céder à sa pulsion..., mais elle était si désirable, si douce, si féminine ! Et il ne réussissait plus à réprimer son désir — surtout maintenant qu'il avait goûté à la jeune femme, à son odeur, à la danse sensuelle de leurs langues.

Approfondissant son baiser, se collant à elle, il plaqua ses grandes mains contre ses reins souples. A son contact, elle devina aussitôt son désir à cause de la bosse dure contre son ventre souple et chaud.

Il devait s'arrêter.

Maintenant.

Avant qu'ils ne commettent tous deux l'irréparable.

Tremblant de tout son corps, il la relâcha finalement.

— Je suis désolé. C'était... une erreur.

Contre toute attente, elle sourit... du moins jusqu'à ce qu'il s'écarte. Elle se détourna alors très vite et, penchée sur la balustrade, s'absorba dans la contemplation de la nuit.

— Vous avez raison, dit-elle tout bas.

Il s'attendait à des protestations. Non, il les espérait.

Mais déjà, elle ne lui offrait plus que son visage impassible et fermé.

— Autant faire comme si rien ne s'était passé.

Il la reprit dans ses bras, presque brutalement.

— Il le faut. Ce serait plus sage.

— Oui, dit-elle en se libérant de son emprise pour mieux admirer la lune.

Mais n'était-il pas absurde de tourner en permanence l'un

autour de l'autre, en niant leur irrésistible attirance ? Après tout, ils étaient des adultes, plus des enfants.

— Si nous étions encore à Cairns, déclara-t-il d'une voix rauque, ou à New York, ou n'importe où sur cette fichue planète, ce serait différent. Mais ici, tout est impossible.

Tout en parlant, il mesurait l'absurdité de ses propos : il creusait lui-même sa propre tombe. Autant en finir au plus vite et retourner se coucher.

Mais, captivé par le fin profil de sa compagne, il resta à observer le rideau sombre de ses cheveux qui coulait sur ses épaules comme une eau noire.

— Que voulez-vous dire, Reece ? Que vous vivez ici comme un moine ?

Dans un soupir, il repoussa le souvenir de ses piètres amours des dernières années.

Jess se tourna vers lui, les sourcils froncés.

— Je suis désolée. Après tout, cela ne me regarde pas. Si vous aviez une petite amie, vous me l'auriez dit.

A présent, elle étreignait violemment la rambarde de fer de la terrasse.

— Je n'ai pas de compagne, Jess. Mais j'ai eu tort de vous embrasser. J'aurais dû vous témoigner plus de respect.

— Du respect ?

Elle le dévisageait, les yeux ronds.

— Oui. A cause de votre récent veuvage.

Elle s'écarta vivement, rouge comme une brique.

Mon Dieu ! Elle n'avait pas pensé à Alan une seule seconde au cours de cette journée. Combien de temps un deuil durait-il ? Bien sûr, elle avait éprouvé un chagrin sincère à sa mort. Elle avait alors eu l'impression de recevoir un choc terrible. Mais très vite, elle avait été happée par la réalité, par les dettes… Et puis, elle avait déjà connu tant de désillusions au cours de leur mariage !

Mal à l'aise, elle voulut s'expliquer.

— Pour être honnête, je ne me sens pas coupable. Mon union avec Alan a été assez houleuse et ponctuée par de nombreux problèmes.

— J'en suis désolé.

Il affichait maintenant une expression dure, presque sévère.

Elle crut même qu'il allait rentrer. Mais il resta à ses côtés, le regard tourné vers les paddocks envahis par l'ombre. A quoi songeait-il en cet instant ?

Pour sa part, elle ne pensait qu'à leur brève étreinte, au frémissement de la première caresse, à la joie sauvage éprouvée dans ses bras, à la fièvre de leurs baisers…

Soupirant à son tour, elle ne détourna pas la tête quand il posa les yeux sur elle.

Le silence se prolongea. Elle savait pertinemment qu'ils devraient oublier leur baiser. Reece avait raison. Dans une grande ville, ils auraient pu nouer une liaison, s'amuser sans courir de risques. Mais comment vivre une simple aventure dans un univers en vase clos… et néanmoins exposé aux regards des fermiers et éleveurs alentour ? Ce n'était pas seulement à cause des autres, d'ailleurs. Elle-même ne pouvait se résoudre à entretenir une relation sans avenir…

Alors que devait-elle faire ? Regagner sa chambre après un salut poli ? Se servir une tasse de thé, comme prévu ?

Elle allait s'éloigner, indécise, quand il la retint par la main.

Aussitôt, elle sentit les braises du désir, pas vraiment éteintes, se rallumer en elle.

Lui resserra ses doigts autour de son poignet. Sous la véranda, la tension était à son comble, mais ni l'un ni l'autre ne parlait plus, chacun refusant de rompre la magie. Enfin, Reece l'attira contre lui.

Elle laissa alors ses réticences s'évanouir. Enserrée dans ses bras puissants, elle s'affranchit de tous ses doutes, toutes ses craintes. Et avec un sourire, elle le vit baiser son front, redessiner d'une bouche tremblante le contour de son visage, taquiner le lobe de son oreille, lécher doucement le coin de ses lèvres avant d'y insinuer une langue gourmande…

Renversant la tête en arrière, elle lui offrit sa gorge, qu'il embrassa en enfouissant son visage entre ses seins.

Puis elle poussa un gémissement au contact de ses mains sur sa poitrine.

— Dans votre chambre ? dit-il.

— S'il vous plaît.

*
* *

Elle vécut un moment magique. Après des semaines de frustration, ils se retrouvaient enfin sur la même couche, peau contre peau, à se toucher, se goûter, s'aimer, s'enivrer de leur odeur.

Dans une chambre parfumée à la cannelle et l'encens, ils firent l'amour entre des draps frais, fleurant bon l'air chaud du bush et l'herbe sèche. Et Jess, à sa grande surprise, n'éprouva ni pudeur ni réticence. A chaque caresse de Reece, elle avait l'impression de se noyer dans un plaisir indicible et enchaînait les caresses, les baisers, avec un naturel merveilleux.

Donnant autant qu'elle recevait, elle éprouvait un violent désir pour ce beau corps masculin, affiné et musclé par les longues chevauchées, tanné par le dur soleil du Queensland. Gémissant ensemble, ils retombèrent bientôt, épuisés et comblés, dans les bras l'un de l'autre.

Ils étaient maintenant étendus, les jambes emmêlées, heureux et souriants.

— Waouh ! fit-elle.

— Oui, répondit-il à son oreille. « Waouh » est le mot qui convient.

Elle sourit dans le noir.

— Et par chance, Rosie ne s'est pas réveillée.

Sans doute n'aurait-elle pas dû prononcer ces mots car il se redressa aussitôt sur un coude.

— Je devrais regagner ma chambre.

Elle faillit lui proposer de rester. Elle rêvait de dormir dans ses bras, de se réveiller à ses côtés. Mais elle n'osait pas trop en demander. Après tout, n'avaient-ils pas tacitement admis qu'ils ne partageraient pas une véritable histoire ?

Elle ferma les yeux.

— Bonne nuit, Reece.

C'était peut-être mieux ainsi, même si elle ne voulait pas le voir partir.

Aussi fut-elle surprise par la chaude pression des lèvres de Reece sur son front.

— Bonne nuit, Jess.

Sans doute s'agissait-il d'un anodin geste d'affection, mais elle sentit aussitôt la main qui lui étreignait le cœur desserrer son étreinte.

8

— J'ai procédé à une petite inspection dans votre potager, déclara Jess à la table du petit déjeuner quelques jours plus tard.

Il leva les yeux vers elle, l'air amusé.

— Quel potager ?

— Près de la porte de la cuisine, derrière la maison. Juste à côté de la laverie.

— Vous appelez ça un potager ?

— En tout cas, ce petit terrain a un sacré potentiel. Oh ! pour le moment, il est surtout envahi par les mauvaises herbes…, mais j'ai commencé à le nettoyer et j'ai exhumé les vestiges d'une allée et des bordures. De toute évidence, vous aviez autrefois un potager qui ne demande qu'à ressusciter.

Depuis toujours, elle enviait les personnes qui disposaient d'un jardin où planter des légumes. Et tout à l'heure, devant sa découverte, elle avait éprouvé une folle allégresse, elle, la fille des villes qui n'avait jamais eu pour horizon que les murs gris d'une mégalopole.

— Cela vous ennuierait-il si je le défrichais un peu ?

— Au contraire. Je vous aiderai même, si vous voulez.

Dans ses yeux, elle devina la lueur amusée, mais aussi la petite étincelle d'admiration. Et peut-être encore autre chose…

Pour cacher sa joie intense, elle se tourna vers le fourneau. Toujours décidée à garder ses distances depuis leur nuit d'amour, elle se sentait pourtant vibrer d'une excitation joyeuse.

Ils n'en avaient jamais parlé. Comme elle, Reece avait pris soin de « retourner à la normale », même si une barrière était définitivement tombée entre eux. Ils ne pouvaient s'empêcher de se sourire sans raison et s'évertuaient à être agréables l'un envers l'autre.

Cela dit, elle avait conscience que cette bulle dorée finirait par exploser. Tôt ou tard, ils devraient parler sérieusement de cette nuit…

D'ailleurs, elle trouvait même dangereux de travailler dans le jardin à ses côtés.

— J'aimerais beaucoup faire pousser quelques légumes et herbes aromatiques.

— Excellente idée. J'aurais dû m'y mettre depuis des années, mais je n'en ai jamais vraiment eu le temps. Et vous voyez le résultat : nous nous nourrissons exclusivement de boîtes de conserve !

— J'ai hâte de commencer alors ! Malheureusement, il n'y a sans doute pas de jardinerie dans le coin.

Il haussa les épaules.

— Pourquoi ne pas commander des graines et des plans par internet ? En plus, je dois bientôt ramener Grand'Pa à Cairns pour un bilan à l'hôpital… nous pourrons en profiter pour acheter tout le nécessaire là-bas.

— Nous ? Pensez-vous que Rosie et moi pourrions vous accompagner ?

— Pourquoi pas ? Vous avez bien besoin d'une petite récréation de temps en temps.

Elle lui décocha un sourire ravi, toute heureuse à l'idée de ce nouveau projet. Chaque jour, elle trouvait sa vie à Warringa plus agréable et plus riche. Et elle parvenait presque à oublier l'obsédante question : combien de temps ce bonheur simple allait-il durer ?

Elle chassa aussitôt ses pensées noires.

— A dire vrai, je serai soulagée que Michael consulte de nouveau le médecin. J'ai l'impression que ses forces déclinent un peu ces derniers temps, non ?

Reece soupira.

— Oui. Même s'il refuse de l'admettre, dit-il en déposant son assiette et ses couverts dans l'évier. Nous ferions mieux de nous mettre au travail tout de suite. Après, je crains qu'il ne fasse trop chaud.

Il semblait presque aussi intéressé qu'elle par cette histoire de potager.

Et ensemble, ils passèrent un moment très amusant. Trop, peut-être. Après avoir servi le petit déjeuner à Michael et installé Rosie sur une couverture avec ses jouets favoris à l'ombre d'un jacaranda, elle suivit Reece jusqu'à l'abri de jardin délabré. Celui-ci contenait encore quelques outils rouillés, notamment une vieille brouette, des pelles, une fourche et une houe. Se répartissant leurs trouvailles, ils se mirent ensuite à l'œuvre : Reece utilisa la houe pour désherber un carré de terre de son chiendent, de ses touffes de kunaï pendant que Jess ratissait le chemin envahi d'herbes folles.

Peu à peu, ils virent avec plaisir le tas de détritus augmenter dans la brouette et des carrés de terre surgirent avec netteté du néant entre les bordures de briques.

— Oh ! Reece. Ce sera magnifique, s'exclama-t-elle en imaginant déjà des plans de basilic, de thym, de sauge et d'origan. Nous pourrons mettre un pot de menthe à côté du robinet.

Elle avait l'impression que tout prenait vie autour d'elle. A son arrivée à Warringa, elle s'était pourtant crue exilée au milieu de nulle part. Et maintenant, elle sentait que cette maison, cette terre qui s'étendait à perte de vue, devenait le centre de son existence, d'un monde qu'elle aimait.

A cet instant, elle remarqua que Reece lui souriait de nouveau.

— Si vous saviez comme vos yeux brillent quand vous êtes contente.

— Autant que les vôtres, non ? répondit-elle d'une voix mal assurée.

Et soudain, l'air se mit à crépiter entre eux.

Malgré ses vêtements et ses mains maculées de terre, il franchit sans hésiter la distance qui les séparait et la prit dans ses bras. Alors, sans résister, elle oublia toutes ses réticences et reçut son baiser passionné.

A cet instant, dans la douce lumière du soleil d'hiver, elle crut que le temps s'était arrêté. Les yeux fermés, elle goûta à ses lèvres pleines et viriles, qui exerçaient sur elle un pouvoir magique.

Etait-elle au paradis ? Hélas, elle redescendit vite sur terre, dérangée par un gros toussotement en provenance de la véranda.

Tous deux s'écartèrent avec un sursaut.

— Qu'est-ce que vous fabriquez, tous les deux ?

Rougissant comme une écolière, elle admira la maîtrise de son compagnon. Au lieu de s'expliquer, il se dirigea vers la maison, les mains dans les poches de son jean.

— Bonjour, Grand'Pa.

Elle retint son souffle, certaine que Michael allait demander à son petit-fils pourquoi il l'avait embrassée à perdre haleine.

— C'est quoi cette pagaille ? s'exclama seulement le vieillard, en embrassant d'un geste large leurs travaux de débroussaillage.

— Nous sommes en train de tracer un potager.

— Un quoi ?

Reece soupira avec une infinie patience.

— Un potager, Grand'Pa. Tu sais bien, avec des tomates, des salades, des poireaux, bref tous ces légumes qu'on peut manger.

— On ne mange pas d'herbes, ici ! On n'est pas des lapins !

— Oh ! ça suffit avec tes enfantillages, Grand'Pa. Tu sais très bien de quoi je parle. Jess veut planter des légumes pour la cuisine.

Visiblement furibond, Michael fronça les sourcils.

— C'est un élevage de bestiaux, ici, pas un restaurant !

Il décocha alors un regard noir à Jess :

— Vous, d'abord, vous avez touché au pot en suspension près de la cuisine !

— Je l'ai arrosé, répondit-elle. Il contient du basilic. Mais je n'ai pas prélevé l'eau du réservoir, Michael. Je me suis servie du robinet.

En toute innocence, elle s'était réjouie à l'idée d'admirer bientôt de jolies pousses bien vertes sortir de terre grâce à son traitement. C'était sans compter sur ce vieux râleur.

— Pas la peine, dit-il. Je déteste le basilic. Ça me donne des boutons.

Amusé, Reece secoua gentiment la tête.

— Grand'Pa… ce pot abrite un pied de basilic depuis toujours. Si cela te donne vraiment des boutons, comme tu dis, je me demande bien pourquoi tu ne t'en es pas débarrassé avant.

Tout en bougonnant, l'aïeul se contenta de rentrer dans la maison… sans prononcer un mot sur leur étreinte. Peut-être n'avait-il rien remarqué ?

Quand soudain, Rosie émit un petit couinement. A croire qu'ils s'étaient tous donné le mot.

— Tu as certainement besoin d'être changée, mon pauvre chaton.

Soulevant la fillette, Jess la cala contre son épaule en se tournant vers Reece.

— Elle a peut-être envie de dormir.

Mais il ne parut pas l'entendre, fixant seulement l'endroit où son grand-père se tenait une minute plus tôt.

— Reece ?

Comme elle s'approchait, il se tourna vers elle, le regard vague. Il semblait à des kilomètres du jardin.

— Tout va bien ?

Il lui sourit.

— Oui… Je pensais à de vieux souvenirs. Je suis quasiment certain que c'est ma mère qui a planté ce basilic.

Il évoquait rarement sa mère, cette femme qui avait fui Warringa des décennies plus tôt, laissant son mari et son beau-père élever seuls son fils aîné.

Jess ignorait tout des motivations de cette femme. En fait, elle ne parvenait pas à comprendre comment une mère pouvait abandonner son enfant. Toutefois, elle trouvait la réaction de Michael étrange. Pourquoi avait-il gardé ce pot de basilic desséché ? Cherchait-il à commémorer le passé, à se rappeler le drame familial en partie responsable du décès prématuré du père de Reece ? Etait-il encore en colère, vingt-huit ans plus tard ?

Tout en langeant Rosie, elle laissa ses pensées vagabonder. Et, très vite, elle revint au merveilleux baiser qu'elle venait d'échanger avec Reece au milieu du jardin en friche. Elle avait encore du soleil plein les yeux.

Pourquoi lui avait-elle rendu son étreinte en sachant qu'elle ne les mènerait nulle part ? Pourquoi persévérer dans cette voie, alors qu'ils savaient tous les deux qu'elle devrait un jour partir ?

*
* *

Comme Reece l'avait prédit, le soleil de l'après-midi se révéla trop brûlant pour poursuivre les travaux de jardinage à l'arrière de la maison.

Aussi profita-t-il de la sieste de Rosie et Michael pour réviser le moteur d'un vieux tracteur dans le hangar à machines. Pendant ce temps, Jess vaquait à ses travaux ménagers.

Plongé dans le cambouis jusqu'aux coudes, il se débattait avec une pièce récalcitrante quand il entendit un léger bruit dans son dos. Tournant la tête, il distingua une silhouette à contrejour.

— C'est toi, Grand'Pa ?

Au lieu de répondre, son grand-père s'approcha.

— Je pensais bien te trouver là.

— Tu n'es pas censé dormir à cette heure ?

— Je vais y aller, mais je voulais d'abord te parler.

— Quelque chose te chiffonne ?

Essuyant ses mains noires de graisse dans un chiffon, il regarda le vieillard s'asseoir avec une grimace de douleur sur un bidon d'huile de vidange.

Les joues creuses, le teint gris, il paraissait à bout de forces.

Reece fronça les sourcils.

— Tu es sûr que ça va, Grand'Pa ? Je vais te raccompagner à la maison. Nous serons mieux installés là-bas.

— Ne fais pas tant d'histoires ! Je suis venu pour te dire deux mots et je compte le faire ici !

— Comme tu voudras. Je t'écoute. De quoi veux-tu me parler ?

— De toi, Reece. De toi et de Jess.

A ces mots, il retint un soupir. Pourquoi ne s'était-il pas douté que Mickael aborderait un jour ou l'autre la question avec lui ? De toute évidence, il avait parfaitement vu leur baiser dans le jardin…

Et durant un bref instant, il crut discerner une lueur taquine dans le regard embrumé de son grand-père.

— Ce n'était pas la première fois que tu l'embrassais, ce matin. Je me trompe ?

Il ne s'agissait pas d'une question. Juste d'un constat.

— Cela ne regarde que moi, répondit-il.

— Exact. Toi… et Jess.

— Ça te dérange ?

— Je voulais juste te rappeler de rester prudent cette fois.

— Pardon ?

Le vieil homme leva un doigt tremblant.

— Jess est différente, Reece. C'est la femme qu'il te faut.

Sous le choc, il étouffa un cri étonné.

— Que veux-tu dire ?

— Tu le sais très bien. Ecoute-moi bien, fiston. Si tu joues les bonnes cartes avec cette fille, tu pourras passer ta vie à ses côtés.

Mon Dieu ! Il n'avait vraiment pas besoin que son seul parent vienne jeter de l'huile sur le feu des sentiments qu'il nourrissait pour Jess. Au contraire, il devait absolument garder la tête froide à ce sujet.

Or, Michael s'emballait beaucoup trop. Sans doute appréciait-il la cuisine de la jeune femme et ne voulait-il pas la voir partir.

— Ecoute, Grand'Pa… On a déjà discuté de ce sujet mille fois. Tu sais très bien que si je voulais m'engager avec une femme, je ne choisirais pas une fille de la ville.

— Jess réside peut-être en ville, mais elle n'est pas comme les autres. Dans son cœur, c'est une fille de l'Outback.

Durant une minute, il dévisagea son grand-père. Peut-être n'avait-il pas tort ? Jess ne cessait de s'extasier sur la beauté du bush et sur la qualité de la vie au ranch. En fait, il ne l'avait jamais entendue émettre une seule plainte.

D'un autre côté, n'était-elle pas payée pour vivre ici ? Or, elle avait vraiment besoin d'argent et elle n'était pas le genre de femme à critiquer ceux qui l'aidaient à sortir la tête de l'eau.

Refusant de contrarier son grand-père, il acquiesça.

— Bon. Merci pour tes conseils, Grand'Pa. Je vais y réfléchir.

— Je l'espère, mon garçon. Je n'ai jamais été aussi sérieux, crois-moi.

Touché, il posa une main affectueuse sur l'épaule décharnée de son aïeul.

— Maintenant que nous avons parlé de mes affaires, revenons à nos moutons. Je me fais vraiment du souci pour toi. Je t'avouerai même que je suis content de retourner voir le Dr Campbell avec toi la semaine prochaine.

Pour manifester sa désapprobation, Mickael renifla bruyamment.

— Fichus médecins !

Mais, au moment de se lever, il vacilla et se rassit.

Reece se précipita aussitôt vers lui et, passant un bras autour de ses épaules, l'aida à se remettre sur pied.

— Ne fais pas ta tête de mule et appuie-toi sur moi.

— Puisque je te dis que ça va !

— Certainement. Mais je vais quand même t'aider à rentrer à la maison.

A sa grande surprise, le vieil homme obtempéra, s'agrippant à son bras sur tout le trajet avant de le laisser retirer ses bottes. Sans piper mot, il accepta même de se mettre au lit.

A l'instant où il refermait la porte de la chambre, Reece songea soudain au héros de son enfance, si grand et si fort. Il voyait encore son grand-père dompter un fougueux étalon ou rattraper au lasso une bête échappée. Une fois, il avait rapporté sur ses épaules un veau orphelin pour le nourrir à la ferme.

A dire vrai, il se rappelait l'arrivée de ce brave animal pour plusieurs raisons. Amoureux des bêtes, il avait aidé avec enthousiasme son grand-père à le coucher sur une litière de paille fraîche. Puis il avait couru dans la cuisine préparer un biberon de lait maternisé.

— Où est la mère du petit veau ? avait-il demandé.

— Elle est partie, fiston.

— Comme maman ?

— Oui, un peu. Mais ne t'inquiète pas, Reece. Il s'en sortira. Nous veillerons sur lui.

Et en effet, l'animal avait grandi jusqu'à devenir un vigoureux compagnon de jeu pour le petit garçon, avant de rejoindre le reste du troupeau.

A l'époque, Reece s'était secrètement identifié à la petite créature.

Et comme lui, cet orphelin s'était très bien débrouillé sans sa mère.

Tout en regagnant le hangar, il pensait encore aux propos que Michael lui avait tenus malgré sa fatigue.

« Si tu joues les bonnes cartes avec cette fille, tu pourras passer ta vie à ses côtés. »

Rêvant à cette possibilité, qui ne manquait pas d'intérêt, il laissa une petite flamme lui réchauffer le cœur. Il ressentait une vague d'espoir.

Mais très vite, il se ressaisit.

Il y avait longtemps qu'il avait perdu toute forme de naïveté.

9

— Reece, pardonnez-moi de vous poser cette question, mais allons-nous parler de… ce qui s'est passé… l'autre nuit ?

Ce soir-là, tous deux s'étaient assis dans le salon, une fois une partie de la maisonnée couchée. Reece venait de lui proposer un verre avant de dormir.

La gorge nouée par l'émotion, il s'efforça de garder son calme.

— J'hésitais un peu. J'ai parfois l'impression d'avancer en terrain miné…

Elle se mordilla la lèvre.

— Ce n'est ni miné ni dangereux tant que nous ne prenons pas cette affaire trop au sérieux.

— N'est-ce pas précisément le problème ?

Comme il était maladroit ! Il butait sur chaque mot, en authentique homme d'action peu habitué aux palabres. Il avait pourtant conscience de la nécessité de cette mise au point.

Installé en face d'elle, il admira la jeune femme, lovée sur le divan, les jambes souplement repliées sous elle et son regard pensif aimanté aux glaçons tintant au fond de son verre. Aujourd'hui, elle portait un pantalon gris pâle et une tunique sans manches en coton lavande qui mettaient en valeur sa peau hâlée et ses cheveux noirs. Bouleversé par sa beauté, il se retint à grand-peine de ne pas la prendre dans ses bras.

— Si vous redoutez que j'attache trop d'importance à notre étreinte, je vous rassure tout de suite, déclara-t-elle. Je ne compte pas m'engager pour de bon. Pas avant longtemps, du moins. Je ne peux pas me le permettre.

Levant vers lui un regard limpide, elle ajouta :

— Et en toute honnêteté, ma décision n'a pas de rapport

avec mon défunt mari, Reece. Il s'agit seulement de raisons purement matérielles. Je dois construire un avenir à Rosie et je ne peux pas me détourner de cet objectif.

— Oui, je comprends.

Rassemblant ses forces, il déglutit péniblement.

— Vous savez, je dois moi aussi rester prudent. Je ne peux pas m'engager sérieusement avec une fille venue de la ville.

— Bien sûr, répondit-elle un peu trop vite avant de hausser les épaules avec une feinte nonchalance. Cela dit, une relation informelle, sans engagement…

Comme ses joues s'empourpraient, elle plongea le nez dans son verre, délestée de sa belle assurance. Elle devait respirer à fond, garder son sang-froid.

— Nous sommes sur la même longueur d'onde, répondit-il soudain.

Mais alors qu'elle fixait obstinément son verre, il remarqua ses yeux écarquillés.

— Vous croyez ?

— Si nous avons conscience que les choses n'iront jamais plus loin…

— Oui, aucun engagement entre nous.

— Exactement. Ni engagement ni attente, d'aucune sorte.

— Cela nous évitera de souffrir.

A ces mots, il faillit lui prendre la main.

— Je détesterais vous faire souffrir, Jess.

Levant de nouveau les yeux, elle lui adressa un petit sourire anxieux.

— Vous avez raison. Je partage votre point de vue.

Vidant leur verre d'une traite, ils le reposèrent devant eux dans un bel ensemble. Puis ils se regardèrent.

Se sourirent.

Et soudain, il se pencha vers elle pour serrer sa main dans sa large paume calleuse.

— Vous tremblez !

Tout en baisant chacun de ses doigts, il plongea son regard dans ses yeux vert émeraude.

Alors, il eut l'impression qu'un poids glissait de ses épaules. Il se trouvait avec la bonne personne au bon moment. D'un bond, il s'assit à ses côtés sur le canapé pour prendre ses lèvres légèrement parfumées au whisky. Une seconde plus tard, elle lui rendait son baiser avec ferveur. Tout en répandant autour d'elle sa délicieuse odeur de jardin fleuri, elle noua les bras autour de son cou au moment où il enfonçait ses doigts dans son épaisse chevelure sombre.

Leurs souffles se mêlèrent.

Seul comptait leur désir.

A présent, tout était simple. Leur histoire ne s'achèverait pas avec un cœur brisé.

De l'amour, ils ne garderaient que le plaisir.

S'embrassant avec un sentiment d'urgence, ils se déshabillèrent mutuellement, laissant leurs mains et leurs langues s'explorer, se redécouvrir.

Et ils firent l'amour devant la cheminée où crépitait un feu odorant, nourri aux branches d'eucalyptus.

Plus tard, après avoir récupéré leurs vêtements dans la pénombre, ils regagnèrent la chambre de Jess où ils s'aimèrent encore longuement.

En même temps, Reece se répétait en boucle ces mots : les choses devraient toujours se passer ainsi. Pas de pression. Pas de promesse. Pas de culpabilité. Jamais, après l'amour, il n'avait éprouvé une telle plénitude.

Jess aussi semblait heureuse, étendue à ses côtés, sa joue calée contre son épaule.

— Je pensais à une chose, dit-elle d'une voix endormie.

— Oui ?

— L'amour sans contrainte est-il toujours aussi délicieux ?

— Cela a-t-il une quelconque importance ?

— Justement, je me demande…

Dans le noir, il caressa sa joue délicate.

— Aurais-tu des regrets ?

Blottie contre lui, elle pressa ses lèvres sur sa peau.

— Non. Aucun.

*
* *

— Vous avez déjà fini, Mickael ? demanda Jess en s'efforçant de cacher son inquiétude devant l'assiette encore pleine du vieil homme.

— Je n'ai pas très faim, ce soir, répondit-il en repoussant son plat.

Elle avait préparé l'un des plats préférés du vieillard — gigot d'agneau accompagné de navets et de patates douces. D'ordinaire, ne manifestait-il pas un appétit à toute épreuve ? Croisant le regard de Reece, elle le vit secouer la tête.

— Vous prendrez bien un peu de pomme cuite à la cannelle et aux raisins ? dit-elle en retirant l'assiette à peine entamée.

Mickael sourit.

— Oui, volontiers.

Il avait toujours adoré les sucreries.

Un peu soulagée, elle lui servit une généreuse portion. Au fil des semaines, elle avait appris à aimer cet ancien cow-boy bourru. Elle-même n'avait jamais connu ni son père ni ses grands-parents. Michael était donc le premier homme d'une autre génération qu'elle côtoyait.

Souvent, tandis qu'ils épluchaient ensemble des légumes, il lui narrait les récits de son enfance dans le bush, en compagnie de jeunes aborigènes de son âge. Il lui avait raconté comment, apprenti cavalier, il avait participé à la gigantesque transhumance d'un troupeau de vaches et de taureaux sauvages du Nord Queensland à Rockhampton. Il avait alors passé près de six mois en selle !

Jeune homme, il avait aussi effectué un stage dans les pampas d'Argentine et Jess, tout en écossant des petits pois, adorait écouter les histoires de ce monde sauvage, si différent du sien.

Rassurée de le voir manger son dessert, elle respira mieux. Après le dîner, Reece se chargea de l'installer confortablement dans sa chambre avec une bonne tasse de thé. Le soir, le vieil homme regardait souvent des matchs de rugby ou des émissions de variété, bien calé dans ses oreillers.

Occupée à charger le lave-vaisselle, elle n'entendit pas Reece entrer dans la cuisine, le front soucieux.

— Demain matin, à la première heure, j'appelle le Dr Campbell. Je vais essayer d'avancer le rendez-vous de Grand'Pa.

— C'est une bonne idée.

Refermant l'appareil, elle posa ensuite une main réconfortante sur le bras de Reece. Elle aurait tellement voulu prétendre que la situation allait s'arranger, que Michael recouvrerait la santé. Mais tous deux avaient bien conscience de la réalité.

— Il a toujours été si vigoureux, déclara-t-il, les yeux voilés par le chagrin. Je sais qu'il vieillit, mais je n'arrive pas à m'habituer à cette idée.

Elle déposa un petit baiser sur sa mâchoire.

— Je vais préparer du café.

Mais contre toute attente, les bras de Reece l'emprisonnèrent.

— J'ai besoin de toi, Jess. Pas de café.

Le cœur empli d'allégresse, elle sourit en devinant ses intentions… quand un léger pleur s'éleva dans la chambre du bébé. Elle poussa alors un gros soupir.

— C'est Rosie. Encore ses fichues dents !

— Je m'en occupe.

— Non, Reece. Ton grand-père te donne déjà bien assez de tracas.

— Ça ne me dérange pas, je te promets ! En plus, ton café est meilleur que le mien.

De toute manière, il était déjà parti.

— Le gel pour les gencives est posé sur la commode, près de son lit ! cria-t-elle dans son dos.

Une lampe en forme de champignon rose éclairait doucement la chambre de Rosie. En ouvrant la porte, il aperçut la petite fille agrippée aux barreaux de son lit, dressée sur ses petites jambes potelées.

— Prise au piège, petite diablesse ? Tu as voulu te lever et maintenant, tu ne sais plus comment te rasseoir.

Comme il la prenait dans ses bras, elle se mit à sourire gaiement.

— Hé ! On n'est pas là pour s'amuser. Normalement, tu es censée dormir à cette heure.

Mais Rosie ne semblait pas prête à s'y résoudre. Vive comme l'éclair, elle s'empara du nez de Reece et le pinça doucement.

— Aïe ! Aïe, aïe, aïe ! s'exclama-t-il, en lui tirant des gloussements ravis.

— Pa-pa !

— Non, ma poupée. Je ne suis pas ton papa.

Mais en prononçant ces mots, il éprouva une vive douleur à la poitrine, comme s'il avait reçu une flèche en plein cœur.

Aurait-il un jour la chance de devenir père ? A cette idée, il ressentit soudain une profonde mélancolie, comme un manque ou un vide impossible à combler.

Attaquant de nouveau son nez, Rosie s'en empara de sa petite main rose pendant qu'il la serrait contre son torse. Puis elle se mit à pleurer. Elle souffrait de nouveau.

— Chut, chut. Je vais masser tes gencives avec ce gel magique, mon pauvre chou, et tu pourras enfin dormir.

Il déposa un baiser dans ses cheveux soyeux.

— Là, là…

Comme la petite fille sentait bon ! Parfumée au savon et au talc pour bébé, elle respirait la fraîcheur et la propreté, au point qu'il devait se retenir de la manger. Et puis elle était si mignonne, à la fois petite et ronde entre ses bras. Pendant qu'il la soignait avec le gel, elle se mit à gigoter comme un jeune koala.

Arpentant ensuite la chambre pour la calmer, il la berça doucement, étonné par la confiance de l'enfant blottie contre lui — un abandon immédiat, spontané.

Jamais il n'avait vécu une telle expérience. Son instinct de protection en éveil, il dut refouler un absurde sentiment de possession.

Comment un père ou une mère pouvaient-ils abandonner une créature aussi tendre et vulnérable derrière eux ?

Une fois le café prêt, Jess partit à la recherche de Reece. Mais, devant la porte de la chambre, elle hésita.

Un moment plus tôt, il assistait son grand-père dans les gestes les plus simples du quotidien… et maintenant, il serrait contre lui une vie toute neuve. Combien de facettes possédait-il ? Il était aussi l'homme qui passait ses journées en selle, lancé au galop à travers les vastes plaines par tous les temps, au milieu des troupeaux de bêtes sauvages.

Un long moment, elle le regarda bercer Rosie avec des mots doux et son cœur se serra.

Il émanait de lui un tel amour, un tel dévouement que n'importe qui, devant ce spectacle, l'aurait pris pour le père du bébé.

Mais peut-être n'était-ce pas qu'une impression ? Après tout, Reece s'était tellement attaché à Rosie ! A cette pensée, elle ravala la boule d'épines dans sa gorge. N'avait-il pas lui-même mis au monde la petite fille ? En premier, il avait touché le corps du bébé, il l'avait guidé avec assurance durant la difficile épreuve de la naissance. Sans lui, Rosie aurait vu le jour sous la pluie battante, au bord d'un chemin boueux.

Et qui sait si sa naissance n'aurait pas fini en tragédie ?

Bouleversée, elle porta une main à sa bouche avec un sanglot et s'enfuit précipitamment vers la cuisine. Heureusement, Reece ne l'avait pas vue.

— Alors grâce à toi, elle s'est rendormie ? demanda Jess, de nouveau maîtresse d'elle-même.

Après l'avoir rejointe, Reece se laissa tomber sur une chaise avec un soupir satisfait.

— Oui. Dieu merci, tout le monde dort maintenant.

— Parfait. Voilà ton café.

Il en but un long trait.

— Il est excellent. Merci.

Assise en face de lui, une tasse bien serrée entre ses mains, elle buvait son breuvage à petites gorgées. Peut-être espérait-elle dissiper sa confusion en se cachant derrière son mug ? Elle avait perdu sa remarquable insouciance de la veille, au moment où elle se blottissait contre Reece sans songer aux conséquences.

Elle avait cru cette histoire facile, au point de lancer de belles affirmations : « pas d'engagement », « pas de souffrance ». Hier, elle s'était crue capable de séparer amour et désir.

Mais en réalité, elle avait seulement cédé à la saine envie de Reece, de ses mains, de ses caresses, de son beau corps mâle et ferme contre le sien.

Ce soir, elle ne voyait malheureusement plus la situation sous cet angle. Reece n'était plus un beau cow-boy inaccessible. Il était devenu un homme de cœur, sensible au malheur et à la faiblesse des autres, capable d'aimer tendrement son grand-père et Rosie.

Elle ne se mentait plus, maintenant ! Elle avait refusé d'admettre les liens qui se tissaient entre eux, invisibles, discrets mais puissants. Et ce soir, elle comprenait enfin pourquoi partager son lit avec Reece lui avait paru aussi simple dès la première fois.

S'ils étaient persuadés qu'une simple aventure les comblerait, ils se leurraient. A travers l'exemple de leurs parents, ils savaient pourtant combien une relation amoureuse peut occasionner des dégâts, parfois irréparables.

— Tu es bien silencieuse…

— Je sais. Excuse-moi, Reece. Je ne me sens pas dans mon assiette, ce soir.

Sans un mot, il tendit la main pour glisser une mèche de cheveux rebelle derrière sa délicate oreille. Puis il sourit. Il lui témoignait sa sincère affection, mais elle trouva son regard si profond, si chaleureux et magnétique qu'elle éprouva de nouveau un lancinant désir malgré ses pensées sombres. D'un seul baiser, il était capable de chasser ses incertitudes et sa mélancolie.

Et c'est exactement ce qu'il fit.

A son réveil à l'aube, Jess découvrit avec bonheur que Reece reposait à ses côtés. Elle se lova, encore somnolente, contre son large dos, en nichant ses genoux dans le creux tiède de ses jambes. Au cœur de cette jolie chambre au bout de la maison, avec Rosie dans son petit lit dans la pièce voisine, elle avait l'impression d'être dans un cocon, à l'abri du reste du monde.

Et elle aurait aimé qu'ils restent enfermés là toute la journée.

Comme Michael était en retard pour le petit déjeuner, Reece alla le réveiller pendant qu'elle installait Rosie dans sa chaise haute pour lui donner son porridge.

— Vilaine petite fille ! dit-elle à l'enfant. Cesse de recracher ta nourriture ou tu n'auras pas de fromage blanc avec des fraises.

Gloussant, Rosie tapa énergiquement sa cuillère sur la tablette de sa chaise au moment où Reece revenait dans la pièce.

Jess remarqua tout de suite son teint livide.

— Que se passe-t-il ?

— C'est... c'est Grand'Pa.

Il parlait d'une voix heurtée, à peine audible.

— Il ne peut pas... Je n'arrive pas à...

Il ne réussit pas à finir sa phrase.

Jess, elle, se laissa gagner par un terrible accès de peur.

— Oh ! Non, Reece ! Non.

Il restait debout devant elle, l'air égaré, le regard sombre et vide.

— Je crois que... Il est mort, Jess.

Se dirigeant vers lui, les bras ouverts pour le consoler, elle s'arrêta net, frappée par l'expression ravagée de son visage.

L'instant d'après, il faisait déjà volte-face.

— Je dois prévenir l'ambulance, lança-t-il par-dessus son épaule avant de quitter la pièce.

Ils passèrent une terrible matinée à attendre le SAMU. Enfermé dans son bureau, Reece faisait les cent pas tout en passant d'innombrables appels téléphoniques. Il se sentait glacé, presque engourdi, et ne souhaitait pas quitter cet état, au moins jusqu'à l'arrivée du médecin qui lui confirmerait le pire.

Jess, cantonnée dans la cuisine, confectionna différentes pâtisseries. Elle avait besoin de s'occuper les mains et prévoyait déjà les visites des voisins et des proches. Aussi prépara-t-elle les gâteaux simples que Michael aimait : un cake aux carottes, des cookies aux amandes et une tarte aux pommes.

Elle ne voulait pas penser. Et surtout pas au pauvre Michael. Aussi s'activa-t-elle devant ses fourneaux, laissant Rosie jouer avec des couverts de bois et des boîtes en plastique dont elle tirait une petite musique à force de les entrechoquer.

Dehors, le soleil était déjà haut dans un ciel azur qui lui parut artificiel.

Normalement, il aurait dû faire gris et froid.

10

Les funérailles, organisées dans la petite église de bois blanc de Gidgee Springs, attirèrent de nombreuses personnes. Formant une foule compacte, les invités se rassemblèrent dans la salle commune de la chapelle, après la cérémonie. Comme prévu, la mère de Reece ne daigna pas paraître, mais délégua son fils cadet — lequel, Jess dut bien l'admettre, joua son rôle avec une sincère émotion.

Version citadine de Reece, plus mince et très élégant, Tony Weston déclina l'offre de son frère de rester pour la nuit à Warringa. Il devait plaider, le lendemain matin très tôt, une cause importante au tribunal de Sydney. Le surveillant du coin de l'œil pendant qu'il parlait à son aîné, Jess se sentit heureuse pour Reece qu'il se soit déplacé.

Et puis, tant d'autres gens se pressèrent autour du nouveau maître de Warringa pour lui présenter leurs condoléances !

L'un des plus vieux amis de Michael, un de ses camarades d'école, se fendit même d'un petit discours. Reece prononça aussi quelques mots, la voix étranglée par l'émotion, soutenu par des applaudissements.

Puis, après avoir servi les rafraîchissements d'usage et les pâtisseries confectionnées à cet effet, la commémoration prit fin.

Une demi-heure plus tard, Jess, debout sous la véranda, attendait sous une pluie fine et pénétrante que Reece déverrouille la porte de la vieille demeure.

— Je suppose que tu vas nourrir Rosie et la coucher pour sa sieste, dit-il en la laissant passer devant lui. Elle s'est très bien comportée, n'est-ce pas ?

— Elle a surtout passé un excellent moment à recevoir des compliments d'une foule d'admirateurs.

— Tandis que sa mère se démenait dans la cuisine de l'église.

— Je n'étais pas seule. Et j'étais heureuse de lui rendre ce dernier hommage.

— Je sais que tu n'as reçu aucune aide, Jess. Tu as été formidable et je t'en suis très reconnaissant.

Il effleura alors ses lèvres, en un baiser refroidi par la pluie et plus poli que sensuel. C'était leur premier contact physique depuis plusieurs jours. Il retira ensuite sa veste de costume et la lança sur le dossier d'une chaise, bientôt suivie par sa cravate.

Comme toujours, elle ne parvenait pas à le quitter des yeux.

— Je file changer de paddocks un troupeau de jeunes taureaux avant l'orage, déclara-t-il tout à trac.

— Maintenant ? Mais il pleut déjà, Reece.

Il sourit.

— C'est justement pour cette raison que je dois les placer ailleurs. S'il continue à pleuvoir ce tantôt et cette nuit, la rivière risque de déborder et d'inonder les pâtures.

— Si vite ?

— Ce ne serait pas la première fois.

Quand il revint, il faisait déjà nuit. Jess avait nourri et baigné Rosie avant de la fourrer au lit au son de la pluie qui tambourinait sur le toit de tôle. Ce soir, la grêle tombait encore plus violemment que la nuit de sa naissance.

De retour en cuisine, elle réchauffa un plat mitonné la veille et, dans l'attente du retour de Reece, alla dans sa chambre et ouvrit sa penderie. Autant commencer tout de suite à faire ses bagages et ceux de sa fille.

Elle était malade à l'idée de partir ! En aurait-elle seulement la force ? Reece et elle n'avaient pas encore abordé l'épineux sujet mais, avec la disparition de Michael, sa mission à Warringa se terminait forcément.

*
* *

Reece entra dans la cuisine, douché et muni de vêtements secs, juste au moment où elle sortait le plat du four.

— Cela sent délicieusement bon. Parfait pour une nuit froide et pluvieuse.

— C'est l'une de mes recettes favorites, répondit-elle. Et je suis sûre que tu l'as déjà goûtée...

Comme il se penchait par-dessus son épaule, elle prit soudain conscience de la chaleur de son corps en posant la marmite sur la table.

— Nous avons mangé la même chose, le soir où je suis venu chez toi, à Cairns, dit-il. Tu te souviens ?

— Oui, bien entendu.

Comment aurait-elle pu oublier une soirée à la fois si dramatique et, grâce au bon repas, au bon vin et à la compagnie de Reece, si plaisante ?

— Nous avions même fantasmé à propos d'un voyage à New York, ajouta-t-elle en remplissant chaque assiette d'une généreuse portion de poulet aux aromates.

— Exact. Nous avions tous deux choisi le thème un « Hiver à Manhattan ».

Elle ne put s'empêcher de rire, d'un petit rire contraint et triste.

— Oui. Comme un bon film de Woody Allen.

Aujourd'hui, elle trouvait ce rêve plus séduisant que jamais. Sans doute parce qu'elle avait conscience qu'il ne se réaliserait pas. A son grand désarroi, elle sentit ses yeux s'emplir de larmes. Le visage tourné, elle se concentra alors de toutes ses forces sur le service et, une fois à table, se força à sourire.

— Alors, ces taureaux ? Sont-ils à l'abri maintenant ?

— Oui. Ça devrait aller.

— J'ai tout de même du mal à croire qu'une rivière puisse monter aussi vite.

— Pourtant, c'est la vérité. On n'imagine pas à quelle vitesse le flot arrive. En fait, tout dépend de la quantité d'eau qui tombe au nord de la région.

— Les gorges se remplissent aussi ?

— Elles peuvent même être entièrement recouvertes. Quant aux routes, certaines sont coupées.

— Nous pourrions être bloqués ici ?

Il haussa les épaules avec un petit sourire.

— Pourquoi crois-tu que nous ayons une si grande réserve et une chambre froide ?

Puis soudain, il nota l'étrange expression de sa compagne. Alerté et inquiet, il reposa son couteau et sa fourchette dans son assiette.

— Pourquoi ? Envisages-tu de partir bientôt ?

Elle faillit s'étrangler avec sa première bouchée.

— Je vais devoir te quitter, Reece. Ne suis-je pas venue ici à ta demande pour m'occuper de Michael ?

— Nous savons tous les deux que tu as fait bien davantage.

— Oui, évidemment… et j'ai adoré travaillé ici. Je n'ai jamais eu un meilleur emploi, à plus d'un titre. Je pourrais rester encore une semaine ou deux, bien sûr…

— Une semaine ou deux ?

— Il faudra d'abord que je trouve une autre place.

Elle nota la subite raideur dans la mâchoire de Reece.

— Naturellement.

Un long silence tomba sur la pièce, seulement troublé par le bruit de la pluie sur le toit.

— Jess.

Elle sursauta en sentant la grande main chaude se poser sur la sienne.

— Est-ce que ça va ? demanda-t-il gentiment.

Evidemment non, elle n'allait pas bien. Elle se sentait littéralement coupée en deux, et son cœur saignait à l'idée de quitter Warringa. De le quitter, lui.

— Hé ! Petite fille !

Sa dureté avait fondu comme neige au soleil et elle remarqua l'ombre d'un sourire qui réchauffait ses traits.

Elle regarda alors les puissants doigts qui couvraient les siens, tannés par le soleil, et réprima une folle envie de l'embrasser, de sentir ses lèvres frémir sous les siennes.

— Tu sais bien que tu n'es pas obligée de partir.

Jamais elle n'avait connu pire dilemme. Elle aussi aurait tant voulu rester. Cet homme et cette maison n'étaient-ils pas devenus son refuge, une sorte de paradis ?

— Tu n'aurais pas besoin de rester en tant que gouvernante, dit-il encore, les yeux brillants. Tu pourrais rester…

Il s'interrompit et sa pomme d'Adam monta et descendit dans sa trachée.

Qu'essayait-il de lui dire ?

— Comme ta domestique ? Ou ta maîtresse ? demanda-t-elle d'une voix âpre.

— Comme ma femme.

Sa femme ? Elle eut l'impression que le sol se dérobait sous sa chaise. Elle ne s'était pas attendue à une telle proposition.

C'était trop beau.

Trop… parfait.

Si seulement…

Si seulement elle était libre. Mais elle était enterrée vivante sous un monceau de dettes et elle refusait de le laisser assumer ce lourd fardeau à sa place.

La bouche tordue par le désespoir, elle chercha un moyen de s'expliquer, de refuser.

— Je suis si désolée…

A ces mots, il se releva brusquement, manquant de renverser sa chaise au passage.

— Inutile de t'excuser, Jess. Je comprends.

Jamais elle ne l'avait vu aussi en colère. Des sanglots contenus dans la poitrine, elle le regarda longuement. Elle savait que Reece était persuadé qu'elle ne l'aimait pas, ou qu'elle ne voulait pas vivre dans le bush.

Misérable, elle contempla son profil fier et dur tandis qu'il se dressait maintenant devant l'évier, son dos pareil à une muraille de granit entre eux.

— Si la route n'est pas coupée, nous pourrons partir dès demain matin.

Il parlait d'une voix brève, tranchante, sans émotion apparente.

Demain matin ? Si vite ?

— Je te conduirai à Cairns.

— Non, ce n'est pas nécessaire. Je prendrai un bus à partir de Gidgee Springs.

Il lui fit face, le visage impassible.

— Comme tu voudras.

Jess, incapable de soutenir son regard, posa les yeux sur son assiette dans laquelle le poulet intact et la sauce se figeaient lentement.

Après tout, que pouvait-elle espérer de plus ? Car à aucun moment, Reece n'avait dit qu'il l'aimait.

Le lendemain matin, à 7 heures, elle entra dans la cuisine après avoir déposé dans le vestibule ses maigres bagages. Une dernière fois, elle était bien décidée à préparer le petit déjeuner comme à son habitude.

Mais Reece se trouvait déjà sur place, à faire bouillir la théière.

— Bonjour, Reece.

— Bonjour, répondit-il sans sourire. Rosie prendra un œuf mollet, n'est-ce pas ?

— Oui, merci.

Ils se parlaient comme deux étrangers. Ou deux ennemis. Comme elle installait sa fille dans sa chaise, le bébé commença à frapper gaiement sa cuillère sur sa timbale pendant qu'elle s'escrimait à lui faire avaler des mouillettes de pain trempées dans l'œuf.

— J'ai vérifié les horaires de bus, déclara-t-il soudain. Un car à destination de Cairns part à 10 heures. Si nous nous mettons en route après le petit déjeuner, vous ne pourrez pas le manquer.

— Parfait. Nos affaires sont prêtes, de toute façon.

Avec sa boule d'épines dans la trachée, elle peinait à ingurgiter son thé. Pas question de manger la moindre miette. De son côté, Reece ne fit aucun commentaire.

Une fois Rosie repue, Jess se leva alors que Reece annonçait sans un regard pour elle :

— Je vais charger la voiture.

— Merci.

Elle n'eut même pas le courage de lui demander ce qu'il comptait faire du petit lit et de la chaise haute. De toute façon, elle ne souhaitait guère les emporter. En plus, ne serviraient-ils pas un jour aux propres enfants de Reece ?

Oh ! Mon Dieu.

Elle sortit brutalement de la pièce, aveuglée par les larmes.

Et déjà, Reece les attendait devant la véranda, le visage fermé.

— Prête ?

Non. Comment aurait-elle pu être prête ?

Elle opina pourtant et monta dans la voiture en se répétant que tout était pour le mieux. Rosie et elle quittaient Warringa pour de bonnes raisons.

Elle n'avait qu'à descendre ces marches.

Une fois pour toutes.

En revenant seul à Warringa, Reece se donna l'impression de faire un saut dans le passé — un passé douloureux…

S'il trouvait les pièces vides familières, il se sentait surtout dépassé par son chagrin. Jamais il n'avait autant souffert. D'abord le départ de sa mère et de son frère, puis la mort de son père et, quelques années plus tard, une série d'échecs amoureux.

Il vivait maintenant la solitude comme une blessure physique, insupportable.

Sellant son cheval sans se restaurer, il partit galoper dans la plaine jusqu'à épuisement. Mais à son retour, la maison était toujours vide et la douleur aussi forte.

Et il ne trouva nul remède à son mal au cours des jours ou des semaines qui suivirent. Bien sûr, il savait que Jess et Rosie étaient parties, mais il ne pouvait s'empêcher de tendre l'oreille pour guetter les petits cris du bébé et la douce voix de la jeune femme.

Il allait pourtant devoir apprendre à vivre sans elles.

Même s'il était dévoré par la frustration.

Même s'il mourait d'envie de se lancer à leur recherche, ne serait-ce que pour s'excuser pour la brutalité de sa demande en mariage.

Pas étonnant que Jess ait décliné sa proposition.

Il ne leur avait laissé aucune chance, ni à elle ni à lui. Il ne lui avait même pas parlé de la joie qu'elle avait apportée dans sa vie, de la lumière qu'elle avait amenée dans la maison par sa seule présence.

Il avait réellement cru que Jess allait deviner toute seule l'importance que Rosie et elle avaient prise dans son cœur.

Sans doute venait-il de commettre la même erreur que son père. Lui non plus n'avait jamais dit à la femme qu'il aimait combien elle était précieuse à ses yeux. Et avec lui, l'histoire se répétait, comme une malédiction.

Un long mois après le départ de Jess, une voiture se gara devant la maison. La couleur blanche de sa carrosserie avait presque disparu sous une épaisse couche de poussière ocre. Un homme en descendit, bedonnant, ses rares cheveux soigneusement coiffés de part et d'autre de son crâne.

Tant bien que mal, le conducteur parvint à extraire une mallette de l'arrière du véhicule, avant de claquer sa portière pour se diriger vers la maison, hors d'haleine.

Assis à son bureau, Reece avait regardé la scène sans enthousiasme. Il n'était pas d'humeur à recevoir de la visite.

Aussi accueillit-il froidement l'inconnu du haut de l'escalier de la véranda.

— Bonjour.

— Bonjour, monsieur.

Le sourire de l'homme ressemblait plus à une grimace.

— Je voudrais parler à Mme Jessica Cassidy, dit-il d'une voix sans timbre.

Reece se raidit.

— Elle n'est pas là. Puis-je vous être utile ?

Son interlocuteur secoua la tête.

— Je dois lui parler personnellement. Savez-vous quand elle reviendra ? Elle habite bien ici, n'est-ce pas ?

Il se sentit aussitôt excédé par cet homme. Avec son teint blafard et ses poches sous les yeux, il évoquait un quidam passant plus de temps accoudé à un bar qu'occupé à un honnête travail.

— Pourriez-vous au moins me dire qui vous êtes ?

— Ron Harvey, d'IMP Financial Services.

Il lui tendit une carte de visite qui précisait en caractères gras :

Huissiers.

Aussitôt, il grinça des dents.

— Et c'est à quel sujet ?

— Je dois parler à Mme Cassidy. Si elle ne règle pas sa dette au plus vite, elle devra comparaître devant les tribunaux.

Serrant les poings, il se retint tout juste de ne pas saisir l'odieux personnage par le col douteux de sa chemise, pour le secouer jusqu'à ce que ses dents jaunâtres s'entrechoquent.

— Etes-vous un proche de Mme Cassidy ? demanda le dénommé Harvey.

— Non. Pas précisément. Disons simplement que je me sens concerné.

Aussitôt, il vit le regard torve de son interlocuteur s'étrécir.

— Elle vous doit de l'argent à vous aussi, hein ?

— Absolument pas. Je suppose que l'affaire est sérieuse. Vous n'auriez pas parcouru tous ces kilomètres pour une poignée de dollars ?

— C'est le moins qu'on puisse dire. La somme est substantielle. Mais je ne peux pas vous en dire plus.

Se rapprochant, il ajouta pourtant dans un souffle :

— En tout cas, je n'aurais pas fait cinq cents kilomètres pour une somme inférieure à six chiffres.

Reece resta de marbre, attentif à ne pas montrer sa surprise. Bon sang ! Qu'avait fabriqué Jess ? Il savait qu'elle avait des problèmes d'argent..., mais à ce point !

Ron Harvey, sans doute plus fin et moins mauvais qu'il n'y paraissait, se racla la gorge avant de préciser :

— Je dois admettre que ce n'est pas l'aspect le plus reluisant de mon métier. Mais vous n'imaginez pas le nombre de femmes qui doivent faire face aux dettes contractées par leur mari.

Il conclut en haussant les épaules :

— A mon avis, cette histoire va se terminer au tribunal. Mais mon boulot est de trouver Mme Cassidy et de lui donner une dernière chance.

Reece tendit la main.

— Donnez-moi votre carte. Je vais voir ce que je peux faire.

Jess plaça le bol de nouilles chinoises sur le chauffe-plats, à l'intention du serveur, puis se précipita vers le grill pour retourner les brochettes d'agneau. Elles étaient cuites à point.

Chassant les cheveux de son front d'une main lasse, elle attrapa ensuite une assiette et disposa la viande avec art, avant de s'élancer vers le réfrigérateur où reposaient ses herbes aromatiques. Sur sa route, elle se heurta de plein fouet à un solide obstacle d'environ un mètre quatre-vingts.

— Ouille !

— Désolé, Jess.

Elle ouvrit la bouche, sidérée.

— Reece ?

Elle sentit son cœur s'emballer dans sa poitrine, incontrôlable. Comment était-il arrivé jusqu'ici ? C'était complètement fou.

Et absolument fabuleux. Elle ne s'imaginait pas éprouver une telle joie en le revoyant. Mais il tenait beaucoup trop de place dans l'étroite cuisine. D'instinct, elle lança un regard inquiet en direction de Brian et Gil, ses nouveaux patrons.

Par chance, ils étaient tous deux à la caisse, absorbés dans leur tâche.

— Que fais-tu là ?

— Je suis venu te chercher.

Elle dut se retenir au comptoir, les jambes flageolantes.

— Tu ne peux pas rester ici. D'abord, les cuisines sont interdites au public, et puis, tu vois bien que je suis occupée. A cette heure, le restaurant est bondé.

— D'accord. Dis-moi seulement où nous pouvons nous retrouver.

Elle entendit un bruit derrière eux. Venu chercher les assiettes, le serveur les regardait bizarrement.

— Je n'ai aucune idée de l'heure à laquelle je vais terminer ce soir. C'est le week-end et… Il faut que tu partes, Reece.

— J'attendrai. Toute la nuit s'il le faut. Mais où ? C'est important, Jess.

Une toux s'éleva dans un coin.

Elle secoua alors la tête, encore sous le choc de cette apparition.

— Au Night Owl Café, sur l'esplanade, dit-elle dans un souffle, en le poussant vers la sortie de secours.

Et elle lui claqua la porte en plein visage.

*
* *

Il était plus de minuit et Reece absorbait sa troisième tasse de café quand Jess apparut enfin, visiblement épuisée.

A son grand soulagement, elle était venue. Tandis qu'elle se frayait un chemin entre les tables, presque toutes inoccupées, il l'enveloppa d'un regard fiévreux, émerveillé par le magnifique contraste entre sa peau neigeuse et le rideau sombre de ses cheveux, et par l'élégance naturelle de sa démarche.

— Tu veux manger quelque chose ?

— Non, merci. J'ai déjà dîné.

Se laissant tomber sur la chaise en face de lui, elle rejeta nerveusement ses cheveux en arrière.

— Un café ?

— Cela risque de m'empêcher de dormir. Je vais prendre une infusion.

Il adressa un signe au serveur pour passer commande.

— Alors ? demanda-t-elle après le départ de l'homme. Comment va la vie à Warringa ?

En réponse, il sortit la carte de visite de Ron Harvey de sa poche et la posa sur la table, devant elle. Aussitôt, il vit la peur envahir son beau regard vert.

— Je crains que tu ne doives contacter d'urgence cet huissier.

— Comment t'a-t-il trouvé ? Ne me dis pas qu'il s'est rendu à Warringa ?

— Si. C'est exactement ce qu'il a fait.

Elle ferma les yeux avec un gémissement sourd.

— Je suis ici pour t'aider, Jess.

Ses grands yeux se rouvrirent d'un seul coup.

— Non.

Elle allait ajouter un mot, mais le serveur lui apporta son infusion et elle en but une gorgée.

Reece attendit patiemment, puis revint à la charge.

— Pourquoi ne m'as-tu pas parlé de toute cette histoire ?

— Je n'avais aucune raison de t'accabler avec mes problèmes.

En d'autres circonstances, Reece aurait admiré ce bel esprit d'indépendance. Il connaissait plus d'une femme qui n'aurait pas choisi cette option.

— J'aurais pu t'aider.

— Reece, j'apprécie beaucoup ta visite…, mais tu ne peux

rien faire pour moi. La somme que je dois est… absolument exorbitante.

— Tu préfères comparaître devant un tribunal ?

— Un tribunal ?

Elle le dévisagea, bouche bée.

Il tapota alors le petit rectangle blanc placé entre eux sur la table.

— C'est ce que m'a dit ce type, en tout cas.

— Seigneur !

— Jess, je t'en prie, écoute-moi. Tu vas au moins avoir besoin d'un ami pour te conseiller, te soutenir.

En réponse, elle se mordilla nerveusement la lèvre.

— As-tu au moins une idée de l'ampleur de ma dette ?

— Une somme à six chiffres, non ?

Agrandissant les yeux sous l'effet de la surprise, elle eut pourtant un geste de dénégation.

— Tu vois ? C'est beaucoup trop ! Personne n'a autant d'argent à prêter, comme ça, d'un simple claquement de doigt.

— Je connais pourtant une personne qui en serait capable…

De longues secondes s'écoulèrent, tandis qu'elle laissait ces mots pénétrer son cerveau engourdi.

— Même si tu avais cet argent, Reece, je ne peux pas accepter. Tu m'as déjà beaucoup aidée. Je ne peux pas continuer à recevoir, encore et toujours, sans jamais rendre la pareille.

— Tu pourras me rembourser petit à petit. Le contrat que nous pourrons négocier sera avantageux pour toi, j'en suis sûr.

Mais elle avait beau secouer vigoureusement la tête, il sut qu'elle commençait à considérer sérieusement sa proposition.

Elle mâchonnait maintenant si fort sa lèvre inférieure qu'elle en était devenue écarlate. Il aurait tant voulu l'embrasser, lui tirer un sourire.

— Cesse de me considérer comme un de tes employeurs, Jess. Je suis un ami. Et nous nous sommes aimés, bon sang !

— N'est-ce pas une raison suffisante pour que tu n'assumes pas les dettes de mon défunt mari ?

— Ecoute, dit-il en déployant des trésors de patience. J'ai fait de très bonnes affaires avec le bétail, ces dernières années. Et mon grand-père m'a laissé un joli pactole. J'ignorais d'ailleurs qu'il avait fait de si bons placements.

Elle l'écoutait attentivement, tout en l'observant par-dessus le rebord de sa tasse.

— Le destin n'a pas été très charitable avec toi, déclara-t-il. Mais il a eu la bonne idée de me placer sur ta route. Grâce au hasard, j'ai pu jouer un rôle non négligeable dans votre vie, à Rosie et à toi. Alors, je me sentirai toujours concerné par ce qui vous arrive.

Certes, elle avait les yeux noyés de larmes, mais au moins l'écoutait-elle désormais…

— Je sais très bien que tu n'as aucune envie de passer ta vie dans le bush, Jess. Alors, laissons cette question de côté. Pour le moment, tu as simplement besoin d'aide. Et je suis là.

Dans un bel ensemble, ils quittèrent leur siège et se jetèrent dans les bras l'un de l'autre.

Eperdue de gratitude, elle s'accrocha aux épaules de son compagnon en pleurant à chaudes larmes. Elle était si fatiguée, si anxieuse et si soulagée à la fois. Et Reece était si merveilleux !

Combien de temps mit-elle pour s'arrêter de pleurer ? Quand elle leva la tête de la chemise trempée de Reece, elle se sentit vidée de toute énergie, mais beaucoup plus calme.

— Où habites-tu, Jess ? demanda-t-il contre sa joue.

Elle aurait préféré éviter cette nouvelle humiliation. Mais elle était trop lasse pour lutter.

— Dans un foyer pour mères célibataires. Juste à côté.

Une heure plus tard, elle pénétrait dans la chambre d'hôtel réservée par Reece. Il avait choisi un luxueux établissement, au vaste hall de marbre clair, décoré d'énormes vases remplis de fleurs tropicales et garni de hautes glaces de verre taillé.

Il avait passé de nombreux coups de fil pour arranger sa situation pendant qu'elle rassemblait ses affaires et celles de Rosie, notamment son petit lit pliant. Et maintenant, ils se trouvaient tous les trois dans cet élégant bâtiment, Reece portant Rosie tandis qu'un groom se chargeait de leurs maigres bagages.

Entrant dans leur suite, composée de deux chambres et d'un salon, Jess perçut aussitôt une délicate odeur de fleurs.

Elle admira un instant le vaste lit, face à la mer dont on percevait le roulis à travers les persiennes, les parquets brillants, mais surtout la salle de bains munie d'une immense baignoire de marbre blanc.

Quel dommage ! Elle était trop exténuée pour en profiter...

Quand elle ouvrit les yeux, le soleil entrait à flot par les hautes fenêtres. Un bruit de voix provenait de la terrasse, située devant sa chambre. Elle reconnut tout de suite le timbre grave de Reece répondant aux gazouillis de Rosie.

— Depuis combien de temps êtes-vous réveillés, tous les deux ? s'écria-t-elle.

Reece apparut dans l'embrasure de la porte-fenêtre, la petite fille calée sur sa hanche. En voyant sa mère, l'enfant battit des mains.

— Bon après-midi, Jess.

— L'après-midi ? Déjà ?

Abasourdie, elle remarqua alors qu'elle était à demi nue et se couvrit hâtivement d'une courtepointe au moment où il pénétrait dans la pièce.

Posant Rosie sur le matelas, il la laissa ramper vers sa mère... qui l'accueillit avec des rires et des baisers à n'en plus finir. Aussi finit-il par récupérer l'enfant.

— Nous allons laisser ta maman s'habiller, ma poupée. Une rude journée nous attend. Et toi, tu vas rester ici. Il y a un adorable jardin d'enfants pour les gentilles petites filles comme toi.

Jess les regarda disparaître dans le salon, le cœur serré.

Reece était formidable, une fois de plus. Incroyablement généreux et attentif aux autres. Depuis la nuit de leur rencontre, elle était sa débitrice. Et maintenant, il voulait lui prêter de l'argent.

Comment pouvait-elle accepter une chose pareille ?

Mais comment aurait-elle pu refuser dans sa situation ?

Si elle déclinait son offre, elle comparaîtrait devant le tribunal. Elle devait penser à Rosie.

— Ça s'est plutôt bien passé, n'est-ce pas ? déclara Reece en sortant de l'immeuble où se trouvait le bureau de Ron Harvey, en fin d'après-midi.

Elle lui adressa un sourire mi-figue, mi-raisin.

— Quand on donne de l'argent, ça se passe toujours bien, non ? J'ai bien cru qu'il allait sortir un mouchoir de sa poche pour essuyer ses larmes de crocodile.

S'arrêtant soudain sur le trottoir, elle posa sa main sur le bras de son compagnon.

— Je voudrais te remercier, Reece. Mais je n'ai pas de mots pour ça. Tout est si… disproportionné.

En réponse, il ébaucha un sourire, visiblement gêné.

— Inutile d'en faire toute une histoire. Je voulais t'aider, j'en avais les moyens. Voilà tout.

— Alors, je vais te remercier à ma manière. En te concoctant un bon repas. Mon studio est modeste mais il est propre et je dispose d'une petite cuisine.

Et elle lui offrit en effet un dîner mémorable.

Fidèle à ses goûts simples, Reece avait réclamé un modeste fish-and-chips.

Mais, refusant de suivre la recette classique des drugstores et autres fast-food de la côte, elle choisit un bar grillé, parfumé aux herbes aromatiques et à peine frit, ainsi que des pommes de terre, coupées en très fines lamelles dorées à point. Le tout était accompagné de jeunes pousses de roquette et d'une sauce tartare au citron légère comme l'écume.

Au moment du café, une fois Rosie endormie dans son lit, la tension devint insupportable.

Reece avait annoncé son départ, obligé de rentrer à Warringa le lendemain à la première heure. Jess savait déjà combien leurs adieux seraient déchirants. Elle aurait pourtant dû se sentir heureuse, la tête pleine de nouveaux projets, maintenant délestée de ses problèmes d'argent.

Or, elle avait le cœur lourd.

— Quel repas délicieux ! s'exclama Reece avec sa courtoisie habituelle.

— Je suis contente que cela t'ait plu.

Comme ils étaient polis. Comme cet échange semblait froid.

— Vous allez me manquer, Rosie et toi.

Il avait parlé d'une voix rauque, presque étranglée.

Puis il se leva, prêt à partir.

Ça y était. C'était le moment des au revoir.

Définitifs.

Dans la minuscule entrée, sur le point d'ouvrir la porte, il se retourna vers elle, le visage grave.

— Avant de m'en aller, j'aimerais vraiment savoir une chose.

A cet instant, elle se sentit transpercée jusqu'à l'âme par son regard perçant.

— Est-ce à cause de cette fichue dette que tu as quitté Warringa ?

Minée par un mois de regrets et de chagrin, elle se mit à trembler. Incapable de proférer un mot, elle hocha seulement la tête, les yeux pleins de larmes.

— Oui. C'était à cause de l'argent. Cela n'avait rien à voir avec toi.

En un éclair, il referma la porte et s'y adossa, buvant des yeux la jeune femme.

— Je suis navrée, Reece. Au final, tu as quand même hérité de mes dettes.

— Et tu crois que j'y attache une quelconque importance ?

Elle essuya ses larmes.

— Je me suis sentie si mal, ces derniers temps. Je savais que tu attribuais mon départ de Warringa au fait que je ne supportais pas la perspective de passer ma vie là-bas. Mais tu te trompes, Reece ! J'aime cet endroit. J'aime cette maison, les paddocks, le bétail, les voisins, si chaleureux, si simples…

Posant un doigt sur ses lèvres, il l'arrêta.

— C'est tout ce que j'avais besoin de savoir.

Il la prit alors dans ses bras et posa sa bouche sur la sienne.

Envahie par une joie sauvage, elle ferma les yeux.

Mais il relâcha trop vite son étreinte... si bien qu'elle s'agrippa à ses épaules en manquant de tomber à la renverse.

Lui prenant les mains, il lui darda un regard amusé.

— Bon. Je vais essayer une nouvelle fois, Jess. Te souviens-tu de... de ma malencontreuse demande en mariage ? Je t'aime, Jess. Si tu acceptais de m'épouser, je serais l'homme le plus heureux du Queensland.

A son grand désarroi, elle éclata en sanglots.

— Oh ! Excuse-moi, Reece. Je ne pleure pas parce que je suis triste...

Il la regarda intensément, de plus en plus désarçonné.

Avec un reniflement, elle se tamponna alors les yeux et acheva dans un sanglot :

— Je suis si contente, Reece. Je suis folle de joie.

Puis, se jetant à son cou, elle l'embrassa et murmura contre ses lèvres :

— Tu m'as tellement manqué. Je t'aime, Reece. Tu ne peux pas imaginer combien j'ai souffert de ne pas pouvoir te l'avouer !

Bouleversé, il caressa d'une main tremblante son fin visage trempé de larmes.

— Toi aussi, tu m'as manqué, Jess. Sans toi et sans ton adorable petite fille, je n'avais plus aucun goût à la vie. Elle avait perdu tout son sel.

Au même moment, ils sourirent de cette allusion involontaire au monde culinaire.

Et quand ils s'embrassèrent de nouveau, elle put sentir entre eux une harmonie parfaite.

Enfin, ils avaient aplani tous les malentendus.

Ils étaient libres de s'aimer.

MELISSA McCLONE

Pour le bonheur de Connor

Traduction française de
LAURIANE CRETTENAND

HARLEQUIN

Titre original :
IT STARTED WITH A CRUSH...

Ce roman a déjà été publié en 2014

1

15 h 47. L'angoisse nouait le ventre de Lucy. Son neveu aurait déjà dû être rentré. Chaque jour, le bus scolaire de Connor arrivait au coin de la rue avant 15 h 30. Chaque jour, sauf ce jour-là.

Fallait-il qu'elle appelle l'école ? Réagissait-elle de manière excessive ? Cette responsabilité parentale était trop récente pour qu'elle sache quoi faire…

Avant de partir, un mois plus tôt, sa belle-sœur Dana avait listé les imprévus et les urgences, mais le retard du bus ne faisait pas partie des scénarios envisagés. Lucy avait vérifié. Deux fois.

Pas la peine de paniquer. Wicksburg était au milieu des champs, et c'était une petite ville calme. Le bus avait pu être ralenti par un bouchon, un tracteur, un chantier…

Un frisson parcourut Lucy.

Ne panique pas. Elle n'avait pas l'habitude de s'occuper de quelqu'un d'autre qu'elle-même, et le besoin de voir son neveu à l'heure prévue était tout nouveau pour elle. Mais elle devrait s'y habituer. Pour un an, elle serait non seulement la tante de Connor, mais aussi sa tutrice. Les parents du petit garçon, tous deux réservistes de l'armée, étaient mobilisés à l'étranger. Aaron, son grand frère, comptait sur elle pour s'occuper de son fils unique. Si quelque chose arrivait à Connor alors qu'elle en avait la garde…

A cette pensée, ses muscles se tendirent.

— Miaou.

Le chat de la famille se frotta contre la porte d'entrée. Il était aussi inquiet qu'elle.

— Je sais, Manny. Moi aussi, je veux que Connor rentre.

Quelque chose attira soudain son attention. Elle regarda par la fenêtre. Le bus scolaire s'arrêtait au coin de la rue.

Elle se dirigea avec un soupir de soulagement vers la porte d'entrée avant de s'arrêter. Connor lui avait demandé de ne pas venir le chercher à l'arrêt de bus, et elle respectait son besoin d'indépendance. Pourtant, il avait toujours autant de tristesse dans les yeux. Mais ce n'était pas contre elle. Les sourires se faisaient rares depuis que ses parents avaient été mobilisés.

Elle guetta son arrivée derrière les rideaux.

Il semblait toujours porter le poids du monde sur ses épaules quand il rentrait. Elle détestait cela, mais elle le comprenait. Ses parents lui manquaient. Elle avait essayé de l'égayer, mais rien n'y faisait. Et, maintenant que son équipe de football n'avait plus d'entraîneur, les choses avaient empiré.

La porte du bus s'ouvrit. Connor apparut sur la dernière marche, un grand sourire aux lèvres.

Le cœur de Lucy se remplit de joie. Il avait dû se passer quelque chose de positif à l'école.

— Tante Lucy ! dit-il en entrant en trombe dans la maison.

Il ressemblait tant à Aaron. Mêmes yeux bleus, même couleur de cheveux, mêmes taches de rousseur.

— J'ai trouvé quelqu'un pour entraîner les Vainqueurs !

Elle aurait dû se douter que son changement d'humeur était dû au football. Il adorait ce sport. Aaron entraînait l'équipe de son fils depuis que celui-ci avait commencé à jouer, à cinq ans. Quand Aaron était parti, personne parmi les autres parents n'avait pu le remplacer, pour tout un tas de raisons. Ce qui avait privé l'équipe d'entraîneur. Enfin, sauf si on la comptait elle…

L'idée de demander à son ex-mari lui avait effleuré une nanoseconde l'esprit, avant qu'elle ne bannisse cette pensée. Etre de retour dans la même ville que Jeff était assez difficile comme cela. Elle ne l'avait pas encore revu, mais elle n'en avait pas la moindre envie.

— Fantastique, dit-elle. Qui est-ce ?

Le sourire de Connor s'élargit.

— Ryland James.

Son cœur fit un bond. Mince alors !

— Le Ryland James ?

Connor hocha la tête avec enthousiasme.

— Le meilleur joueur des Etats-Unis, et mon joueur préféré. C'est l'entraîneur parfait. Il a joué dans la même équipe que papa. Ils ont gagné plein de championnats. Ryland est quelqu'un de bien. C'est papa qui l'a dit.

Elle devait être prudente. Pour le bien de Connor.

Ryland avait été quelqu'un de bien, et l'un des meilleurs amis de son frère. Mais elle ne l'avait pas revu depuis qu'il avait quitté le lycée pour rejoindre le centre de formation de Floride. Selon Aaron, Ryland s'en était bien sorti, il avait joué à l'étranger et était désormais à Phoenix, grande équipe de la ligue américaine de football. Entraîner des enfants de neuf ans n'était certainement pas sa priorité.

Elle se mordit l'intérieur de la joue. Il fallait trouver un moyen de préserver Connor.

— Waouh, dit-elle enfin, Ryland James serait un super entraîneur. Mais il ne se prépare pas pour sa propre saison ?

— Les équipes s'entraînent en Floride et dans l'Arizona depuis janvier, expliqua Connor comme si c'était évident. Le premier match n'est qu'en avril. Mais Ryland James s'est blessé il n'y a pas longtemps. Il ne pourra pas jouer pendant un moment.

Cette nouvelle la surprit. Aaron la tenait d'ordinaire informée de ce que faisait Ryland. Jamais il ne la laisserait oublier son faible d'écolière pour le garçon qui était désormais une célébrité dans le monde sportif.

— Il s'est fait opérer, il ne peut pas jouer pendant deux mois. Il habite ici le temps de récupérer. C'est pas génial ?

— Je ne dirais pas que c'est « génial » d'être blessé.

— Non, pas qu'il soit blessé, mais qu'il soit ici et qu'il puisse nous entraîner.

A l'entendre, l'affaire était conclue.

— Je parie que Ryland James sera presque un aussi bon entraîneur que papa.

— Quelqu'un a demandé à Ryland s'il voulait entraîner les Vainqueurs ?

— Non, admit-il. C'est moi qui ai eu l'idée pendant la récré quand Luke m'a dit que Ryland James était allé au repas des pompiers. Toute l'équipe pense que c'est une bonne idée. Si j'avais été là-bas hier soir…

Le repas des pompiers était l'un des plus gros événements de Wicksburg mais ils avaient décidé de ne pas aller à la collecte de fonds car ils attendaient un appel de Dana.

— N'oublie pas que tu as pu parler à ta mère.

— Je sais. Mais j'aimerais avoir un autographe de lui. S'il nous entraîne, il pourra signer mon ballon.

Mais entraîner une équipe de football prenait plus de temps que dédicacer quelques ballons…

Lucy ne voulait pas que Connor soit déçu.

— C'est une bonne idée, mais il n'aura peut-être pas le temps, hasarda-t-elle.

— Enfait, il faudrait que ce soit toi qui lui demandes, tante Lucy. Allez, s'il te plaît ! A toi, il dira sûrement oui.

Lucy hésita. Elle aurait fait n'importe quoi pour son neveu. Déjà, pour s'occuper de lui, elle était revenue dans la ville où vivait son ex, désormais marié à son ancienne meilleure amie. Mais aller voir Ryland… Elle soupira.

— Il pourrait dire non.

La dernière fois qu'elle l'avait vu, elle n'avait pas encore eu sa greffe de foie. Elle était en quatrième et avait la jaunisse. Sans parler de sa fatigue et de son béguin pour lui… Ryland James avait nourri ses fantasmes d'adolescente. Elle avait rêvé qu'il lui laisse porter son maillot, qu'il l'invite au cinéma ou à être sa cavalière au bal de fin d'année.

Bien sûr, rien de tout cela ne s'était produit. Elle était « la fille malade », et elle détestait être catégorisée ainsi. Elle avait rarement eu le cran de parler à Ryland. Puis…

L'équipe de football avait organisé un camp d'été pour les enfants et un concours de tirs pour collecter des fonds et aider Lucy à payer ses frais médicaux. Elle se souvenait parfaitement du moment où Ryland lui avait tendu le grand chèque en carton. Elle n'avait jamais oublié sa bonté. Elle en avait été bouleversée.

Son cœur se serra en y repensant. Elle n'était plus la même. Et, pourtant, elle ne souhaitait pas le revoir.

— C'est l'ami de ton père, pas le mien.

— Mais tu l'as déjà rencontré.

— Il venait souvent chez nous, mais je ne sais pas si…

— S'il te plaît, tante Lucy, supplia encore Connor. On n'a aucune chance si tu ne demandes pas.

Il était aussi tenace que son père. Aaron ne l'avait jamais laissée baisser les bras — ni quand elle était malade ni quand Jeff lui avait brisé le cœur.

Elle devait le faire. Qu'elle veuille le voir ou non importait peu. Il ne s'agissait pas d'elle.

— Très bien, je lui demanderai, promit-elle.

Connor la prit dans ses bras.

— Oh ! merci !

— Tu peux toujours compter sur moi, mon chéri.

Même si les choses ne se passeraient pas comme il le voulait.

— Allons le voir tout de suite, s'écria-t-il.

— Pas si vite. Je vais faire ça toute seule.

La célébrité et l'argent pouvaient changer les gens. Elle ne voulait pas que Connor change d'avis sur son joueur favori.

— Et je ne peux pas y aller les mains vides.

Mais que pouvait-elle apporter à un homme qui pouvait s'offrir tout ce qu'il voulait ? Des fleurs étaient peut-être un cadeau adapté en cas de blessure, mais sans doute trop féminin.

— Des cookies, dit Connor. Tout le monde aime ça !

Il y avait peu de chances que cela convainque Ryland d'accepter le poste d'entraîneur. Mais que pouvait-il dire de pire que non ?

Peut-être tout se passerait-il bien, mais rien n'était moins sûr. Les chances d'une fin heureuse étaient très faibles — comme pour le mariage. Mieux valait se préparer en conséquence. Elle allait faire deux fournées de cookies — une pour Ryland et une pour eux. Ils auraient besoin de réconfort lorsqu'il dirait non.

Les gémissements de la petite chienne couvraient presque la musique dans la salle. Ryland ne regarda pas Cupcake. Elle pouvait attendre. Il devait d'abord finir son entraînement.

Allongé sur le banc de musculation, il souleva la barre au-dessus de lui. La sueur perlait sur son front. Vingt minutes auparavant, en commençant l'entraînement, il avait retiré son T-shirt et son dos nu collait au vinyle.

Il resserra sa prise sur les poignées.

Il voulait retrouver l'équipe de Phoenix au meilleur de sa forme, pour lui prouver qu'il méritait toujours et sa place de capitaine, et son respect. Il n'était même pas sûr de pouvoir réintégrer l'équipe. Et cela… l'inquiétait.

Il serra les dents, poussant une dernière fois le poids au-dessus de sa tête. Puis il se redressa, le souffle court. Mauvais signe. Il devait profiter de sa convalescence pour entretenir son endurance.

Satané pied. Il regarda sa jambe droite, emprisonnée dans un plâtre de marche. Mais c'était de sa faute. Il n'aurait pas dû faire le malin pendant ce match amical. Maintenant il était sur la touche, incapable de courir ou de taper dans un ballon.

Il était passé à la télévision, avait admis la raison de sa blessure et s'était excusé auprès des fans et de ses coéquipiers. Mais sa sincérité n'avait pas fait oublier son image de mauvais garçon, acquise à coup de cartons rouges, de disputes, et d'articles sur ses aventureuses amoureuses.

Cupcake aboya, comme si elle était lasse qu'on ne s'occupe pas d'elle.

— Viens-là, dit-il.

La petite chienne de ses parents le rejoignit, levant ses yeux tristes vers lui.

— Viens-là ma fille, dit-il en la prenant dans ses bras. Je sais que papa et maman te manquent. Ils me manquent aussi. Mais tu dois arrêter de pleurer. Ils ont droit de prendre des vacances sans avoir à se soucier de toi ni de moi.

Pour leur trente-deuxième anniversaire de mariage, il leur avait offert une croisière. Il leur avait également acheté cette demeure, loin du deux-pièces où il avait grandi, et déposait tous les mois de l'argent sur un compte pour eux, mais ils avaient gardé leurs emplois et conduisaient encore leurs vieilles voitures.

Le seul petit plaisir qu'ils s'étaient accordé était Cupcake. Ils la gâtaient. Quand Ryland s'était blessé, ils lui avaient demandé de venir la garder chez eux. Et comme ses parents n'avaient jamais rien exigé de lui, il n'avait pas hésité.

Même s'il détestait être de retour à Wicksburg, où il avait trop de mauvais souvenirs.

L'animation de la grande ville lui manquait, mais il avait besoin de temps pour se refaire une santé et une réputation. Personne n'était satisfait de lui, et surtout pas lui-même. Avant de se blesser, il ne s'était pas rendu compte à quel point il avait été inconscient, négligent.

Soudain, son téléphone portable sonna. C'était Blake Cochrane. Son agent. Il regarda l'heure. 10 heures, il était donc 7 heures à Los Angeles.

— Tu es bien matinal, dit-il après avoir décroché l'appel.

— Je travaille tôt pour éviter les bouchons, répondit Blake. Il paraît que tu as fait une apparition publique l'autre soir. Je croyais que nous étions d'accord pour que tu fasses profil bas.

— J'avais faim, la caserne de pompiers faisait son repas annuel et je me suis dit que je pourrais soutenir une bonne cause. Ils m'ont demandé de signer des autographes et de poser pour les photos. Je ne pouvais pas refuser.

— Il y avait des journaux ?

— Le journal local, un hebdomadaire. Mais j'ai refusé toute interview, j'ai expliqué que je voulais que tout le monde se concentre sur l'événement. J'ai parlé avec des gens avec qui j'ai grandi.

Ceux qui l'avaient traité comme un moins que rien avant qu'il ne rejoigne une équipe de football. La plupart d'entre eux ne l'avaient accepté que quand il avait débuté dans l'équipe universitaire.

— J'étais entouré d'une bande de gamins heureux.

— D'accord, dit Blake. Mais fais attention. On a eu une autre proposition de contrat. Ta blessure les inquiète. Les questionnements sur ton image ne les ont pas rassurés.

Ryan se passa la main dans les cheveux.

— Laisse-moi deviner. Ils veulent un américain propre sur lui, pas un mauvais garçon qui prend des cartons rouges.

— Tu as tout compris, dit Blake. Je n'ai rien entendu d'officiel, mais des rumeurs disent que McElroy veut te prêter à une équipe de Premier League.

McElroy était le nouveau propriétaire de l'équipe de Phoenix.

Il avait viré l'entraîneur qui avait voulu faire les choses à sa manière et engagé un nouvel entraîneur, Elliot Fritz, qui ne se formalisait pas de sa toute-puissance.

— Vraiment ?

— Plusieurs personnes me l'ont dit.

Mince. Il se laissa tomber dans le fauteuil de son père et Cupcake sauta sur ses genoux.

— J'ai fait des erreurs, dit-il. Je me suis excusé. Je récupère et je fais en sorte de ne pas faire les gros titres. Je ne vois pas pourquoi on ne pourrait pas passer à autre chose.

— Ce n'est pas si facile. Tu es l'un des meilleurs joueurs de foot au monde. Avant ton opération, tu aurais pu monter n'importe quelle équipe ici ou à l'étranger. Peu de joueurs américains peuvent en dire autant, assura Blake. Mais McElroy pense que ton image n'est pas bonne pour les fans ou les enfants. Et la commercialisation est importante de nos jours.

— Je sais. L'âge et la blessure n'aident pas ma cause.

Comme si ses vingt-neuf ans faisaient de lui un « vieux ». Il se souvint des déclarations du patron dans une interview.

— McElroy a dit que j'étais un handicap trop bien payé. Mais, si c'est le cas, pourquoi une équipe étrangère voudrait-elle me reprendre ?

— La période de transfert ne débute pas avant juin. Personne ne s'est encore prononcé à ton sujet.

Aïe. Il ne pouvait s'en prendre qu'à lui-même pour la situation délicate dans laquelle il se trouvait.

— La bonne nouvelle, c'est que la Ligue ne veut pas perdre un joueur aussi talentueux que toi. Cela a contrarié McElroy. Il a rappelé qu'il était le seul à pouvoir modifier ton contrat.

— Mon avenir, tu veux dire.

— Les milliardaires sont comme ça.

— Alors, je vais rester millionnaire.

Blake soupira.

— Ecoute, dit Ryland, je comprends McElroy. Et Fritz, aussi. Je ne me suis pas très bien débrouillé. Je suis le premier à dire que je n'ai jamais été un ange. Mais je ne suis pas non plus le diable. One ne peut pas accorder du crédit à tout ce que la presse dit de moi. Les médias exagèrent tout.

— C'est vrai, mais les inquiétudes des gens sont réelles. Cette période de repos est cruciale. Fais attention.

— Je vais arranger ça. Je veux jouer aux Etats-Unis.

Il avait déjà travaillé onze ans au Royaume-Uni.

— Mes parents vont bien, mais ils ne rajeunissent pas. Je ne veux pas être si loin d'eux. Si McElroy ne veut pas de moi, vois si un autre club me reprendrait.

— McElroy ne va pas laisser un joueur professionnel partir dans un autre club de la ligue américaine, dit Blake. Si tu veux jouer aux Etats-Unis, ce sera avec Phoenix.

— Alors je vais devoir continuer à faire profil bas, et polir mon image jusqu'à ce qu'elle brille.

— Eblouis-moi !

— Compte sur moi.

Tout le monde attendait quelque chose de lui. C'était désagréable de devoir de nouveau se faire valoir auprès de McElroy et des supporters de Phoenix.

— Au moins je n'aurai pas d'embrouilles en gardant un chien. Wicksburg est la définition même de l'ennui.

— Les femmes…

— Pas ici, dit Ryland. Je sais ce qu'on attend de moi. Je sais aussi que c'est difficile pour ma mère de tomber sans arrêt sur des potins sur moi sur internet. Elle n'a pas besoin de les entendre de la bouche des femmes de sa propre ville. Malgré les articles selon lesquels je couche avec toutes les starlettes d'Hollywood, je choisis méticuleusement les personnes que je fréquente. Mais être dragué par de belles femmes fait partie des avantages du métier.

Blake soupira.

— Je me rappelle quand tu étais ce gamin combatif qui ne s'intéressait qu'au foot. Tu ne pensais qu'au jeu.

— C'est toujours le cas.

Il était le gamin venu d'une petite ville qui avait percé outre-atlantique et joué avec les meilleurs. Le football était tout pour lui. Sans ça…

— Le foot est ma vie. C'est pour cela que j'essaie de revenir dans le droit chemin.

Quelques secondes passèrent.

— Souviens-toi, les actes en disent plus long que les mots.

Après un rapide au revoir, Blake raccrocha.

Ryland fixa son téléphone. Il avait signé avec Blake quand il avait dix-huit ans. Plus il vieillissait, plus les conseils de son agent semblaient sages.

Les actes en disent plus long que les mots.

Ces derniers temps, ses actes n'avaient pas été plus efficaces que ses mots. Il regarda Cupcake.

— Je me suis tapi dans une niche. Et je dois en sortir.

On sonna. Cupcake sauta à terre et courut à la porte d'entrée en aboyant férocement.

Qui pouvait-ce être ? Il n'attendait personne.

La chienne continua à aboyer. Il resta assis.

Que Cupcake s'occupe du visiteur, quel qu'il soit. S'il l'ignorait, il partirait peut-être. La dernière chose qu'il voulait à cet instant était de la compagnie.

2

La main de Lucy était suspendue au-dessus de la sonnette. Elle se retint d'y toucher une nouvelle fois. Elle ne voulait pas embêter M. et Mme James.

— Allez, fit-elle entre ses dents. Ouvrez la porte.

La sonnette fonctionnait, puisqu'un chien jappait sans relâche à l'intérieur. Mais pourquoi personne ne répondait ? Elle patienta.

Il n'y avait peut-être personne.

Zut. Elle ne voulait pas décevoir Connor. Si personne ne répondait, elle reviendrait. Elle reviendrait jusqu'à ce qu'elle ait parlé à Ryland James.

Elle appuya de nouveau sur la sonnette. Une symphonie de carillons joua un morceau qui ressemblait à du Mozart.

La porte s'ouvrit lentement. Un petit chien gris sortit et renifla ses pieds avant de poser ses pattes sur ses cuisses.

— Descends, Cupcake.

Le chiot se mit à courir dans le jardin. Un homme, en short de sport, un plâtre noir à la jambe droite, se tenait dans l'encadrement de la porte.

— Elle est inoffensive.

La chienne l'était peut-être, mais pas lui.

Ryland James. Séduisant. Sexy. Mon Dieu !

Il avait vraiment l'air d'un mauvais garçon avec ses cheveux bruns mouillés et ébouriffés, comme s'il n'avait pas pris le temps de se coiffer en sortant du lit. Se raser ne semblait pas non plus faire partie de ses habitudes. Mais cette barbe de trois jours lui donnait une part d'ombre. Son torse nu et musclé luisait comme s'il sortait d'une séance de musculation. Ses abdos dessinés dignes d'un mannequin attirèrent les yeux de Lucy. Elle eut soudain la bouche sèche.

Se forçant à relever la tête, elle plongea son regard dans les yeux noisette qui avaient autrefois nourri ses rêves d'adolescente. Ses cils noirs semblaient encore plus épais. Comment était-ce possible ?

Il était plus beau que jamais, ses traits magnifiques s'étaient affinés avec l'âge. Son nez, cependant, semblait avoir été cassé plus d'une fois. Mais, au lieu de diminuer sa beauté, celui lui donnait du caractère. L'air plus… fort. Viril. Dangereux. Le cœur de Lucy battait la chamade.

— C'est vous.

— C'est moi.

Il lui adressa un sourire charmant, et elle sentit son cœur s'emballer davantage.

— Je ne m'attendais pas à trouver quelqu'un comme vous à ma porte, mais ma journée s'illumine, dit-il.

A elle de parler. Mais elle demeura muette. Comme lorsqu'il venait chez eux, des années auparavant.

— Vous allez bien ? demanda-t-il.

Pense à Connor.

— Je m'attendais à voir…

— … mon père ou ma mère.

Elle hocha la tête.

— J'espérais que vous étiez là pour moi, dit-il.

— C'est le cas.

Elle n'avait pas pu se retenir. Mais elle ne devait pas se laisser submerger par le stress maintenant qu'elle se tenait face à lui.

— Je suis Ryland James, dit-il.

— Je vous connais.

— Vous êtes avantagée puisque je ne sais pas qui vous êtes.

— Non, je voulais dire que je vous connais vraiment. Mais c'était il y a longtemps, dit-elle.

Il la dévisagea.

— Je pense que je me souviendrais de vous.

Elle avait l'habitude que les hommes la draguent. Elle ne s'attendait pas à ce que Ryland le fasse, mais elle appréciait. Elle se sentait attirante, désirable.

— Laissez-moi vous regarder, cela me rendra peut-être la mémoire, dit-il.

Son regard lui donna la chair de poule. Elle n'avait pas ressenti cela depuis longtemps. Elle avait divorcé deux ans auparavant et n'avait plus voulu fréquenter d'hommes.

— J'ai effectivement déjà vu votre joli sourire, dit-il. Et ces yeux bleus pétillants aussi.

Bon sang. Elle se sentait faiblir.

Arrête. Elle n'était plus une petite fille. Elle se redressa. Il n'avait aucune idée de qui elle était. Ryland James était un sportif professionnel. Savoir quoi dire aux femmes faisait certainement partie de son entraînement.

— Je suis Lucy, dit-elle, la voix rauque. Lucy Martin.

— Lucy, dit-il. La petite sœur d'Aaron ?

Elle opina.

— Même sourire et mêmes yeux bleus, mais tout le reste a changé, fit-il en la regardant des pieds à la tête. La petite Lucy a bien grandi.

La petite Lucy ? Elle se raidit. Ses mots l'embrouillaient. Elle était certes petite quand ils s'étaient rencontrés en primaire. Mais, la dernière fois qu'ils s'étaient vus, elle était une adolescente fatiguée, complexée par sa maladie.

— Ça fait… quoi ? Treize ans qu'on ne s'est pas vus ?

— Treize longues années, dit-il.

Que se passait-il ? Les « amoureux » étaient censés devenir gros et chauves, pas encore plus séduisants ! Et il semblait s'intéresser à elle. Sauf si son imagination lui jouait des tours. Elle devait se méfier des hommes, elle le savait.

— On dirait que la vie vous a bien traité, dit-elle. A part pour votre pied.

— Ce n'est qu'un petit désagrément, rien de plus. Surtout comparé à ce que vous avez enduré, dit-il. La greffe de foie semble avoir fonctionné comme Aaron l'espérait. Il voulait tellement que vous soyez en bonne santé.

— Je suis encore sous traitement mais,à part cela, je suis comme tout le monde.

— Non, c'est faux, dit-il avec un regard doux. Il n'y a rien d'ordinaire chez vous. Vous avez toujours été spéciale. Vous étiez malade, certes, mais tellement courageuse.

Elle sentit la chaleur lui monter au visage. Des papillons volaient dans son ventre.

Waouh. Elle ne devait pas se laisser emporter par les mots doux d'un homme séduisant, même s'il avait été l'homme de ses rêves. Elle savait d'expérience que les gens disaient des choses qu'ils ne pensaient pas. Ils mentaient, même après avoir dit combien ils vous aimaient. Elle se redressa.

Il fallait en finir. Elle lui tendit les cookies.

— C'est pour vous.

Il souleva le couvercle et fronça les sourcils, surpris.

— Des cookies ? Merci.

Il avait l'air content. Bien.

— Le fils d'Aaron, Connor, m'a aidé à les faire. Il a neuf ans et il adore le foot. C'est pour ça que je suis là. Pour vous demander une faveur.

— J'apprécie votre honnêteté. Peu de gens sont aussi francs quand ils veulent quelque chose. Allons parler à l'intérieur.

Etait-il raisonnable d'entrer dans la maison ? Autrefois, elle croyait au grand amour et aux fins heureuses. Et Ryland lui faisait ressentir des choses auxquelles elle essayait de ne pas penser — attirance, désir, espoir. Mais la vie lui avait appris que ces choses n'arrivaient que dans les contes de fée. L'amour et la romance n'étaient que des inventions.

Pourtant, elle était curieuse. Jamais elle ne vivrait jamais dans un quartier chic comme celui-ci. Ce serait sa seule chance de savoir à quoi ressemblait une maison luxueuse.

Ryland était appuyé contre le chambranle de la porte. Cette posture décontractée lui permettait de ne pas mettre de poids sur son pied droit. Il devait avoir besoin de s'asseoir.

Elle ne voulait pas qu'il souffre et accepta son invitation.

Elle entra. L'air était citronné. Les parquets brillaient. Un lustre géant pendait du haut plafond de l'entrée. Des toiles de prix ornaient les murs.

Elle passa sous une large arche pour entrer dans le salon. Magnifique. La décoration était légère, gaie et engageante. Les couleurs, les matières et les accessoires s'accordaient parfaitement, et la pièce était chaleureuse, accueillante.

Des photos de famille étaient posées sur le manteau de la cheminée. Un portrait gigantesque de Ryland portant le maillot de l'équipe nationale était accroché au mur.

— C'est charmant, dit-elle.

— Merci.

Il avait l'air fier. Il avait sûrement joué un rôle important dans l'acquisition et la décoration de la maison.

— Ma mère pensait que la maison était trop grande, mais je l'ai convaincue qu'elle la méritait. Asseyez-vous, dit-il en désignant un divan.

Elle s'assit, et Cupcake sauta à ses côtés.

Il avait l'air amusé par l'attitude du petit chien. Il s'assit dans un fauteuil.

— Je peux prendre un cookie ? demanda-t-il.

— Je vous en prie.

— Vous en voulez ? demanda-t-il en lui tendant le récipient.

Ils sentaient bon, mais elle allait en manger plus tard avec Connor. Mieux valait ne pas abuser des gâteaux.

Elle refusa et il se servit.

— Je ne me souviens pas de la dernière fois que quelqu'un a cuisiné pour moi.

— Pas même votre mère ?

— Je ne passe pas autant de temps que j'aimerais avec mes parents, à cause du foot. En ce moment, ils ne sont pas là, et je garde leur chien.

Cupcake se laissa tomber sur les coussins et posa sa tête sur la cuisse de Lucy.

— Elle vous aime bien.

Lucy passa ses doigts dans ses poils gris. Elle n'avait jamais eu de chien. Ryland mordit dans le cookie et prit son temps pour le déguster.

— Délicieux.

Parfait. Elle rassembla son courage. Elle ne pouvait plus faire marche arrière.

— Donc, mon neveu…

— Veut-il un autographe ? demanda Ryland. Un maillot ?

— Connor serait ravi que vous dédicaciez son ballon, mais ce qu'il veut vraiment, c'est un entraîneur de foot.

Elle ne voulait pas lui faire perdre plus de temps.

— Il voulait que je vous demande si vous pouviez entraîner son équipe, les Vainqueurs.

Il tressaillit.

— Moi ? Entraîneur ?

— Je sais que c'est beaucoup demander, et que c'est quasi impossible pour vous en ce moment.

Il regarda son pied blessé.

— En effet, ce n'est pas le bon moment. J'espère rejoindre mon équipe dans un mois environ, et je suis censé faire profil bas tant que je suis ici. Je suis vraiment désolé de ne pas pouvoir vous aider.

— Ne vous inquiétez pas. J'ai prévenu Connor que vous ne pourriez certainement pas.

Elle savait qu'il n'aurait jamais accepté. Il avait laissé sa petite ville derrière lui et était devenu célèbre.

— Toutefois, si vous avez une heure de libre un de ces jours, Connor et ses coéquipiers seraient très contents que vous puissiez venir les motiver un peu.

Le silence se fit. Elle le mettait de nouveau dans une situation embarrassante. Mais elle n'avait pas le choix ; elle voulait aider son neveu.

— Je peux faire ça, dit-il enfin.

— Merci, répondit-elle, soulagée.

— Je serai heureux de leur parler, de dédicacer des ballons, de faire des photos. Tout ce qu'ils veulent !

Elle espérait que la visite apaiserait Connor.

— Ce sera super, merci.

Puis, soudain, les yeux de Ryland s'assombrirent.

— A qui allez-vous demander de les entraîner ?

— Je ne sais pas, admit-elle. Les entraînements reprennent la semaine prochaine, j'ai encore un peu de temps pour trouver quelqu'un. Je peux toujours le faire moi, s'il le faut.

— Vous jouez au foot ? demanda-t-il, visiblement surpris.

— Non, mais je me suis renseignée, j'ai regardé des vidéos sur internet, au cas où.

— Aaron était super avec les enfants quand nous avons monté ce camp au lycée. Pourquoi ne le fait-il pas ?

— Il l'a fait pendant des années, mais il est à l'étranger avec l'armée en ce moment. Sa femme et lui ont été mobilisés. Je m'occupe de Connor jusqu'à ce qu'ils rentrent, dans un an.

— Aaron avait parlé de l'armée pour se payer l'université. Mais je l'ai perdu de vue quand j'ai quitté Wicksburg.

— Il s'est engagé à la sortie du lycée. C'est là qu'il a rencontré sa femme, Dana. Après avoir fait leur service actif, ils ont rejoint la réserve.

— Un an loin de chez eux. Loin de leur fils. dit-il en se passant la main dans les cheveux. Ce doit être dur.

— Il faut ce qu'il faut. Vous êtes bien parti de chez vous pour aller en Floride, puis en Angleterre.

— Pour jouer au foot. Pas pour protéger mon pays, dit-il. Je ne me suis jamais autant amusé. Je doute qu'Aaron et sa femme puissent en dire autant en ce moment.

Elle se souvint de la tristesse de Connor lui disant que sa mère pleurait au téléphone.

— Je respecte ce qu'Aaron, sa femme, et toute l'armée, sont en train de faire. Les sacrifices qu'ils font. De vrais héros.

Il semblait sérieux. Elle voulut croire qu'il était sincère. Peut-être était-il toujours le même au fond.

— Oui, ce sont des héros.

— Alors vous êtes restée à Wicksburg, dit-il.

— Je suis partie quelque temps. A l'université. J'ai aussi vécu à Chicago.

Aaron l'avait accusée d'avoir fui quand son mariage avait échoué. Il avait peut-être raison. Mais, lorsque sa vie s'était effondrée, elle avait ressenti le besoin de bouger.

— Je suis revenue le mois dernier pour m'occuper de mon neveu. Je n'ai même pas songé une seconde à dire non. Pas après tout ce qu'Aaron a fait pour moi.

— Il était si protecteur envers vous.

— Il l'est toujours.

— Cela ne m'étonne pas. Vous avez laissé votre petit ami à Chicago ou il est venu avec vous ?

Elle sursauta, surprise.

— Je, euh, je n'ai pas de petit ami.

Il sourit d'un air ironique.

— Alors vous avez besoin d'un entraîneur de foot et d'un petit ami. J'espère que votre frère vous a dit quelles qualités chercher chez chacun d'entre eux.

Aaron lui donnait des conseils en permanence, mais elle ne les écoutait pas toujours. Elle aurait dû avant de s'enfuir. Elle ne referait pas la même erreur.

Elle n'avait besoin de personne dans sa vie.

— Je n'ai besoin que d'un entraîneur de foot. Connor m'occupe à plein temps. C'est ma priorité. Je veux qu'il cesse de s'inquiéter et qu'il soit heureux.

— On devrait peut-être le présenter à Cupcake, dit Ryland. Elle est si triste sans mes parents. Je suis un pauvre substitut.

— C'est ce que je ressens avec Connor. Quoi que je fasse, rien ne semble… suffisant.

Il se pencha en avant et prit ses mains dans les siennes. Son contact était léger. Sa peau était chaude.

— Eh. Vous êtes venue me voir pour son équipe. Ça en dit long. Aaron et sa famille ont de la chance de vous avoir.

Ses mots enveloppèrent Lucy comme une caresse. Mais son contact la dérangeait plus qu'il ne la réconfortait. Une chaleur étrange se répandait en elle. Elle essaya de ne pas y penser.

— C'est moi qui ai de la chance.

— Cette chance va peut-être déteindre sur moi.

Ses mains étaient toujours sur les siennes. Cela faisait deux ans qu'aucun homme ne l'avait touchée. C'était… agréable.

Elle ferait mieux de ne pas s'y habituer. Elle retira sa main à contrecœur et attrapa son sac à main.

— Si vous avez besoin de chance, j'ai ce qu'il vous faut.

Elle sortit une pièce de son sac et la lui donna.

— D'après ma grand-mère, c'est tout ce dont une personne a besoin pour avoir toutes ses chances.

Le rire illumina les yeux de Ryland.

— Je croyais qu'il fallait des masses de charme et une bouteille de champagne pour avoir toutes ses chances…

Oh non. Elle prit conscience de ce qu'elle avait dit.

— Je voulais dire pour avoir de la chance, dit-elle en bafouillant.

Il lui fit un clin d'œil.

— Je sais, mais je n'ai pas pu m'empêcher.

Elle devait faire attention. Etre près de lui l'empêchait de penser clairement. Ce n'était pas bon signe. La dernière fois qu'elle s'était laissé charmer par un homme, elle avait fini par se marier.

— Vous dites que votre neveu adore le foot.

Elle acquiesça, reconnaissante qu'il change de sujet.

— Oui. Connor et Aaron en sont fous.

Une expression songeuse passa sur le visage de Ryland.

— Cela fait longtemps que je ne suis pas rentré, mais je suis persuadé que ce sont toujours les mêmes qui s'occupent de mon ancien club. Je demanderai si quelqu'un veut bien entraîner l'équipe de votre neveu.

Elle n'en revenait pas. Elle détestait demander de l'aide, mais il la lui proposait. Elle aurait été idiote de refuser alors que cela comptait tant pour Connor.

— Ce serait génial. Si ce n'est pas trop demander.

— Non, je suis heureux de le faire. Je ferai tout pour…

Vous ?

— … Aaron.

Bien sûr que c'était pour son frère. Elle ignora sa déception et le remercia. Il prit la pièce porte-bonheur entre son pouce et son index.

— Vous m'avez fait des cookies et donné une pièce qui porte chance. J'aurai quoi si je trouve un entraîneur ?

Etait-il sérieux ou plaisantait-il ? Son sourire la fit pencher pour la deuxième solution.

— Ma gratitude éternelle ?

— C'est un bon début.

— D'autres cookies ?

— J'apprécie. Quoi d'autre ?

Son ton badin l'inquiétait. Elle ne voulait plus jouer. Son charme, comme tout chez lui, la troublait.

— Je ne sais pas ce que vous pouvez vouloir de plus.

Il la regarda, et ses yeux s'attardèrent sur ses lèvres.

— J'ai bien quelques idées en tête.

Elle aussi. Il était plus que séduisant. Elle avait l'impression que ses lèvres pourraient la faire fondre d'un seul baiser. Il respirait la sensualité.

— J'ai toujours pensé que vous étiez une fille sympa, Lucy Martin, mais j'adore celle que vous êtes devenue.

Oui, il l'attirait. Il était désirable.

Mais elle n'était pas stupide. Elle connaissait ce genre d'hommes. Ryland James était synonyme de problèmes.

Une fois qu'il aurait rendu visite aux Vainqueurs, elle ne voulait plus jamais le voir. Et elle ne le verrait plus jamais.

C'était bon de revoir Lucy Martin.

Ryland était assis seul dans le salon. Elle avait proposé de sortir le chien dans le jardin pour qu'il n'ait pas à se lever. Il avait accepté, ne serait-ce que pour qu'elle reste un peu plus longtemps.

Il n'arrivait pas à croire combien elle avait changé.

Autrefois douce et timide, avec ses taches de rousseur, ses longues tresses et les taches jaunâtres entourant ses grands yeux bleus, elle était aujourd'hui une femme magnifique et confiante. Elle avait un teint resplendissant, de beaux cheveux blonds, et des yeux bleu ciel envoûtants.

Il s'était trompé en croyant qu'il ne voulait pas de compagnie. Certes, Lucy était venue lui demander une faveur. Mais elle lui avait apporté des gâteaux et avait été franche.

Il appréciait et respectait cela. Certaines femmes étaient sournoises et le flattaient pour obtenir ce qu'elles voulaient. Lucy ne voulait pas quelque chose pour elle, mais pour son neveu. C'était… rafraîchissant.

Cupcake surgit dans le salon et sauta sur le canapé.

Lucy reprit sa place à côté du chien.

— Merci de l'avoir sortie, dit-il.

Lucy avait égayé son humeur, l'avait fait rire et sourire. Il voulait qu'elle reste.

— Vous devez avoir soif. Je vais vous chercher à boire.

Des années auparavant, Aaron avait dit à Ryland que sa

sœur avait un faible pour lui et qu'il devait être gentil avec elle. Il l'avait fait. Il était désormais curieux de savoir s'il subsistait en elle ce petit béguin de l'époque.

Il était censé éviter les femmes. Mais il était… intrigué.

Elle attrapa son sac à main.

— Non, merci, je dois y aller.

Lucy était différente des femmes qu'il connaissait. La plupart tueraient pour ce genre d'invitation de sa part, mais elle ne semblait pas impressionnée. Elle n'avait pas hésité une seconde à sortir Cupcake tandis qu'il restait à l'intérieur. Comme si elle voulait mettre de la distance entre eux.

Intéressant. Son charme et sa notoriété faisaient généralement fondre toute résistance féminine. Pas chez elle. Il aimait l'idée d'un défi.

— J'aimerais en savoir plus sur Aaron, dit-il pour la retenir.

— Peut-être une autre fois.

— Vous devez aller quelque part ?

Elle enroula son doigt dans la lanière de son sac.

— J'ai du travail à faire avant que Connor ne rentre de l'école.

Il aurait aimé qu'elle reste un peu plus longtemps, mais il la reverrait. Sans aucun doute. Il se leva.

— Je vous raccompagne.

— Non, reposez-vous. Je sais où est la porte.

— Mon pied peut le supporter.

Le regard de Lucy rencontra le sien.

— Je peux sortir toute seule.

La force inébranlable qu'il vit dans ses yeux l'excita.

— Je sais, mais je veux vous raccompagner.

Après ce qui lui sembla être une éternité, elle détourna le regard en haussant les épaules.

— Comme vous voulez, c'est votre pied.

Il retint un sourire. Oui, elle serait un sacré défi.

Il la raccompagna jusqu'à sa voiture.

— Merci d'être venue et de m'avoir apporté des cookies. Je vous appellerai pour l'entraîneur et pour rencontrer l'équipe.

Elle sortit quelque chose de son sac et le lui tendit.

— Voici ma carte de visite, avec mon numéro de portable. Aaron a un fixe, mais c'est le meilleur moyen de me joindre.

Il regarda la carte violette aux lettres blanches et bleues. Cela lui ressemblait bien.

— Graphiste indépendante. Vous aimez toujours l'art.

— Vous vous souvenez de ça ?

Elle avait l'air incrédule, mais il vit, à la façon dont ses yeux dansaient, qu'elle était aussi contente.

— Vous seriez étonnée de ce dont je me souviens.

Elle en fut presque bouche bée. Il avait piqué sa curiosité. Parfait. Elle lui avait fait le même effet.

— Mais ne vous inquiétez pas, tout est positif.

Elle rougit délicieusement. Plongeant la main dans son sac, elle en ressortit ses clés de voiture.

— Merci. J'ai... j'ai hâte d'avoir de vos nouvelles, dit-elle.

— Ce ne sera pas long.

Il était déjà impatient de la revoir.

— Je vous le promets.

3

Cet après-midi-là, la porte d'entrée s'ouvrit comme si une tornade s'était abattue sur Wicksburg. Lucy resta sans bouger dans le salon, consciente que cet élan d'énergie n'était dû qu'à un petit garçon.

Connor entra dans la maison, les cheveux en bataille

— Salut ! Tu as parlé à Ryland James ?

Le séduisant footballeur n'avait pas quitté ses pensées de la journée — à son grand désarroi.

— Je suis allée chez M. et Mme James ce matin. Ryland a aimé les cookies que nous avions faits.

Le sac à dos tomba avec un bruit sourd sur le sol carrelé de l'entrée. L'attente emplissait les yeux bleus de Connor.

— Va-t-il entraîner les Vainqueurs ?

C'était le moment qu'elle redoutait.

— Non, mais il va essayer de trouver quelqu'un. Il va aussi venir parler à ton équipe.

Différentes émotions passèrent sur le visage de Connor. Tristesse, colère, surprise. Puis une expression soucieuse se fixa sur ses traits.

— Je suppose qu'il est très occupé.

— Ryland essaie de guérir et de garder la forme. Il veut rejoindre son équipe le plus tôt possible.

— C'est certainement ce que je ferais à sa place.

Le pauvre. Il essayait de faire bonne figure. Elle aurait aimé pour lui que les choses tournent autrement.

— On a encore le temps de vous trouver un entraîneur.

— Tu as déjà dit ça la semaine dernière. Et celle d'avant.

— C'est vrai, mais maintenant j'ai de l'aide.

Pourvu que Ryland ait été sérieux lorsqu'il avait proposé de l'aider, et qu'il y arrive pour… les garçons.

— Et je ferai de mon mieux pour vous entraîner moi-même si on ne trouve personne.

— Il n'y aura pas besoin, dit Connor, sûr de lui. Si Ryland a dit qu'il nous trouverait un entraîneur, il en trouvera un.

Elle avait été trop souvent déçue pour avoir une telle confiance en qui que ce soit. Ryland avait semblé sincère et enthousiaste, mais elle en avait vu d'autres. Il valait mieux que son neveu n'en espère pas trop, au cas où son joueur préféré échouerait.

— Ryland a dit qu'il essaierait. Il va m'appeler.

— Tu as écouté ta messagerie ? demanda-t-il.

Son empressement la fit sourire.

— Je l'ai vu il y a quelques heures seulement.

— Heures ? Il a eu le temps de nous trouver cinq entraîneurs depuis ! Tout ce que Ryland James a à faire, c'est de claquer des doigts, et les gens accourent.

Il ne faisait aucun doute que les femmes accouraient lorsqu'il claquait des doigts, mais Lucy doutait qu'on puisse en dire autant des entraîneurs.

— Laisse-lui un peu de temps. Je sais que c'est important pour toi, mais il faut savoir être patient.

— Tu pourrais l'appeler.

Non, elle ne pouvait pas. Et elle ne le ferait pas.

— Il a dit qu'il appellerait. Ne lui mettons pas la pression !

En outre, elle ne voulait pas donner de fausses idées à Ryland. Qu'il pense qu'elle s'intéressait à lui. Un homme comme lui ne ferait que lui briser le cœur — une nouvelle fois.

— Donnons-lui quelques jours, d'accord ?

— D'accord, répondit Connor à contrecœur.

Elle se retint de rire.

— Et si on goûtait pendant que tu me racontes ta journée ?

Cela leur permettrait d'oublier un peu Ryland James.

— D'accord, dit-il en se dirigeant vers la cuisine. Alors, Ryland James a un terrain de foot derrière chez lui ?

Elle soupira. Non, ils ne l'oublieraient pas un seul instant.

*
* *

Après manger, Ryland se retira avec Cupcake dans la salle audiovisuelle. Il avait tout le nécessaire à portée de main — ordinateur, téléphone portable, cookies, la carte de Lucy et un écran géant allumé sur une chaîne de sport. Dès qu'il aurait trouvé un entraîneur pour l'équipe de son neveu, il l'appellerait pour lui annoncer la bonne nouvelle.

Au diable les délicieux cookies qu'elle avait faits. Le seul dessert qu'il voulait était entendre sa douce voix.

Il se mit à rire. Il devait être en mal d'attention féminine…

Mais voir Lucy lui avait vraiment fait du bien. Elle l'avait replongé dans le passé. Elle lui avait rappelé de bons souvenirs. C'était agréable.

Sans son père et sa mère, il n'y serait jamais arrivé. Ils l'avaient toujours soutenu. Et les équipes jeunesse y étaient aussi pour beaucoup.

Il avait tout appris dans la ligue jeunesse. Quand il avait rejoint un club de compétition, M. Martin, le père d'Aaron et de Lucy, l'emmenait aux matchs si ses parents travaillaient.

Que Lucy s'occupe du fils d'Aaron n'était pas une surprise. Les Martin avaient toujours été très dévoués.

En primaire, les autres élèves se moquaient de lui. Aaron l'avait défendu avant même qu'ils ne soient coéquipiers. Une fois qu'ils avaient commencé à jouer dans la même équipe, ils étaient devenus très bons amis. Mais Ryland avait mis Wicksburg derrière lui quand il était parti.

Il avait consacré tous ses efforts et son énergie à devenir le meilleur joueur de foot possible.

Maintenant qu'il était de retour, trouver un entraîneur de foot était la moindre des choses qu'il pouvait faire pour son vieil ami. Il baissa le son de la télévision et prit son téléphone. Cela ne prendrait pas longtemps.

Deux heures plus tard, il raccrochait le téléphone après un nouveau coup de fil infructueux. Il n'en revenait pas. Il obtenait toujours la même réponse de ses interlocuteurs — non. Seule l'excuse changeait. Pas étonnant que Lucy se soit tournée vers lui.

Que faire ?

Il regarda l'écran de télévision. Les temps forts d'un match de football. Cela lui manquait : l'action, l'adrénaline, le frisson de la victoire… Il était nostalgique du temps où, enfant, seuls un ballon et un bout d'herbe définissaient le jeu, dans sa forme la plus simple et la plus pure.

La carte de Lucy attira son regard.

Il voulait lui parler. Maintenant.

Il se raisonna. L'appeler ce soir serait idiot. Il voulait entendre sa voix, mais il ne voulait pas l'effrayer. D'autres femmes auraient aimé ce coup de fil surprise, mais pas Lucy. Elle n'était pas comme les autres femmes qu'il fréquentait.

Etrangement, cela lui plaisait. Parler avec elle lui avait fait le plus grand bien.

Il fixa son téléphone portable. Il voulait lui parler mais, s'il l'appelait, il serait obligé de lui avouer son incapacité à trouver un entraîneur. Hors de question.

Toutefois, elle ne lui en voudrait pas. Elle le remercierait pour ses efforts et entraînerait elle-même l'équipe.

Elle était si courageuse. Elle se donnerait tout entière à l'équipe. Mais elle n'aurait pas dû être obligée de le faire. Elle en faisait assez en s'occupant de son neveu.

Il se redressa. Il ne pouvait pas laisser les refus l'arrêter. Il était plus résistant que cela.

— J'ai peut-être saboté ma carrière, mais je vais réussir cette mission. Je vais trouver un entraîneur pour Lucy.

Il ferait tout pour y parvenir.

Deux jours plus tard, Lucy était dans le jardin devant la maison en train de jouer au ballon avec Connor. Le soleil était haut dans le ciel, mais Connor avait l'air bougon. Les entraînements commençaient la semaine suivante, et les Vainqueurs n'avaient toujours pas d'entraîneur. Ryland n'avait pas encore appelé. Elle tapa dans le ballon. Il partit un peu trop sur la gauche, et finit sa course dans la haie.

— Désolée, dit-elle en grimaçant.

Connor ne dit rien et alla chercher le ballon. Elle savait à quoi il pensait, car son expression reflétait ses propres pensées. L'équipe avait besoin de quelqu'un qui connaissait le football mieux qu'elle, qui pourrait apprendre les bons gestes aux élèves sans avoir à sortir un livre.

Ses efforts avaient échoué. Seul Ryland pouvait les sauver désormais.

Ce ne sera pas long. Je vous le promets.

Elle y avait cru si vite… Comme si elle n'avait rien appris de ses expériences. Pourtant, deux jours seulement s'étaient écoulés. Ryland allait-il tenir parole ?

Le temps le dirait, mais elle espérait que oui, pour le bien de Connor. Il lui renvoya le ballon.

— Ta maîtresse a bien aimé ta rédaction.

— Ouais, répondit-il en lui renvoyant le ballon. Tu es certaine qu'il n'a pas appelé ?

Il parlait de Ryland. Il posait la question en permanence.

— Sûre et certaine.

Elle avait vérifié ses messages plusieurs fois.

— Cela ne fait que deux jours.

— On dirait que ça fait une éternité, dit-il.

— Je sais que c'est difficile d'attendre, mais nous devons lui laisser du temps.

Connor hocha la tête.

Je vous en prie Ryland, faites le nécessaire. Elle ne voulait pas que le joueur préféré de Connor le laisse tomber. Elle ne voulait pas que son neveu ait à affronter le genre de déception et de trahison qu'elle avait enduré à cause des autres. Il n'avait que neuf ans, et ses parents étaient loin de lui, sur un autre continent.

Soudain, un vieux pick-up bleu s'arrêta en crachotant devant la maison.

La porte du conducteur s'ouvrit. Ryland.

Le cœur de Lucy fit un bond dans sa poitrine. Il ne l'avait pas laissée tomber. Il était toujours un type bien.

Il fit le tour de la voiture. Il portait un polo blanc avec le logo de son équipe, un short kaki, et une basket au pied gauche — le droit étant dans le plâtre. Il était impeccablement coiffé. Il s'était rasé, faisant disparaître sa barbe de trois jours pourtant si séduisante.

Toutefois, elle savait qu'elle ne devait pas baisser la garde. Connor était la seule raison pour laquelle elle était si contente de le voir. Mais oui.

— C'est lui, dit Connor, émerveillé. Ryland James.

— Bonjour, dit Ryland en les rejoignant dans le jardin.

Elle réfréna le besoin de reculer pour mettre de la distance entre eux et le salua à son tour.

— Tu dois être Connor, dit-il.

Son neveu avait des étoiles dans les yeux. Il opina. Cela fit fondre le cœur de Lucy. Ryland savait combien ce moment était important pour lui. Connor lui tendit la main.

— Je suis ravi de vous rencontrer, monsieur James.

Ryland sourit en lui serrant la main.

— Appelle-moi Ryland.

Connor écarquilla les yeux. L'excitation semblait l'étourdir.

— D'accord, Ryland.

— On dirait bien que tu t'entraînais. C'est bien de toucher la balle un peu tous les jours.

Connor hocha la tête. Il était en totale admiration devant Ryland. Lucy ne pouvait pas lui en vouloir d'être impressionné. Elle l'était aussi.

Ryland poussa le ballon vers Connor de son pied gauche.

— Voyons si tu sais jongler.

Connor souleva le ballon et le fit rebondir sur ses genoux.

— Tu te débrouilles bien, dit Ryland, encourageant.

Connor fit un grand sourire et continua sur sa lancée.

— Il me fait penser à Aaron, dit Ryland en la regardant.

— Comme deux gouttes d'eau, dit-elle.

Le ballon tomba au sol et roula. Connor courut après.

— Je vais réessayer.

— Plus tu t'entraînes, meilleur tu seras, dit Ryland.

— C'est ce que m'a dit tante Lucy.

Leurs regards se croisèrent. En voyant l'éclat charmeur dans les yeux de Ryland, elle sentit son pouls accélérer.

— Ta tante est une femme intelligente, dit-il.

Elle n'en avait pas le sentiment — elle réagissait si étrangement à sa présence ! Certes, il était beau. Magnifique même. Mais elle n'était pas du genre à se laisser berner par un homme et ses mots doux.

Alors pourquoi se pâmait-elle presque devant lui ? Ce devait être à cause de sa façon d'agir avec Connor.

— Je pensais que vous appelleriez.

— J'ai décidé de passer à la place.

— Mon adresse n'était pas sur ma carte de visite, dit-elle, méfiante. Comment avez-vous trouvé la maison ?

— Je suis allé boire un café et j'ai demandé où vivait Aaron. Trois hommes m'ont indiqué le chemin.

— C'est tout Wicksburg. Presque trop amical.

— Sans rire, dit-il. On m'a gentiment rappelé la différence entre une veille de tornade et un avertissement de tornade. Plus d'une personne m'a également suggéré d'emmener le vieux camion de mon père à la casse avant qu'il ne rentre de vacances.

— Vous vous êtes donné tant de mal. Un coup de téléphone aurait suffi.

— Pas pour lui, dit-il en désignant Connor.

Un grand sourire illuminait le visage du garçon. Son chagrin des semaines passées semblait s'être envolé. Il était heureux et insouciant.

Les mots semblaient insuffisants, mais tout ce que Lucy pouvait se permettre de donner à Ryland était sa gratitude.

— Merci. Cela fait deux jours qu'il ne parle que de vous, dit-elle à voix basse. Je suis si heureuse que vous soyez là. Enfin, Connor est heureux. Nous le sommes tous les deux.

— Alors nous sommes trois, dit Ryland.

— Avez-vous trouvé un entraîneur pour les Vainqueurs ? demanda Connor.

— Pas vraiment, mais je connais quelqu'un qui peut aider pour l'instant.

— Je le savais ! s'écria Connor.

Ryland avait réussi sa mission. Elle sentit une chaleur l'envahir. Ce n'était pas bon signe. Elle ne devrait rien ressentir à son égard. Elle voulait qu'il parle à l'équipe du club le plus vite possible pour pouvoir lui dire adieu.

— Qui est-ce ? demanda Connor, impatient.

Ryland sourit, un sourire charmant qui lui rappela le garçon qu'il avait été, celui dont elle était tombée amoureuse quand elle était adolescente.

— Moi, répondit-il.

4

La semaine suivante, Ryland était de retour dans l'école primaire de Wicksburg. Le football était l'un des seuls bons souvenirs qu'il avait de cet endroit.

Il prit sa chaise pliante sur son épaule. Il n'aimait pas l'idée d'être assis pendant l'entraînement, mais guérir était sa priorité numéro un. Il devait faire attention en aidant les Vainqueurs. Et pas seulement à cause de son pied ; son agent ne verrait certainement pas sa lubie d'un bon œil.

Une portière claqua. Il se retourna. La tête de Lucy apparut entre les voitures.

Il espérait qu'elle serait contente de le voir. Il avait été surpris qu'elle doute de sa parole lorsqu'il avait annoncé qu'il allait s'occuper des Vainqueurs. Il avait expliqué que personne d'autre n'était volontaire, et un sourire résigné était apparu sur son visage. Mais elle n'avait pas semblée ravie.

Il avait voulu un défi. Il en avait trouvé un de taille.

Elle sortit de la rangée de voitures avec un sac d'équipement. Elle était seule. En la voyant approcher, il remercia le temps printanier et sa douce chaleur. Le pantalon et le large sweat dans lesquels il l'avait vue précédemment lui avaient caché des trésors.

Ce jour-là, sa tenue mettait parfaitement sa silhouette en valeur. Un T-shirt vert s'étirait sur sa poitrine. Ses seins étaient ronds et hauts, bien proportionnés. Son short bleu accentuait la longueur de ses jambes, fermes et sexy.

La petite Lucy Martin était un véritable canon. Il sourit. Il avait bien fait d'accepter de l'aider…

Elle vit son regard et serra les lèvres.

Pris la main dans le sac. La culpabilité lui serra la gorge, mais également une pointe de déception. Sa réaction mettait une chose au clair. Elle n'avait plus le béguin pour lui.

Cela ne l'étonnait pas. Plus de dix ans s'étaient écoulés. Mais pourquoi semblait-elle si mécontente de le voir ? Il ne s'attendait pas à ce qu'elle tombe à ses pieds, mais un sourire aurait été appréciable.

— Bonjour, dit-il. Où est Connor ?

— Il vient avec un copain, ils devraient arriver bientôt.

— Un camarade de jeu et le premier entraînement du printemps. Connor est un garçon chanceux.

— Je voulais qu'aujourd'hui soit spécial pour lui.

Elle faisait tant pour son neveu. Il aimait ça. Mais faisait-elle quoi que ce soit pour elle-même ?

— Le premier entraînement est toujours intéressant, dit-il. On apprend à connaître son entraîneur, on voit qui s'est amélioré, on se fait de nouveaux amis…

— Tout ce que je sais, c'est que cela fait des semaines que Connor attend cet instant, dit-elle. Il a écrit des e-mails à Aaron et Dana en décomptant les jours avant l'entraînement, mais ils ne doivent pas avoir d'accès à l'ordinateur en ce moment. Ces deux derniers jours ils n'ont pas répondu.

— Vous êtes inquiets ?

Elle haussa les épaules mais ne put cacher son angoisse.

— Aaron a dit que cela pouvait se produire. Connor veut juste savoir ce que son père pense de votre présence.

Elle n'avait pas répondu à sa question, mais il l'ignora.

— J'espère être à la hauteur de ses attentes !

— Vous n'êtes pas obligé de faire ça.

Décidément, elle était franche.

— C'était peut-être la dernière chose que je m'attendais à faire en revenant à Wicksburg. Mais je veux le faire, pour Aaron et son fils.

Pour elle, aussi. Mais lui avouer ne ferait que la contrarier.

— Et si quelqu'un le découvre ? demanda-t-elle.

Il y avait pensé. Quelqu'un en dehors de l'équipe finirait par le reconnaître et pourrait ne pas se taire.

Mais il aimait prendre des risques.

Et puis quels ennuis pouvait-il s'attirer ? S'impliquer dans la communauté était une bonne chose, non ?

— Je m'en occuperai si cela arrive mais, rappelez-vous, je n'entraîne pas, je ne fais qu'aider.

Une distinction qui faisait toute la différence.

Il s'attendait à ce qu'elle essaye encore de le dissuader. Au lieu de cela, elle ramassa le sac d'équipement.

— J'ai récupéré le matériel pour l'entraînement, dit-elle.

Intéressant. Il pensait qu'elle allait résister davantage. Il l'avait même souhaité. Car quand elle exprimait ses émotions, des éclairs d'argent illuminaient ses iris. Il aimait ses yeux bleus. Et tout le reste aussi…

— Que voulez-vous faire avec les cônes ? demanda-t-elle.

C'était pour cette raison qu'il voulait — non, devait — aider. Il ne ferait pas que travailler avec les enfants. Il apprendrait également à Lucy ce qu'elle devait savoir pour pouvoir entraîner seule à l'automne.

— Je vais vous montrer.

Lucy à ses côtés, il passa de l'asphalte au terrain. L'odeur de l'herbe fraîche emplit ses narines, aussi enivrante que le parfum d'une femme. Il inspira profondément.

L'excitation monta en lui. Le foot et les femmes ne faisaient plus partie de sa vie depuis son opération. Désormais, il retrouverait au moins l'un des deux.

— C'est bon d'être de retour sur le terrain, dit-il.

Ces onze dernières années, quel que soit le niveau auquel il avait joué, le foot avait été synonyme de stades bondés et de foules en délire.

— Que je sois à l'école pour un entraînement ou à un match de la coupe du monde, je suis chez moi ici.

Une expression rêveuse se forma sur le visage de Lucy.

A quoi pensait-elle ?

— Je ressentais la même chose avec mon atelier à Chicago, dit-elle d'une voix songeuse. Il sentait la peinture et le diluant, mais ça ne le rendait que plus parfait. Je ne pouvais pas me permettre de le louer très souvent mais, quand je le faisais, je profitais de chaque seconde.

Toute tension quitta ses traits et la joie illumina son visage. Il sentit une chaleur se répandre en lui.

— Vous avez un lieu où travailler votre art ici ?

— Non, je fais ça seulement sur mon temps libre. Et je n'en ai pas beaucoup, entre Connor et mon travail de graphiste.

Il n'aimait pas qu'elle mette son art de côté alors que cela la rendait visiblement heureuse.

— Nous devrions nous préparer avant que les garçons n'arrivent, dit-elle.

Il aurait préféré parler d'elle. Mais il avait le temps.

— Alors, les cônes ? demanda-t-elle.

Son attitude pragmatique l'amusait. Il avait hâte de découvrir ce qui se cachait sous sa carapace.

— Comment doit-on les disposer ? demanda-t-il.

— A vous de me le dire. C'est vous l'entraîneur.

— Officiellement, c'est vous. Je ne suis qu'un assistant.

— Certes, mais officieusement, tant que vous êtes là, ma mission la plus importante est de m'occuper des en-cas.

— C'est presque aussi important que l'entraînement. Les en-cas après le match étaient ce que je préférais.

Mais, maintenant qu'il avait vu ses longues jambes, il allait peut-être changer d'avis. Il se demanda quel goût aurait sa peau.

— Ryland…

Sa voix le fit sursauter. Il se força à relever les yeux vers son visage. Mince. Cela faisait deux fois qu'elle le surprenait à la regarder. Comment serait-elle en Bikini ou… nue ? Stop. Il devait se concentrer sur l'entraînement.

— Deux lignes verticales et une horizontale avec cinq cônes de chaque côté.

Elle posa le sac sur l'herbe.

— Pendant que je fais ça, installez votre chaise et reposez votre pied. Rien ne doit ralentir votre guérison.

Et votre départ. Elle ne l'avait pas dit, mais cela était clairement sous-entendu. Avant qu'il ne puisse dire quoi que ce soit, elle s'éloigna, faisant balancer ses hanches.

Dommage qu'elle soit hors limites.

Il déplia sa chaise, mais ne s'assit pas. Son pied ne lui faisait pas mal. Il réfléchit à l'entraînement. Sa blessure l'empêcherait de faire la démonstration des exercices. Quelqu'un qui avait les deux pieds en état de marche devait montrer ce qu'il fallait faire aux garçons.

— Lucy.

— Un instant, dit-elle en posant le dernier cône. De quoi avez-vous besoin ?

De vous. Dommage que ce ne soit pas possible.

Il la désirait. C'était aussi simple que cela. Ou cela le serait si les circonstances étaient différentes.

— Je vais avoir besoin que vous montriez aux garçons ce qu'ils doivent faire pendant l'échauffement et les exercices.

Elle écarquilla les yeux.

— Je n'ai jamais fait ça. Je ne sais pas ce qu'il faut faire.

Son manque d'enthousiasme le fit sourire.

— C'est du football, pas le couloir de la mort.

— Peut-être pas de votre point de vue. Montrez-moi.

— Je veux que les garçons fassent un échauffement dynamique, dit-il. A chaque tour de cônes, ils feront des choses différentes pour s'échauffer les muscles. Le premier tour, je veux que vous couriez autour des cônes.

— Les garçons savent faire ça.

— Je veux qu'ils voient comment il faut faire.

Il la regarda courir avec grâce autour des cônes.

— Et ensuite ? demanda-t-elle.

— En arrière.

Elle retourna au point de départ et courut à l'envers.

Petit à petit, il lui dit quoi faire, sauter à chaque cône ou se baisser pour toucher ses pieds. Un rose charmant colorait ses joues à cause de l'effort. Ses seins remuaient légèrement à chaque mouvement. C'était de loin la meilleure idée qu'il ait jamais eue. Il sourit, content de lui.

— Mettez-vous face aux cônes et faites des pas chassés.

Elle fit quelque chose qui ressemblait à un pas de country.

— Non, non. Laissez-moi vous aider.

Il la rejoignit, s'agenouilla sur sa jambe valide et toucha son mollet gauche. Ses muscles se tendirent sous sa paume. Mais sa peau était aussi douce qu'elle en avait l'air.

— Détendez-vous. Je ne vais pas vous faire de mal.

— C'est ce qu'ils disent tous, marmonna-t-elle.

Que voulait-elle dire ?

— Ramenez votre pied vers l'autre sans les croiser.

Il leva son pied du sol et l'amena vers l'autre. Elle rougit.

— Vous auriez pu simplement me le dire.

— Oui, mais c'est plus amusant ainsi, dit-il en se relevant.

— Ça dépend de votre définition d'« amusant ».

Elle repartit faire le tour des cônes.

Il aimait la regarder. Cela faisait longtemps qu'il n'avait pas été aussi près d'une femme.

— Autre chose ? demanda-t-elle lorsqu'elle eut fini.

Des rires d'enfants s'élevèrent soudain.

— Je vous montrerai d'autres exercices. L'équipe est là.

— Nerveux ?

— Ce sont des enfants, dit-il. Aucune raison d'être nerveux.

— Vous avez passé beaucoup de temps avec des enfants de huit et neuf ans ?

— Non, mais j'ai été un enfant autrefois.

— Autrefois, fit-elle en soulevant un sourcil.

Il lui fit un clin d'œil. Elle sourit. Quelque chosa passa entre eux. Quelque chose d'inattendu. Oh oh.

Un gros rot retentit derrière eux, suivi de rires.

Ce qui se passait entre Lucy et lui, quelle qu'en fût la nature, prit subitement fin. Tant mieux. Flirter était une chose, mais ils ne pouvaient pas aller plus loin. Il ne pouvait pas se le permettre.

Les garçons les rejoignirent. Il avait joué de grands matchs devant des millions de personnes, mais les regards chargés d'espoir de ces enfants le déconcertèrent. C'était comme s'il rentrait sur le terrain pour la toute première fois.

— Salut les garçons, je suis Ryland.

Il regarda les visages impatients qui se levaient vers lui. Il ne voulait pas les décevoir. Il ne voulait pas décevoir Lucy.

— Je vais vous aider pendant quelque temps. Vous êtes prêts à jouer au foot ?

Les têtes opinèrent avec enthousiasme. Il sourit. Ce ne serait pas difficile.

— Je veux que vous me donniez tous votre nom !

Tous les enfants répondirent en même temps. Justin. Jacob.

Dalton. Tyler. Marco. Il n'allait pas pouvoir se souvenir de tous. Cela viendrait avec le temps.

— Vous pouvez nous apprendre à plonger ? demanda un petit garçon dont les cheveux blonds tombaient sur les yeux.

Certains joueurs de foot se jetaient par terre et faisaient semblant d'être blessés pour obtenir une faute durant le match.

— Non, dit fermement Ryland. On ne plonge jamais.

— Et si c'est la Coupe du monde ? demanda un autre garçon aux cheveux coupés en brosse.

— Si vous faites la Coupe du monde, vous saurez quoi faire, dit-il avant de taper dans ses mains. A l'échauffement !

Les garçons, l'air perplexe, ne bougèrent pas. A Phoenix, tous les joueurs connaissaient la routine d'échauffement, Mais pas ces enfants.

— Mettez-vous en ligne derrière le premier cône.

Les garçons se mirent en place, mais en chahutant. Certains se donnaient des coups de coude, d'autres essayaient de se faire tomber. Ils s'éparpillaient.

Cela ne fonctionnait pas comme il l'avait prévu. Il se passa la main dans les cheveux.

— Bon courage..., murmura Lucy, taquine.

L'heure passa vite. Lucy n'avait pas su à quoi s'attendre pour ce premier entraînement, mais Ryland s'en sortait bien. Il savait ce qu'il faisait.

Après un démarrage incertain, il avait su concentrer l'énergie des garçons. Il n'avait pas élevé la voix une seule fois. Son amour du sport les hypnotisait tous.

Sur le terrain, malgré son plâtre, il semblait plus vrai que nature, plus séduisant. Heureusement, l'entraînement ne durait que soixante minutes deux fois par semaine. C'était passer assez de temps en sa compagnie. Peut-être même trop.

Il était si sexy ! Elle s'efforçait de rester impassible. Mais ce n'était pas facile, surtout qu'elle ne parvenait pas à oublier ce qu'elle avait ressenti lorsqu'il l'avait touchée. Son contact l'avait surprise. Mais sa tendresse dans sa façon de guider sa jambe lui avait donné envie... d'en avoir plus.

Quand il s'était relevé derrière elle, son corps puissant pressé contre son dos…

Elle déglutit. Elle ne pouvait en avoir davantage, même si cela semblait attirant. Etre proche physiquement d'un homme était agréable. Elle avait oublié à quel point c'était bon. Mais entamer une relation n'était pas dans ses projets immédiats. Elle devait s'occuper de Connor.

— Vous savez si Aaron utilise des systèmes de jeu ?

— Je n'en ai aucune idée, admit-elle. J'ai son carnet d'entraînement, si vous voulez le parcourir.

— Ce serait super, merci.

— C'est moi qui devrais vous remercier, dit-elle. Les garçons ont tant appris aujourd'hui. Plus que je n'aurais pu leur enseigner en toute une saison.

— Merci, mais vous serez bientôt prête à faire tout ça.

Elle en doutait. Cependant, elle était contente qu'il prenne cela au sérieux, car elle devait comprendre ce qui se passait sur le terrain.

Presque tous les garçons étaient autour du ballon. Elle vit Ryland grimacer.

— Qu'est-ce qui ne va pas ? demanda-t-elle.

— Vous voyez comme les joueurs sont rassemblés et concentrés seulement sur le ballon ? Il faut qu'ils se dispersent et jouent à leur place. Il y a trop de joueurs dans la même zone de jeu.

L'intelligence de Ryland quant au jeu l'impressionnait. D'accord, c'était un joueur de football professionnel. Mais il ne cessait de lui montrer des choses et d'aider les garçons à s'améliorer. Elle aurait dû prendre un carnet et un stylo pour noter ce qu'il disait.

— Alors que faut-il faire ? demanda-t-elle.

— Ceci, dit-il en prenant son sifflet.

Alors qu'il sifflait, elle se demanda quelle sensation créeraient ses lèvres sur sa peau. Ce serait certainement aussi agréable que ses mains. Peut-être même mieux…

Arrête de penser à ça.

Les garçons se figèrent.

— Ne poursuivez pas le ballon, dit Ryland. Déployez-vous. Jouez à votre place. On réessaye.

Les garçons obéirent. Ryland les guidait pour éviter qu'ils ne refassent la même erreur.

— Cela va résoudre le problème, de leur dire ? demanda-t-elle.

— Non. Ils sont encore très jeunes. Mais ils apprendront petit à petit. Seuls l'entraînement et le temps de jeu feront rentrer la leçon.

En allait-il de même pour devenir un entraîneur compétent ?

L'énergie s'intensifia sur le terrain. Connor fit une passe à Dalton, qui tira au-dessus de la tête du gardien. But !

— Oui ! s'écria Ryland. C'est ça ! Connor a de bons instincts, lui dit-il, comme son père.

Le sourire de Ryland plissa le coin de ses yeux.

Le cœur de Lucy battit la chamade.

— Vous aimeriez être sur le terrain ? demanda-t-elle.

— J'ai toujours envie d'y être, dit-il en haussant les épaules. Mais être ici est déjà mieux que de me languir dans le fauteuil de mon père avec un chien sur les genoux.

A ces mots, elle se tourna vers le parking. Des parents attendaient de pouvoir ramener leurs enfants. Elle regarda sa montre. Elle avait perdu toute notion du temps.

— L'entraînement a fini il y a cinq minutes.

— C'est passé vite. Je veux que tout le monde coure autour du terrain pour se calmer, dit-il aux garçons avant de se tourner vers elle. L'équipe s'est bien débrouillée.

— Vous aussi, dit-elle. Vous avez été à la hauteur.

Elle n'aurait pas su faire travailler les garçons de la même façon. Elle avait clairement besoin de son aide. Heureusement qu'elle avait écouté Connor.

— J'ai beaucoup appris. Et les garçons se sont amusés.

— C'est ce qui compte quand on a huit ans.

— Et quand on en a vingt-neuf ? demanda-t-elle, curieuse d'en savoir plus sur sa vie à Phoenix.

— Il y a plus de pression et d'exigences, mais je ne me plains pas, dit-il. Je vis mon rêve.

— Peu de gens peuvent dire cela.

Elle ne le pouvait pas, mais un jour, peut-être…

— Aaron dit que vous avez travaillé dur pour en arriver là, dit-elle.

— C'est gentil. J'étais très motivé.

— Vous vouliez jouer en professionnel.

— Je voulais quitter Wicksburg, admit-il. Je n'avais pas de bonnes notes parce que je préférais taper la balle plutôt qu'étudier, et cela ruinait mes chances d'avoir une bourse.

— L'enfant de la campagne qui a décroché le gros lot.

— C'était le but.

Son large sourire fit battre son cœur à tout rompre. Que lui arrivait-il ?

— Je dirais que vous y êtes superbement arrivé.

Alors qu'elle… Elle ne voulait pas y penser. Quelqu'un d'aussi brillant que Ryland ne se satisferait jamais de la vie dans une petite ville ennuyeuse. Il devait compter les jours, avant de pouvoir s'échapper. Tandis qu'elle resterait ici aussi longtemps qu'on aurait besoin d'elle.

Les garçons coururent vers eux et Ryland les félicita.

— Beau boulot. Entraînez-vous à jongler chez vous. Apprendre à contrôler le ballon fera de vous des meilleurs joueurs. Maintenant, ramassez les ballons et les cônes pour qu'on puisse partir. Je ne sais pas vous mais, moi, j'ai faim !

Les garçons s'éparpillèrent pour récupérer les ballons, que Lucy remit dans le filet. Puis les enfants coururent retrouver leurs parents. Connor les rejoignit, le sourire jusqu'aux oreilles.

— C'était génial ! s'écria-t-il.

— Tu as bien joué, dit Ryland.

— Moi aussi, ça m'a donné faim de courir.

— Le dîner nous attend, dit Lucy.

— Vous voulez manger avec nous, Ryland ? demanda Connor.

Passer plus de temps avec Ryland semblait être une mauvaise idée, mais elle s'inquiétait plus pour Connor. Elle ne pouvait certes pas le protéger en permanence de la déception, mais elle pouvait la limiter.

— C'est gentil de penser à Ryland, mais je suis sûre qu'il a autre chose à faire ce soir.

Voilà. Elle avait donné à Ryland la possibilité de refuser.

— Je suis libre ce soir, dit-il, à sa grande surprise. Mais je ne voudrais pas déranger.

— Mais non, dit Connor en regardant sa tante.

Il était libre ? Elle pensait qu'il allait sortir avec une femme, ou deux. Sauf s'il avait une petite amie à Phoenix.

— S'il te plaît, tante Lucy, supplia Connor. Ryland entraîne l'équipe. On peut au moins le nourrir.

— On dirait ta mère, dit Lucy, dont la détermination commençait à faiblir. Elle essaye toujours de nourrir tout le monde.

— C'est comme ça qu'on a eu Manny, dit Connor. Maman lui laissait à manger dehors. Un jour il est rentré, et il n'est plus jamais parti.

— C'est un chat malin, dit Ryland en souriant.

— Nous l'appelons Manny, mais son vrai nom, c'est Manchester, dit Connor.

— Comme les Red Devils, dit Ryland, amusé.

Connor hocha vivement la tête.

— Manchester United, c'est les meilleurs.

— Si Manny avait été une fille, je suppose que tu ne l'aurais pas appelé Chelsea.

— Jamais, répondit Connor, l'air médusé.

— Je ne comprends rien à ce que vous racontez ! dit Lucy.

— Manchester United et Chelsea sont des clubs de Premier League, en Angleterre, expliqua Ryland.

— Des rivaux, ajouta Connor. Est-ce que Ryland peut venir manger, s'il te plaît ?

Elle pouvait trouver dix raisons pour qu'il ne vienne pas, mais elle en avait une meilleure pour qu'il vienne : Connor.

— Vous êtes le bienvenu, dit-elle à Ryland.

Si elle n'avait pas dit oui, son neveu ne l'aurait jamais lâchée. Et puis, elle aimait son sourire quand Ryland était là. C'était pour un simple repas. Pas de quoi en faire un plat.

— Nous avons largement ce qu'il faut à manger.

— Merci, dit-il. J'en ai marre des grillades.

Connor écarquilla les yeux.

— Vous cuisinez ?

— Il faut bien manger ! Quand j'étais en Angleterre, je devais faire à manger, le ménage, et la lessive. Comme ma mère m'y obligeait quand j'étais enfant.

Elle pensait que les célébrités avaient du personnel. Il était très autonome ! Jeff, son ex-mari, ne faisait rien à la maison.

— Je devrais apprendre à faire toutes ces choses, dit Connor, l'air sérieux.

— Tu fais déjà des cookies délicieux, répondit Ryland.

— Merci ! dit Connor, qui rayonnait.

Que Ryland vienne manger était exactement ce dont il avait besoin. Mais elle se demandait si c'était également ce dont elle avait besoin.

C'était idiot. Ryland venait manger chez eux pour son neveu. Qu'elle aime l'idée de le voir un peu plus longtemps ne voulait rien dire du tout…

5

Dans la cuisine, l'odeur des épices, des légumes et du bœuf mijotant dans la marmite planait dans l'air. Les parfums rappelaient à Lucy de bons souvenirs des dîners en famille avec Aaron et ses parents. Elle vérifia le four. Presque assez chaud.

Elle ne cessait de penser à la chaleur de la main de Ryland contre sa peau. Appuyée contre le plan de travail, elle soupira. Cet homme était vraiment…

Elle se redressa soudain. Elle devait arrêter de rêvasser et finir de faire à manger. Elle était une divorcée de vingt-six ans, pas une jeune fille en fleurs. Elle ne devait pas s'enticher d'un homme. Surtout pas de Ryland James.

Elle enfourna les petits pains.

Des rires lui parvinrent. Celui de Ryland était grave et chaleureux. Connor s'amusait. Il avait besoin de Ryan, et l'équipe aussi. Donc elle aussi.

Ryland pouvait lui apprendre beaucoup. Les garçons auraient pu souffrir de l'ignorance crasse qu'elle avait du foot. Lui offrir à dîner était la moindre des choses pour le remercier.

Et ce n'était pas sa faute s'il était si beau et produisait tant d'effet sur elle. Avec son sourire à tomber, ses yeux magnifiques, ses muscles aguicheurs, ses mains chaleureuses, et sa façon de s'y prendre avec les enfants…

— Je vais gagner, hurla joyeusement Connor.

— Pas si vite, répondit Ryland. Je ne suis pas encore mort.

— Attends une minute.

Le défi et la familiarité dans la voix de son neveu la soulagèrent. Les garçons avaient besoin d'une influence masculine dans leur vie. Même si cette influence la faisait frissonner dès qu'elle se trouvait à proximité.

Elle remua la salade. La minuterie du four sonna.

— Le dîner est prêt !

Connor s'installa à sa place. Il montra une chaise en face de lui, à côté de celle que Lucy occupait depuis qu'elle était arrivée, un mois auparavant. La chaise des invités.

— Assieds-toi là, Ryland.

Ryland s'exécuta. La table sembla soudain plus petite.

Elle mit son malaise de côté et remplit les trois verres.

— Tout sent merveilleusement bon, dit Ryland.

— Merci, répondit-elle d'une voix étranglée.

Alors qu'elle servait le ragoût, Ryland remplit son assiette de salade. Son bras effleura le sien.

— Excusez-moi.

— Ce n'est rien.

Mais des frissons remontaient le long de son bras. Pourquoi son corps réagissait-il ainsi au moindre contact avec lui ? Elle détestait cela. Elle pressa ses coudes contre son corps. *On ne touche plus.*

Les couverts cliquetaient contre les assiettes. Ryland et Connor parlaient de football.

— Quelle est votre équipe préférée ? lui demanda Ryland.

— Les seuls matchs que je regarde sont ceux de Connor.

— Quand tu habitais ici avec Jeff, dit Connor. Après, tu as déménagé, et tu ne venais plus.

— C'est vrai.

La curiosité brillait dans les yeux de Ryland, mais elle l'ignora. Elle ne voulait pas parler de son ex-mari devant Connor. Même si Jeff l'avait trahie et avait manqué à son serment, il avait été un oncle aimant.

— Mais maintenant je vais voir tous tes matchs.

Elle tendit la main pour prendre le sel. La main de Ryland couvrit la sienne autour de la salière. Elle se raidit.

— Les grands esprits se rencontrent, dit-il en souriant.

Dommage qu'elle soit incapable de réfléchir. Pas avec sa grande main si chaude autour de la sienne.

Mince. Ryland devait savoir qu'il était sacrément séduisant. Mais il valait mieux qu'il y réfléchisse à deux fois avant d'essayer quoi que ce soit avec elle. Elle retira sa main, lui laissant le loisir de prendre le sel.

— Vous l'aviez en premier, dit-il en lui tendant la salière.

— Merci.

— J'ai oublié de te dire, tante Lucy. Tyler a eu un chiot, dit Connor, tout excité. Ses parents l'ont emmené au refuge et Tyler a choisi lui-même le chien. Je suis sûr que Manny aimerait avoir un chien. Il ne serait plus jamais seul.

Oh ! non. Elle savait exactement où il voulait en venir. Il avait utilisé la même tactique pour qu'elle lui achète un jeu vidéo. Mais acheter un chiot était bien différent.

— Manny est rarement seul, dit-elle en passant la salière à Ryland. Je travaille à la maison.

Connor parut surpris qu'elle n'ait pas dit oui tout de suite.

— Mais tu ne lui cours pas après dans toute la maison. Quand je suis à l'école, il ne fait que dormir.

Ryland fit semblant d'être choqué.

— Vous ne courez pas après Manny ?

Elle aurait voulu chasser Ryland de la maison. Elle détestait ressentir ce qu'elle ressentait quand il était là.

— Je ne crois pas que Manny ait envie d'être pourchassé par un chien. Ce n'est plus un chaton.

— Et les chiens mettent le bazar, ajouta Ryland. Tu devras ramasser ses bêtises avec une pelle.

Connor fit la grimace.

— Je devrais ramasser ses crottes ?

D'accord, la présence de Ryland ne tombait peut-être pas si mal. Il l'avait sortie d'affaire sur ce coup-là.

De toute façon, même si Connor voulait un chiot, elle ne pouvait rien décider sans ses parents. Ce n'était pas un engagement à prendre à la légère.

— Ce sont à tes parents de décider si tu peux avoir un chien, pas à moi. C'est une grosse responsabilité.

— Une énorme responsabilité, confirma Ryland, au grand soulagement de Lucy. Je m'occupe du chien de mes parents. Je ne savais pas qu'une si petite chose demandait autant de travail. Elle veut toujours un câlin, à manger, ou sortir.

— Je n'ai jamais promené de chien, dit Connor.

— Peut-être que tu pourrais promener Cupcake pour moi, suggéra Ryland.

— Oh oui ! Si tante Lucy est d'accord.

L'envie dans ses yeux la toucha en plein cœur. Elle ne pouvait pas dire non, même si cela signifiait qu'elle allait voir Ryland en dehors des entraînements.

— Je suis sûre que nous trouverons un moment, dit-elle.

— Tu auras un aperçu de ce que c'est d'avoir un chien, dit Ryland. Et ce serait aussi une bonne idée de voir ce que Manny pense de Cupcake. Les chiens et les chats ne s'entendent pas toujours bien.

C'était exactement ce qu'un enfant de neuf ans voulant avoir un chien avait besoin d'entendre. Ryland était un chevalier en maillot de foot. Elle lui devrait des dizaines de cookies pour ce qu'il faisait pour Connor.

Il lui sourit.

Elle avait l'impression qu'elle allait fondre. *Mince.*

— Tu as déjà eu un chien ? lui demanda Connor.

— Non, mais nous avions des chats, des poissons, un oiseau, et des reptiles, répondit-elle.

— Ta tante t'a parlé de Gribouille ? demanda Ryland.

Elle manqua de s'étouffer.

— Vous vous souvenez de Gribouille ?

— Il est difficile d'oublier qu'on a creusé une tombe puis qu'on l'a ouverte le même jour, dit-il, malicieux.

Connor était bouche bée.

— Tu as ouvert une tombe ?

— Avec ton père, dit Ryland. C'était la tombe de Gribouille.

— Qui est Gribouille ? demanda Connor, intéressé.

Ryland décocha un clin d'œil à Lucy.

Oh non. Il allait se faire un plaisir de donner chaque détail, elle le voyait dans ses yeux. Mieux valait en finir vite.

— Gribouille était ma tortue, dit-elle. Mais c'était…

— … la meilleure tortue de la galaxie, dit Ryland. Et la plus rapide.

Elle le fixa, incrédule. C'étaient les mots exacts qu'elle utilisait quand on lui demandait qui était Gribouille.

— Je n'arrive pas à croire que vous vous souveniez de ça.

— Je vous ai dit que je me souvenais de beaucoup de choses, lui dit-il. Ta tante était gaga de Gribouille. Elle peignait même sur sa carapace.

Elle sourit.

— Des petits pois, dit-elle.

— Je me souviens aussi de rayures roses et violettes.

Soudain, les souvenirs lui revinrent en cascade.

— J'avais oublié ça !

— Ta tante lui donnait de la laitue, elle la promenait.

— Gribouille était peut-être la tortue la plus rapide, dit-elle, mais les promenades étaient quand même interminables.

— Tu n'allais jamais très loin, dit Ryland.

— Non, en effet, admit-elle. Attends une minute. Comment le sais-tu ?

Le rappel des souvenirs les avait fait passer naturellement au tutoiement. Le sourire de Ryland s'adoucit.

— Ta mère nous demandait de te surveiller.

Sa mère, comme toute sa famille, avait toujours été trop protectrice. Lucy ignorait qu'elle avait enrôlé Ryland.

— Et toi et mon frère m'accusiez de vous suivre partout.

— Mais tu nous suivais !

— D'accord, mais c'est ce que font les petites sœurs, dit-elle en lui tirant la langue.

Il fit de même et Connor pouffa.

Etre assise ici avec Ryland faisait resurgir tant de souvenirs. Quand elle était petite, elle parlait avec lui quand il venait voir Aaron. La puberté et son faible pour lui avaient tout changé.

— Pourquoi avez-vous pillé la tombe de Gribouille ? demanda Connor.

Ryland la regarda dans les yeux. Son regard chaleureux semblait la transpercer. Briser ce lien était la meilleure chose à faire, mais elle ne voulait pas détourner les yeux.

— Je suis curieuse d'entendre ta version de l'histoire, lui dit-elle. Mais je n'hésiterais pas à te corriger si tu te trompes.

— Je crois que tu vas être surprise, dit Ryland avant de se

tourner vers Connor. Ta tante est venue nous voir en pleurs, ton père et moi. Elle tenait une boîte à chaussures et disait que sa Gribouille adorée était morte. Elle voulait qu'on creuse un trou pour qu'elle l'enterre.

— Avant que tu n'ailles plus loin, je voulais faire un enterrement digne de ce nom. J'aimerais aussi rappeler à Connor que je n'avais que sept ans à l'époque.

L'amusement dansa dans les yeux de Ryland.

Connor avança sur sa chaise, l'air impatient.

— Que s'est-il passé ?

— Ton père et moi avons creusé une tombe pour le cercueil de Gribouille. Lucy a mis la boîte dans le trou et y a jeté quelques pissenlits. Pendant qu'on rebouchait le trou, ta tante a joué un morceau à l'harmonica.

— Au kazoo, corrigea-t-elle.

Néanmoins, elle n'en revenait pas qu'il se souvienne de tout cela après tant d'années.

— Quelques mots ont été prononcés, puis Lucy a planté une pierre tombale faite de bâtons de sucettes dans le sol et jeté d'autres pissenlits sur le monticule de terre.

— C'était un bel enterrement, dit-elle avec un soupir.

— Oui, dit Ryland. Jusqu'à ce que tu nous dises que Gribouille n'était pas réellement morte, et qu'on devait la déterrer pour qu'elle ne meure pas.

Connor la fixa du regard, incrédule.

— Tu trouves certains jeux vidéo trop violents alors que tu as enterré une tortue vivante ?

— Certains jeux ne sont pas appropriés pour les enfants de neuf ans. Et rien de mal n'est arrivé à Gribouille.

Heureusement. Qu'est qui lui était passé par la tête ?

— Mais c'était une course contre la montre, dit Ryland en souriant. Aaron et moi étions certains qu'on nous accuserait si jamais Gribouille mourrait.

Alors que le regard de Lucy croisait de nouveau celui de Ryland, quelque chose passa entre eux. Un souvenir partagé. C'était tout ce qu'il pouvait y avoir.

— Mais Ryland et ton père n'ont pas eu d'ennuis. Ils ont sauvé Gribouille, dit-elle, rassurante.

— C'est bizarre que tu aies fait ça, dit Connor en prenant du pain. A l'école, Mme Wilson nous a dit que les tortues vivent plus longtemps que nous. Qu'est-il arrivé à Gribouille ?

— Elle s'est enfuie, dit-elle. Nous habitions une maison près d'un lac. Ton père m'a dit qu'elle se sentait seule et qu'elle était partie avec les autres tortues.

Quelques secondes passèrent. Connor regarda Ryland.

— Qu'est-il vraiment arrivé à Gribouille ?

Elle le regarda bouche bée. Ryland avait l'air penaud. Elle comprit.

— Gribouille ne s'est pas enfuie.

— Gribouille est morte ! s'écria Connor.

Ryland hocha une fois la tête, sans la quitter des yeux.

— Je pensais que tu avais compris ce qui s'était passé. Je suis désolé. Aaron ne voulait pas te faire subir un véritable enterrement car il savait combien tu tenais à Gribouille. Nous l'avons enterré dans le parc, un soir où tu étais déjà au lit.

La sincérité était claire dans la voix de Ryland, mais cela la peinait de connaître la triste vérité.

Elle s'était imaginé les aventures de Gribouille au parc. Mais le mensonge ne la surprenait pas.

— J'aurais dû le comprendre.

— Tu étais petite, dit Ryland. Il n'y a rien de mal à croire quelque chose si cela nous rend heureux.

— Même si c'est un mensonge ? demanda-t-elle.

— Un pieux mensonge pour que tu ne sois pas trop triste, répondit-il. Tu sais qu'Aaron veillait sur toi.

C'était vrai. Elle acquiesça.

— Mon père dit toujours que c'est important de s'occuper des autres, surtout des filles, dit Connor en faisant la grimace.

— Il a raison, dit Ryland. C'est ce qu'il a toujours fait et il le fait certainement encore avec ta maman et Lucy.

Connor se redressa.

— Je ferai la même chose.

Ryland avait l'air aussi fier de son neveu qu'elle.

C'était un charmeur, mais il semblait sincère. Toutefois, Jeff aussi avait eu l'air sincère… Elle devait contenir ses émotions au plus vite. C'était stupide. Elle ne voulait plus souffrir. Elle s'adossa à sa chaise.

— Qui est prêt pour le dessert ?

Pendant que Lucy bordait Connor, Ryland regardait les photos encadrées sur le manteau de la cheminée. Chaque image montrait un moment différent de la vie d'Aaron — l'armée, le mariage, la famille, la remise de diplômes. Toutes ces choses lui étaient étrangères.

Des bruits de pas résonnèrent derrière lui.

— Je pense que Connor dort pour de bon cette fois-ci.

Enfin. Ce gamin était formidable et en savait beaucoup sur le football, mais il ne les avait pas quittés de la soirée. Il s'était relevé deux fois après leur avoir dit bonne nuit.

Ryland rêvait de sentir de nouveau la peau de Lucy sous ses doigts. S'amuser un peu ne faisait de mal à personne. Et personne n'aurait à savoir ce qui se passerait ici ce soir.

Elle s'assit sur le canapé.

— Tu regardes les photos d'Aaron ?

— Oui. Il n'a pas tellement changé physiquement. Et il semble être un bon père de famille.

Beaucoup de joueurs professionnels avaient une femme et des enfants. Mais Ryland n'avait pas voulu laisser quoi que ce soit se mettre en travers de sa carrière footballistique. Il voulait se faire un nom. Il avait été un champion jeune et avide de reconnaissance.

Et il l'était toujours. Même s'il n'était plus si jeune.

— C'est difficile de croire qu'Aaron n'a que trente ans. Il a fait déjà tant de choses ! dit-elle avec une pointe d'envie dans la voix. Comme toi.

Il haussa les épaules.

— J'ai un an de moins et il me reste quatre, peut-être cinq ans à jouer, si j'ai de la chance. C'est peu, et c'est pour cela que je veux profiter du temps qu'il me reste à jouer.

— Le foot est ta priorité.

— C'est ma vie.

Il regarda la photo de mariage d'Aaron. Savoir que quelqu'un vous attendait à la maison devait être un sentiment agréable, mais il avait pris la décision de se concentrer sur le football. Se sentir seul n'était pas une raison suffisante pour s'impliquer dans une relation sérieuse.

— C'est pourquoi je ne veux pas songer à m'installer avant que ma carrière ne soit finie.

— Ce doit être difficile d'arrêter de jouer, dit-elle.

— Est-ce l'expérience qui parle ?

— Non. Ce n'est pas mon genre de... jeu.

Une photo d'Aaron portant un treillis et un fusil imposant attira l'attention de Ryland. Son vieil ami lui en voudrait certainement de draguer Lucy. Il tourna le cadre pour ne plus avoir le regard d'Aaron sur lui.

Puis adressa son sourire le plus séduisant à Lucy.

— A quel genre de jeu jouez-vous ?

— A aucun.

— Ça n'a pas l'air très amusant, dit-il en se rapprochant.

Elle haussa les épaules.

— L'amusement est dans les yeux du spectateur.

La prendre dans ses bras serait amusant. Il s'assit.

Elle sentait la fraise et le soleil. Attirante et enivrante comme la douce ambroisie. Il aimerait la goûter. Mais elle semblait tendue. Il voulait qu'elle se détende et qu'ils puissent se mettre à l'aise.

— Je vois beaucoup de photos de famille. Il y a des œuvres à toi dans la maison ?

— Oui.

— Montre-moi quelque chose.

Elle plissa les yeux, l'air méfiant.

— Tu veux voir mes gravures ?

— Je pensais plutôt à des peintures, mais si tu as des gravures et qu'elles sont dans ta chambre..., plaisanta-t-il.

Elle regarda vers le couloir qui menait aux chambres. Ses lèvres semblaient réclamer des baisers. Elle était peut-être plus joueuse qu'elle ne le laissait croire...

L'excitation monta en lui. Il n'avait besoin que d'un signe de sa part pour se lancer. Sauf si elle prenait l'initiative. Ce serait vraiment excitant...

Son regard rencontra le sien.

— Pas ce soir.

Mince. Il ne pensait pas qu'elle se ferait ainsi désirer.

— Une autre fois peut-être.

— Nous verrons.

Sa réponse n'était pas encourageante. D'autres femmes se seraient jetées sur lui. Mais pas Lucy. Elle ne voulait pas le fréquenter en dehors de l'entraînement.

Il valait mieux s'arrêter là. Ce n'était pas la peine d'insister. Il n'était pas censé flirter. Alors pourquoi voulait-il l'embrasser ?

— Je peux faire quelque chose pour te faire changer d'avis ?

— Pas ce soir, dit-elle en le regardant intensément.

Toujours la même réponse. Au moins elle était cohérente.

— Il se fait tard, dit-il en se levant. Merci pour le dîner. Un repas fait maison était la dernière chose à laquelle je m'attendais ce soir.

Elle se leva.

— Je ne m'attendais pas à avoir un invité.

Il aurait aimé que cette soirée se termine autrement, mais il aimait son honnêteté et sa franchise.

— Nous sommes quittes.

— Ton aide avec l'équipe compte plus qu'un repas fait par mes soins.

Il n'était pas prêt à abandonner.

— Tu peux toujours m'inviter à d'autres repas.

— Tu essayes encore ? le taquina-t-elle.

— L'habitude.

Une mauvaise habitude dans ces circonstances. Lucy méritait son respect. Il s'approcha de la porte.

— On se voit à l'entraînement de mercredi.

— Ryland…

Il la regarda. Elle se mordait la lèvre inférieure. Il aurait été mordiller sa lèvre. Il voulait l'embrasser jusqu'à ce qu'elle ne puisse plus respirer, et qu'elle en redemande.

Pas ce soir.

— Merci, dit-elle. Merci d'aider à entraîner l'équipe. Et d'être si gentil avec Connor.

Ses yeux fiévreux étaient aussi attirants que sa bouche.

— Ton neveu est un chouette gosse.

Elle hocha la tête.

— T'avoir ici est exactement ce dont nous… il a besoin.

Quel lapsus intéressant ! Elle n'était peut-être pas si désintéressée que cela… Pourvu qu'elle change d'avis, quelle que soit la raison qui la retenait. Gagner son respect était aussi important que le désir de l'embrasser.

Lucy était le genre de femme qu'on présentait à ses parents. Le genre de femme qui rêvait d'un grand mariage, d'une maison avec une clôture de bois blanc, et d'un monospace rempli d'enfants. Le genre de femme qu'il évitait en temps normal.

Il fallait partir avant que les choses ne se compliquent. Sa vie était loin d'être parfaite, mais sa carrière était en jeu. Sa réputation, aussi.

Aucune femme ne valait la peine qu'il gâche sa vie, pas même Lucy Martin, aussi séduisante et attirante soit-elle.

6

Le mercredi après-midi, Lucy dessinait sur son carnet à dessin. En deux jours elle l'avait rempli de moitié, alors qu'elle n'avait rien dessiné depuis qu'elle était rentrée. Mais elle devait s'occuper pour ne pas penser à Ryland.

Elle regarda son croquis. C'était lui. Encore. Quand elle ne pensait pas à Ryland, elle le dessinait.

Elle leva son crayon. Magnifique. La force de sa mâchoire, la lueur charmeuse de ses yeux, ses lèvres…

Le désir monta en elle. Pourquoi diable le dessinait-elle ?

Elle comprit soudain. Elle en pinçait pour lui. Mais c'était différent de quand elle était adolescente, plus fort… *Stupide*.

Elle ferma son carnet, mais chaque trait du visage de Ryland était gravé dans sa mémoire. Elle se massa les tempes. Connor courut du couloir dans le salon.

— Je suis prêt pour l'entraînement.

Il portait sa tenue de foot et sautait d'un pied sur l'autre, tout excité. Pour sa part, elle n'avait aucune envie d'aller à l'entraînement. Moins elle passait de temps avec Ryland, mieux elle se portait. Mais elle devait y aller.

En chemin, elle regarda dans le rétroviseur. Connor jouait à la console. Au moins, cela l'empêchait de parler de Ryland, qu'il vénérait. Mais cela ne voulait pas dire qu'elle devait en faire autant. Ryland ne savait pas qu'elle avait eu un faible pour lui autrefois. Il n'avait pas besoin de savoir quoi que ce soit aujourd'hui.

Elle se concentrerait sur l'entraînement. Elle ne le regarderait pas. Elle ne laisserait pas Connor l'inviter à dîner.

Fermement résolue, elle se gara et sortit l'équipement de son coffre. Alors que Connor courait devant elle, elle vit Ryland en train de parler avec Cheryl, la mère de Dalton.

Elle eut un temps d'arrêt. Cheryl portait une tenue très sexy qui laissait peu de place à l'imagination. Elle était si proche de Ryland que son imposante poitrine le touchait presque. Mais cela ne semblait pas déranger Ryland.

Les émotions la submergèrent. Elle se détourna. Nulle raison d'être énervée ou jalouse. Elle avait eu sa chance lundi soir, mais elle l'avait repoussé. Elle avait été tentée de lui dire de rester, mais elle était si contente que le bon sens l'ait emporté sur ses hormones ! Surtout maintenant qu'il était passé à quelqu'un de plus… disposé.

Ce que deux adultes consentants faisaient ne la regardait pas. Mais elle ne put s'empêcher de les regarder de nouveau.

Cheryl battait des cils. Le sourire de Ryland s'élargit — c'était le même sourire charmant qu'il lui avait adressé lundi.

Son estomac bouillonnait. Elle devait se calmer.

Ryland était un grand garçon, un athlète professionnel. Il savait où il mettait les pieds. Il devait rencontrer tous les jours des femmes qui ne lui diraient jamais « pas ce soir ».

Elle les dépassa, se concentrant sur les garçons qui jouaient avec le ballon.

Cheryl se mit à rire. Lucy grimaça. Si Ryland aimait ce genre de femme, il ne serait jamais satisfait d'une femme comme elle. Non pas qu'elle veuille de lui.

Arrête de penser à ça ! A lui !

Mais elle ne pouvait pas. C'était certainement une réaction à la trahison de Jeff. Elle avait toujours trouvé merveilleux que Jeff et Amelia, sa meilleure amie, s'entendent si bien. Elle n'avait jamais pensé qu'ils avaient une liaison.

Je suis mieux sans lui. Sans eux.

— Lucy.

Elle serra les dents et regarda par-dessus son épaule. Ryland venait vers elle. Elle l'attendit. Malgré son plâtre, il ressemblait à un mannequin pour une marque de sport.

Si elle n'avait pas décidé de faire une pause en ce qui concernait les hommes…

Non. Même si elle décidait de fréquenter quelqu'un de

nouveau, il ne serait pas le bon pour elle. Une superstar comme lui avait trop d'admiratrices. Il avait reconnu qu'il ne voulait pas s'installer avant que sa carrière ne soit finie. Pourquoi en serait-il autrement ? Il n'avait aucune raison de se lier à une seule femme et d'être obligé de lutter contre la tentation chaque jour de sa vie. Ou pire, céder, comme Jeff l'avait fait. Ryland avait raison de rester célibataire et de profiter des… avantages que son statut impliquait. Il s'arrêta à ses côtés.

— Tu es passée si vite que j'ai cru qu'on était en retard.

Il l'avait remarquée ? Alors que Cheryl était là ? Un frisson de plaisir la parcourut malgré elle.

— J'aime être à l'heure.

C'était stupide. Mais jamais elle ne lui avouerait qu'elle avait été jalouse en le voyant avec Cheryl. Elle n'avait pas besoin de flatter son ego et de piétiner le sien.

— L'entraînement ne commence que dans dix minutes, dit-il en regardant son portable. Il manque encore des joueurs.

Nerveuse, elle posa le sac d'équipement dans l'herbe.

— Ça me laisse le temps de tout installer.

Il la jaugea du regard. Elle n'aimait pas ça. S'il cherchait une liste de ses défauts, elle pouvait lui en donner une. Jeff avait été clair là-dessus.

— Je peux faire quelque chose pour t'aider ?

— Tu en as assez fait.

Pourquoi réagissait-elle aussi violemment ? Elle ne devait pas s'acharner sur lui. Que cela lui plaise ou non, elle avait besoin de son aide.

— Enfin, tu en fais déjà bien assez pour l'équipe.

— Je suis ravi d'en faire plus pour les garçons, et pour toi.

Elle aurait dû être reconnaissante, mais son offre l'agaça. Elle aimait être autonome. Compétente. Indépendante. Pourtant, elle dépendait de lui ; il l'aidait et redonnait le sourire à Connor. Elle se sentait échouer… encore.

— Préparons le terrain pour être prêts à l'heure.

Elle sortit les cônes du sac et leva les yeux vers lui.

Il la regardait. Avec le soleil derrière lui, il avait presque l'air d'un ange, mais ses yeux indiquaient que c'était avec elle plutôt que sur le terrain qu'il voulait marquer des points.

Son cœur s'emballa. Elle sentit la chaleur la submerger. Le bon sens lui disait de les ignorer, lui et le désir dans ses yeux. Mais elle ne pouvait le nier : elle se sentait belle et désirée dans son regard. Si seulement…

Arrête. Tout de suite.

Il était charmant, beau, et hors de sa portée. Ce béguin ne pouvait pas aller plus loin.

— Je peux disposer les cônes, dit-il.

Non. Elle ne voulait plus qu'il l'aide. Elle baissa les yeux vers sa bouche. Il sourit. Son ventre se noua. Même si elle était curieuse, même s'il lui plaisait, elle ne voulait pas qu'il l'embrasse.

— Merci, mais je vais me débrouiller.

Une semaine plus tard, Ryland ramassait les cônes sur le terrain. Le soleil avait commencé à se coucher un peu plus tard. Le printemps était sa saison préférée — l'herbe fraîchement coupée, l'air empli de promesses et le jeu rapide et animé. Il était satisfait. Les garçons commençaient à comprendre. Doucement, mais sûrement. Et Lucy…

Qu'allait-il faire ?

Il avait eu du mal à se concentrer ce jour-là. Elle était si belle ! Ses jambes séduisantes semblaient s'être encore allongées… Elle avait les joues roses d'avoir trop couru.

Regarde, mais pas touche. Cela faisait une heure qu'il se le répétait. Enfin… plus d'une semaine, en fait.

Elle lui tint le sac pendant qu'il rangeait les cônes. Son doux parfum l'enveloppa. Elle sentait si bon ! Fraîche et fruitée.

— Les garçons se sont bien entraînés aujourd'hui, dit-elle. Connor dit qu'ils n'ont jamais battu les Attaquants. Seront-ils prêts ?

— Non, mais à cet âge-là, il s'agit avant tout d'évoluer.

— Le score ne compte pas.

Il avait l'habitude d'être entouré de belles femmes, mais la beauté de Lucy n'était pas son seul attrait. Il aimait sa volonté, sa soif d'apprendre.

— Peut-être pas, répondit-il, mais les garçons connaîtront le score. Et je parie que les parents aussi.

— Probablement, dit-elle, l'air triste.

— Il faudra s'y faire.

— Je peux le supporter, dit-elle, résignée.

Il était fier de sa pugnacité. Le sourire inébranlable qu'elle affichait pendant l'entraînement suggérait qu'elle tombait amoureuse de ce sport. Dommage que ce ne soit pas de lui. Elle ne voyait en lui qu'un assistant.

Ce qu'il faisait ne l'impressionnait pas. Elle ne lui posait jamais de questions sur son métier et se contentait de prendre des nouvelles de son pied. Son indifférence l'irritait, même s'il savait que c'était plus facile ainsi.

Elle regarda le terrain.

— On dirait qu'on a tout.

Sans attendre de réponse, elle rejoignit le parking. Il la suivit en boitillant, se mordant la lèvre pour ne pas dire combien elle était sexy dans son petit short.

Flirter avec elle venait si naturellement qu'il devait se concentrer pendant les entraînements. Il devait pourtant se montrer plus avenant. Elle venait de revenir ici, comme lui. Elle devait se sentir seule.

C'était peut-être lui qui se sentait seul. Certaines femmes lui avaient offert leur compagnie, pourtant aucune ne l'intéressait suffisamment pour qu'il accepte. Mais Lucy…

Il savait qu'il devait se tenir à distance, mais il ne pouvait s'empêcher de vouloir passer du temps avec elle.

Elle plissa le front, comme elle le faisait quand elle était nerveuse ou inquiète.

— Oh oh. Regarde tous les parents qui sont restés regarder l'entraînement aujourd'hui.

Une rangée de chaises avait été disposée le long du terrain. De nombreux papas avaient rejoint les mamans qui avaient assisté aux autres entraînements. Il y avait là des hommes qui l'avaient ignoré ou tourmenté à l'école. Désormais, ils voulaient à tout prix lui parler de leurs fils.

— Je pensais qu'ils étaient trop occupés pour venir.

— C'est ce qu'ils ont dit quand je leur ai demandé de l'aide.

— Ils ne pourront plus te donner cette excuse désormais.

— Tu repars bientôt ? demanda-t-elle, l'air contrarié.

Intéressant.

— Pas encore. Mais tu auras besoin d'un assistant quand je ne serai plus là.

— Ah, oui, dit-elle. C'est juste que les garçons apprécient ta présence, surtout Connor.

— Et toi ?

Elle tressaillit.

— Moi ?

Il la mettait sur la sellette. Sa réaction prouvait qu'il n'était pas seulement question de l'équipe. Il voulait savoir si les choses pouvaient évoluer entre eux.

— Tu es un excellent entraîneur, j'apprends beaucoup.

— Et…

— … quelqu'un de bien.

— Et…

— … un très bon joueur de foot, dit-elle en rougissant.

— Oui, mais tu ne m'as pas vu jouer.

— Aaron et Connor m'ont dit que tu étais le meilleur.

Il aurait aimé lui montrer qu'il excellait aussi dans d'autres domaines. Il connaissait les femmes. Et il lui plaisait, il le sentait. Son instinct ne pouvait pas le tromper.

— Tu n'as pas répondu à ma question.

Elle baissa les yeux.

— J'aime que tu sois là.

Ce n'était pas un aveu franc, mais presque. La balle était dans son camp. Il devait saisir cette chance.

— Amène Connor à la maison ce soir. Il pourra promener Cupcake.

Il voulait être seul avec elle, mais c'était impossible, il le savait. Avec un chaperon, cela n'était pas un rendez-vous compromettant.

— Je nous ferai livrer des pizzas.

— Cela fera plaisir à Connor.

Il aurait aimé qu'elle dise que cela lui ferait plaisir à elle. Car il savait comment ils pourraient passer le temps…

Mais pas ce soir. Peut-être même jamais. Quel dommage !

*
* *

La cuisine des James était quatre fois plus grande que celle d'Aaron et de Dana, et bien mieux équipée. Ce décor luxueux contrastait avec le menu banal du soir. Mais personne ne semblait le remarquer à part Lucy.

Elle avait l'impression d'être sur des charbons ardents et n'avait pu se détendre de la soirée. On ne pouvait pas en dire autant de Connor. Depuis qu'ils avaient quitté l'entraînement, il ne cessait de sourire. Il semblait chez lui. Il jouait avec Cupcake et était pendu aux lèvres de Ryland.

Elle était contente d'avoir accepté l'invitation, pour Connor. Elle fit la grimace. D'accord, elle aussi voulait venir, au fond.

Elle devait être folle de se torturer en acceptant de voir Ryland en dehors des entraînements. Près de lui, elle avait le ventre noué, elle frissonnait, elle était tendue. Elle rinça une assiette, se disant que ces gestes simples allaient la calmer.

Mais elle était toujours aussi nerveuse.

Ryland entra dans la cuisine. Le grand espace sembla se rétrécir, tout devint plus… intime.

— Connor court après Cupcake dans le jardin, dit-il. C'est éclairé et clôturé, tu n'as pas à t'inquiéter pour lui.

Elle s'en sortirait bien s'ils ne parlaient que de Connor.

— Pourquoi penses-tu que je m'inquiéterais?

— Pour rien, mais tu veilles énormément sur lui.

— Je suis censée le surveiller.

— Je plaisante, dit-il en mettant les restes dans le réfrigérateur. Aaron peut être tranquille.

Elle pensa à son frère et sa belle-sœur, si loin de là.

— J'espère que tu as raison. Parfois…

Elle baissa les yeux. Elle regrettait d'avoir entamé cette conversation. Baisser sa garde était facile avec lui. Alors qu'elle s'était promis de rester prudente.

— Dis-moi.

— Jusqu'à ce qu'Aaron et Dana soient mobilisés, je ne savais pas ce que c'était d'avoir quelqu'un qui dépend de soi. Ce n'est pas aussi facile que je le pensais. Parfois, j'ai l'impression que je ne pense pas assez à Connor.

Surtout cette dernière semaine : Ryland avait peuplé ses pensées.

— Si tu étais plus attentive à lui, cela tournerait à l'obsession, dit-il en souriant. Ne t'inquiète pas. Connor est heureux.

— C'est grâce à toi.

— Oui, tu as raison, dit-il d'un ton léger.

Il plaisantait. Elle se retourna et l'éclaboussa d'eau. Il recula, l'air amusé.

— Super, merci, dit-elle.

— Plus sérieusement, tu te débrouilles très bien, dit-il. Tes enfants seront enviés par tous leurs copains.

Ses enfants ? La chaleur explosa en elle comme le bouquet final d'un feu d'artifice. Jeff prétendait qu'elle était trop indépendante pour être une épouse décente. Il lui avait aussi dit qu'elle ferait une mauvaise mère.

— Merci. Je suppose que mon rôle de mère remplaçante m'aidera si j'ai un jour ma propre famille. Pour l'instant, j'ai trop à faire avec Connor pour penser à l'avenir.

— Ce n'est pas mal de se concentrer sur le présent.

C'était ce qu'il devait faire. Mais sa situation était différente. Il faisait quelque chose de sa vie. Et elle…

Elle ramassa la dernière assiette et frotta. Energiquement.

Un désir était enfoui en elle. Elle voulait faire quelque chose. Etre quelqu'un. Compter…

Mais elle ne voulait pas se plaindre. Pas devant Ryland. Il fallait revenir sur les rails.

— Connor a dit à ses parents que tu étais un super entraîneur.

— Je suis sûr qu'Aaron ne se laisse pas avoir.

— Certainement.

— Certainement ? fit-il, surpris.

— C'est toi qui l'as dit, plaisanta-t-elle.

Il prit le pot de crème fouettée.

— Tu n'étais pas obligée de confirmer.

— D'après Connor, tu es presque aussi bon entraîneur que son père.

— Presque, hein ? Je pensais qu'on était dans la même équipe, mais puisque apparemment non…

Il avança en souriant, la menaçant avec la crème fouettée.

Elle recula et rencontra le comptoir de la cuisine. Elle était coincée. Mais cela ne la dérangeait pas tant que ça…

— Tu n'oserais pas, fit-elle.

Le défi brillait dans ses yeux. Ils pourraient tant s'amuser !

A quoi pensait-elle ? *Oublie la crème fouettée. Oublie-le.*

Soudain, elle saisit la lance du robinet et le visa. La surprise dans ses yeux lui donna le sentiment d'être forte. Sa confiance déferla en elle.

— Je me demande à quoi tu ressembles, tout mouillé.

Un coin de sa bouche se releva et l'atmosphère se chargea tension, de chaleur. Il avait un regard de braise.

— Je joue si tu joues, dit-il.

Pour la première fois depuis longtemps, elle était tentée… de jouer. Mais ses nerfs menaçaient de lâcher. Elle ne devait pas jouer avec le feu.

Ne sachant que faire, que dire, elle agrippa la lance comme si elle pouvait la sauver. Elle n'était pas prête à baisser les bras. Elle ne voulait pas se rendre.

— Et si je manque d'entraînement et que je ne sais plus jouer ?

Il avança d'un pas.

— Je suis un très bon entraîneur. Je peux te montrer.

Elle imagina tout ce qu'il pourrait lui montrer. Ses joues la brûlaient.

— Quelles sont les règles ?

— On ne triche pas, dit-il en souriant malicieusement.

— Ça me semble bien. Je n'aime pas les tricheurs.

— Moi non plus.

Son regard capta le sien. Combien de temps restèrent-ils ainsi ? Cela n'avait pas d'importance. Tout ce qui comptait, c'était cet instant avec lui.

Elle voulait… qu'il l'embrasse. Cette prise de conscience la traversa. Elle était choquée, excitée. Elle voulait qu'il lui fasse perdre la tête. Si seulement…

Non, impossible. Elle ne voulait pas se brûler les ailes. Pas encore.

Pourtant, elle entrouvrit les lèvres. Une invitation ou un appel de désespoir ?

Le désir embrasa ses yeux.

S'il te plaît.

Elle n'avait pas le courage de le dire à voix haute.

— Comment saurais-je que ce n'est pas un piège ? demanda-t-il d'un air faussement sérieux.

— Je pourrais dire la même chose.

— On dépose les armes à trois, dit-il en avançant. Un, deux…

Il posa sa bouche sur la sienne. Le contact de ses lèvres la fit tressaillir. Il était chaud et avait le goût de la sauce au chocolat qu'ils avaient mangé avec la glace.

Son tendre baiser était une caresse. Elle se sentait chérie, importante. Cela faisait des années que cela ne lui était pas arrivé. C'était ce dont elle avait besoin.

On sonna à la porte. Mozart. Mince, il embrassait divinement bien. Elle en voulait plus. Tellement plus.

Un chien aboya.

Elle se fondit en Ryland, dans leur baiser. Elle passa son bras droit autour de lui et son gauche…

Et appuya sur la détente.

Ryland bondit en arrière, la chemise trempée. Son haut n'était pas en meilleur état.

— Au moins tu as été fair-play. Nous sommes tous les deux mouillés, dit-il d'un air joyeux.

Elle essaya de rire. Elle ne pouvait pas. Elle voulut parler, mais ne put non plus. Ce baiser lui avait coupé le souffle. Elle était confuse et, malgré l'eau qui trempait son chemisier, en feu.

Un béguin était une chose. Mais ceci…

Sottises. Ce n'était rien de plus qu'un baiser fougueux.

Elle se redressa. Le laisser l'embrasser avait été une erreur de jugement momentanée. Elle aurait dû mettre fin au baiser au moment où il l'avait touchée. Mais elle ne l'avait pas fait. Elle n'avait pas pu. Pire, elle voulait qu'il l'embrasse encore.

— Tante Lucy !

Connor courut dans la cuisine, Cupcake sur les talons. Il les regarda, bouche bée.

— Que s'est-il passé ?

— Un accident, répondit Ryland.

Parlait-il du baiser ou de l'eau ? La question la torturait. Mais elle n'était pas sûre de vouloir connaître la réponse.

Soudain, elle se rendit compte que le baiser lui avait fait oublier Connor. Elle l'avait laissé sans surveillance dans une maison inconnue. Cela ne pouvait pas se reproduire. Elle lissa ses cheveux et regarda son neveu.

— Tu vas bien ?

— Oui, mais il y a un homme à la porte d'entrée. Il dit qu'il s'appelle Blake. Il est là pour voir Ryland.

7

Assis dans le salon, Ryland se passa la main dans les cheveux. L'atmosphère était lourde. Blake semblait tendu. Lucy, gênée, gardait les yeux rivés sur Connor, qui jouait avec Cupcake, inconscient de ce qui se passait.

Mais que se passait-il exactement ?

Ryland essayait de comprendre ce qui était arrivé dans la cuisine. Il ne cessait de penser aux baisers de Lucy. Elle avait semblé à sa place dans ses bras.

Ce qui n'avait rien de bon, puisqu'une femme était la dernière chose dont il avait besoin dans sa vie. Même si elle était aussi douce et délicieuse que Lucy Martin.

Blake ne les avait pas vus s'embrasser, mais la présence de Lucy était un problème. Un gros problème.

— Qu'est-ce qui vous amène ici ? demanda Lucy à Blake.

Ryland aussi voulait connaître la réponse. Blake ne venait jamais sans prévenir. Quelque chose avait dû se passer.

Et le visage tendu de Blake n'augurait rien de bon.

— J'étais à Chicago pour un rendez-vous. Je me suis dit que j'allais passer par ici pour voir comment allait Ryland.

Mais bien sûr. Personne ne venait à Wicksburg par hasard. L'aéroport le plus proche se trouvait à deux heures de route. Il se passait quelque chose. Mais quoi ?

Lucy se força à sourire.

— C'est gentil de votre part.

Blake Cochrane et le mot « gentil » n'avaient rien à faire dans la même phrase. Lucy l'ignorait, bien sûr. Il avait la réputation d'être un requin. Mais cette rigueur faisait de lui un bon agent. Blake regarda Lucy avec suspicion.

— Je vois que je n'ai aucune raison de m'inquiéter de la solitude de Ryland.

L'accusation dans la voix et les yeux de Blake ne laissait aucun doute quant à la raison de sa présence. Ryland fit la grimace. Il n'aimait pas qu'on mette Lucy dans le même panier que les autres femmes qu'il avait fréquentées.

— J'ai invité Lucy et Connor pour promener Cupcake.

Le regard de Blake s'attarda sur le chemisier mouillé de Lucy, qui moulait ses seins comme une seconde peau.

— Et pour une bataille d'eau aussi, apparemment.

Ryland essaya de ne pas regarder sa poitrine. En vain.

Lucy rougit davantage. Elle semblait vouloir disparaître.

Ryland serra les dents. Il n'aimait pas la voir si mal à l'aise. Pourtant, elle faisait bonne figure.

— J'ai été ravie de vous rencontrer, Blake, dit Lucy. Mais il y a école demain. Merci pour le dîner, Ryland.

— Oui, merci, dit Connor. Je me suis bien amusé. C'est une super maison. On pourrait presque s'entraîner dans le jardin.

— Tu joues au foot ? demanda Blake.

Connor hocha la tête. Blake l'étudia, comme s'il mesurait son potentiel. Les experts savaient déceler le talent chez les plus jeunes.

— A quel poste joues-tu ?

— Je joue où on me dit de jouer.

— Tu iras loin avec cette attitude, dit Blake en souriant.

— Je veux être comme Ryland quand je serai grand.

Ses mots touchèrent Ryland. Il lui ébouriffa les cheveux.

— Merci, petit.

Puis il se tourna vers Lucy. Il voulait l'embrasser pour lui souhaiter bonne nuit. De qui se moquait-il ? Il voulait l'embrasser pour lui dire bonjour, au revoir… tout le temps ! Elle était séduisante et adorable ; addictive. Mais il n'avait pas la place pour une relation sérieuse dans sa vie. Il ne pouvait se permettre de mettre sa carrière en danger.

— Je vous raccompagne.

Elle hocha la tête, ce qui le surprit. Il s'attendait à ce qu'elle refuse, comme la première fois qu'elle était venue.

Il les raccompagna jusqu'à la voiture. Cupcake tournait en

rond autour du véhicule en aboyant. Elle ne voulait pas que Connor s'en aille. Il ressentait la même chose pour Lucy.

Cela n'avait aucun sens. Elle devait partir avant qu'il ne l'embrasse encore.

Connor monta sur la banquette arrière. Cupcake le suivit, mais Ryland la retint. Dès que Connor eut attaché sa ceinture, il ferma les yeux.

— Tu vas avoir des ennuis, dit Lucy en regardant la maison.

Il ne voulait pas l'inquiéter, mais il ne voulait pas mentir non plus. La visite surprise de Blake le préoccupait.

— Je ne sais pas.

Le regard de Lucy, plein de compassion et d'inquiétude, rencontra le sien.

— Blake n'a pas l'air ravi.

— C'est un passionné, un coriace. C'est mon plus grand supporter, après mes parents.

L'agent avait toujours été là pour lui. Il avait cru en lui.

— Cela fait onze ans que j'ai signé avec lui.

— Vous deviez être très jeunes tous les deux.

— Jeunes et idéalistes. Mais nous avons grandi et vécu beaucoup de choses ensemble.

— Tu lui as certainement rapporté beaucoup d'argent au fil des ans.

Il acquiesça. Ils étaient tous les deux riches. Toutefois, ses mots le firent réfléchir. Ses proches, mis à part ses parents, étaient des gens qui se faisaient de l'argent grâce à lui, ou qui profitaient de sa fortune. Mais aucun de ses « amis » n'était là maintenant qu'il était seul au milieu de nulle part. L'amertume le saisit à la gorge.

Pourquoi Blake était-il là ? Pour s'assurer que les revenus qu'il touchait grâce à lui n'allaient pas se tarir ?

Il espérait que non. Il voulait penser qu'il était plus qu'un simple client après toutes ces années.

Le bout de la langue de Lucy sortit pour humidifier ses lèvres. Il aurait aimé goûter de nouveau sa bouche. Il lutta contre l'envie de l'attirer contre lui et de l'embrasser jusqu'à ce qu'elle oublie tout.

— A propos de ce qui s'est passé dans la cuisine…

Les lignes de son front se creusèrent. Elle regarda Connor, qui dormait.

— Cela n'aurait pas dû se produire. C'était… une erreur.

Il la dévisagea, essayant de savoir à quoi elle pensait. En vain.

— Je n'avais pas le sentiment que c'en était une.

— Je…

Il posa son doigt en travers de ses lèvres. Ils avaient besoin de parler, mais ce n'était pas le moment.

— Il est tard.

— Blake t'attend.

— Ne laisse pas son costume et son attitude te tromper. Ce n'est pas lui qui décide. C'est moi. Rentre.

Elle opina.

Un désir profond monta en lui. Pourquoi ressentait-il cela à son égard ? Rester loin d'elle était plus judicieux. Mais il n'avait jamais été un homme raisonnable.

— Je t'appelle demain. Promis.

— Bonne chance avec Blake.

— Merci, mais j'ai toute la chance dont j'ai besoin grâce à ta pièce.

— Tu l'as gardée ? demanda-t-elle, abasourdie.

— Qui sait quand j'en aurai besoin pour avoir toutes les chances de mon côté.

Elle rougit encore.

— Alors je dois te dire bonne nuit.

Douce et intelligente. Il lui ouvrit la portière.

— Sois prudente.

Il regarda la voiture s'éloigner avant de rentrer. Il ne pouvait plus repousser la conversation avec Blake. Son agent était dans l'entrée, en short et chaussures de sport.

— Dis-moi ce que tu fais réellement ici, lui demanda Ryland.

— Cela fait deux jours que je suis soit dans l'avion soit en réunion, dit Blake. Faisons un peu de sport.

Dans la salle de gym de la maison, Ryland sauta sur le vélo d'appartement, mais le sport était loin de son esprit. Il ne pensait qu'à Lucy et à la raison de la visite de son agent.

Blake grimpa sur le tapis roulant et le régla.

— Je savais que tu ne tiendrais pas longtemps sans femme.

Cela le fit bouillir. Mais il se maîtrisa.

— Tu me surveilles.

— Je suis… inquiet. Tu as bientôt trente ans. Nous devons exploiter les quelques années qu'il te reste à jouer.

Blake avait toujours insisté sur la nécessité d'être prévoyant financièrement. Mais Ryland voulait simplement être le meilleur joueur possible.

— J'ai ce qu'il faut pour le restant de mes jours.

— On n'a jamais trop d'argent. Tu ne vas plus en gagner autant quand tu arrêteras de jouer.

Ryland avait plus d'argent qu'il ne pouvait en dépenser, mais l'insatisfaction le rongeait. Il était peut-être blessé, mais il n'était pas prêt à être mis à la retraite.

— Ne t'inquiète pas, dit-il. Je fais profil bas. C'était la première fois que je faisais venir quelqu'un ici.

— Connor est un bon garçon. C'est son équipe que tu entraînes ?

Mince.

— Où est-ce que tu as entendu ça ?

— Sur internet. Il paraît que tu entraînes une équipe de jeunes, dit Blake sans changer de rythme. Dis-moi que ce n'était qu'un petit discours d'encouragement.

— J'aide Lucy avec l'équipe de Connor, dit-il.

— Lucy est si séduisante qu'elle pourrait demander à un homme de faire n'importe quoi, dit Blake.

Ryland serra les dents.

— J'entraîne à la fois pour elle et pour les garçons.

— Surtout pour elle, dit Blake en souriant. Mais c'est une bonne chose. Ce n'est pas un problème que tu entraînes si c'est pour une raison personnelle. Aider sa petite amie, ce n'est pas faire preuve de favoritisme.

Petite amie ? Son estomac se noua.

— Alors si Lucy et moi ne…

Il n'arrivait pas à prononcer les mots. Blake opina.

— Si tu ne sortais pas avec Lucy, tu ne pourrais pas entraîner l'équipe.

Ryland avait la gorge serrée. Son agent l'avait toujours surprotégé. Il veillait sur son investissement. Il le comprenait, mais revenir sur sa parole et cesser d'aider Lucy était impossible. Elle avait besoin de lui.

Alors si son agent pensait qu'il avait une relation avec Lucy, il cesserait de jouer les mères poules. Personne n'avait besoin de connaître la vérité. Ni les sponsors, ni son équipe, ni Lucy…

— Je dois dire que je suis un peu surpris, dit Blake. Lucy n'est pas ton genre.

Ryland n'était pas sûr d'avoir un genre, mais les femmes qu'il rencontrait dans les clubs n'étaient pas à la hauteur de Lucy, de son sourire chaleureux, de son grand cœur, et de ses jambes infinies. Elles n'arrivaient pas à la cheville de cette femme qui se fichait de savoir combien il gagnait. Et dont les baisers ébranlaient son monde.

— Je connais Lucy depuis qu'elle est en maternelle, dit Ryland. Son frère était mon meilleur ami.

— Nous pourrions peut-être utiliser ça à notre avantage. La famille est importante pour McElroy. Un amour d'enfance retrouvé, ça ferait un bon titre.

Oh ! non !

— Lucy était trop jeune pour moi quand nous étions petits. N'essaie pas de changer l'histoire. Je pars bientôt.

— Vous allez bien ensemble tous les deux. Sérieusement. Lucy pourrait être la bonne.

Absolument.

Cette étrange pensée arrêta Ryland sur-le-champ. Lucy était peut-être la bonne, mais pas pour lui. Il lui fallait de temps pour lui. Il devait se concentrer sur sa carrière.

De plus, elle avait besoin d'un homme qui ferait d'elle sa priorité et lui donnerait l'attention qu'elle méritait. Il ne pouvait être cet homme-là, pas avec sa carrière qui l'emmenait dans le monde entier et sa vie dans l'Arizona.

— Le foot est tout ce qui compte pour moi.

Il ne pouvait y avoir de place pour rien d'autre. C'était impossible.

*
* *

Tandis que Connor se brossait les dents, Lucy étendit son pyjama sur le lit. Elle ne cessait de penser à Ryland. A son baiser. Et à ce qu'il disait à son agent.

Elle aurait aimé pouvoir remonter dans le temps. Elle aurait refusé son invitation à dîner.

Avoir un faible pour lui ne voulait pas dire qu'elle devait l'embrasser. Elle devait garder son cœur intact. Le maintenir loin de Ryland. Elle ne devait plus le voir avant le match des garçons samedi. Bien qu'il ait promis de l'appeler…

Il lui avait encore fait une promesse. Il ne l'avait pas déçue la première fois. Elle espérait qu'il ne la laisserait pas non plus tomber cette fois-ci. Mais pouvait-elle lui faire confiance ?

Elle toucha ses lèvres pour la énième fois. Cela ne l'aidait pas à oublier Ryland. Elle avait besoin de dessiner. Dès que Connor serait couché…

Il était sa priorité. Pas son art. Et surtout pas Ryland.

Le téléphone sonna. Son cœur bondit. *Ryland.*

Connor sortit de la salle de bains en courant et décrocha le téléphone.

— Bonjour, c'est Connor. Qui est à l'appareil… Papa !

L'excitation dans ce seul mot la fit sourire. Elle était aussi soulagée. Son frère était sain et sauf. Pour l'instant.

— Je suis content que tu aies eu mes messages, disait Connor, appuyé contre le mur. Oui, Ryland sait beaucoup de choses sur le foot… Il est super. Mais personne n'entraîne aussi bien que toi. On a mangé chez lui ce soir… Non, juste tante Lucy et moi. J'ai promené le chien de ses parents… On peut avoir un chien ? Ryland a dit que c'était beaucoup de travail… D'accord. Je t'aime aussi, papa.

Il tendit le combiné à Lucy.

— Il veut te parler, dit-il.

C'était étrange. D'habitude, elle envoyait des e-mails à Aaron et Dana pour qu'ils passent leurs précieuses minutes au téléphone avec leur fils. Elle prit le téléphone.

— Salut frérot. Tu me manques.

— Ryland James ? demanda Aaron d'un ton sévère.

Elle fit signe à Connor de rejoindre sa chambre.

— Ryland m'aide à entraîner l'équipe de Connor.

— Dîner chez lui n'a rien à voir avec l'équipe.

— Connor aime passer du temps avec lui.

— Et tu traînes avec Ryland pour le bien de Connor ?

— Oui. C'est pour Connor que j'ai accepté son invitation, dit-elle à voix basse pour que le petit garçon ne l'entende pas. Dana et toi lui manquez tant. Mais, depuis que Ryland est là, il est heureux et ne fait que sourire.

— Et toi ? demanda Aaron. Tu en pinçais pour lui.

— C'était il y a longtemps.

— Ryland James est un joueur, sœurette. Il te brisera le cœur s'il en a l'occasion.

— Je reconnais qu'il est séduisant. Mais, après Jeff, je sais que je ne dois pas m'enticher d'un homme comme Ryland James.

— Je l'espère bien, dit-il, sans pourtant sembler convaincu.

— Ne t'inquiète pas. Il ne va pas rester longtemps.

— Reste loin de lui.

— C'est difficile, il m'aide à entraîner les garçons, il me forme.

— Ne le vois pas en dehors du foot. Je déteste l'idée qu'il puisse te faire du mal, dit Aaron. Mince. Plus de temps. J't'adore. Fais attention, Lulu.

La connexion coupa.

Sa gorge se serra. Aaron avait essayé de la mettre en garde contre Jeff, mais elle ne l'avait pas écouté. Elle ne pouvait pas refaire la même erreur. Parce qu'elle savait qu'il avait raison. Ryland James pouvait lui briser le cœur. Pas sûr qu'elle y survive une deuxième fois.

Elle raccrocha et rejoignit la chambre de Connor. Les mots d'Aaron résonnaient dans son esprit. Elle avait l'impression d'être une idiote.

Elle devait penser à autre chose. Elle savait quoi faire — commencer un nouveau projet. Dès que son neveu serait au lit, elle rassemblerait son matériel.

Il était temps de sortir le grand jeu — pinceaux, peintures et toiles. La peinture était la seule chose qui lui changerait assez les idées pour qu'elle cesse de penser à Ryland et à ses baisers.

8

Le lendemain matin, Lucy se mit au travail. Le tableau qu'elle avait commencé la veille l'appelait.

Elle se mit face à sa peinture. Les couleurs puissantes et vives remplissaient la toile. Son audace la surprenait. Elle ne faisait pas d'abstrait d'ordinaire. Elle préférait les sujets qui capturaient un moment de vie ou racontaient une histoire. Mais, par la faute de Ryland, ses pensées et émotions étaient confuses. Elle ne pouvait produire que des formes géométriques, des lignes et des arcs.

Pourtant, cela fonctionnait. Elle avait toujours trouvé du réconfort dans l'art. Il était temps de se perdre dans le travail. Elle plongea son pinceau dans la peinture.

Elle travaillait avec une ferveur frénétique. Joie, peine, désir et chagrin apparaissaient sous son pinceau dans des coups osés, des couleurs vives et des tourbillons.

On sonna à la porte.

Elle sursauta et regarda l'heure. Cela faisait deux heures qu'elle travaillait ! Elle avait perdu toute notion du temps. Heureusement qu'on l'avait interrompue, ou elle serait restée là toute la journée.

Elle s'essuya les mains sur un chiffon et se dirigea vers la porte d'entrée.

Ryland se tenait sous le porche. Elle n'en revenait pas.

— Bonjour, dit-il en souriant.

C'était la dernière personne qu'elle s'attendait à voir. Il lui avait dit qu'il l'appellerait, pas qu'il viendrait. Mais une partie d'elle était contente qu'il soit là.

Elle souffla. *Souviens-toi de ce qu'Aaron t'a dit.*

Son regard passa de ses yeux noisette à sa bouche. Son estomac la chatouilla. Ses lèvres voulaient un baiser.

— Qu'est-ce que tu fais ici ?

Elle avait parlé avec rudesse. Elle s'en fichait. Sa présence la dérangeait. Le sourire de Ryland faiblit avant de s'élargir.

— Allons prendre un café.

— Je ne suis pas sûre que ce soit une bonne idée.

— Nous devons parler de ma présence auprès des Vainqueurs.

Elle savait qu'il jouerait cette carte. Elle était partagée. Le voir pour parler de football ne le rendait pas moins dangereux. Elle regarda sa tenue couverte de peinture.

— Je ne suis pas habillée pour sortir.

Il la détailla du regard.

— Tu étais en train de peindre.

Pourquoi semblait-il si content ?

— Oui, je peignais.

— Nous pouvons rester ici, dit-il. J'aimerais voir sur quoi tu travailles.

Elle ne se sentait pas à l'aise pour lui montrer son travail. Elle ne pouvait pas partager quelque chose d'aussi intime. Et être seule avec lui n'était pas une bonne idée.

— Nous pouvons aller au café. Laisse-moi me changer.

Quelques minutes plus tard, débarbouillée et prête, elle verrouillait la porte d'entrée.

— Tu veux qu'on se retrouve là-bas ? demanda-t-elle.

— On peut y aller ensemble.

Elle avait peur qu'il dise ça.

— Je conduis, dit-elle. Ça préservera ton pied.

C'était plutôt pour se préserver elle. Elle aurait le contrôle, elle déciderait du moment où ils partiraient.

Elle déverrouilla la voiture, s'installa et démarra.

— Alors, de quoi voulais-tu parler ? demanda-t-elle, tendue.

— Attendons d'être au café, dit-il.

— Ça a quelque chose à voir avec Blake ?

— Oui. Mais tu n'as pas à t'inquiéter.

Plus facile à dire qu'à faire.

Elle tourna sur la rue principale et se gara devant le petit café. Une sonnette tinta lorsque Ryland ouvrit la porte pour elle. C'était vide. Alors qu'ils se dirigeaient vers le comptoir, il plaça sa main dans son dos. Ce contact léger lui donna envie d'être de nouveau dans ses bras.

Elle commanda un cappuccino, lui un double expresso. Elle voulut payer, mais il fut plus rapide.

— Tu paieras la prochaine fois.

Mais elle n'avait pas l'intention de revenir prendre un café avec Ryland. Elle trouverait un autre moyen de le rembourser.

Une fois leur commande prête, ils s'installèrent à une petite table. Il s'assit en face d'elle.

Plus vite ils en auraient fini, mieux ce serait. Elle mit ses mains autour de sa tasse.

— Alors, que se passe-t-il ?

— Quelqu'un a publié sur internet que j'entraînais l'équipe de Wicksburg. Blake l'a vu.

— Pas étonnant qu'il ait eu l'air si énervé.

— Il s'est calmé quand tu es partie. En fait, aider ma petite amie à entraîner une équipe est parfaitement acceptable.

Petite amie ? Elle le regarda, perplexe.

— Quoi ?

— Blake pense que nous sortons ensemble, dit-il.

Même si l'idée lui plaisait — un tout petit peu —, elle savait que cela n'arriverait jamais.

— Comment a-t-il réagi quand tu lui as dit la vérité ?

— Je ne lui ai rien dit, dit-il en évitant son regard.

Elle n'en revenait pas.

— Alors Blake pense que nous sommes…

— Je n'avais pas le choix.

— On a toujours le choix.

Elle le savait mieux que personne. Parfois, le choix le plus dur à faire était la meilleure option.

— J'ai fait mon choix.

— Tu as fait ce que tu pensais être le mieux pour ta carrière. Je comprends. Je sais ce que le foot représente pour toi.

— Ce n'est pas seulement pour ma carrière, fit-il d'un air sérieux. Si j'avais dit à Blake que nous n'étions pas ensemble, je n'aurais pas pu vous aider, l'équipe et toi.

Elle digéra ses mots. Il ne pensait pas qu'à lui. Il avait fait cela pour elle, pour Connor, et pour les garçons.

Son cœur battait si fort que le barman devait l'entendre.

— Je ne savais pas si je devais t'en parler, dit-il.

— Pourquoi l'as-tu fait ?

— « On ne triche pas. »

Elle se souvenait des règles qu'il avait énoncées. Juste avant de l'embrasser.

— Merci d'être honnête.

— Si cela peut te consoler, je lui ai dit que ce n'était pas sérieux entre nous.

Elle ressentit une pointe de déception.

— L'euphémisme de l'année.

— C'est vrai, dit-il, l'air amusé, mais les gens croiront toujours ce qu'ils veulent si on ne les contredit pas. Et comme ça, je peux continuer à entraîner l'équipe.

— Tu veux qu'on fasse semblant d'être ensemble ?

— Ce n'est pas ce que je veux, mais c'est ce que nous devons faire. Après ce qui s'est passé hier soir, je ne suis même pas sûr qu'on ait besoin de faire semblant, fit-il en souriant.

La chaleur s'empara de son visage.

— Nous étions d'accord pour dire que c'était une erreur.

— C'est toi qui as dit ça. Pas moi.

Il soutint son regard.

— Il y a une alchimie entre nous.

Une réaction explosive, oui, mais elle ne l'admettrait jamais. Sinon, il l'utiliserait à son avantage. Elle n'aurait plus aucune chance.

— C'est insensé, dit-elle. Il ne faut pas continuer. On ne s'embrasse plus. Et on ne fait pas semblant d'être ensemble.

— Alors il faut que tu trouves un nouvel assistant.

— Sérieusement ?

Il hocha la tête.

Que faire ? Elle devait se protéger, mais aussi penser à Connor. Il souffrirait si Ryland ne l'entraînait plus. Elle ne pouvait permettre une telle chose.

Elle essaya d'ignorer ses doutes et ses peurs et de se concentrer sur Connor.

— Ce qui importe ici c'est… l'équipe.

— Surtout Connor, dit Ryland.

Elle opina. Ce qui était mieux pour Connor ne l'était peut-être pas pour elle, et alors ? Elle devait le faire passer en premier, même si cela la mettait dans l'embarras.

— Tu pars bientôt. Jusque-là, je suis prête à faire ce qu'il faut pour que tu puisses entraîner l'équipe. Ce ne sera pas si difficile de faire semblant de sortir ensemble, après tout ton agent vit en Californie.

— Les autres entraîneurs et les parents doivent le croire aussi, ou nous pourrions avoir des soucis, dit-il.

C'était peut-être plus important qu'elle ne l'imaginait. Mais elle le ferait. Pour son neveu.

— D'accord.

Tout annonçait le désastre. Si Aaron le découvrait…

La vie avait été dure avec elle, mais elle avait toujours été capable de s'en sortir.

— Ce n'est que pour quelques semaines, n'est-ce pas ?

Il hocha la tête.

— Ça va être amusant.

Elle en doutait. Mais tant qu'il pouvait entraîner l'équipe et que Connor était heureux, ce serait… faisable.

Et ils ne feraient que prétendre. Où était le mal ?

Faire semblant d'être avec Lucy n'était pas aussi amusant que Ryland l'avait imaginé. Ils ne s'étaient pas encore vus en tête à tête. Il devrait accélérer les choses dès la fin du match. Mais il semblait interminable ! Les Vainqueurs perdaient. Et il ne pouvait rien y faire.

— Bravo les Vainqueurs ! Vous pouvez le faire !

Lucy se tenait sur le bord du terrain, agitant un bloc-notes en l'air pour encourager l'équipe. Elle était touchante. Si seulement l'équipe pouvait gagner… Mais il faudrait un miracle. Lucy se tourna vers lui, tout sourire.

— Ils ont beaucoup appris ces deux dernières semaines.

Il hocha la tête.

— Il ne doit pas rester beaucoup de temps, dit-elle.

— Moins de quatre minutes.

Connor piqua le ballon à un adversaire et le passa à Marco, qui traversa le terrain en courant. Il dribbla plusieurs défenseurs. Les parents encouragèrent. Lucy agita son bloc-notes. Ryland secoua la tête. Il devait faire la passe avant de se faire voler le ballon. Il ne pouvait pas atteindre le gardien tout seul. Pas contre cette équipe.

— Fais la passe ! hurla-t-il. Passe à Jacob, Marco !

Marco continua à dribbler. Un grand défenseur courut vers lui, lui prit le ballon, et fit la passe à un coéquipier. But.

L'arbitre siffla. Fin du match. Les Vainqueurs avaient perdu 6-3. Ryland ajouterait des exercices et remanierait les autres. Les garçons avaient besoin d'apprendre à faire la passe et à se parler sur le terrain.

Chaque équipe se mit à crier. Super. Ils retrouvaient leur voix maintenant que le match était fini. Les joueurs serrèrent la main de leurs adversaires. Plusieurs Attaquants lui demandèrent de dédicacer leur ballon. Il le fit avec joie.

Lorsqu'il eut fini, il rejoignit Lucy, assise sur le terrain avec les joueurs. Il traversa un groupe de parents.

— Ils ont bien joué, dit l'une des mères, Suzy, en souriant.

Le père de Marco, Ewan, lui tapa dans le dos.

— C'est la première fois qu'ils sont aussi compétitifs. Beau boulot.

Intéressant. Il aurait cru que les parents seraient déçus, mais ils étaient contents. Et les garçons aussi.

— Tu as vu ? demanda Connor. On a mis trois buts.

Ryland n'avait jamais vu autant de visages heureux après une défaite.

— Beau match, les gars.

Il avait été si focalisé sur la victoire qu'il avait oublié que certaines choses comptaient plus que le score final. Surtout lorsqu'il s'agissait de s'améliorer, et non de gagner. Mais Lucy le savait. Elle avait un large sourire et les joues rosies par le soleil. Adorable. Ils avaient vraiment besoin de passer plus de temps ensemble.

— La dernière fois, on avait perdu 9-0, dit Connor.

Ouille. Ryland se força à ne pas grimacer. Pas étonnant qu'ils soient tous si contents.

— Vous avez bien mieux joué aujourd'hui.

— Nous les rejouons à la fin de la saison, dit Dalton.

— Chaque chose en son temps, dit Lucy. Nous avons beaucoup de travail avant le dernier match.

— Je suis d'accord, dit Ryland. Mais c'est à ça que servent les entraînements. Vous avez tellement bien joué qu'il est temps de fêter ça.

— Le goûter ! crièrent les garçons d'une seule voix.

Ils se jetèrent sur les gâteaux apportés par une maman. Ryland rejoignit Lucy, qui prenait des notes.

— Le goûter a bien changé depuis que j'ai quitté l'école, dit-il.

— Oui, mais le sport est toujours le même.

En revanche, il voulait que les choses évoluent entre eux. Assis derrière elle, il posa ses mains sur ses épaules.

Elle se tendit. Peu importait. Ils étaient censés sortir ensemble. L'embrasser serait peut-être un peu trop, mais elle n'avait rien dit sur le fait de se toucher. Il approcha sa bouche de son oreille, et son doux parfum l'enveloppa.

— Je voulais te féliciter, lui dit-il tout bas en remarquant les regards curieux des parents et des autres entraîneurs.

Elle tourna la tête vers lui. Ses lèvres n'étaient qu'à quelques centimètres des siennes. Ce serait si facile de lui voler un baiser. Mais il ne voulait pas pousser. Pas encore.

Elle avait l'air méfiant, mais sourit.

— Merci, mais j'ai le meilleur assistant au monde. Les garçons n'auraient jamais marqué sans son aide.

Son souffle chaud sur sa peau fit bouillir son sang. Il avait l'eau à la bouche. De faux baisers seraient certainement aussi agréables que les vrais.

— Mais il faudra me réexpliquer la règle du hors-jeu.

Il rit. Il pensait à l'embrasser, et elle parlait de foot.

Attendre jusqu'au lundi pour la revoir était inacceptable. Il doutait qu'elle accepte un rendez-vous. Mais elle avait accepté de faire semblant pour Connor. Il lui donnerait l'excuse parfaite pour la revoir avant l'entraînement.

Ce n'était peut-être pas très honnête, mais le jeu en valait la chandelle. Il se leva.

— Vous avez si bien joué que vous méritez une récompense. Qui veut un granita ?

Assise à une table de pique-nique, Lucy sirotait son granité à la framboise. Suzy, Cheryl, Debbie et les autres mères de l'équipe étaient avec elle. Ryland et les pères des garçons étaient assis dans l'herbe près des jeux pour enfants.

— Ryland est si gentil de nous offrir à boire, dit Suzy.

— Tu as tellement de chance de passer du temps avec lui, Lucy, bouda Cheryl. Je croyais avoir ma chance, mais c'est mieux qu'il t'ait choisie puisque je ne suis pas divorcée.

— Vous faites un beau couple, dit Debbie.

Une vague de bonheur la traversa. Pas pour elle. Pour Connor. Ce simulacre était pour lui.

— Merci.

Elle n'allait pas confirmer ou infirmer quoi que ce soit sur leur « relation ». Moins elle en disait, moins elle aurait l'impression de mentir.

Les hommes rirent. Les garçons aussi. Entre tous, elle reconnut le rire de Ryland. Il s'enroula autour de son cœur et la réchauffa. Elle but pour se rafraîchir, en vain.

Ce n'était rien. Elle rentrerait bientôt et ne verrait pas Ryland avant lundi.

Tandis que les autres garçons parlaient avec leurs pères, Connor et Dalton discutaient avec Ryland. Ils semblaient absorbés par la conversation, un grand sourire aux lèvres.

Elle eut la gorge serrée. Malgré sa réputation de coureur de jupons, elle était persuadée qu'il ferait un bon père un jour. Le genre de père qu'elle avait eu. Le genre de père qu'était son frère.

Il lui sourit et lui fit un clin d'œil. Il l'avait prise en flagrant délit. Elle aurait dû détourner les yeux, mais elle ne voulait pas. Puis elle prit conscience qu'elle n'y était pas obligée, puisqu'ils étaient censés être ensemble.

Elle avait l'impression d'avoir de nouveau treize ans. Mais elle savait qu'elle ne devait pas espérer une fin heureuse.

Un papa nommé Chuck s'adressa à Ryland, brisant sa connexion avec elle. Elle retourna son attention vers la table. Les autres femmes, à l'exception de Suzy, s'étaient levées.

Les familles se rassemblèrent, dirent au revoir, et regagnèrent leurs voitures. Quelques garçons traînaient, ne voulant pas quitter leurs amis. Marco et Connor coururent vers la table, Ryland sur les talons.

— Connor peut dormir à la maison ? demanda Marco à sa mère.

— Bien sûr. Ça ne te dérange pas ? demanda Suzy à Lucy. Il est déjà venu plusieurs fois à la maison.

Connor la supplia du regard.

— C'est d'accord.

Les garçons sautèrent de joie.

— Mais tu dois rentrer avec moi d'abord pour prendre ta douche et préparer tes affaires, dit-elle.

— Je dois aller faire quelques courses. Je peux passer le prendre en revenant, proposa Suzy.

— Merci, dit Lucy en serrant son neveu contre elle. Ce sera ma première nuit toute seule depuis que je suis revenue. Je ne sais pas ce que je vais faire.

— Ryland peut te tenir compagnie, dit Connor.

— Je n'ai rien de prévu, dit Ryland avant qu'elle ne puisse protester. Je serais ravi de faire en sorte que ta tante ne se sente pas trop seule sans toi.

Il avait l'air malicieux. Avait-il tout manigancé ? Elle n'en revenait pas. Néanmoins, elle était également flattée qu'il se donne tant de mal pour passer du temps avec elle.

— Alors c'est décidé, dit Suzy. A tout à l'heure !

— Ça va être super ! dit Connor en les regardant s'éloigner.

Peut-être pour lui, mais elle était inquiète. Ryland était-il sérieux pour ce soir ? Elle l'espérait. Pas parce qu'elle se sentait seule, mais parce qu'elle voulait le voir.

— Je viens pour 17 heures, dit Ryland avant de monter en voiture.

D'accord, il ne plaisantait pas. Mais qu'avait-il en tête ?

— On ferait mieux de rentrer, dit Connor. Papa dit que maman met des heures à se préparer. Tu vas avoir besoin de temps.

Ses mots et son ton sage l'amusaient.

— Pourquoi ?

— Ton rendez-vous avec Ryland. Il t'emmène dîner, dit-il en souriant. Je lui ai dit qu'Otto était ton restaurant préféré. Si Ryland et toi vous vous mariez, ce sera mon nouvel oncle, hein ?

Oh ! non. Elle ne voulait pas que Connor parle de mariage à Aaron.

— C'est très sérieux, le mariage, dit-elle. Ryland et moi ne faisons qu'aller dîner.

— Mais ce serait super, non ?

Non. Le mariage était la dernière chose à laquelle elle pensait. Elle n'était même pas sûre de vouloir se remarier. Pas après Jeff.

— Quand deux personnes s'aiment, se marier peut être merveilleux. Mais on ne peut pas presser l'amour. Cela prend du temps.

— Mon père savait qu'il allait épouser maman dès qu'il l'a vue. Ils se sont vite mariés.

— C'est vrai, mais c'est très rare.

— Mais ça pourrait arriver pour Ryland et toi, dit-il, optimiste.

— Tout est possible.

Mais dans leur cas, c'était plus qu'improbable.

9

Devant la porte de Lucy le samedi soir, Ryland tenait l'iris dans son dos. Chez le fleuriste, la fleur violette avait attiré son attention. La couleur vive lui avait fait penser à Lucy, si pleine de vie. Pourvu que cela lui fasse plaisir.

Cela faisait longtemps qu'il ne s'était pas donné autant de mal pour une femme. Mais Lucy en valait la peine. Il voulait lui prouver qu'ils pouvaient s'amuser ensemble. Souriant, il appuya sur la sonnette. Quelques instants plus tard, la porte s'ouvrit.

Lucy se tenait dans l'encadrement. Du mascara allongeait ses cils. Du gloss rose couvrait ses lèvres. Elle n'avait pas besoin de plus de maquillage, avec ses pommettes hautes et ses grands yeux.

D'habitude, elle ne portait pas de bijoux en dehors de sa montre mais, ce soir-là, elle avait mis des boucles d'oreilles pendantes et un collier assorti.

Sa robe violette épousait ses courbes, et ses escarpins mettaient ses chevilles délicates en valeur.

Magnifique.

Que ce soit un véritable rendez-vous ou non, elle avait fait des efforts. Il en était ravi.

— Tu es sublime.

— Je me suis dit que puisqu'on allait chez Otto…

— Connor t'a raconté.

— Les enfants de neuf ans ne savent pas tenir leur langue.

— J'avais pourtant acheté leur silence.

Elle en fut bouche bée. Si cela avait été un véritable rendez-vous, il en aurait profité pour l'embrasser. Mais il n'en fit rien.

— Il faut ce qu'il faut ! dit-il.

— Même pour un faux rendez-vous ?

— Un rendez-vous est un rendez-vous.

— Cela explique ta tenue. Tu es très élégant. Je ne t'ai vu qu'en short de foot et en maillot.

Il se souvint de la première fois où elle était venue chez ses parents.

— Et torse nu, ajouta-t-il.

Elle rougit.

Il lui tendit l'iris. Il était parfaitement assorti à sa robe.

— Merci, dit-elle. J'ai toujours préféré les iris aux roses.

En plein dans le mille.

— Elle m'a fait penser à toi.

— Arrête. Personne ne nous surveille.

— Je suis honnête, c'est tout.

— Je vais la mettre dans un vase avant de partir.

Il la regarda s'éloigner. Il aimait la façon dont ses hanches balançaient, faisant flotter sa robe autour de ses jambes.

Il la contempla de loin en l'attendant. Il appréciait sa compagnie. Plus il passait de temps avec elle, plus il s'attachait à elle. Il voulait la faire rire et sourire, lui faire plaisir. Cela ne lui était jamais arrivé. Il ne savait plus quoi penser. Il ne s'était jamais senti aussi à l'aise avec personne, à part ses parents. Il devait comprendre ce qui se passait.

Elle revint vers lui.

— C'est bon !

— Alors allons-y.

Ryland lui ouvrit la porte, et Lucy pénétra dans le restaurant. Elle respira les arômes de viande rôtie et d'herbes qui lui mettaient l'eau à la bouche.

Elle regarda Ryland par-dessus son épaule. Sa chemise verte faisait ressortir ses yeux. Il voulait faire de ce soir une soirée spéciale. Cela la touchait.

— Merci de m'inviter à dîner.

— Merci d'avoir accepté.

Le restaurant était bondé.

Ryland s'approcha de l'hôtesse. La jeune femme, occupée à

trouver des places aux gens, leva les yeux, l'air sérieux. Mais son visage s'illumina lorsqu'elle le vit et elle sourit.

Lucy commençait à comprendre que Ryland attirait l'attention des femmes où qu'il aille. Mais il n'était pas responsable de cette fascination. Il était simplement très séduisant. Elle se rapprocha de lui, en conquérante.

— Bonjour ! Bienvenue chez Otto. Combien êtes-vous ?

— Deux, dit Ryland.

— Votre nom, s'il vous plaît, dit-elle en battant des cils.

— James.

L'hôtesse le nota sur sa liste.

— Il y a une attente de trente minutes, dit-elle.

Des femmes, à la fois parmi les clients et le personnel, le dévisagèrent. Il regarda Lucy.

— Une demi-heure, ça te va ?

— Leur fondue vaut le coup d'attendre.

— Même quand on a faim ? demanda-t-il, perplexe.

— Surtout quand on a faim.

Certains clients quittèrent le restaurant tandis que d'autres entraient. Il se rapprocha d'elle pour laisser les gens passer.

— Lucy ? demanda soudain une voix masculine familière.

Non. Non. Non. Tous les muscles de son corps se tendirent. Elle ferma les yeux, dans l'espoir qu'elle rêvait, mais quand elle les rouvrit elle était toujours chez Otto. Son ex-mari, Jeff Swanson, et sa femme, Amelia, se dirigeaient vers elle à travers la foule. La calvitie de Jeff avait empiré. Et Amelia avait l'air différent…

Elle était enceinte. La douleur lui serra le cœur. La vie était injuste. Elle soupira.

Ryland se raidit.

— Tu vas bien ?

— Non.

Elle aurait fait n'importe quoi pour éviter de parler aux deux personnes qui lui avaient fait le plus de mal dans sa vie.

— Mais je survivrai.

Elle l'espérait du moins. Jeff arriva à leur hauteur.

— J'ai failli ne pas te reconnaître.

L'odeur de son après-rasage lui rappela des souvenirs qu'elle aurait préféré oublier. Les mauvais souvenirs avaient occulté les bons moments qu'ils avaient connus ensemble.

Il en allait de même avec Amelia. Jusqu'à ce que Lucy découvre qu'ils avaient une liaison, elle était heureuse de l'avoir pour meilleure amie. Même si elle s'était toujours sentie banale comparée à la belle Amelia aux yeux verts et aux cheveux blonds, qu'elle avait désormais au milieu du dos. Jeff aimait les cheveux longs. C'était pour cette raison qu'elle avait coupé les siens.

Jeff tendit la main pour serrer celle de Ryland.

— Ryland James, dit-il. Je suis surpris de vous voir ici.

— Mes parents habitent toujours ici, répondit Ryland, distant.

— Amelia, tu te souviens de Ryland ? demanda Jeff. Un joueur de foot exceptionnel.

— Bien sûr, dit Amelia en souriant. Lucy était folle amoureuse de lui quand nous étions au collège.

— Je sais, dit Ryland.

Quoi ?

— Tu savais ?

Il hocha la tête. Aaron avait dû lui dire. Mais pourquoi ? C'était censé être un secret !

— Je ne savais pas, dit Jeff.

— Les maris sont toujours les derniers à être au courant, dit Amelia en secouant la tête. Enfin, les *ex*-maris.

Ignore-la. Ignore-la. Ignore-la.

Lucy se répéta la litanie dans la tête pour ne rien dire à voix haute. Amelia ne valait pas la peine qu'elle fasse une scène.

Ryland passa son bras autour d'elle et l'attira contre lui. Il se mit à jouer avec ses cheveux.

Son cœur se gonfla de gratitude. Elle se laissa aller contre lui, absorbant sa chaleur et sa force, écoutant battre son cœur. Son rythme la réconforta.

Elle leva la tête et lui sourit.

Jeff et Amelia les regardèrent, interloqués.

Ryland avait raison. Les mots n'étaient pas toujours nécessaires. Les gens croyaient ce qu'ils voulaient. Les yeux d'Amelia s'assombrirent. Jeff les regarda tour à tour.

— Vous êtes… ensemble ?

Lucy comprenait son incrédulité. Ryland et elle formaient un couple improbable, mais elle hocha tout de même la tête. Après tous les mensonges qu'elle avait subis, elle n'aimait pas mentir, mais cela ne la dérangea pas tant que ça. Ils dînaient ensemble ce soir. Pas de la façon dont Jeff l'imaginait, mais ils étaient tout de même « ensemble ».

— Je savais que tu étais revenue pour t'occuper de Connor, mais j'ignorais totalement pour vous deux, dit Jeff.

Il avait l'air mécontent. Bien. Il l'avait mérité, après ses tromperies.

Réfrénant une réplique cinglante, elle regarda Ryland. Il jouait encore avec ses cheveux d'une main, tandis que l'autre marquait son territoire autour de sa taille. Il soutint son regard un long moment. C'était le genre de regard qui faisait soupirer les salles de cinéma. Elle lui en serait redevable et se réjouirait de régler sa dette.

— J'essaye de faire profil bas quant à ma vie personnelle, dit Ryland.

Le visage d'Amelia se froissa.

— Mais vous n'allez pas rester, n'est-ce pas ? Je croyais que vous jouiez loin d'ici.

— A Phoenix.

Le regard de Ryland ne quittait pas celui de Lucy. Elle était comblée.

— Mais cela ne me dérangerait pas de jouer à Indianapolis pour être plus près de Wicksburg.

Elle fut parcourue d'un frisson. Ce n'était qu'à deux heures de là.

— Nous allons avoir un enfant, dit Amelia comme si personne n'avait remarqué son ventre rond. C'est un garçon.

— Félicitations, dirent Lucy et Ryland d'une même voix.

— Je sais combien tu voulais des enfants quand tu étais avec Jeff, lui dit Amelia. Il s'est peut-être passé quelque chose à cause de ton foie. Tous ces médicaments, et la greffe... Mais tu peux toujours adopter.

Elle avait essayé d'avoir un enfant pendant deux ans, en vain. Les médecins soutenaient qu'il n'y avait aucune raison médicale. Amelia le savait. Jeff aussi. Elle se sentit incompétente. Elle se recroquevilla. Ryland la serra contre lui. Elle eut le sentiment d'être acceptée, spéciale.

— Ce n'est pas facile de s'occuper d'un enfant, dit-il. Mais vous devriez voir comme elle veille bien de Connor.

— Jeff et ma meilleure amie, Madison, font une fête en l'honneur du bébé, dit Amelia en caressant son ventre. Ils l'organisent depuis des semaines. J'ai tellement hâte !

Ses mots ramenèrent à la surface quelque chose que Lucy avait occulté. La douleur la transperça alors qu'elle repensait à leur trahison.

— Je me rappelle que vous aviez passé beaucoup de temps à préparer mon anniversaire, dit-elle. C'est à ce moment-là que votre liaison a commencé, non ?

Amelia eut le souffle coupé. Elle regarda Jeff avant de sortir du restaurant en pleurant.

— Mince, dit Jeff en se précipitant à sa suite. Ce n'est pas ce que tu penses !

Lucy regarda la porte se refermer derrière eux.

— J'ai presque pitié d'elle, dit Lucy.

— Non. Elle savait qui elle épousait, dit Ryland. Swanson est un idiot.

Il laissa son bras autour de sa taille. Elle se sentait en sécurité dans ses bras. Sa présence calmait sa souffrance.

— Il faut être stupide pour choisir cette femme au lieu de toi.

— Merci, dit-elle, reconnaissante qu'il la soutienne. Mais la vérité, c'est que je n'aurais jamais dû épouser un homme comme lui.

— Alors pourquoi l'as-tu fait ? demanda-t-il.

A la petite table pour deux dans un coin du restaurant, la lueur de la bougie dansait dans un photophore. Ryland était assis en face de Lucy. Leurs genoux s'effleuraient. Un bol de fondue et une panière de morceaux de pain étaient posés entre eux sur la table.

Lucy parlait de Jeff Swanson. Ryland aurait aimé pouvoir revenir dans le passé et effacer la douleur qu'elle avait éprouvée à cause de ce mariage malheureux.

— Les gens m'avaient prévenue.

Elle gardait le menton haut, elle ne baissait pas les yeux. Mais la souffrance était manifeste dans sa voix.

— Ils m'ont dit de le quitter. Aaron. Amelia aussi. Mais je croyais tout savoir mieux que tout le monde. Je pensais pouvoir lui faire confiance. Mais il m'a trompée. Quand nous nous sommes séparés, j'ai découvert que Jeff n'avait pas été honnête avec moi. Il n'aimait pas ma façon d'être indépendante et autonome. Il voulait que je devienne sa petite femme soumise, qui restait à la maison, faisait la cuisine, le ménage, et l'admirait. J'étais loin d'être l'épouse parfaite à laquelle il s'attendait. Amelia est plus comme ça.

Elle piqua sa fourchette dans un morceau de pain.

— Mais ça ne lui donnait pas le droit d'être infidèle, dit-elle.

— Jeff traitait mal les filles à l'école, dit Ryland, mais ça ne les empêchait pas de vouloir sortir avec lui.

— Je crois qu'au lycée il ne savait même pas que j'existais. Mais, quand on s'est croisés à l'université, il m'a charmée. Il savait ce que les filles voulaient entendre. Je sais que j'ai joué un rôle dans l'échec de notre relation. On est deux dans un mariage. Mais j'aurais aimé que Jeff soit plus honnête et franc sur ce qu'il voulait de moi.

Elle prenait ses responsabilités, elle n'accusait pas seulement son mari adultère. Il respectait cela.

— Si tu pouvais recommencer…

— Je ne recommencerais pas, dit-elle fermement. Je suis bien mieux sans lui. Mais c'est difficile de revenir ici. Tant de gens savent ce qui s'est passé. Je suis sûre qu'ils ont pitié de moi et qu'ils parlent dans mon dos.

— Ce que disent les gens n'a pas d'importance.

Il ne voulait pas la voir si triste.

— Oublie-les. Ne les laisse pas t'atteindre. Tu es forte.

— Forte ? dit-elle d'une voix lasse. Je suis une chochotte.

— Tu es revenue à Wicksburg.

— Seulement parce qu'Aaron me l'a demandé, dit-elle. Je n'aurais pas pu le faire de moi-même.

Jeff Swanson n'avait pas seulement détruit la confiance de Lucy envers les autres, mais aussi envers elle-même.

— Laisse-toi un peu de temps.

— J'essaye. C'est juste que… quand nous sortions ensemble, Jeff me donnait le sentiment d'être…

Il ne voulait pas la pousser, mais la curiosité prit le dessus.

— Quoi ?

Elle le regarda dans les yeux. La profondeur de la trahison le frappa. Il tendit la main et entrelaça ses doigts aux siens. Elle prit une profonde respiration.

— Tu es au courant pour ma greffe de foie.

Il acquiesça.

— Quelqu'un est mort pour que je puisse vivre.

Son ton amplifiait l'atrocité de la situation. Se sentait-elle coupable ?

— Je me suis toujours demandé si la famille de cette personne penserait que je suis à la hauteur de leurs attentes. La mort de leur enfant est ce qui m'a permis d'avoir ma greffe. Seraient-ils déçus de ce que j'ai fait de ma vie ?

Il partageait sa douleur. C'était une lourde charge. Surtout pour quelqu'un d'aussi sensible. Il serra sa main.

— Je pense que le véritable charme de Jeff était qu'il m'a fait croire que nous pouvions faire quelque chose de grand ensemble. Avec son aide, je pouvais prouver que je méritais une seconde chance avec mon nouveau foie.

Les coins de sa bouche tombèrent. L'angoisse obscurcit ses yeux.

— Mais ce n'était que des paroles en l'air. Une fois que nous nous sommes mariés, tout cela ne l'intéressait plus.

Son chagrin serra le cœur de Ryland.

— Je voulais faire quelque chose de marquant pour être digne du cadeau qu'on m'avait offert. Mais je ne l'ai pas fait. Je doute de changer quoi que ce soit un jour.

Sa déception le déchirait.

— Tu changes les choses pour Connor.

Lucy ne savait-elle pas combien elle était spéciale ?

— Regarde-toi. Tu es diplômée. Tu as ta propre entreprise. C'est beaucoup pour quelqu'un de ton âge.

— J'ai vingt-six ans, dit-elle avec sarcasme. Je suis divorcée.

J'ai des crédits à rembourser. Je vis chez mon frère et tout ce que je possède tient dans le coffre de ma voiture.

— Tu as vaincu une grave maladie, répondit-il. Que tu sois là, en vie, c'est déjà beaucoup.

Elle le regarda comme si elle essayait de le comprendre. Puis un petit sourire se forma sur ses lèvres.

— Où étais-tu toute ma vie ? Ou ces deux dernières années du moins ?

Il se posait la même question.

— Merci, dit-elle dans un souffle.

Son regard débordait de gratitude. Sa reconnaissance n'était pas superficielle, ni calculée ; elle venait du cœur, et il se sentit estimé. Elle serra sa main.

— Pour ce soir. Et de m'avoir écoutée.

Il lui caressa la main.

— Pas la peine de me remercier. Je t'ai demandé de me raconter. Moi aussi j'ai connu ça.

Oups. Il ne voulait pas dire ça. Il retira sa main et but un peu d'eau. Elle le scruta, l'air interrogateur.

— Comment ça ?

Il voulait faire marche arrière.

— Ce n'est pas pareil. Loin de là.

— Je t'ai tout raconté, dit-elle. C'est ton tour.

Il ne s'ouvrait jamais ainsi aux autres. Les gens ne lui donnaient de l'importance que pour ce qu'il pouvait leur apporter. S'ils l'avaient vraiment connu, ils auraient pensé qu'il n'avait aucune valeur en dehors du terrain.

Lucy levait le menton d'un air de défi. Elle n'abandonnerait pas. Elle se moquait de sa fortune, de sa célébrité. Elle ne lui avait jamais rien demandé pour elle. Elle pensait toujours aux autres. Dont lui. S'il pouvait dire la vérité à quelqu'un, c'était à elle.

Il déglutit. L'émotion lui serrait la gorge.

— Quand j'étais en primaire, on s'en prenait à moi.

— Verbalement ?

— Oui. Et parfois… souvent… physiquement.

Elle sursauta de surprise et posa sa main sur la sienne, comme il l'avait fait pour elle quelques instants auparavant.

— Oh ! Ryland. Je suis désolée. Ce devait être horrible.

— Certains jours, j'avais l'impression d'être invisible.

Il n'avait jamais raconté cela à personne, pas même à ses parents. Il pensait que ce serait difficile de le raconter à Lucy, mais sa compassion le poussa à continuer.

— C'étaient les bons jours. Car les autres jours, on me poussait, on me frappait.

Il avait eu le sentiment d'être un moins que rien. Mais il avait vite pris conscience que les petites brutes étaient les moins que rien. Les brutes comme Jeff Swanson. Il ne dirait jamais à Lucy que son ex-mari était l'un des tyrans qui traumatisait les enfants comme lui à l'école. Cela ne ferait que l'énerver davantage.

— Je ne savais pas qu'il se passait de telles choses.

— Tu n'étais qu'une petite fille.

Il se souvenait d'elle, avec ses taches de rousseur et ses queues-de-cheval, en train de jouer à la marelle ou à la corde à sauter pendant la récréation. Apparemment insouciante. Il n'avait appris que plus tard qu'elle était si malade.

— Certains enfants plus âgés, comme Aaron, le savaient mais, s'ils tenaient tête aux tyrans, ils se faisaient battre aussi.

— La fois où Aaron avait un œil au beurre noir et qu'il a dit qu'il était tombé.

— Un enfant ne pouvait pas faire grand-chose. Même quelqu'un de bien comme ton frère.

Ryland se rappelait avoir dit à Aaron de ne pas s'en mêler, mais il n'avait rien voulu entendre.

— Je détestais tellement l'école. Je détestais presque tout à l'époque. Sauf le foot.

Le sourire de Lucy le réconforta.

— Tu as découvert ta passion très jeune.

— J'aimais faire partie d'une équipe, dit-il. Que je vive dans un appartement miteux, que je sois pauvre, et que je me fasse tout le temps taper dessus ne comptait plus. Quand je mettais mon maillot, j'étais à ma place.

Elle serra sa main.

— Heureusement que le foot était là.

— C'était mon échappatoire. Mon salut. Avec mes coéquipiers autour de moi, les tyrans me laissaient tranquille.

Elle sourit.

— Tes coéquipiers ont pris soin de leur meilleur joueur.

— Le football m'a donné de l'espoir. Une façon de partir de Wicksburg pour devenir quelqu'un. Quelqu'un d'autre que ce garçon maigrichon sur lequel on tapait.

La gentillesse et l'affection illuminaient les yeux de Lucy.

— Tu y es arrivé. Tu es tellement accompli.

Sa poitrine se serra. Elle était unique en son genre.

Sa main était toujours posée sur la sienne. Naturellement. Cela semblait… normal.

Il voulait qu'elle ne le lâche jamais. Il ne savait pas ce qui se passait entre eux. Faux, vrai… Il s'en fichait.

Lentement, presque à contrecœur, elle retira sa main.

— Wicksburg renferme tant de mauvais souvenirs pour nous deux.

Sa douceur et sa chaleur lui manquaient déjà.

— On y a aussi de bons souvenirs.

Comme ceux qu'ils étaient en train de créer.

— Je n'étais pas sûre de vouloir faire semblant de sortir avec toi, dit-elle. Je n'aime pas mentir. Mais après avoir vu Jeff et Amelia, je suis contente que tu sois avec moi ce soir.

— Nous ne mentons pas tant que ça, dit-il. Si tu y réfléchis, ce que nous faisons est un peu comme un enterrement.

— Un enterrement ? fit-elle, abasourdie.

— Tu joues la comédie comme à l'enterrement de Gribouille.

Elle se mit à rire.

— Voilà qui est mieux, dit-il en souriant. Il ne faut pas se morfondre pour un idiot comme Jeff. On doit rire et s'amuser.

— C'est exactement ce dont j'ai besoin.

Elle leva la fourchetée de fondue jusqu'à sa bouche. Ses lèvres se refermèrent autour.

Tellement sexy. Il sentit la chaleur l'envahir et prit une nouvelle gorgée d'eau. Dommage qu'elle n'ait pas également besoin de baisers.

Un morceau de fromage resta au bord de ses lèvres.

— Tu as un peu de fromage sur la bouche.

Elle s'essuya avec une serviette, mais pas au bon endroit.

Il tendit le bras par-dessus la table et essuya le fromage de son pouce, faisant fi de son envie de goûter la douceur de ses lèvres.

— Voilà.

Ses yeux brillèrent lorsqu'elle le remercia. Elle ne l'aurait pas remercié si elle avait su à quoi il pensait.

Le serveur arriva avec le plat principal. En mangeant, Ryland ne put cesser de penser à ce qui se passerait lorsqu'ils auraient fini de dîner. Lorsqu'ils rentreraient chacun chez soi. Seul. C'était peut-être un faux rendez-vous, mais il voulait lui dire bonne nuit en l'embrassant.

Pour de vrai.

10

Dans le vieux pick-up bleu, Lucy regarda Ryland. Les lumières de la ville jetaient des ombres sur son visage sculpté. Mais il n'avait rien de froid ou de dur. Il était généreux, attentionné, drôle.

Après s'être confié leurs secrets, ils avaient passé la soirée à plaisanter et à se raconter des histoires, des souvenirs. Dommage que toute chose ait une fin…

Il se gara devant chez elle et éteignit le moteur.

— Ne bouge pas, je vais t'ouvrir la porte, dit-il.

Ses manières l'impressionnaient. Elle avait pensé que les athlètes avaient plus en commun avec les hommes de Neandertal qu'avec les gentlemen, mais il lui prouvait le contraire. Sur beaucoup de choses.

Il ouvrit la porte côté passager et lui tendit le bras.

— Madame ?

— Merci, cher monsieur.

Le contact de ses doigts sur sa peau causa une étincelle. De l'électricité statique à cause de la banquette du pick-up ? Quoi que ce fût, la chaleur la traversa, allumant un feu qu'elle n'avait pas connu depuis longtemps.

Dès qu'elle fut sortie de la voiture, il la lâcha. Elle en fut soulagée, mais son contact lui manquait.

Des milliers d'étoiles brillaient au-dessus de leurs têtes. Elle avait oublié combien le ciel était beau sans les lumières de la ville.

— C'est une belle nuit.

— Très belle.

Elle tourna la tête vers lui. Il ne regardait pas le ciel. Il la regardait, elle. Elle frissonna de plaisir. Elle aurait pu rester là toute la nuit avec lui.

Il sourit. Son cœur s'emballa. Elle détourna le regard et remonta l'allée jusqu'à la porte d'entrée. Il la suivit.

Elle était confuse. Il l'avait écoutée comme jamais Jeff ne l'avait fait. Il lui avait donné la sensation d'être spéciale, et avait partagé ses secrets avec elle.

Pourtant, ce n'était pas un véritable rendez-vous. Sauf qu'elle n'avait pas toujours fait semblant. Ni lui…

Elle devait y réfléchir. Rentrer. Seule.

— J'ai passé une très bonne soirée. Merci.

— Il est encore tôt…

Le désir monta en elle. Elle voulait l'inviter à entrer. Elle voulait se jeter dans ses bras et l'embrasser.

Elle ne pouvait ignorer cet élan de désir, mais saurait-elle s'arrêter ? Voudrait-elle s'arrêter ? Aller trop loin serait désastreux.

— Je pense que nous devrions en rester là.

Il caressa son menton.

— Tu penses ?

— Je ne suis pas prête à faire un grand pas.

— Et un petit ?

Elle mourait d'envie de l'embrasser. Ses lèvres l'appelaient. Juste un petit baiser…

Elle leva la tête et l'embrassa. Avec passion. Il pressa sa bouche contre la sienne avec autant de désir qu'elle. Il passa ses bras autour d'elle et l'attira contre lui. Elle s'abandonna à son étreinte, se cambrant contre lui. C'était ce qu'elle voulait… ce dont elle avait besoin.

Elle posa ses mains sur ses épaules, sentant ses muscles sous ses paumes. Elle entrouvrit la bouche, et leurs langues se touchèrent.

Le plaisir se déversa en elle. Elle s'agrippa à lui. Le désir s'amplifia. Elle gémit.

Il mit doucement fin à leur baiser.

— Waouh.

Cela résumait bien la chose. Elle respira. Mais elle était à bout de souffle. Et ses lèvres palpitantes… Etait-ce un rêve ?

— J'essayais de maîtriser mes impulsions, dit-elle dans un souffle. On dirait bien que j'ai échoué.

— Je te recommande d'être plus impulsive dans ce cas, dit-il d'un air taquin. Nous pourrions aller à l'intérieur et voir où nos impulsions nous mènent.

Certainement dans la chambre.

Une peur soudaine éteignit son désir. Elle avait trop souffert, et elle ne pouvait faire confiance aux sentiments qui la submergeaient.

Ryland James te brisera le cœur s'il en a l'occasion.

— Nous ne pouvons pas. Enfin, je ne peux pas.

Il passa sa main dans ses cheveux.

— Si tu penses que je fais semblant, ce n'est pas le cas.

— Moi non plus. Mais je dois penser à Connor.

— Il passe la nuit chez Marco.

Elle eut la bouche sèche en pensant à ce qu'ils pouvaient faire.

— Tu partiras bientôt.

— C'est vrai, mais nous pouvons profiter du temps qu'il me reste, dit-il d'une voix rauque, séduisante. Tu as dit que tu ne voulais pas d'un petit ami. Je ne cherche pas de petite amie.

— Cela ne va nulle part. Je ne suis pas prête pour une amourette. Aaron pense que, si nous nous fréquentons, tu vas me briser le cœur.

Il se raidit.

— Ton frère a dit ça ?

— L'autre nuit, quand il a appelé.

— Alors contentons-nous de ce que nous faisions. Pas de promesses. Pas de garanties.

— Pas de sexe.

— Tu as été très claire sur ce point.

Il avait l'air amusé, pas énervé.

Elle ne jouait pas avec le feu. Cela faisait deux ans qu'elle faisait attention à ne pas se brûler. Mais, avec lui, elle savait à quoi s'en tenir. Il avait été honnête avec elle. Cela pouvait marcher. Cependant, elle resterait sur ses gardes.

— D'accord. On continue comme ça.

*
* *

Le dimanche après-midi, Ryland frappa à la porte de Lucy. Il ne cessait de penser à elle depuis la veille. Ses baisers avaient peuplé ses fantasmes. Il en voulait plus.

Je ne suis pas prête pour une amourette. Pas de sexe.

Mais elle n'avait pas dit qu'elle ne voulait pas de baisers…

La porte s'ouvrit. Connor lui sourit.

— Phoenix joue dans une heure !

C'était le deuxième match de la saison pour son équipe. Ils jouaient à Los Angeles. Ryland était déçu de ne pas faire l'ouverture de la saison. Il avait l'impression de laisser tomber son équipe et les fans. Il regarda son pied.

L'orthopédiste lui avait dit qu'il pourrait bientôt enlever son plâtre. Il pourrait donc retourner auprès de son équipe. Mais il devrait quitter Wicksburg…

Partir serait une bonne chose. Rien ne le retenait. Sauf ses parents, qui rentreraient dans la semaine.

Et Lucy… Mais il ne pouvait pas penser ainsi. Lorsqu'il reprendrait, le football serait sa seule préoccupation. Il ne pouvait pas se permettre d'être distrait.

— Tante Lucy m'a dit d'encourager bien fort. Mais je dois d'abord finir mes devoirs.

— Alors il faut s'y mettre, dit Ryland en entrant dans la maison. Je ne veux pas regarder le match sans toi.

Connor courut dans sa chambre, et Ryland rejoignit la cuisine. Une odeur de fromage et de bacon emplissait l'air. Il avait l'eau à la bouche — pas seulement à cause de l'odeur alléchante. Lucy portait un short en jean et un T-shirt décolleté qui révélait la dentelle de son soutien-gorge.

Magnifique.

Il se plaça derrière elle et la prit dans ses bras. Son corps épousait parfaitement le sien. Sachant qu'ils étaient seuls, il couvrit son cou de baisers.

Elle se tourna vers lui, des éclairs argentés dans les yeux.

Il approcha sa bouche de la sienne. Ses lèvres goûtèrent sa chaleur et sa douceur. Son cœur se mit à battre à tout rompre.

Elle se cambra dans son étreinte, intensifiant leur baiser. Il se laissa aller, soulagé qu'elle lui rende son baiser. Il aimait l'embrasser. Il voulait l'embrasser pour toujours.

Il se retira d'un mouvement brusque.

Il ne faisait rien pour toujours.

Elle leva les yeux vers lui, les joues rouges et les lèvres gonflées. La passion dans ses yeux était à la hauteur du désir qui coulait dans ses veines.

— J'aime ta façon de dire bonjour, dit-elle en souriant.

Lui aussi. Surtout avec elle.

Toutefois, il devait se souvenir que ce n'était pas sérieux. Ce n'était pas pour toujours. Il ne fallait pas se laisser emporter. Ce ne serait pas juste envers Lucy. Ou son frère.

Il le devait à Aaron, même si son vieil ami avait tort ; il n'allait pas lui briser le cœur. Il ne lui ferait jamais ça.

— Ce que tu cuisines sent divinement bon.

— Des pâtes au fromage avec du bacon — l'ingrédient secret.

— Je ne savais pas que tu avais le droit de divulguer les ingrédients secrets.

— Nous avons partagé nos secrets hier soir, alors pourquoi pas, dit-elle en haussant les épaules.

Le vase contenant l'iris qu'il lui avait offert la veille était posé sur le comptoir. Des pinceaux séchaient à côté.

— Si nous n'avons plus rien à cacher, montre-moi tes toiles.

— Tu veux vraiment les voir ?

Elle avait l'air surprise qu'il s'intéresse à son art.

— Oui, sinon je n'insisterais pas autant.

— Je… je ne montre pas mon travail à beaucoup de gens.

— Ce n'est que moi.

— Justement.

Que voulait-elle dire ?

— Montre-m'en un, dit-il.

— Cela suffira à calmer ta curiosité ?

Il n'était sûr de rien avec elle. Mais il prendrait ce qu'il pouvait.

— Oui. A toi de décider si tu veux m'en montrer davantage.

Elle céda et le mena dans un couloir couvert de photos de famille.

— C'est le camping-car de tes parents ? demanda-t-il en examinant une photo. Connor m'a dit que ses grands-parents faisaient le tour du pays.

— Oui, ils rêvaient de faire ça pour leur retraite. Ils y sont enfin parvenus il y a trois mois.

Quels étaient les rêves de Lucy ? Il pensa à lui demander, mais il se dit qu'ils devaient être en attente jusqu'au retour d'Aaron et Dana. Il admirait son sacrifice.

Il la suivit dans une autre pièce. La chambre était impeccable. Le grand lit attira son attention. C'était là qu'elle dormait. Seule. Mais le lit était assez grand pour deux.

N'y pense même pas.

Elle se dirigea vers le placard. Il devait déborder de vêtements, de chaussures et de sacs. Pourtant, lorsqu'elle l'ouvrit, il fut surpris : il n'y avait que peu de vêtements et quelques paires de chaussures. Et aucun sac à main.

Des toiles de différentes tailles et du matériel de peinture remplissaient l'espace. Inhabituel. Mais c'était Lucy. Il n'aurait pas dû être surpris.

— J'ai peint ça quand j'étais à Chicago.

Sa main tremblait alors qu'elle la tendait pour attraper la toile en question. Il lui toucha l'épaule. Il voulait voir son travail, mais pas si cela la mettait mal à l'aise. Sa peau nue était douce et chaude sous sa paume.

— Nous pouvons faire ça une autre fois.

— Non, maintenant c'est bien, dit-elle en le regardant. C'est juste un peu difficile…

— De montrer cette facette de toi-même.

Elle hocha la tête. Sa vulnérabilité le toucha.

— Si cela peut te rassurer, je n'y connais rien en art.

— Alors si tu aimes, je me souviendrai de ne pas trop m'emballer.

Il sourit. Elle aussi. Son cœur cogna contre sa poitrine, comme s'il venait de jouer un match. Que lui arrivait-il ?

Elle n'avait fait que sourire. Ce n'était pas la première fois. Pourtant, il avait le souffle coupé.

— Prêt ? demanda-t-elle en sortant la toile.

Non. Un peu chancelant, il s'assit sur le lit.

— Oui, se força-t-il à dire.

Elle retourna la toile.

Il en fut bouche bée. Il s'était attendu à une coupe de fruit ou un bouquet de fleurs, pas à un portrait si vivant et coloré. Il représentait des gens dans un parc en train de pique-niquer, de faire du vélo ou de jouer au cerf-volant.

Le tableau était splendide. Il était transporté, comme s'il était dans le parc et qu'il voyait ce qu'elle avait vu, ce qu'elle avait ressenti. Incroyable.

Il regarda de plus près. Il y avait tant de détails !

— Tu es très talentueuse.

— Tu n'y connais rien, lui rappela-t-elle.

— C'est vrai, mais je sais reconnaître le talent.

— Merci.

— Non, merci à toi.

Cette peinture lui en disait tant sur elle. Il la voyait dans chaque coup de pinceau, dans chaque personnage, dans chaque détail. La vie explosait sur la toile.

— Je connais des gens qui ont des galeries d'art, dit-il.

— Merci, mais je ne suis pas prête pour ça.

— Tu es prête, dit-il. Aie confiance en toi. En ton talent.

Il n'aimait pas qu'elle se retienne ainsi.

— Penses-y.

— D'accord. Tu veux en voir une autre ? demanda-t-elle, à sa grande surprise.

Regarder son œuvre était comme regarder dans son cœur, dans son âme. Il voulait en voir autant que possible.

— Oui, dit-il. Montre-moi.

Lucy n'aurait jamais pensé que la soirée serait aussi parfaite. Au début, montrer son art à Ryland l'avait rendue nerveuse car elle avait peur de s'exposer ainsi, peur de ce qu'il allait penser. Non seulement il avait aimé ses peintures, mais il les avait comprises. Il voyait des détails que la plupart des gens manquaient.

Elle se tenait à la porte de la chambre de Connor tandis que Ryland le bordait. Ils parlaient du match. Même si Phoenix avait perdu 1-0, ils étaient d'accord pour dire que ça avait été un beau match.

— Ils auraient gagné si tu avais joué, dit Connor. J'ai hâte de te voir sur le terrain.

Grâce à Ryland, son neveu était de nouveau un enfant heureux. Mais se rendait-il compte que Ryland ne les entraînerait plus quand il recommencerait à jouer ?

Ryland souhaita bonne nuit à Connor et éteignit la lumière. Dans le couloir, il la prit par la main et l'emmena dans le salon.

— Je t'ai enfin pour moi tout seul.

Il pressa ses lèvres contre les siennes. Son baiser était doux. Tendre. Fervent.

Elle se pencha contre lui, et il la souleva de terre. Sans que leurs bouches ne se séparent. Il la porta jusqu'au canapé, et s'assit, la posant sur ses genoux. Elle mit ses bras autour de lui. Ses seins étaient pressés contre son torse puissant.

Alors qu'elle passait sa main sur les muscles de ses épaules et dans ses cheveux, elle entrouvrit les lèvres.

La pression de sa bouche sur la sienne s'intensifia, pleine de désir et d'envie. Elle avait l'impression de fondre dans son étreinte. Il embrassait comme un dieu.

Le plaisir s'empara d'elle. Elle comprenait désormais la définition de l'alchimie. Elle s'agrippa à lui, désireuse qu'il l'embrasse encore plus passionnément.

Lentement, il desserra son étreinte et mit fin à leur baiser.

— Je t'avais dit que ce serait amusant.

— C'est vrai.

Heureusement qu'il partait bientôt, car cela aurait pu devenir une habitude. Elle ne pouvait pas se permettre de prendre des habitudes avec lui. Elle ne pouvait pas s'attacher.

Ils n'étaient ni l'un ni l'autre en position d'entamer une relation sérieuse. Ils ne pouvaient pas s'engager sur le long terme. Ils devaient s'amuser. Et s'embrasser fougueusement.

Cela devait suffire. Même si, au fond, elle aurait aimé qu'il y ait… plus.

11

Les jours passaient, et le temps se réchauffait. Le soleil se couchait plus tard. Les Vainqueurs gagnaient plus de matchs qu'ils n'en perdaient. Mais Lucy n'avait pas hâte d'être à la fin du printemps. Elle ne voulait pas que Ryland parte.

Etre avec lui était galvanisant. Wicksburg n'était plus une petite ville ennuyeuse depuis qu'ils passaient leur temps ensemble. Et, quand elle était seule, son art s'épanouissait grâce à son hypersensibilité et sa créativité débordante.

M. et Mme James, rentrés de vacances, venaient à tous les matchs et invitaient Lucy et Connor à pique-niquer avec eux après l'entraînement.

Ce lundi soir-là, les garçons se faisaient des passes sur l'herbe du terrain tandis que Cupcake courait derrière eux en aboyant.

Debout dans le patio, Lucy les regardait jouer.

— Connor me rappelle son père, dit Mme James.

— Merci de nous accueillir ce soir, dit Lucy.

— Avec plaisir. C'est si agréable d'avoir des enfants ici. J'ai dit à Ryland de se poser et de me faire des petits-enfants, mais il ne pense qu'à une seule chose.

— Le football, dit Lucy en même temps qu'elle.

La mère de Ryland la regarda avec curiosité.

— Vous le connaissez bien.

— Il m'aide avec l'équipe.

— Et il sort avec vous, dit-elle en souriant. C'est difficile de garder un secret dans une ville aussi petite.

Ils n'avaient pas essayé de le cacher. Au contraire. Lucy ne voulait rien de plus que profiter de son temps avec Ryland, mais elle avait parfois le sentiment de s'accrocher au vent. Il sortirait de sa vie bien trop tôt.

— C'est bien que Ryland soit avec quelqu'un qui le connaissait avant qu'il ne soit célèbre, dit Mme James.

— Il a toujours été une star du football ici.

— Oui, mais il ne se voit que comme un footballeur. Il a besoin de comprendre qu'il y a une vie pour lui en dehors du terrain.

— Le football est sa seule priorité.

Cela faisait des jours qu'elle se le répétait. Tout ce qu'ils partageaient toucherait bientôt à sa fin.

— Rien d'autre ne l'intéresse.

— Je me demande si le foot serait si important pour lui s'il avait sa place ailleurs.

J'aimais faire partie d'une équipe. J'étais à ma place.

— L'appartenance est importante pour lui, dit-elle, mais il ne pense pas que sa place soit à Wicksburg.

Mme James eut l'air stupéfait.

— Vous avez parlé de ça ?

— Un petit peu.

— C'est un début. Cela va lui prendre du temps de savoir où est sa place et qu'il est plus qu'un joueur de football.

— Peut-être quand il retournera à Phoenix, dit Lucy, et son cœur se serra à cette pensée. Il ne lui reste pas longtemps ici.

— Il peut toujours revenir.

Lucy opina. Elle espérait qu'il reviendrait après la fin de la saison, mais ce n'était pas avant plusieurs mois.

— Bon, je ferais mieux de finir de préparer à manger, dit Mme James. Les garçons doivent mourir de faim.

Alors que Mme James s'éloignait, Cheryl la rejoignit.

— Mettre la mère de son côté est une bonne stratégie. J'aurais dû faire pareil avec ma belle-mère.

— Ce n'est pas trop tard, dit Lucy.

— Les papiers du divorce n'ont pas encore été envoyés. Mais je ne veux pas parler de ça.

Elle lui montra l'article d'un tabloïd anglais sur son iPad.

— C'est ce qui arrive quand on sort avec l'un des plus beaux footballeurs au monde.

Lucy regarda l'écran, rempli de photos de Ryland et elle. Les photos faisaient comprendre que Lucy et Ryland tombaient amoureux l'un de l'autre. Follement amoureux.

Les légendes des photos exagéraient les images et sous-entendaient qu'ils échangeaient sans cesse des baisers langoureux en public. Lucy lut l'article et blanchit. Tout se mit à tourner autour d'elle. On disait qu'ils étaient fiancés.

— Je n'en reviens pas.

— Je ne savais pas que c'était si sérieux entre vous.

— Moi non plus. J'espère que les gens n'y croient pas.

— Ryland et toi avez de l'affection l'un pour l'autre. C'est tout ce qui compte.

De l'affection.

Oui, elle avait de l'affection pour lui. Elle en avait… beaucoup. Elle avait ignoré certains sentiments, mais cet article ramenait toutes ses émotions à la surface. Elle ne pouvait plus nier la vérité.

Elle n'avait pas seulement de l'affection pour Ryland.

Je l'aime.

Elle était tombée amoureuse de Ryland James. Malgré ses résolutions.

— Tu es toute pâle, dit Cheryl. Ça va ?

— Je ne sais pas, admit-elle. Je ne sais vraiment pas.

Elle avait fait comme si Ryland ne pouvait pas l'atteindre, mais elle avait été emportée par son charme. Elle voulait que les gens soient honnêtes avec elle, mais elle s'était menti à elle-même.

Elle avait changé d'avis sur sa volonté d'avoir une relation sérieuse. Peut-être que lui aussi. Et dans le cas contraire…

Non. Ce n'était pas une passade. Ses sentiments n'étaient pas à sens unique. Ses baisers et sa volonté de passer du temps avec elle le prouvaient. Il avait des sentiments pour elle. Elle le savait.

Elle avait partagé son art et ses secrets avec lui. Serait-ce si difficile de lui dire qu'il lui avait pris son cœur ?

Elle parlerait à Ryland, et ils verraient où leurs sentiments les mèneraient…

*
* *

Après manger, Ryland rangea les restes du repas tandis qu'un match entre enfants et adultes faisait rage.

— J'aime bien Lucy, lui dit sa mère.

— Moi aussi.

— Bien, parce qu'il est temps que tu te poses sérieusement.

Il tressaillit et regarda sa mère, incrédule.

— Qui a parlé d'une relation sérieuse ?

— Ton père et moi ne rajeunissons pas. Nous aimerions avoir des petits enfants tant qu'on est encore là. Lucy et toi auriez de beaux enfants.

— Holà, maman, dit-il, sur la défensive. J'apprécie Lucy. Mais de là à avoir des enfants avec elle… Je dois me concentrer sur ma carrière. Je me poserai une fois que j'aurai arrêté.

— Une femme comme Lucy n'attendra pas toujours. Pendant que tu joues et que tu fais la fête avec des groupies, un autre homme la conquerra et elle sera mariée avant Noël.

Sa mère ne savait pas de quoi elle parlait.

— Lucy ne veut pas se marier. Ni avec moi, ni avec personne.

— Tu as l'air bien sûr de toi.

— Je le suis, avoua-t-il. Nous en avons parlé. Lucy et moi sommes sur la même longueur d'onde.

Il aurait aimé que sa mère ne mette pas son nez dans ses affaires.

— Je ne peux pas penser à une relation sérieuse en ce moment à cause du football. Lucy ne veut pas être embêtée par un homme alors qu'elle s'occupe de Connor.

Sa mère le dévisagea.

— Alors quand tu rentreras à Phoenix…

— C'est fini.

— Et quand tu reviens ici ?

— Papa et toi pouvez venir me voir, dit-il. J'ai travaillé trop dur pour partir d'ici.

— Tu t'es enfui.

— Je suis parti pour jouer au foot.

Sa mère prit une profonde respiration et soupira.

— Tu es un adulte capable de prendre tes propres décisions mais, je t'en prie, pense à ce que tu abandonnes si tu quittes la ville, si tu quittes Lucy et que tu ne reviens jamais.

— Tu dépasses les limites, maman.

— Peut-être, mais un jour tu vas te rendre compte que le football n'est pas la seule chose au monde. J'aimerais que tu aies une vie en dehors du jeu lorsque cela arrivera.

— Tu veux juste que je revienne à Wicksburg et que j'aie une flopée de gosses.

— Je veux seulement que tu sois heureux.

— Je suis heureux.

Et qu'est-ce que ça pouvait faire s'il devait en grande partie son bonheur à Lucy ? Ils n'étaient ensemble qu'à court terme. Ils s'étaient mis d'accord. Sa mère avait tort. C'était pour le mieux.

— Je sais ce que je fais. Je sais ce que je veux.

Et cela n'impliquait ni Wicksburg… ni Lucy.

Plus tard ce soir-là, lorsque tout le monde fut parti, Lucy s'assit dans le patio avec Ryland.

— Les garçons se sont bien amusés, dit Ryland.

— Les parents aussi, dit-elle.

Elle prit une profonde respiration et se lança sur le sujet qui la taraudait.

— Cheryl m'a montré un article sur… nous.

Bon sang. Elle aimait dire « nous ». Ryland devait être conscient qu'ils allaient bien ensemble.

— Cela arrive tout le temps. Ne t'inquiète pas.

— Tu te fiches de savoir que des étrangers à l'autre bout du monde lisent ça sur nous ?

— Là n'est pas la question, dit-il en entrelaçant ses doigts aux siens. Le football est comme une religion dans les autres pays. Les fans suivent leurs joueurs favoris de près.

— Mais tu n'y joues plus.

— J'y ai joué, dit-il. Et je vais y retourner.

Si loin. Cela lui fit mal. Elle ne voulait pas qu'il parte.

Elle respira profondément pour se calmer.

— L'article sous-entend qu'on est ensemble pour de bon, presque fiancés même.

— Mais nous ne le sommes pas.

Il semblait si sûr. Aucune hésitation. Aucun regret.

Elle le dévisagea pour voir si lui aussi avait changé d'avis, mais elle ne vit rien. Rien qui ne suggère qu'il ressentait ou voulait… plus. Cela la frustra.

Il passa son bras autour d'elle.

— C'est difficile à gérer quand on n'est pas habitué, mais il faut jouer le jeu et ignorer ce genre d'articles.

Elle ne voulait pas l'ignorer. Elle voulait que ce que disait l'article soit vrai. Elle voulait être une « femme de joueur ». La sienne. Pas seulement sa petite amie. Mais sa… femme. Vraiment.

Mme Ryland James.

Elle retint un gémissement.

Pas de promesses. Pas de garanties. Pas de sexe.

— Eh, ne sois pas si triste, lui dit-il en caressant son visage. C'est un tissu de mensonges. Tu ne dois pas t'inquiéter.

Ses mots la blessaient. Plus il minimisait l'importance de l'article, plus cela lui faisait du mal.

Elle lui en voulait. Elle s'en voulait.

Pas question de lui dire ce qu'elle ressentait. Elle n'allait pas lui donner la satisfaction de savoir combien il comptait pour elle alors qu'il ne voulait admettre ce qu'il ressentait.

— Je ne suis pas inquiète. Je voulais juste m'assurer que cela ne ternirait pas l'image de marque de Ryland James.

Le lendemain, Ryland sortit Cupcake dans le voisinage sans son plâtre de marche, sur les ordres du médecin. Il avait choisi son heure : Lucy avait un rendez-vous téléphonique avec un client et ne le verrait pas.

Il ne savait plus où ils en étaient. Ses baisers suggéraient qu'il lui plaisait. Mais son attitude quant à l'article lui avait donné l'impression qu'elle se lassait de lui.

Comment réagirait-elle en voyant qu'il avait retiré son plâtre ?

Il n'était pas encore prêt à partir, mais c'était inévitable. Ce que Lucy et lui avaient mis en place serait difficile à abandonner. Passer plus de temps avec elle serait fantastique. Dommage que ce soit impossible.

Son téléphone sonna. Blake. Il était temps. Ryland lui avait laissé un message la veille au soir.

— Tu as planifié l'histoire sur Lucy et moi ? demanda-t-il.

— Non, répondit Blake. Mais ça ne veut pas dire que je n'ai pas donné l'idée à quelqu'un.

Il le savait. Son équipe de communication était impliquée.

— Pourquoi ?

— Ton avenir avec Phoenix n'est pas assuré, dit-il. Une compagne sérieuse aide ton image. Cela montre que tu mûris.

— Tu cherches quelque chose qui n'existe pas.

— J'ai parlé avec ton entraîneur et le propriétaire de l'équipe, dit Blake. Te poser est la meilleure chose que tu puisses faire en ce moment.

Ryland regarda autour de lui. Personne dans la rue.

— Ce n'est pas sérieux entre Lucy et moi.

— Une belle grosse bague de fiançailles changera ça.

A l'idée de demander la main de Lucy, un frisson le parcourut. Etrange.

— Ouais, c'est ça. Tu plaisantes ou tu es devenu fou ?

— Tu dis que tu veux jouer aux Etats-Unis. Je suis en train de te permettre de réaliser ton souhait.

— En mentant.

— On appelle ça arranger la vérité, dit Blake. Que les gens te voient acheter une bague. Ils tireront leurs conclusions.

— Lucy ne voudra jamais faire une chose pareille.

— Elle sera aux anges. Ça se voit qu'elle est folle de toi.

— Folle de moi peut-être, mais pas am…

Il ne pouvait prononcer le mot.

— Je l'apprécie.

Beaucoup. Plus qu'il ne l'aurait jamais imaginé.

— Mais cela ne veut pas dire que je suis prêt à ce que ce soit… sérieux. Sa vie est à Wicksburg. Aussi longtemps qu'elle s'occupera de Connor. Ma vie est à Phoenix.

— Tu n'as plus l'air aussi enthousiaste.

— Je le suis. Mais Lucy ne peut pas passer un an à faire des allers-retours entre ici et là-bas pour qu'on se voie.

— Tu peux te le permettre.

— Blake. Sois de mon côté. C'est pour ça que je te paye.

— Qu'est-ce que tu veux ?

Lucy. Non, c'était impossible.

— Je veux rejouer. Travailler avec Lucy et les enfants m'a rappelé combien j'aime le jeu. Et combien cela me manque.

— Tu es différent, dit Blake, ému. On dirait que le véritable Ryland James est de retour.

— Bien sûr que oui.

Mais il ne pouvait pas être trop enthousiaste. L'idée de laisser Lucy lui brisait le cœur.

Mais que pouvait-il faire ?

Il avait un engagement à tenir auprès de son équipe, et il avait toujours voulu s'enfuir de Wicksburg ; ce n'était pas pour revenir épouser une fille d'ici.

Holà. D'où lui venait cette idée ? Il n'avait jamais voulu se marier.

— L'équipe de préparation physique a hâte de travailler avec toi, dit Blake. Ils étaient inquiets quant à ton entraînement et ta condition physique.

— Ils seront agréablement surpris.

— J'espérais que tu dirais ça. Mon assistant peut organiser ton retour dès que tu es prêt.

Son estomac se noua. Il aurait déjà dû être prêt à partir, mais Phoenix n'était plus si attrayant.

— Je vois l'orthopédiste cet après-midi.

— J'espère qu'il aura de bonnes nouvelles pour nous.

Nous. Le seul « nous » qui comptait pour lui désormais était celui qui le liait à Lucy. Enfin, à Lucy et aux Vainqueurs. C'était un ensemble. L'émotion lui serra la gorge.

— Je te tiens au courant.

Regarde la vérité en face. Que pouvait-il faire ? Lucy avait beau être merveilleuse, il n'était pas du genre à prendre racine. Le mariage ne faisait pas partie de ses buts. Il avait une carrière à sauver. Plus il faisait semblant d'être avec Lucy, plus il pourrait lui faire du mal.

Il savait ce qu'il devait faire. Ficher le camp de Wicksburg. Et vite, avant de faire encore plus de dégâts.

12

Le mercredi après-midi, Lucy regarda sa montre. Il ne restait plus que quinze minutes avant la fin de l'entraînement. Ryland n'était pas venu, et il n'avait pas appelé.

Bien qu'il l'ait énervée le lundi soir, elle voulait le voir. Elle espérait que tout allait bien.

Marco fit la passe à Tyler. Connor, qui jouait en défense, intercepta la balle et l'envoya hors du terrain. Elle siffla.

— Des pompes pour toute l'équipe si le ballon sort encore.

— Tu te débrouilles bien, Madame l'entraîneur.

Son cœur palpita lorsqu'elle reconnut la voix de Ryland. Elle regarda par-dessus son épaule. Il se dirigeait vers elle, vêtu d'un short, d'un T-shirt, et... plus de plâtre !

— Ton plâtre. Tu ne l'as plus.

— Je n'en ai plus besoin.

— C'est super.

Puis elle prit conscience de ce que cela signifiait. Il allait retourner à Phoenix. Son cœur se serra, mais elle ne perdit pas son sourire. La fierté lui défendait de montrer à quel point il l'avait atteinte.

— Je suis contente pour toi.

— Merci.

Il la regardait avec une étrange lueur dans les yeux.

— Je veux parler aux garçons.

Elle se tendit. Ce discours serait différent des autres qu'il avait faits en fin d'entraînement, elle le pressentait.

— Venez tous ! cria-t-elle aux garçons

Ils s'assirent sur l'herbe devant Ryland. Elle aussi.

— Désolé d'être en retard, mais j'ai aimé ce que j'ai vu

sur le terrain, dit-il. Continuez à vous parler, à vous faire des passes et à écouter votre entraîneur.

Il lui fit un clin d'œil. Elle se détendit un peu.

— Vous avez travaillé dur, c'est bien. Bientôt, les gestes que les exercices vous auront appris seront des mécanismes.

— J'ai hâte qu'on joue, dimanche, dit Connor.

Les autres garçons hochèrent vivement la tête.

Ryland se passa la main dans les cheveux, l'air embêté.

— Je sais que vous allez bien jouer. Mais je ne serai pas là. Je vais mieux. Il est temps que je retrouve mon équipe.

La déception était évidente sur les visages. Certains étaient visiblement sous le choc. Lucy avait les larmes aux yeux. Mais elle devait être forte pour Connor et l'équipe.

— Je suis désolé de ne pas pouvoir être là pour vos deux derniers matchs, dit-il. Mais Lucy va faire du bon travail.

Elle éclaircit sa gorge sèche.

— Remercions Ryland de l'aide qu'il nous a apportée.

Les garçons crièrent le cri de guerre des Vainqueurs, mais le cœur n'y était pas.

Elle ne leur en voulait pas. Son cœur aussi passait un mauvais moment. Elle n'en revenait pas qu'il ne lui ait pas dit avant qu'il partait. Il aurait pu appeler s'il n'avait pas le temps. Même envoyer un message.

Néanmoins, elle ne pouvait pas être en colère contre lui. Elle était déçue. Mais il ne lui avait pas menti.

Elle n'était simplement pas prête à affronter la réalité.

Toutefois, ils ne pouvaient pas se quitter ainsi. Même s'il ne voulait pas l'admettre, ils s'étaient trop livrés pour que cela se finisse ainsi. Ils se reverraient. Elle en était certaine.

Tandis qu'il disait personnellement au revoir à chaque enfant, elle ramassa l'équipement. Lorsqu'ils eurent fini, les garçons rejoignirent leurs parents en courant.

Ce fut enfin le tour de Connor. Il se jeta dans les bras de Ryland et se serra fort contre lui. Le désarroi de son neveu lui serrait la gorge. C'était un au revoir difficile pour un enfant de neuf ans. Mais ce n'était pas un adieu. Ryland ne lui ferait pas ça.

On toucha le bras de Lucy.

— Marco boude dans la voiture, dit Suzy. Il m'a dit que Ryland partait. Je suppose que tu ne le savais pas.

— Je savais qu'il partirait. Mais je ne savais pas quand, admit-elle.

— Son départ ne changera rien entre vous. Vous vous reverrez. Chaque fois que vous pourrez.

Lucy opina. Si seulement ce pouvait être vrai !

— J'emmène Marco à la pizzeria pour dîner. Je prends aussi Connor. Tu as besoin d'être seule avec Ryland.

Oui, elle en avait besoin. Elle appréciait sa gentillesse.

— Merci beaucoup.

Suzy lui fit un clin d'œil.

Elle ne pensait qu'à une seule chose : Ryland et ses baisers allaient lui manquer. Les souvenirs devraient suffire jusqu'à ce qu'ils se revoient.

Ryland finit de parler avec Connor et l'envoya à Lucy. Elle étreignit son neveu et lui expliqua les plans du soir.

Connor hocha la tête, mais la tristesse se lisait dans ses yeux. Etre avec Marco, manger de la pizza et jouer aux jeux vidéo l'aideraient à se sentir mieux.

Lucy regarda Suzy s'éloigner avec lui.

— Il est contrarié, dit Ryland, l'air presque surpris.

— Il a dû dire au revoir à ses parents, et maintenant à toi, dit-elle. Ça fait beaucoup pour un enfant de neuf ans.

— Il s'en remettra.

Un jour ou l'autre.

— Alors, tu pars quand ?

— Ce soir.

Elle en eut le souffle coupé.

— Si tôt ?

— Tu savais que je partirais.

— Oui.

Elle essayait de garder un ton égal. Même si elle tremblait intérieurement.

— Mais je pensais que je le saurais avant les autres.

Elle s'attendait à ce qu'il s'excuse, qu'il dise que ce n'était pas un adieu, qu'ils se reverraient bientôt.

— Je dois y aller.

Pas d'excuses. D'accord.

— Tu veux partir.

Un muscle tressauta sur son visage.

— Oui. Je suis un joueur de foot. Je veux jouer.

— Je pensais que Connor et moi pourrions venir te voir quand tu joueras à Indianapolis.

— Ce serait…

Il se passa la main dans les cheveux

— … une mauvaise idée.

Ses mots l'étonnèrent.

— Je vais être occupé.

— Trop occupé pour nous dire bonjour ?

— Je dois me concentrer sur ma carrière, dit-il, la voix dénuée d'émotions. Je ne veux pas d'une relation à distance, ni d'une petite amie. Je pensais que nous étions clairs…

— Tu ne peux pas me dire que le temps que nous avons passé ensemble ne représente rien pour toi.

La colère pointait dans sa voix mais elle s'en moquait. Elle était tombée amoureuse de Ryland. Elle était persuadée de tout son cœur que lui aussi avait des sentiments pour elle.

— Je t'apprécie, dit-il. Mais rien de plus n'est possible.

— Peut-être pas pour toi.

— Tu as dit que tu n'étais pas prête pour une relation sérieuse, dit-il, l'air perplexe.

— Je ne l'étais pas, mais tu m'as montré combien ce pouvait être agréable. Tu m'as ouverte à cette possibilité.

— Je suis désolé, dit-il en évitant son regard, mais je pense qu'une relation sérieuse ne marcherait pas entre nous.

— Si, dit-elle sans le quitter des yeux. Et tu le sais pertinemment. Tu as admis que nous étions bien ensemble.

— L'alchimie.

Ryland l'appréciait. Peut-être même qu'il tenait à elle. Mais il minimisait l'importance de ce qu'il ressentait pour elle parce qu'il ne savait pas comment y faire face. S'éloigner serait plus facile que d'admettre ce qu'il ressentait. Elle prit une profonde respiration.

— Tu as peur, dit-elle. Tu as peur de tes sentiments parce que c'est peut-être plus important que le football dans ta vie.

— C'est insensé.

— Non. J'ai ressenti la même chose. Je ne voulais pas prendre de risques par peur d'être blessée. Je te connais. Mieux que tu ne le penses. Je ne me trompe pas. Je suis enfin honnête avec toi. Mais il est trop tard.

— Je sais que tu es contrariée. J'ai un peu de temps avant mon vol. Je peux te ramener chez toi.

— Non.

La violence de ses paroles la stupéfia autant que lui. Elle faillit céder, mais elle ne pouvait pas. Continuer ainsi ne serait bon ni pour elle ni pour lui. Il était évident qu'il la repoussait. Elle avait pensé qu'il était différent, mais s'il ne pouvait être honnête envers lui-même, comment pourrait-il jamais l'être avec elle ? Même si cela lui brisait le cœur, elle devait le laisser partir. Elle allait lui faciliter la tâche.

— Il est temps de se dire au revoir. Merci pour ton aide avec l'équipe et avec Connor. Tu m'as beaucoup appris. Plus que je ne l'espérais. Bonne chance. J'espère que tu auras une grande carrière et une belle vie.

— C'est tout ?

C'était tout ce qu'il voulait entendre d'elle. Il n'allait pas dire ce qu'elle avait besoin d'entendre. Qu'il… tenait à elle.

Elle était sur le point de craquer. Ses lèvres tremblaient.

Tiens bon. Elle ne voulait pas qu'il la voit craquer.

— Oui, c'est tout.

Il était temps de s'en aller. Elle prit le sac d'équipements, et se força à quitter le terrain. Chaque pas lui demandait de la concentration.

Elle tremblait de tout son corps. Elle avait cru que rien ne pourrait égaler la trahison de son ex-mari et de sa meilleure amie. Mais ce qu'elle ressentait pour Ryland…

Je l'aime vraiment.

Elle eut un sanglot. Les larmes brouillaient sa vision. Elle agrippa le sac jusqu'à ce que ses ongles s'enfoncent dans sa paume.

— Lucy, l'appela-t-il.

Même si elle était tentée, elle ne regarda pas en arrière. Elle ne pouvait pas. Pas avant qu'il ne soit prêt à admettre la vérité.

*
* *

Le samedi soir, Ryland se tenait face à la baie vitrée avec vue sur Phoenix. Il s'appuya sur la vitre et regarda les lumières de la ville. Quelle journée.

Il avait fait une passe décisive à la quatre-vingt-huitième minute, peu après être rentré sur le terrain. Il avait contribué à la victoire de son équipe. M. McElroy l'avait félicité et Fritz lui avait dit qu'il aurait plus de temps de jeu.

Ryland James était bel et bien de retour. Blake était d'accord. Ses coéquipiers, en revanche, étaient plus réservés.

Il ne leur en voulait pas. Il avait manqué le début de saison parce qu'il avait fait l'idiot et s'était blessé. Il s'était excusé, mais retrouver l'esprit de camaraderie prendrait du temps. Cela ne le dérangeait pas.

Sur la petite table derrière lui, son téléphone sonnait sans cesse. Tout le monde l'invitait à des soirées, mais il n'avait pas envie de sortir. Cela ne voulait plus rien dire pour lui.

Il n'arrêtait pas de penser à Lucy et à Connor, et aux autres garçons. Les Vainqueurs avaient joué ce jour-là. Comment s'étaient-ils débrouillés ?

Il était tenté d'appeler pour le savoir. Mais satisfaire sa curiosité ne ferait que blesser Lucy davantage. Elle lui en voulait. Il n'avait pas eu l'intention de lui faire du mal.

Elle lui manquait. Il avait envie de la voir, d'entendre sa voix, de la toucher, de l'embrasser. Mais il devait respecter sa décision de lui dire au revoir comme elle l'avait fait.

Aaron l'avait mise en garde contre lui. Il avait eu raison. Elle méritait mieux. Il n'avait rien offert, mais il pensait qu'elle était d'accord. Au lieu de ça, elle s'était énervée contre lui, lui avait dit qu'il avait peur.

Il avait seulement essayé d'être honnête avec elle.

Il regrettait. Il aurait peut-être pu mieux se débrouiller. Lui annoncer son départ différemment.

Que devait-il faire ? Lui offrir une bague de fiançailles, comme Blake l'avait suggéré ? Faire semblant de ressentir quelque chose d'autre pour elle ? Elle méritait mieux.

Son téléphone sonna. C'était sa mère.

— Salut, maman. Tu as regardé le match ?

— Non, on a eu une coupure de courant.

Elle avait la voix tremblante. Il se tendit, inquiet.

— Tout va bien ?

— Une tornade a touché l'école primaire. Ton père et moi allons bien, mais nous ne connaissons pas l'étendue des dégâts, dit-elle. Il y a toujours une veille de tornade en vigueur. Nous sommes au sous-sol avec Cupcake.

L'inquiétude pour Lucy et Connor prit le pas sur le soulagement de savoir que ses parents étaient sains et saufs.

— Je vous aime, mais je dois passer un appel.

— Lucy ?

— Oui.

— Préviens-nous si elle a besoin de quoi que ce soit.

Un mélange puissant d'adrénaline et de peur monta en lui. Il appela Lucy. La maison d'Aaron était loin de l'école, mais cela ne le rassurait pas.

A la quatrième sonnerie, la messagerie de Lucy s'enclencha. Le son de sa douce voix lui noua l'estomac. Sa poitrine lui faisait si mal qu'il avait du mal à respirer. Il aurait dû être à Wicksburg. Pas à Phoenix.

« Bip »

Ryland ouvrit la bouche pour parler, mais aucun mot n'en sortit. Il ne savait pas quoi dire. Il raccrocha.

Elle n'avait peut-être pas son portable avec elle. Si elle était à la maison… Il appela chez Aaron. Le téléphone sonna. Encore et encore.

Il était frustré. Inquiet. Il serra les poings. Pourquoi ne répondait-elle pas ? Où était-elle ?

— Allô ? répondit une petite voix.

— Connor ?

— Ryland, dit le petit garçon, soulagé. Je savais que tu ne nous oublierais pas.

— Jamais.

Cela venait du cœur.

— Ma mère m'a appelé à propos de la tornade, dit Ryland.

— Tante Lucy et moi nous sommes installés dans la cave.

— Est-ce que je peux lui parler ?

— Elle cherche Manny, dit le garçon d'une voix inquiète.

Le gros chat essayait toujours de s'enfuir quand la porte était ouverte. Mais s'il était sorti ce jour-là…

— Elle va le retrouver.

L'alternative était inacceptable. Il regarda l'heure. S'il attrapait un vol de nuit pour Chicago et louait une voiture… Non, il avait une réunion avec l'équipe le lendemain. Et Lucy ne voudrait pas le voir arriver à l'improviste le lendemain.

— Tante Lucy a dit qu'elle reviendrait bientôt, dit Connor, apeuré. Elle a attendu que la sirène s'arrête pour sortir. Elle ne voulait pas me laisser tout seul.

Lucy ne mettrait jamais son neveu en danger, mais il n'aimait pas la savoir dehors par ce temps avec une veille de tornade toujours en vigueur. Le silence remplit la ligne.

— Tu tiens bon, petit gars ? demanda-t-il.

— Oui, répondit Connor. Mais la lampe torche ne marche plus. Il fait sombre ici.

— J'aimerais être avec vous.

— Moi aussi. Mais, même si tu étais là, tu ne pourrais pas voir notre dernier match samedi prochain. Le terrain a été détruit. La saison est finie.

Mince. Il détestait être incapable d'aider.

Des images de ses semaines passées avec l'équipe lui vinrent à l'esprit. Il avait passé tant de bons moments ! S'il avait pu y retourner et changer son dernier jour là-bas…

Mais il n'avait pensé qu'au football. Et à s'enfuir de cette ville, comme sa mère l'en avait accusé.

Il s'en voulait terriblement.

— C'est certainement une bonne chose qu'on ne puisse pas jouer le dernier match. On a perdu 6-0 aujourd'hui. Tante Lucy a dit que notre cœur n'y était pas.

Ryland connaissait ce sentiment. Il avait perdu sa passion pendant un temps. Il avait agi sans réfléchir et sans penser aux raisons qui guidaient des actes — colère, malheur, pression. Mais Lucy et les garçons l'avaient inspiré et lui avaient redonné le plaisir de jouer.

Et Lucy…

Elle lui avait montré qu'il ne devait pas faire ses preuves auprès des autres, mais de lui-même.

Il avait peut-être retrouvé sa carrière, mais il avait été égoïste de partir. Il devait encore s'occuper de certaines choses à Wicksburg. Il n'allait pas les abandonner si vite.

— Ne dis pas ça. Vous avez progressé depuis le premier match. Vous devez jouer, ne serait-ce que pour prouver que vous pouvez les défier.

— On n'a pas de terrain pour jouer.

Il ne pouvait pas laisser tomber les garçons après ce qu'ils lui avaient apporté.

— Allons, ce n'est pas l'attitude d'un Vainqueur. Ne t'inquiète pas. Je trouverai une solution.

— Vraiment ?

— Oui, dit-il sans hésiter. Ta tante est revenue ?

— Non, mais je devrais peut-être raccrocher si elle veut me parler.

— Tu as raison. Dis-lui de m'appeler quand elle aura trouvé Manny. Je te rappellerai pour te dire où vous jouerez la semaine prochaine.

— J'aimerais que tu sois là si on joue.

— Moi aussi. Je n'aimerais être nulle part ailleurs qu'avec toi et l'équipe, et ta tante Lucy.

Mais c'était impossible. Il avait un match à l'extérieur la semaine suivante. Et il était censé jouer. Mais il avait besoin d'être à Wicksburg avec Lucy et les garçons.

Les actes en disent plus long que les mots.

Les mots de Blake lui revinrent à l'esprit. Il se redressa. Il avait été tellement aveugle. Ce qu'il voulait était sous ses yeux. Pas ici à Phoenix, mais à Wicksburg. Il n'avait pas voulu le voir.

Mais désormais…

Il devait passer à l'action. Pour les garçons.

Mais, surtout, pour Lucy.

13

Lucy avait du mal descendre à la cave avec la lampe torche et le chat mouillé qui se tortillait. La sirène d'avertissement était toujours silencieuse, mais ils dormiraient en bas ce soir-là pour rester en sécurité.

— Tu dois faire un régime, minou.

— Tante Lucy ? appela Connor. Tu as trouvé Manny ?

— Oui, dit-elle en ouvrant la porte de la remise où ils se cachaient, contente de voir son neveu sain et sauf. Pourquoi fait-il si sombre ici ?

— La lampe ne marche plus.

Malgré cela, Connor était resté là, comme elle lui avait dit, alors que le noir avait dû le terrifier. Elle était fière de lui.

— Désolée. Il ne doit plus y avoir de piles.

Manny essaya de se dégager de ses bras. Il ressemblait à un rat mouillé avec ses poils collés contre son corps.

— Je crois qu'il veut te voir.

Connor prit le chat.

— Où était-il ?

— Dans les buissons de l'autre côté de la rue. Je pense qu'il a vécu une sacrée aventure. Il ne se hasardera plus dehors avant longtemps.

Connor serra le chat contre lui. L'animal s'installa dans ses bras comme s'il était à sa place.

— Oh ! Ryland a appelé.

Elle ne s'attendait pas à avoir de ses nouvelles.

— Quand ?

— Il y a un petit moment, dit Connor en frottant son menton

contre le chat qui ronronnait. Il veut que tu le rappelles. Il était inquiet pour Manny.

Elle sortit son téléphone portable et chercha Ryland dans ses contacts.

Une minute. Son doigt resta en suspens au-dessus de l'écran. Elle n'avait cessé de penser à lui depuis qu'il était parti. Il lui manquait terriblement. Mais le rappeler serait stupide. Elle devait l'oublier. Cependant, elle n'allait pas ignorer complètement sa requête. Ce serait grossier.

Elle tapa un message et l'envoya. Désormais, elle pouvait passer à autre chose.

Tôt le lundi matin, Ryland était au siège de l'équipe de Phoenix. Il avait passé son dimanche à essayer de trouver comment aider ceux qui avaient été touchés par la tornade.

En attendant, il relut le message que Lucy lui avait envoyé.

« Manny trempé et affamé mais sain et sauf. »

Il aurait voulu entendre sa voix pour savoir qu'elle allait bien. Au lieu de ça, il avait reçu ce court message. Il ne méritait pas plus.

— M. McElroy va vous recevoir, dit l'assistante.

Il la remercia et entra dans le bureau.

— Merci de me recevoir si rapidement.

— Vous avez dit que c'était important.

McElroy lui serra la main et l'invita à s'asseoir.

— Une tornade a touché ma ville natale samedi soir.

— J'ai vu ça aux infos. Pas de blessés.

— Non, mais des maisons, deux écoles, et plusieurs terrains de foot ont été détruits, dit Ryland. Les Vainqueurs, que j'ai encadrés pendant mon séjour là-bas, ont leur dernier match ce samedi, mais nulle part où jouer. Je veux trouver des terrains aux équipes touchées pour qu'ils puissent finir leur saison. Et j'aimerais les soutenir lorsqu'ils joueront.

McElroy l'étudia attentivement.

— Cela a l'air important pour vous.

— Ça l'est, dit-il. Je suis ce que je suis grâce à mes débuts dans cette ligue. Je suis redevable aux Vainqueurs.

Sans parler de Lucy. Il voulait une seconde chance avec elle.

— C'est très gentil de votre part, mais avez-vous oublié votre propre match de samedi soir ?

Blake lui avait dit la même chose, mais cela ne le découragea pas.

— Nous jouons à Indianapolis. Le stade n'est qu'à deux heures de Wicksburg. Je connais un moyen de pouvoir être aux deux matchs, mais je vais avoir besoin d'aide pour y arriver.

Un silence tendu emplit le bureau. Il attendit patiemment.

— Pourquoi devrais-je vous aider ?

— Parce que c'est la meilleure chose à faire.

— Pour les enfants touchés par la tornade ?

— Et pour nous. Ces enfants sont l'avenir du football, à la fois en tant que joueurs et supporters.

Il parlait avec son cœur. Comme Lucy aurait voulu qu'il le fasse.

— Je sais que vous ne voulez pas de moi dans l'équipe. Cela me dérangeait avant, mais plus maintenant. Je me fiche de l'équipe dans laquelle je suis du moment que je peux jouer. Mais, pour l'instant, vous avez autant besoin de moi que j'ai besoin de vous.

McElroy écarquilla les yeux. La vérité le surprenait.

— De quel genre d'aide parlez-vous ?

Ryland expliqua son plan.

— Ce n'est pas seulement bien pour les joueurs et la ligue, mais c'est aussi un plan de communication intelligent pour nos deux équipes de Phoenix et Indianapolis.

— C'est brillant ! On ne peut acheter ce genre de publicité. Vous n'êtes plus le même qu'en mars. Que s'est-il passé ?

— Cette jeune équipe m'a rappelé certaines choses que j'avais oubliées, et j'ai rencontré une femme qui m'a fait comprendre que j'étais plus qu'un footballeur.

— Vous avez tout mon soutien, dit McElroy en souriant. Je vais appeler le dirigeant d'Indianapolis. Dites à mon assistante ce dont vous avez besoin.

Ryland le remercia, satisfait et soulagé. Il savait que son plan fonctionnerait, mais il ne savait pas comment réagirait Lucy. Il ne pouvait imaginer sa vie sans elle.

Elle avait eu raison. Il avait peur. Pourvu qu'il ne soit pas trop tard !

Le samedi, Lucy pénétra sur le terrain d'entraînement de l'équipe d'Indianapolis. La Ligue leur avait proposé de l'utiliser pour jouer leur dernier match de la saison.

Les parents et les joueurs de chaque équipe regardaient autour d'eux, bouche bée.

Elle n'en revenait pas qu'ils soient là.

Lorsque le président de la ligue leur avait offert le voyage tous frais payés à Indianapolis, elle avait pensé que Ryland était derrière tout ça, car il y jouait le même jour. Mais ensuite, elle avait appris que toutes les équipes sans terrain avaient été invitées.

Elle ne savait pas si elle devait être déçue ou soulagée.

Pathétique. Elle avait beau essayer d'oublier Ryland, il était toujours là. Pour combien de temps encore ?

Connor courut sur le terrain. Les autres enfants le suivirent en sautant et en riant, comme si la tornade n'avait été qu'un mauvais rêve.

Ils étaient aussi tous impatients de voir Ryland jouer le soir même. La ligue leur avait offert à tous un billet pour le match.

Lucy espérait que Ryland ne jouerait pas tout le match. Le simple fait d'entendre son nom était douloureux.

Mais les choses finiraient par s'arranger. Et le match serait une belle façon de terminer la journée.

Les garçons hurlèrent soudain de joie. Une seule personne pouvait causer ce genre de réaction.

Elle eut la gorge serrée. Ryland était là.

Elle se retourna à contrecœur. Incroyable. Une dizaine de joueurs professionnels aux corps de rêve, tout sourire, aidaient les garçons à s'échauffer. Cependant, un joueur était en retrait par rapport aux autres.

Ryland.

Il était beau dans l'uniforme de son équipe. Mais c'était l'homme, et non l'athlète, qui avait volé son cœur.

Elle avait du mal à respirer. Elle n'arrivait plus à parler.

Tout le monde autour d'elle souriait et riait mais elle avait envie de pleurer. Si seulement il comprenait qu'ils feraient un couple parfait…

Enfin, l'échauffement prit fin et l'arbitre appela l'équipe adverse. Lucy devait se tenir prête. Elle devait montrer les licences à l'arbitre. Il appela les Vainqueurs.

Elle était à bout de nerfs. Mais malgré l'engouement et les journalistes présents, cela restait un match de football. Elle n'avait aucune raison d'interagir avec Ryland, et ne le ferait pas. Déterminée, elle aligna les garçons devant l'arbitre. Ryland se tenait à côté du banc des joueurs.

Son cœur s'emballa. Oh non ! Il allait rester là tout le match !

L'arbitre renvoya l'équipe et ils regagnèrent le banc. Elle essaya de ne pas regarder Ryland. Avec un peu de chance…

— C'est bon de te voir, Lucy, dit-il.

Mince. Elle s'éclaircit la gorge.

— Les garçons sont heureux que tu sois là.

— Je ne serais ailleurs pour rien au monde.

L'arbitre siffla le début de la rencontre.

Le jeu était intense. Il y avait 3-2 pour l'équipe adverse à la mi-temps. Ryland encouragea et conseilla les joueurs, qui reprirent avec détermination. A deux minutes de la fin du temps réglementaire, Connor subtilisa le ballon à un défenseur et centra. Dalton mit le ballon en pleine lucarne.

Egalité !

Les parents hurlèrent de joie tandis que les garçons se tapaient dans la main. Les adversaires firent sortir leur gardien. C'était risqué, mais ils voulaient un autre joueur sur le terrain. Après le coup d'envoi, l'attaque fut féroce, mais ils manquèrent leur tentative de but.

Au tour des Vainqueurs. Marco prit le ballon, mais sa passe à Dalton fut interceptée. Puis, soudain, Connor courut pour voler le ballon. Il fit la passe à Dalton, qui passa à Marco. La cage était droit devant lui.

— Tire ! cria Ryland.

L'arbitre siffla. Fin du match. Match nul.

— Beau boulot, dit Ryland à Lucy. Tu reviens de loin.

Mais elle devait aller encore plus loin. Surtout en ce qui le concernait. Elle ne lui sourit pas, ne le regarda pas.

— Merci.

— Vous avez fait un super match, dit-il aux garçons qui les rejoignirent. Le meilleur de la saison.

Les deux équipes se serrèrent la main. Ryland et les autres joueurs distribuèrent des T-shirts aux deux équipes, signèrent des autographes et posèrent pour les photos. Un rêve devenu réalité. Et il y avait encore le match de ce soir.

Lucy ramassa les ballons et les équipements.

— Viens Connor. Nous pouvons aller nous baigner à l'hôtel avant le match.

Connor regarda Ryland, puis elle. Elle redoutait ce qui allait arriver. Elle connaissait ce regard de conspirateur.

— Je rentre avec Marco, dit-il. On va manger des granitas.

C'était devenu une tradition. Grâce à Ryland. Mais il n'offrait pas de les accompagner ce jour-là. Il devait se préparer pour son match.

— D'accord. Je te rejoins à l'hôtel.

Alors que les garçons s'éloignaient, elle les suivit, impatiente de s'éloigner avant que Ryland…

— Lucy.

Elle ne ralentit pas.

— S'il te plaît, attends, dit-il.

Elle s'arrêta. Cinq minutes. C'était tout ce qu'elle lui accordait.

— Merci d'avoir aidé l'équipe, dit-elle. Et je ne sais pas quel rôle tu as joué dans l'organisation de tout ça, mais merci.

— Je ne l'ai pas fait seulement pour eux.

Son cœur s'emballa.

— Je suis désolé, dit-il tout à coup. Ma façon de partir était égoïste. Je ne pensais qu'à moi. Pas aux garçons. Et surtout pas à toi. Je ne voulais pas te faire de mal. J'espère que tu peux me pardonner.

Sa sincérité la toucha. Mais elle devait préserver son cœur. Elle devait partir.

— Tu es pardonné.

Son soulagement était palpable.

— Merci. Tu ne sais pas ce que ça représente pour moi.

Elle ne voulait pas savoir. Etre si proche de lui était une torture. Son parfum l'enivrait.

— Je dois rentrer à l'hôtel pour…

— Reste.

C'était une supplique et une promesse.

— Pourquoi ?

— Il y a autre chose que je veux te dire.

— Dépêche-toi.

Il prit une profonde respiration.

— Le football a été la seule chose dans ma vie pendant si longtemps. Jouer me donnait l'impression de compter. Mais j'ai perdu mon amour pour le jeu. Ces deux dernières années, j'ai pris de mauvaises décisions. Je ne savais pas pourquoi je faisais ça, jusqu'à ce que je revienne à Wicksburg. J'étais malheureux de devoir faire mes preuves en permanence. Rien ne me satisfaisait. Travailler avec les garçons m'a aidé à découvrir ce qui manquait. Tu m'as fait prendre conscience que je ne veux pas que le foot soit tout ce qui compte dans ma vie. Je veux plus que ça. J'ai besoin de toi, Lucy.

Elle n'en revenait pas.

— Je sais combien l'honnêteté est importante pour toi, dit-il. Quand je suis rentré chez moi, je me suis rendu compte que tu avais raison. J'étais un lâche. Je n'étais pas honnête à propos de mes sentiments. Tu comptes tellement pour moi. Je suis enfin capable de l'admettre.

— Je suis… touchée, vraiment. Mais, même si tu es sérieux…

— Je le suis, Lucy, dit-il en prenant sa main. Plus que je ne l'ai jamais été. Je ne veux pas te perdre.

Il la regardait avec passion. Elle avait les larmes aux yeux.

— Nous vivons dans deux mondes différents, dans des Etats différents. Cela ne marchera jamais.

— Je veux faire en sorte que ça marche. Je sais que tu as connu des périodes difficiles. Nous ne pouvons pas effacer le passé, mais nous pouvons avancer, passer à autre chose. Il faut qu'on se fasse confiance. Es-tu prête à prendre le risque avec moi ?

Le pouvait-elle alors qu'il lui avait brisé le cœur au bout de quelques semaines seulement ? Comment pouvait-elle refuser alors qu'il était l'homme de ses rêves ?

— Quand j'étais malade, les gens me mentaient. Les docteurs, mes parents, même Aaron. Je détestais dépendre de gens qui ne pouvaient pas me dire la vérité.

— C'est de là que te vient ta volonté d'indépendance.

— Oui. Puis Jeff est arrivé. Je le trouvais trop honnête parfois, jusqu'à ce que je découvre que lui aussi me mentait. Grâce à toi, j'ai appris que je pouvais demander de l'aide sans avoir le sentiment d'être un fardeau. J'ai aussi appris que je pouvais pardonner et faire confiance. J'adorerais me lancer avec toi, mais je ne suis pas sûre d'être prête.

— Prends tout ton temps. J'attendrai que tu sois prête.

— Tu es sérieux ?

— Très sérieux.

Il embrassa chacun de ses doigts, et elle frissonna de plaisir.

— Je t'aime, souffla-t-il.

Oh ! Elle voulut parler, mais elle en était incapable.

— J'ai essayé de faire comme si je ne t'aimais pas, mais je ne peux pas faire semblant avec toi.

La joie explosa en elle. Ce n'étaient pas que des mots. Il le pensait, elle le savait.

— Je t'aime aussi.

— C'est le premier pas pour se lancer.

Elle l'embrassa. Un baiser plein d'espoir et de possibilités. Ses rêves pouvaient peut-être se réaliser…

Il l'attira contre lui, et elle se laissa faire avec plaisir, passant ses bras autour de son cou. Sa main heurta quelque chose dans l'élastique de son short. Elle recula.

Une petite boîte bleue avec un ruban blanc était tombée à terre. Elle reconnut le paquet d'une bijouterie.

Il était vraiment sérieux ! Il rougit.

— Ce n'est rien. Enfin, c'est quelque chose, mais ça peut attendre. Tu n'es pas encore prête.

Elle posa la main sur la sienne.

— Je suis peut-être plus prête que je ne le pensais.

Il ouvrit la boîte, les yeux pleins d'espoir.

— C'est pour toi. Aujourd'hui. Dans un an. Quand tu veux.

Une bague de fiançailles en diamant brillait dans son écrin.

— Rien ne compte, à part que je sois avec toi. Je t'aime. Je veux t'épouser, Lucy, si tu veux de moi.

Elle n'y croyait pas. Cela dépassait ses rêves les plus fous. Ryland James lui demandait de l'épouser. Faire le grand saut ? Elle ne doutait plus.

— Oui !

Il lui passa la bague au doigt. Elle lui allait parfaitement. Ils allaient parfaitement ensemble. L'amour qui brillait dans ses yeux était égal au sien.

— Pas de pression.

— Non. Aaron et Dana ne rentrent que l'année prochaine.

— Cela va certainement prendre du temps de convaincre ton frère que je suis assez bien pour toi.

— Certainement, dit-elle d'un ton léger. Mais, avec Connor de ton côté, cela ne prendra peut-être que six mois.

— Très marrant.

Elle regarda la bague. Un sentiment de paix la traversa.

— Alors je suis officiellement une femme de joueur.

— Oui, tu es mienne, dit-il. Pour toujours.

Il l'attira contre lui et l'embrassa.

— Je t'aime, Lucy.

Elle nageait enfin dans le bonheur.

— Je t'aime.

REBECCA WINTERS

Une maman pour Demi

Traduction française de
ADELINE MAGNE

HARLEQUIN

Titre original :
BABY OUT OF THE BLUE

Ce roman a déjà été publié en 2014

1

En descendant de voiture, Fran embrassa du regard le paysage paradisiaque qui s'étendait devant elle. D'un bleu éclatant, la mer Egée s'échouait sur une immense plage de sable blanc, ceinturée par une épaisse forêt de pins, qui bordait la côte sur des kilomètres. Dans le ciel, de lourds nuages menaçants rendaient le panorama encore plus spectaculaire.

— Quelle splendeur ! Je ne savais pas que le littoral grec était aussi beau. Merci de m'avoir emmenée avec toi, Kellie, dit-elle en regagnant son siège. Cela ressemble au jardin d'Eden !

— Maintenant, tu comprends pourquoi mon mari a choisi d'implanter sa dernière station balnéaire ici. N'est-ce pas l'endroit idéal pour se reposer en toute quiétude ?

— Parce que tu t'imagines que j'ai besoin de repos et de tranquillité ?

— Au contraire ! Comme cet endroit est fréquenté par toutes les têtes couronnées, j'ai l'espoir que tu rencontres un beau célibataire qui aura le coup de foudre pour toi.

— Après l'échec de mon mariage, je ne crois plus vraiment aux contes de fées. Et cesse de me dévisager ! s'écria-t-elle, gênée par le regard pénétrant de son amie.

— Ne te fâche pas, voyons. Tu mérites des vacances Fran. Depuis ton divorce, tu passes nuit et jour à l'hôpital, et, chaque fois que je te téléphone, tu ne peux pas rester en ligne plus de deux minutes. Je crois qu'une histoire d'amour te ferait le plus grand bien !

— Arrête, je t'en prie. J'ai peut-être reporté toute mon énergie sur mon travail au début afin de ne pas ressasser mes idées noires... mais une année s'est écoulée ! Je vais beaucoup mieux à présent.

— Menteuse ! Je suis bien placée pour savoir que tu n'as aucune vie sociale. Mais, avec moi, tu vas changer d'air et je vais te dorloter un peu, pour une fois. Au programme de ces deux semaines : randonnées, balades à vélo, baignades et farniente — les conditions idéales pour chasser le mâle !

Fran éclata de rire.

— Tu es incorrigible mais je t'adore. Cela dit, je ne veux pas abuser de l'hospitalité de ton mari. Je me contenterai volontiers de visiter Athènes et sa région.

Son amie balaya ses paroles d'un revers de la main.

— Ne t'inquiète pas pour Leandros. Il est absent durant tout le mois de juillet. Il sillonne le Péloponnèse à la recherche de nouveaux sites de villégiature. D'ailleurs, je t'ai précisément invitée ce mois-ci pour que nous ayons un peu de temps juste toutes les deux.

Fran lui sourit. Proche de Kellie depuis l'école, elle avait affronté à ses côtés les hauts et les bas de l'existence et toutes deux n'avaient aucun secret l'une pour l'autre. D'ailleurs, elle sentait qu'une chose clochait dans la vie de Kellie. A l'origine, ne devait-elle pas la rejoindre en Grèce en septembre ? Mais sa confidente avait insisté pour qu'elle avance son séjour de deux mois. Fran avait aussi remarqué son amaigrissement et sa manière de parler, trop nerveuse et volubile, durant le trajet jusqu'à Thessalonique. Et puis, Kellie conduisait vite, trop vite.

Pour chasser ses craintes, Fran se tourna vers la mer.

— On dirait qu'un orage se prépare. Tu as vu tous ces nuages noirs ?

— Oui. Ils créent une atmosphère lugubre. Et ce vent souffle assez fort pour ballotter la voiture de gauche à droite. Dire que cet endroit est réputé pour son climat ensoleillé ! Nous jouons de malchance dès notre arrivée.

— Peut-être est-ce un mauvais présage ? Le ciel veut nous avertir que ton mari va rentrer plus tôt à Athènes et découvrir ta disparition.

— Ne sois pas ridicule ! répondit sèchement Kellie. De toute façon, il est parti avec sa secrétaire. En ce moment, ils doivent passer du bon temps ensemble sur une île du Dodécanèse.

Avec Mme Kostas ? Elle frisait la cinquantaine !

— Je plaisantais…

Fran se tut, surprise par la froideur de son amie. Jamais elle ne l'avait vue dans un tel état.

— Parlons plutôt de toi, déclara Kellie. Rob a-t-il repris contact avec toi ?

— Non. Aux dernières nouvelles, il a emménagé avec une collègue de travail.

— Tant pis pour lui. Un jour, il se rendra compte qu'il a commis la plus grosse bêtise de sa vie.

— Merci. Tu es une véritable amie.

Comme le silence revenait, Fran jeta un coup d'œil au compteur de vitesse avec un frisson. Roulant bien au-delà de la limite autorisée, elles prenaient de gros risques au milieu des bourrasques. D'ordinaire, son amie se montrait pourtant prudente… par chance, elle aperçut avec soulagement l'entrée d'un village.

— Si cela ne t'ennuie pas, j'aimerais m'arrêter boire un verre dans ce bourg. Je meurs de soif.

— Nous sommes seulement à une vingtaine de kilomètres de la Villa Perséphone ! Enfin si tu ne peux vraiment pas attendre…

— Non. Tu ne m'en tiendras pas rigueur au moins ?

Elle vit les mains de Kellie se crisper sur le volant.

— Quelle idée ! Bien sûr que non.

Parce qu'elle souhaitait regagner la villa saine et sauve, elle avait trouvé n'importe quelle excuse pour empêcher Kellie de conduire avec une telle agressivité. Après une petite pause autour d'un verre, au moment de reprendre la route, elle prendrait le volant sous prétexte d'essayer la Mercedes. Par ailleurs, elle était aussi très inquiète pour la météo. A l'entrée du village, le vent soufflait en tempête : la voiture tremblait au gré des bourrasques, et des débris volaient sur la route.

— Arrêtons-nous devant cet hôtel, déclara Fran. Ma parole, il pleut des cordes !

A présent, une violente grêle martelait le pare-brise. En une minute, la rue s'était vidée et tous les commerçants avaient rentré les tables et les auvents. Seuls quelques rares badauds cherchaient encore un abri. Elles-mêmes se réfugièrent dans l'hôtel en se frayant un chemin au milieu des touristes et des employés rassemblés dans le grand hall.

— Kellie, tu parles grec. Peux-tu leur demander ce qui se passe ?

Devant le bar, son amie échangea quelques mots avec le serveur avant de se tourner vers elle.

— Apparemment, une tornade s'est abattue sur la région. La police recommande à la population de ne pas sortir. Nous avons eu de la chance de nous arrêter ici.

Elle acquiesça d'un signe de tête.

— Allons nous asseoir un instant.

Après avoir commandé un soda, elles s'installèrent à une table vide. Si la grêle s'était arrêtée, une pluie diluvienne tambourinait maintenant aux fenêtres.

— Quel temps épouvantable ! s'exclama Kellie.

— Tu devrais peut-être téléphoner à Leandros pour le rassurer.

— Ne t'inquiète pas, il surveille le moindre de mes déplacements. Dès que je mets le nez dehors, je suis escortée par Yannis, mon garde du corps. Si Leandros s'intéresse à moi, il appellera.

Puis sortant son portable, elle pianota sur le clavier pour lui montrer l'écran.

— Tiens, tu vois ? Aucun message.

— Kellie, explique-moi ce qui t'arrive. J'envisageais de te poser la question demain... mais, puisque nous sommes confinées ici, autant t'interroger tout de suite. As-tu des problèmes avec ton mari ? Tu étais si heureuse avec lui. Que s'est-il passé ?

Fuyant son regard, son amie demeura pensive.

— Je crois que tu devrais plutôt poser la question à Leandros.

— Sauf qu'il n'est pas là. Alors pourquoi ne me parles-tu pas ?

A cet instant, elle remarqua le rictus amer sur les traits de Kellie.

— Nous sommes en pleine séparation. Avec le recul, je me demande si notre couple n'était pas voué à l'échec depuis le début. Et ça me détruit.

Fran encaissa le choc.

— Est-ce parce que tu n'es pas tombée enceinte ? Je crois que tu te mets trop de pression à ce sujet. Parfois, concevoir un enfant prend du temps.

— Surtout depuis qu'on m'a diagnostiqué une allergie au plasma séminal, répondit Kellie avec ironie. J'aurais mieux aimé ne pas t'en parler, mais tu as le droit de savoir. Je suis allergique au sperme de Leandros. D'après le médecin, cela explique les démangeaisons insupportables que je ressens après chaque rapport. Sais-tu que plus de vingt mille femmes en souffrent rien qu'aux Etats-Unis ?

Elle secoua la tête, abasourdie.

— Pour être honnête, j'ignorais jusqu'à l'existence de ce problème.

— Moi aussi. En tout cas, Leandros a été formidable. Il ne m'a rien reproché et il a porté un préservatif chaque fois — même si cela lui déplaît. Sans parler du problème des enfants. D'après le médecin, l'insémination artificielle pourrait aboutir… mais, avant cela, il faut débarrasser son sperme de toute trace de protéines. Nous essayons cette méthode depuis un an, sans grand résultat. En cas d'échec, Leandros m'a assuré qu'il était prêt à adopter. Comme quoi, tu n'es pas la seule dans ce cas… De toute façon, au point où j'en suis, ce n'est pas le pire.

— Que veux-tu dire ?

— Tu te rappelles Karmela Paulos, son ancienne belle-sœur ? Dès le jour de mon mariage, elle m'a clairement fait comprendre qu'elle aurait dû devenir Mme Petralia à ma place. Or, elle a réussi à se faire embaucher en qualité de secrétaire le mois dernier.

Ah, Karmela. Oui, Fran s'en souvenait. Elle l'avait rencontrée lors des noces de Leandros et Kellie : une femme splendide aux cheveux de jais. A l'époque, elle n'avait guère apprécié les familiarités qu'elle s'autorisait avec Leandros. Elle agissait avec lui comme s'il était son amant en titre, sans le lâcher d'une semelle. D'ailleurs, ne l'avait-elle pas embrassé goulûment sur la bouche ? Fran ne s'étonnait pas qu'elle ait finalement réussi à décrocher un emploi au sein de l'entreprise des Petralia. Mais elle s'en inquiétait.

— Ecoute, puisqu'il est déconseillé de s'aventurer dehors,

je te propose de prendre une chambre ici et de ne repartir que demain.

— Pourquoi pas ? Nous n'avons pas vraiment le choix, de toute façon.

— Quand la télévision sera rétablie, nous regarderons les nouvelles et nous irons dîner. Ensuite, si le cœur t'en dit, nous bavarderons toute la nuit. J'ai déjà une petite idée pour barrer la route de cette Karmela. Ton mari ne s'apercevra de rien.

— Je ne sais pas si c'est possible.

— Attends d'abord de connaître mon plan ! répondit-elle en quittant la table. Je vais nous réserver une chambre.

Très secouée par sa découverte, Fran se dirigea vers la réception. A cette heure, sans doute Yannis, le garde du corps, avait-il déjà contacté son patron… et elle priait pour que Leandros téléphone dans la soirée. Cela prouverait à Kellie qu'il se souciait d'elle ! Elle ne supportait pas de la voir si abattue. Elle-même avait mis longtemps à surmonter son divorce et elle savait combien une séparation pouvait être destructrice. En fait, nul n'était mieux placé qu'elle pour comprendre.

Tout juste rentré dans son luxueux appartement athénien, Nik Angelis reçut le coup de téléphone d'un de ses frères.

— Sandro ? Quelque chose ne va pas ?

— Allume la télévision. Ils parlent de la tornade sur toutes les chaînes.

— Une tornade ? Je te signale que j'étais sur place. A part quelques dégâts matériels, il n'y a rien eu de grave.

En effet, durant la matinée, au moment où il supervisait des expéditions à l'aéroport, une tempête s'était approchée des entrepôts en les épargnant de justesse. Par chance, il n'avait déploré aucun blessé mais en avait été quitte pour une bonne frayeur.

— Non, non ! s'exclama Sandro. Pas celle-là. Je te parle de la tornade qui a frappé Thessalonique, il y a quelques minutes.

Une autre ? A Thessalonique ? Mon Dieu, faites que Melina et Stavros soient sains et saufs !

Se précipitant dans le salon, il s'empara de la télécommande avec inquiétude. Comme la nouvelle passait en boucle sur toutes les chaînes, il se laissa tomber sur le canapé en contemplant, catastrophé, les images du cyclone et des paysages dévastés.

« Une deuxième tornade a frappé la région de Thessalonique à 17 h 13 avant de se dissiper. Il s'agirait d'une tornade de force 4. Pour l'heure, il est impossible d'estimer l'ampleur des dégâts mais les images nous laissent imaginer le pire. Apparemment, une douzaine de villas ont été détruites, ainsi qu'une partie de la station de villégiature Perséphone, très fréquentée à cette époque de l'année. »

Nik sentit son sang se glacer. La Villa Perséphone... N'était-ce pas précisément la résidence où séjournaient Melina et sa famille ? *Sœurette, pourvu que tu ne sois pas blessée...*

— J'ai essayé d'appeler Melina sur son portable, mais elle ne répond pas, déclara Sandro, fébrile. Je crois que les communications ont été coupées.

« ... Jusqu'à présent, on dénombre vingt disparus. Des équipes de secours ont été dépêchées sur place. Le téléphone ne fonctionne plus, mais plusieurs numéros d'urgence ont été mis en place : ils s'affichent en ce moment sur votre écran. Les zones sinistrées sont interdites d'accès et... »

Nik s'efforça de maîtriser la panique qui le gagnait.

— Sais-tu si Cosimo est rentré ?

— Je l'ignore. Mais je vais l'appeler tout de suite.

— O.K. Dis-lui de nous rejoindre à l'aéroport. Nous partons immédiatement pour Thessalonique.

— Entendu !

Fran et Kellie paressaient au lit dans un demi-sommeil. Comme au bon vieux temps, elles avaient discuté une partie de la nuit et réfléchi à une solution : ainsi, avant de sombrer, elles avaient mis au point un plan pour contrecarrer les intentions malveillantes de Karmela.

On frappa légèrement à la porte. Tirée de sa torpeur, Kellie consulta sa montre et étouffa une exclamation.

— Il est plus de 10 heures !

— C'est sans doute une femme de chambre. J'y vais.

Sautant du lit, Fran rajusta son pyjama en coton écossais.

— Qui est-ce ? demanda-t-elle derrière la porte.

— Yannis.

— Attends, je vais lui parler, dit aussitôt Kellie.

A son tour sur ses pieds, elle s'empressa d'ouvrir au garde du corps qui s'encadrait au seuil de la chambre avec une mine soucieuse. Après un bref échange en grec, elle referma lentement la porte, l'œil hagard. Fran enveloppa aussitôt ses épaules d'un bras protecteur.

— De mauvaises nouvelles ? Viens t'asseoir sur cette chaise et raconte-moi.

Les larmes aux yeux, Kellie se laissa guider.

— Hier soir, une tornade s'est abattue à une vingtaine de kilomètres en provoquant neuf morts. Cinq des victimes séjournaient à la Villa Perséphone.

Avec un regard consterné, Fran murmura :

— C'est fou… Imagine, si nous ne nous étions pas arrêtées ici…

Elle n'osa pas achever sa phrase alors que son amie hochait la tête. En poursuivant leur route, sans doute auraient-elles péri dans la nuit.

Elle réprima un long frisson.

— D'après Yannis, Leandros a appris la nouvelle par la télévision. Il a sauté dans le premier avion en partance de Rhodes, à mille kilomètres, mais il n'est arrivé sur place qu'au milieu de la nuit. Apparemment, trois de nos douze suites ont été dévastées.

Saisie d'un violent tremblement, claquant des dents, Kellie soupira.

— Les communications sont encore coupées, mais il a réussi à joindre Yannis grâce à la police. Il nous demande de rester ici jusqu'à son arrivée. D'après mon garde du corps, nous ne devrions pas l'attendre longtemps.

Déterminée, Fran se leva et lui tendit la main.

— Allez, viens. Nous devons nous habiller et descendre à

la réception. Ton mari doit être anéanti par le drame. Il aura besoin de ton soutien dans cette épreuve.

Peut-être tout n'était-il pas perdu ? Un instant, elle songea que cette catastrophe allait fournir à Kellie l'occasion de se rapprocher de son mari.

Comme une somnambule, son amie se dirigea vers la salle de bains. Puis Fran se doucha à son tour avant d'enfiler un pantalon de lin blanc et une petite tunique à rayures vert tendre et de nouer ses cheveux sur sa nuque à l'aide d'un foulard de mousseline blanche.

— Je suis prête, dit-elle en attachant ses sandales.

Leur bagage à la main, les deux amies descendirent dans le vestibule, où, à leur grande surprise, les clients vaquaient à leurs occupations habituelles devant les portes de l'hôtel largement ouvertes. Un chaud soleil pénétrait dans le hall et les vacanciers, installés en terrasse, bavardaient tranquillement autour d'un café. Dans la rue, la vie continuait. Comment imaginer qu'à une vingtaine de kilomètres une catastrophe naturelle avait causé plusieurs morts ?

Toujours sous le choc, Kellie agissait comme un automate… aussi Fran se décida-t-elle à prendre les choses en main.

— Yannis s'est garé près de ta voiture. Allons ranger nos valises dans le coffre. Ensuite, nous irons boire un café dans le jardin. J'ai très envie de me détendre au soleil.

— Comme tu voudras, fit Kellie d'une voix sans timbre.

Pendant que son amie prévenait Yannis, Fran partit en quête d'une table libre sur la terrasse. Parce qu'elle était prise d'assaut, elle finit par rejoindre le patio à l'arrière du bâtiment, au milieu d'une petite cour déserte. S'installant avec soulagement devant une table recouverte d'une nappe en vichy bleu, elle promena son regard alentour. Un buisson de bougainvilliers surplombait une porte menant à un jardin. Durant la tempête, il avait perdu toutes ses fleurs et seuls quelques pétales rouges subsistaient encore entre les branches.

La tête renversée, les yeux fermés, elle s'imprégna de la lumière chaude et du chant des cigales. Quand, soudain, elle perçut un bruit étrange — comme un gémissement. Surprise, elle jeta un coup d'œil à la ronde, puis vers les fenêtres ouvertes à l'étage.

Mais la plainte ne s'échappait pas de l'hôtel. De nouveau, elle entendit le petit cri, tel un léger miaulement. Cela venait du jardin… Peut-être était-ce un chaton égaré pendant l'orage ? Pour en avoir le cœur net, elle entra dans le jardin et se figea.

Là-bas, dans ce buisson, c'était… un bébé ! Un bébé âgé d'environ six mois, couché sur le dos, couvert d'égratignures, mais vivant. Effarée, elle fouilla les environs : personne. Qui était ce bébé ? Depuis combien de temps gisait-il là ? Seulement vêtu d'une brassière déchirée, le pauvre ange avait probablement réchappé par miracle à une mort par hypothermie ! Avec mille précautions, elle souleva le petit corps dans ses bras.

— Fran ?

En la voyant, Kellie se précipita vers elle.

— Mon Dieu !

Les yeux brillants de larmes, Fran se tourna vers elle.

— Je viens de trouver un bébé.

Son amie réprima un cri de stupeur.

— Mais… mais comment est-ce possible ?

— Je ne sais pas. Vite, trouve-moi une couverture et filons à l'hôpital. Je crains pour sa vie.

Se ruant vers la porte du fond, Kellie cria quelques mots en grec. Aussitôt, plusieurs employés accoururent, l'un d'eux avec une serviette en éponge dont Fran enveloppa soigneusement le bébé.

— Viens. Yannis va nous conduire, déclara Kellie.

Blême, le visage fermé, le garde du corps aida Fran à s'asseoir sur la banquette tandis que Kellie s'installait à l'avant.

— Que faisait-il là, à ton avis ?

— Qui sait ? J'imagine que sa mère se promenait à proximité et qu'une bourrasque a fait basculer la poussette. Ensuite, le pauvre petit a dû tomber dans le jardin.

— Mais il ne porte qu'une brassière déchiquetée !

— En effet. C'est à n'y rien comprendre.

— Il aurait passé toute la nuit dehors ?

— Je ne sais pas, mais as-tu une autre explication, Kellie ? Il a des écorchures partout !

— Et sa mère ? Elle se trouve sûrement à proximité de l'hôtel, blessée ou…

— C'est possible. Tu connais les dégâts causés par les tornades. Celle qui a frappé Dallas récemment soulevait les camions comme des plumes. En revanche, je ne pensais pas que de tels phénomènes se produisaient aussi en Grèce.

— Cela arrive de temps en temps. D'après Leandros, les tempêtes sont plus fréquentes sur les côtes.

Fran pinça les lèvres. Dans ses bras, le bébé ne bougeait plus, pareil à une poupée de cire.

— Peux-tu demander à Yannis d'accélérer ? Il ne remue plus du tout.

Elle trouva le court trajet jusqu'à l'hôpital interminable. Par chance, dès leur arrivée aux urgences, le bébé fut pris en charge par une équipe médicale. Comme elle aurait voulu le suivre derrière les portes battantes ! Hélas, elle dut remplir un dossier à la réception, assistée de son amie, en vue de fournir quelques renseignements aux infirmières. Un médecin leur posa ensuite une série de questions auxquelles Kellie répondit en grec. Au bout de plusieurs minutes, il les quitta en les remerciant.

— Nous devrions manger un peu, déclara Kellie.

En chemin vers la cafétéria, elle lui résuma les propos du médecin.

— D'après lui, personne n'a contacté l'hôpital au sujet d'une disparition d'enfant. Ils ont déjà informé la police, qui viendra nous interroger. Un agent devrait arriver dans moins d'une heure pour recueillir ton témoignage.

Munies d'un sandwich et d'une boisson chaude, elles s'installèrent au fond de la salle.

— Si ce bébé survit, ce sera vraiment grâce à toi. Quelques minutes plus tard, et il n'aurait pas eu la force de crier.

Fran sentit des larmes embrumer son regard.

— Il doit survivre, Kellie. Autrement, l'existence n'a aucun sens.

Son amie acquiesça en silence, hantée par les mêmes pensées : Fran ne pouvait pas concevoir d'enfant et elle-même tentait vainement de tomber enceinte depuis un an. Ne formaient-elles pas une sacrée paire, toutes les deux ?

— Toujours aucune nouvelle de Leandros, dit enfin Kellie. Au vu de l'état de ce bébé, je n'imagine pas les dégâts à la villa…

— Moi aussi. Mais j'ai envie de croire à un miracle.

Quelques minutes plus tard, deux policiers interrompirent leur collation pour enregistrer la déposition de Fran. Elle les interrogea sur les parents du bébé, mais personne ne s'était encore manifesté. Après leur départ, elle bondit de son siège, à bout de nerfs.

— Je n'en peux plus. Je dois savoir comment va ce petit. Je retourne à la réception. Qui sait, une infirmière pourra peut-être me renseigner ?

— D'accord. Pendant ce temps, je vais chercher Yannis. Peut-être a-t-il reçu un appel de Leandros ?

Devant le guichet, Fran aperçut le médecin qui s'était occupé du bébé à leur arrivée.

— Excusez-moi, je suis Mme Myers. Mon amie et moi avons amené un bébé en état d'hypothermie il y a environ une heure. Comment va-t-il ? A-t-il une chance de… de survivre ?

— Vous parlez de la petite fille qu'on a trouvée dans un jardin ? Il est encore trop tôt pour se prononcer. Nous en saurons davantage dans quelques heures.

— Puis-je la voir ?

— Désolé, mais c'est impossible. Seule la famille proche est autorisée en service de soins intensifs.

— Justement, ses parents ne se sont pas encore signalés. Ne pourrais-je pas attendre avec elle jusqu'à leur arrivée ?

Elle sentit le regard acéré du médecin sur elle.

— Pourquoi voulez-vous rester à ses côtés ?

— Je vous demande pardon ?

— Vous ne connaissez pas ce bébé. Vous ignorez jusqu'à son nom.

Elle se mordit la lèvre inférieure.

— C'est un petit être sans défense. Il a besoin d'être protégé.

Le médecin esquissa enfin un mince sourire.

— Très bien. Suivez-moi.

Il la conduisit vers un ascenseur, puis à travers une enfilade de couloirs jusqu'au service pédiatrique, où il s'entretint un instant avec une infirmière. Celle-ci hocha la tête et, se tournant vers Fran, lui fit signe de venir.

— N'hésitez pas à m'appeler si vous avez besoin d'aide. Je suis le Dr Xanthis.

— D'accord. Merci infiniment, docteur.

— C'est moi qui vous remercie pour ce que vous faites.

— Croyez-moi, cela me fait plaisir.

2

Escortée par l'infirmière jusqu'à un sas, Fran se désinfecta les mains avant d'enfiler une blouse et un masque. Elle entra ensuite dans l'unité de soins intensifs néonataux. Couché dans l'un des trois incubateurs de la pièce, sous intraveineuse, le bébé était entouré de nombreux appareils qui clignotaient en émettant des bips. Le cœur serré, elle s'approcha de la fillette couverte de coupures. Parce qu'elles avaient été nettoyées, les marques semblaient encore plus visibles malgré leur absence de gravité — aucun point de suture n'avait été nécessaire. Mais elle faillit défaillir devant l'enfant intubé avec une canule nasale, le thorax couvert de patchs reliés à des fils… Heureusement, son rythme cardiaque était normal sur l'écran de contrôle.

Une fois seule, elle s'assit près de la couveuse pour examiner le bébé aux longs cils recourbés, aux belles boucles noires et à la bouche ciselée. Une main dans l'incubateur, Fran effleura le minuscule avant-bras.

— D'où viens-tu, petit ange ? Es-tu tombée du ciel par accident ? S'il te plaît, reste avec moi, ouvre les yeux… J'aimerais connaître leur couleur.

Au fil des mots, elle la caressait délicatement en évitant ses blessures.

— Je sais bien que tu as déjà des parents, mais je rêverais d'avoir une adorable petite fille comme toi, dit-elle, les yeux humides. Tu ne peux pas mourir. Pas si jeune…

Tremblante, elle inspira profondément pour garder son sang-froid. Elle refusait de craquer devant la petite. Au prix d'un gros effort, elle retrouva ses esprits et lui chanta plusieurs berceuses jusqu'au retour du Dr Xanthis.

— Madame Myers ? Pardonnez-moi de vous déranger, mais nous avons besoin de vous à l'accueil des urgences. Naturellement, vous pourrez revenir ensuite.

Avec stupeur, elle constata que deux heures s'étaient écoulées. Elle n'avait pas vu le temps passer auprès du bébé.

— Je reviens bientôt, ma chérie.

— Jetez votre blouse et votre masque dans le sas en partant.

Dans le hall des urgences, elle retrouva Kellie. Leandros l'avait rejointe et tous deux discutaient à voix basse sur un banc. Frappée, Fran le trouva vieilli depuis leur dernière rencontre à Pâques.

Kellie, elle, accourut à sa rencontre.

— Comment se porte le bébé ? Va-t-il s'en tirer ?

— Je ne sais pas. Elle a été placée sous incubateur et n'a pas repris connaissance, mais elle respire et a un rythme cardiaque régulier. Ses parents se sont-ils manifestés ?

— Non, pas encore.

A cet instant, Leandros les rejoignit.

— Fran…

Ils échangèrent une longue accolade.

— Je suis heureuse de te revoir, Leandros, même si les circonstances sont tragiques. Permets-moi de t'exprimer toute ma sympathie.

En réponse, il hocha la tête avant de poser un regard inquiet sur sa femme. Avec sa perspicacité coutumière, Fran devina que le drame de la tornade n'expliquait pas à lui seul son air vulnérable et fatigué. Au sein du couple, une désagréable tension planait. Kellie n'avait pas exagéré la situation — au contraire, les dissensions des époux semblaient encore plus graves. Pourtant, lors de leur visite à Pâques en Pennsylvanie, ils s'entendaient encore à merveille… Que s'était-il passé pour que la situation se dégrade à ce point en quelques mois ?

— Cinq de nos résidents sont morts à cause de la tornade, dit-il. Dieu merci, un jeune couple en lune de miel s'était absenté hier soir. Mais les deux autres suites étaient occupées, notamment par l'ancien directeur de Hellenic Bank,

M. Pappas, venu célébrer avec sa femme leur soixantième anniversaire de mariage.

— Quelle horreur ! Et les occupants de l'autre suite ?

Leandros se rembrunit encore.

— Il s'agit de la sœur d'un ami. Elle et son mari sont arrivés dans l'après-midi. Nous avons retrouvé leur corps, mais pas celui de leur fille, un bébé de sept mois.

— Un bébé ?

Fran sursauta, en proie à un fol espoir.

— Un bébé âgé de sept mois, dis-tu ?

Il hocha la tête.

— Avec des cheveux noirs ?

— Effectivement.

Elle laissa échapper un cri. Cette petite n'était donc pas tombée du ciel ! Mais comment avait-elle pu être emportée par le vent sur une telle distance ? Enfin… pourquoi pas ? Elle avait déjà vu des phénomènes plus étranges causés par des tornades.

— Kellie ?

— Oui, Fran. Je sais à quoi tu penses.

Elles échangèrent un long regard.

— Tu te rappelles cette histoire qui s'est déroulée dans le Midwest ? On a retrouvé une fillette au beau milieu d'un champ, à quinze kilomètres de sa maison. Elle avait été soulevée par un cyclone dans lequel avait péri le reste de sa famille. Tu te souviens ? Nous n'y avions pas vraiment cru, toutes les deux.

— Oui ! On l'avait surnommée l'« enfant miracle ».

— Pour toutes séquelles, elle présentait seulement des égratignures.

— De quoi parlez-vous ? demanda Leandros, les sourcils froncés.

— Vite, Kellie. Pendant que tu lui expliques, moi, je retourne auprès du bébé. Peut-être est-elle réveillée, à présent ? Imagine, il s'agit peut-être de cette petite fille que tout le monde cherche ! Oui, c'est sûrement le cas. Je ne vois pas d'autre explication. Oh ! Kellie, il faut absolument qu'elle vive !

*
* *

La zone de recherches avait été quadrillée et, depuis des heures, les frères Angelis balisaient le petit bois de pins derrière la Villa Perséphone. Avec un regard désespéré, Nik contempla les ruines du site de villégiature huppé, entièrement dévasté. Pour l'heure, ils n'avaient retrouvé aucune trace de Demi dans les débris. Qu'était-elle devenue, bon sang ? Elle ne s'était tout de même pas volatilisée ! Elle se trouvait forcément quelque part — et peut-être encore en vie. Oui, ils ne perdaient pas espoir. Ils allaient la retrouver car jamais leurs parents ne supporteraient cette incertitude. Ils adoraient Demitra, seule fille parmi leurs nombreux petits-enfants — une beauté, comme sa mère. Très affecté, Nik laissa les souvenirs affluer : deux semaines avant la tragédie, il lui avait offert un jouet compsé d'une balle à glisser dans un tube. Très futée, elle avait tout de suite compris le principe du jeu. Elle était si adorable quand elle rampait à plat ventre derrière son petit ballon… à sept mois, elle savait déjà s'asseoir et portait à sa bouche tous les objets à sa portée. N'était-elle pas la petite fille qu'il aurait aimé avoir ? Dans ces conditions, il ne pouvait se résoudre à ne plus jamais la voir, à ne plus jamais entendre son rire. Très vite, il essuya ses larmes d'un revers de la main. Melina l'avait toujours épaulé dans les moments difficiles, et lui ne parvenait pas à retrouver sa fille. Il en était bouleversé.

Soudain, il sentit une pression sur son bras.

— Nous avons fouillé tout le secteur, déclara Sandro avec lassitude.

— Même ce coin ?

— Tu sais bien que oui, répondit Cosimo entre ses dents serrées.

— Je m'en moque ! On recommence en faisant plus attention !

Cinq minutes plus tard, il était interrompu par la sonnerie de son téléphone.

— C'est Petralia, dit-il en consultant l'écran. Oui, Leandros ? Des nouvelles ?

— Peut-être, si tu crois aux miracles.

Il se figea.

— Que veux-tu dire ?

— Je me trouve avec ma femme à l'hôpital de Leminos, à une vingtaine de kilomètres de la Villa Perséphone. Viens vite. Une petite fille a été trouvée, entre la vie et la mort, dans le jardin d'un hôtel.

A ces mots, il se cramponna à son téléphone.

— Leandros, tu te fiches de moi. C'est impossible !

— Moi-même, j'ai du mal à y croire mais une amie de Kellie l'a découverte, ce matin, dans les buissons à l'arrière de son hôtel. Alertée par ses pleurs, elle a aussitôt conduit le bébé aux urgences. L'enfant est couvert d'ecchymoses et de coupures sans gravité : un vrai miracle ! Pour l'heure, elle se trouve en unité de soins intensifs, mais ses jours ne sont plus en danger. Ses parents ne se sont toujours pas manifestés.

— Mais toi, tu l'as vue ?

— Oui. C'est une fillette de l'âge de ta nièce, brune avec la peau mate. Elle n'a pas encore repris conscience mais, d'après le médecin, c'est plutôt bon signe. En somme, elle revient de très loin. Retrouve-moi dès que possible à l'entrée des urgences.

— On arrive tout de suite. Si cette fillette est bien Demi, je ne saurai comment remercier Kellie et son amie.

— Ne t'emballe pas. Ce bébé n'est peut-être pas ta nièce…

— Il le faut. Nous n'avons plus d'autre espoir.

A peine avait-il raccroché qu'il rameutait déjà ses frères à grands gestes.

— En voiture, vite !

En chemin, il les avertit en quelques phrases concises. Et, le pied soudé à l'accélérateur, il battit des records de vitesse pour arriver à Leminos dix minutes plus tard. Leandros et sa femme patientaient dans le hall de l'hôpital. Se ruant sur Kellie, il apprit de sa bouche les circonstances du sauvetage avant qu'elle ne lui présente le Dr Xanthis.

— Suivez-moi, s'il vous plaît, dit-il en conduisant les trois frères vers le service de néonatalogie. Je suis ravi de vous annoncer que le bébé s'est enfin réveillé. Je pense que Mme Myers n'est pas étrangère à ces progrès. C'est elle qui a trouvé la petite à l'hôtel. Depuis, elle n'a pas quitté son chevet.

Fou d'impatience, fébrile, Nik pressa le pas. Arrivé dans le sas, il dut pourtant se laver les mains et enfiler une blouse et un masque. Et si ce bébé n'était pas sa nièce ? Jamais il ne supporterait de revenir à Mykonos sans elle.

A cet instant, une infirmière leur ouvrit la porte et il aperçut une jeune femme, elle aussi en blouse stérile, à côté d'un incubateur. Une main dans la couveuse, elle caressait un bébé en chantonnant d'une voix tendre. Comme elle leur tournait le dos, il remarqua ses cheveux blond cendré retenus par un léger foulard.

Il s'approcha, le cœur battant.

— Demi !

Tous se pressèrent autour de la couveuse. C'était bien elle ! Couverte d'hématomes, agitée, elle semblait lutter pour se dégager des fils qui la reliaient aux machines… mais elle vivait. En entendant leurs cris de joie, elle tourna la tête vers eux et se mit à pleurer. Ces fichus masques ! Ainsi accoutrés, ils la terrifiaient… heureusement, la jeune femme blonde réussit à l'apaiser avec des mots doux. Et Nik s'étonna de voir Demi se calmer.

Au bout d'une minute, l'inconnue finit par se lever. De taille moyenne, elle posa sur eux un regard à la teinte étrange, entre le bleu et le violet. Jamais Nik n'avait admiré pareille couleur.

— Madame Myers ? Je m'appelle Nik Angelis, et voici mes frères, Sandro et Cosimo. Nous tenions à vous remercier du secours apporté à notre nièce. Vous l'avez sauvée avant qu'il ne soit trop tard.

— Remerciez plutôt le hasard. Ce matin, en sortant prendre mon petit déjeuner, j'ai entendu un cri, comme un miaulement. Puis j'ai vu la petite dans les buissons et j'ai failli m'évanouir. Comment s'appelle-t-elle ?

— Demitra. Demi, pour la famille.

— C'est un très joli nom.

Avec une profonde inspiration, elle poursuivit.

— J'aimerais vous présenter mes condoléances pour

votre sœur et votre beau-frère. Par bonheur, vous avez retrouvé votre nièce vivante. Quelle belle petite fille ! C'est la plus adorable enfant que j'aie jamais vue, dit-elle d'une voix rauque. Et ne soyez pas vexés par sa réaction. Je crois simplement qu'elle a peur de vos masques.

— Pourtant, vous en portez un, vous aussi… et elle ne semble pas gênée.

Il la vit rougir.

— Comme je lui parle depuis son admission en soins intensifs, elle reconnaît ma voix. Je n'aurais pas supporté qu'elle reste seule dans cet endroit, sans amour ni attention. Un bébé a besoin de tendresse, de douceur, surtout après un tel traumatisme.

Elle semblait parler d'expérience. Mariée, sans doute avait-elle déjà des enfants…

— Leandros m'a expliqué que vous étiez une amie de Kellie. Nous vous serons éternellement reconnaissants de votre aide. Elle a survécu grâce à vous.

Autour de lui, ses frères acquiescèrent.

— C'est exact.

— Mais non, voyons. Je suis heureuse et rassurée que Demi ait retrouvé sa famille. Personne ne peut douter de votre lien de parenté. Elle possède vos yeux, vos cheveux, votre peau mate — mais on ne peut encore rien dire pour le nez et la bouche.

En dépit de la gravité des circonstances, il se surprit à sourire.

— Bien, dit-elle enfin. Je vais vous laisser avec votre nièce. Surtout, n'hésitez pas à lui parler. Des voix familières l'apaiseront certainement.

Malgré son intuition, Nik n'osa pas la contredire. Il devinait déjà que Demi fondrait en larmes dès le départ de Mme Myers.

— Attendez ! Où allez-vous ?

— Je descends rejoindre Kellie.

— Restez un peu, j'aimerais vous parler. Et puis… non, je vais vous accompagner. De toute façon, je dois téléphoner à mes parents pour les rassurer. Je suis sûr qu'ils tiendront absolument à vous remercier.

Confiant Demi à ses frères, il la suivit dans le sas pour retirer sa blouse et son masque. Tourné vers elle, il découvrit enfin ses traits réguliers, sa silhouette fine et élancée et son visage délicat, aussi beau que ses yeux. Elle était magnifique.

— Alors, quel est votre verdict ? demanda-t-il comme elle le détaillait aussi des pieds à la tête.

Malgré sa légère rougeur, elle soutint son regard.

— Dans l'avion, j'ai vu une photo de vous en couverture d'un magazine.

Il pinça les lèvres. Eternel célibataire, il était régulièrement la cible de la presse à scandale qui n'hésitait jamais à publier ses photos sans son autorisation. Pire, ces feuilles de chou lui décernaient sans cesse le titre de play-boy de l'année. Il trouvait ce cirque ridicule !

— Puis-je être franche ? dit-elle avec un sourire. Eh bien votre nièce a de la chance de ne pas avoir hérité de vos traits virils.

Attendant une remarque sur sa réputation, il fut agréablement surpris. Même en cet instant, la jeune femme ne songeait qu'à Demi.

— Votre sœur devait être très belle pour avoir une fille aussi adorable.

En réponse, il sortit une photo de son portefeuille.

— Voici Melina, le jour de ses trente ans. Le cliché a été pris il y a deux mois. Elle et Stavros ont essayé d'avoir un enfant pendant quatre ans avant qu'elle tombe enceinte.

Elle examina le cliché.

— Ils formaient une jolie famille. Demi ressemble beaucoup à sa mère.

Il hocha la tête et rangea la photo, la gorge serrée.

— C'est vrai. Melina continuera à vivre à travers sa fille. On descend ?

Dans le couloir, ils croisèrent le Dr Xanthis.

— Ah, monsieur Angelis. Nous aurons besoin d'un test ADN pour confirmer votre lien de parenté avec le bébé.

— Bien sûr. Je vais demander à l'hôpital d'Athènes de

vous communiquer mon dossier médical pour que vous procédiez au test.

— Parfait.

Surprise, elle se demanda pour quel motif Nik avait déjà été hospitalisé. Et pourquoi devait-il apporter une preuve de sa parenté avec Demi ? Mais, trop curieuse, elle s'abstint de tout commentaire.

Dans les couloirs des urgences, elle l'examina cependant du coin de l'œil. Malgré ses traits creusés par le chagrin et la fatigue, il restait diablement séduisant. Jamais elle n'avait vu un homme plus beau et charismatique : il avait l'air déterminé, apte à diriger sa vie et vaincre tous les obstacles, même insurmontables — exactement le genre de garçon capable d'effacer Rob de sa mémoire, comme l'aurait clamé Kellie. Quelle idée risible ! Pourtant, elle admettait que Nik Angelis ressemblait à Apollon du haut de son mètre quatre-vingt-dix. Et elle aimait ses cheveux noirs et souples, mi-longs et brillants. Faute de temps pour se changer, il portait encore sa tenue de travail : un pantalon de ville et une chemise bleue froissée, aux manches retroussées.

Dans l'ascenseur, elle ne le quitta pas des yeux. Il avait besoin d'une bonne douche, mais l'ombre de sa barbe ajoutait à sa virilité. Quant à ses sourcils de jais, ils soulignaient des yeux d'un noir profond, frangés de longs cils aussi épais que ceux de Demi. Depuis combien de temps n'avait-elle pas éprouvé ce picotement ? D'un autre côté, elle avait un peu honte de fantasmer sur cet homme en deuil. Quand les portes de la cabine coulissèrent, elle sortit la première. Il effleura alors son coude, lui tirant un petit frisson.

— Allons prendre l'air, voulez-vous. Mon portable fonctionnera mieux dans les jardins.

— D'accord.

Au-dehors, le soleil déclinait alors que sa montre affichait déjà 17 h 15. Et, pendant que Nik s'entretenait avec ses parents, elle l'observa en silence, incapable de suivre leur conversation en grec.

— Mes parents souhaiteraient vous remercier, dit-il en

lui tendant l'appareil. Ils parlent anglais et désirent entendre votre récit.

Prenant le combiné, elle se présenta.

— Nous ne savons pas comment vous remercier pour votre bonté ! s'exclama la mère de Nik avec un accent grec prononcé. Nous sommes si soulagés que notre petite Demitra soit en vie ! Nik nous a dit que vous étiez restée à son chevet pendant des heures.

— Oui. C'est une petite fille adorable, un vrai petit ange. Maintenant qu'elle a repris connaissance, elle semble tirée d'affaire.

— Ah… puissiez-vous dire vrai, déclara le père de Nik. Nous tenons absolument à vous rencontrer. Dès que Demi sortira l'hôpital, venez nous rendre visite à Mykonos… Evidemment, votre amie Kellie et Leandros sont aussi les bienvenus. Après les funérailles, vous pourrez séjourner sous notre toit aussi longtemps que vous le désirez. Je vous en prie, ne refusez pas, surtout si vous êtes en vacances. Nous serions très honorés de votre présence.

— Vos paroles me touchent beaucoup, monsieur Angelis, mais je n'ai rien fait d'extraordinaire. J'ai trouvé Demi par hasard. Maintenant, je vous repasse Nik.

Lui rendant l'appareil, elle murmura :

— Je retourne à l'accueil.

— D'accord, à tout de suite.

Kellie et Leandros se trouvaient sur un canapé du hall, le visage fermé comme après une dispute. A sa vue, ils interrompirent leur conversation et Kellie l'accueillit avec joie, heureuse de cette diversion.

— Le Dr Xanthis est passé tout à l'heure pour nous informer que le bébé pourra repartir demain, dès l'issue du test ADN. J'étais en train de dire à Leandros que nous allions toutes les deux continuer nos vacances et qu'il pouvait repartir à Rhodes.

Face à un Leandros aux mâchoires crispées, Fran hésita. Elle ne voulait heurter personne.

— Mon superviseur peut terminer le projet sans moi,

déclara-t-il. Un hélicoptère nous attend pour nous reconduire à Athènes.

Kellie haussa les épaules, impatiente.

— Il n'en est pas question. Je ne veux pas te gêner dans ton travail. En plus, Fran et moi voulons visiter de nouveaux lieux insolites.

— Ah bon ? Lesquels, dis-moi ? fit-il d'une voix dangereusement calme.

— Nous aimerions partir en randonnée, même si nous hésitons encore sur l'endroit. Après dîner, nous consulterons ensemble la carte.

Au moment où la tension montait d'un cran, Nik fit son apparition.

— Avez-vous transmis l'invitation de mes parents ? demanda-t-il à Fran.

Elle glissa un regard à Kellie avant d'expliquer, non sans embarras :

— Pas encore. Je n'ai pas eu le temps.

— Ils insistent, vous savez.

— J'envisageais de leur rendre visite, de toute façon, Nik, répondit Leandros en devançant sa femme. Etant donné les circonstances, nous allons rentrer à Athènes avec la voiture de Kellie. Et, demain, nous rejoindrons Mykonos en hélicoptère.

Fran préféra se taire. Pendant le voyage, le couple serait obligé de se parler… mais était-ce une mauvaise chose ? Kellie en profiterait peut-être pour lui parler du projet qu'elles avaient fomenté la veille… De son côté, Nik se tourna vers elle.

— Très bien, dit-il. Je suis désolé de vous solliciter durant vos vacances, mais accepteriez-vous de passer la nuit à l'hôpital ? Nous pourrions veiller Demi à tour de rôle. Pendant ce temps, mes frères s'occuperont du rapatriement des corps. J'aurais aussi besoin de votre aide, demain, pour accompagner Demi jusqu'à Mykonos.

Elle sentit son cœur s'emballer. Une autre nuit en compagnie du bébé ? Comment refuser ? Mais pouvait-elle laisser Kellie seule avec son mari ? Elle jeta un coup d'œil à son amie. Quelle que soit sa décision, elle risquait de décevoir quelqu'un. Elle trancha pourtant : elle n'allait pas abandonner un homme endeuillé. Par ailleurs, Kellie était moins démunie que ce pauvre bébé.

— Bon, c'est d'accord. Tu ne m'en veux pas, Kellie ?

— Bien sûr que non. On se retrouve demain pour discuter de nos vacances.

Elle hocha la tête en priant pour que les époux parviennent à résoudre leurs différends durant la nuit.

— Très bien.

Leandros se détendit un peu, heureux de garder sa femme auprès de lui.

— Veux-tu que j'amène tes affaires ? demanda-t-il à Nik.

Celui-ci secoua la tête.

— Inutile de les monter, Leandros. Autant les ranger dans la voiture que j'ai louée. Je descends avec toi. A tout à l'heure, Fran ! ajouta-t-il.

Tandis que les deux hommes s'éloignaient, Fran passa un bras autour des épaules de Kellie.

— Je suis navrée. Je ne me doutais absolument pas qu'il me demanderait de rester. Il m'a prise de court.

— Tu n'avais pas le choix. Il aurait été malvenu de refuser.

— Si je passe la nuit avec le bébé, tu t'en sortiras ?

— Je me débrouillerai. Je vais en profiter pour lui parler de notre idée. Souhaite-moi bonne chance.

Elle fixa son amie avec attention.

— Hier, nous avons beaucoup parlé de Karmela, mais j'ai le sentiment que tu ne m'as pas tout dit. Voudrais-tu me confier autre chose ?

Kellie baissa la tête.

— Je n'osais pas t'en parler. Avant de partir avec toi, je lui ai dit que ces vacances ne me permettraient pas seulement de faire le point. Je lui ai précisé que… je comptais me séparer de lui.

Seigneur ! Jamais Fran n'avait imaginé que le couple était au bord de la rupture.

— Je comprends mieux pourquoi il semblait si contrarié.

— Demain, à Athènes, j'agirai comme tu me l'as suggéré.

Je lui dirai que, faute d'être mère, j'ai besoin de remplir ma vie autrement et je lui demanderai un emploi dans son service, en lui faisant valoir mon ancienne expérience au sein d'une agence. Si, comme je le crains, il refuse, alors je lui déballerai ce que j'ai sur le cœur au sujet de sa chère Karmela. Jusqu'à maintenant, j'ai toujours évité de la critiquer, mais ma patience atteint ses limites. D'ailleurs, mieux vaudrait crever l'abcès.

Fran allait répondre lorsque les deux hommes revinrent. Leandros prit son épouse par la taille.

— Prête ? Nous partons tout de suite. La route est longue jusqu'à la capitale.

Celle-ci hocha la tête… mais s'écarta pour serrer sa meilleure amie dans ses bras.

— On se voit demain, dit Fran à voix basse. Ce soir, dis-lui que tu l'aimes et que tu voudrais travailler avec lui. Oublie Karmela pour l'instant.

Sans un mot, Kellie se détourna et Leandros saisit sa main pour sortir. Une fois seule avec Nik, Fran sentit son regard sur elle.

— Nous avons besoin de dîner, déclara-t-il. Je vais vous conduire à l'hôtel dont vous m'avez parlé et nous y louerons deux chambres. Après une douche et un bon repas, nous serons assez en forme pour veiller sur Demi.

Le suivant jusqu'à sa voiture, elle s'assit à ses côtés, tout en notant combien il la détaillait avec une acuité gênante. Elle se félicita de porter un pantalon.

— Vous allez me guider, dit-il derrière son volant.

— L'hôtel se situe à l'extrémité sud du village, près de la rue principale.

Au fil des kilomètres, elle lui donna d'autres renseignements avant de s'exclamer :

— Voilà ! C'est au coin de cette rue.

Faisant demi-tour, il se gara devant la terrasse de l'établissement.

— Avant d'entrer, je vais vous conduire au fameux jardin.

— Parfait. J'aimerais prendre quelques photos avant la tombée du jour.

Elle sortit du véhicule sans attendre qu'il lui ouvre la portière et le guida à l'arrière du bâtiment.

— Je l'ai trouvée ici, dit-elle en désignant les buissons au fond du patio. On ne croirait jamais qu'un bébé a passé la nuit dans ce bosquet par ce froid. Moi-même, j'ai encore l'impression qu'il s'agit d'un mauvais rêve. L'avoir trouvée vivante à une telle distance de la Villa Perséphone relève du miracle.

Ils se regardèrent.

— Et l'avoir vue à temps pour la sauver, c'est un autre miracle. Vous êtes sa bonne fée.

Palpant la terre sous les buissons, il prit ensuite plusieurs clichés avec son portable. Puis, sans lui laisser le temps de réagir, il la photographia, elle aussi, avant de mitrailler l'arrière de l'hôtel.

— Lorsque Demi sera assez grande pour comprendre, je lui montrerai ces images.

— Prêtez-moi votre portable, répondit-elle. Demi sera contente de voir son oncle à l'endroit précis où elle a été retrouvée.

Il opina d'un air sombre. S'emparant de sa main, il la serra dans la sienne avant qu'elle ne s'écarte pour l'immortaliser avec le jardin en toile de fond. Mais au moment où elle lui rendait l'appareil, le propriétaire de l'hôtel marchait vers eux.

— Vous êtes Mme Myers, l'Américaine qui a découvert le bébé miracle !

— Oui, et voici Nik Angelis, l'oncle de la fillette. Je lui montrais justement l'endroit où je l'ai trouvée.

L'homme le regarda fixement.

— Vous êtes le nouveau P.-D.G. d'Angelis Corporation. Je vous ai vu à la télévision.

— C'est exact.

— Sa sœur et son beau-frère ont été tués dans la tornade, mais la petite a survécu et sortira de l'hôpital demain.

— Toutes mes condoléances, *kurie* Angelis.

— Merci, répondit-il avec une poignée de main.

— Nous serions ravis de vous offrir à dîner.

— Pourquoi pas ? Qu'en dites-vous, madame Myers ?

Elle hocha la tête en silence, totalement déstabilisée par sa façon de s'adresser à elle comme à une amie de longue date. Et elle sentit son pouls s'accélérer.

— Nous avons quelques tables libres en terrasse, déclara le directeur. Si vous voulez bien me suivre…

— Nous aurions également besoin de réserver deux chambres pour mes frères. Ils arriveront plus tard.

— Entendu.

Devant l'entrée du jardin, Nik posa la main sur son dos pour lui céder le passage, et elle eut l'impression de recevoir une décharge électrique. A la réception, l'hôtelier leur tendit deux clés.

— Vos chambres se situent au deuxième étage.

— Merci. Montez la première, dit-il à l'adresse de Fran. Je vous rejoins avec les bagages. Après nous être changés et restaurés, nous devrions être suffisamment remis de nos émotions pour nous occuper de Demi.

Sans attendre, elle s'empressa de monter l'escalier. Par cette chaleur, elle était impatiente de filer sous la douche. Quelques minutes plus tard, Nik lui déposait ses valises.

— Je vous retrouve à la terrasse dans une demi-heure. Après le repas, nous pourrons repartir à l'hôpital.

— Demi doit être terrifiée, la pauvre.

Il afficha un air soucieux.

— Mes frères ont promis de rester avec elle jusqu'à notre retour. C'est déjà une bonne chose : elle les connaît et les aime beaucoup.

— Oui, répondit-elle les yeux pleins de larmes, mais elle doit chercher ses parents.

— Sûrement… mais je ne serais pas étonné que vous lui manquiez, vous aussi. A tout à l'heure.

3

Après un coup de fil à l'hôpital d'Athènes, Nik se doucha avant de regagner la terrasse. Fran l'y attendait déjà, vêtue d'une longue jupe à l'imprimé estival et d'un corsage blanc. Ses cheveux blonds, séparés par une raie sur le côté, tombaient librement sur ses épaules. Elle dégageait une élégance discrète qui lui plaisait énormément. Tout au long du repas, envoûté par son délicat parfum de fleurs, il se retint à grand-peine de ne pas la fixer avec insistance. Elle était mariée, que diable ! Déjà, tout à l'heure, il avait failli l'appeler par son prénom devant le propriétaire de l'hôtel. Mais il préférait conserver avec elle une certaine distance.

Le repas terminé, il téléphona à Sandro, porteur de bonnes nouvelles : Demi avait été transférée dans une chambre particulière du service de pédiatrie. En conséquence, ils ne seraient plus obligés de porter blouse et masque à chacune de leurs visites. Mieux, ils pourraient même la prendre dans leurs bras.

— C'est merveilleux ! s'exclama Fran, réjouie. Après un tel choc, elle a besoin d'être choyée.

A leur arrivée, Demi sanglotait contre la poitrine de Cosimo, qui la berçait d'un air épuisé. Sandro, lui, était affalé dans un fauteuil, les paupières closes. D'un hochement de tête, Nik avertit son frère qu'il prenait la relève et serra doucement le bébé — sans plus de succès. Fran en profita pour caresser les boucles sombres de la fillette.

— Coucou, Demi. Tu te souviens de moi ? Je suis Fran.

Au son de sa voix, l'enfant tendit les bras vers elle et Nik se figea, éberlué par la force du lien qui les unissait. Encore plus étonnant, il vit la petite se blottir contre Fran en enfouissant son visage au creux de son cou, comme autrefois avec Melina.

Tandis que Fran la cajolait, il entraîna finalement Cosimo à l'écart.

— J'ai réservé deux chambres pour toi et Sandro à l'hôtel où Fran a trouvé le bébé. Allez-y et reposez-vous un peu. Demain matin, nous vous attendrons ici et nous emprunterons l'hélicoptère de l'hôpital pour nous rendre à Thessalonique. De là, nous rejoindrons Mykonos en avion. Les corps devraient arriver à l'aéroport avant notre départ.

Il sortit un papier pour noter l'adresse de l'hôtel.

— Tu es sûr que ça ira ? demanda Cosimo.

— Absolument. Fran et moi veillerons Demi à tour de rôle.

— Mme Myers accepte de rester ?

Comme il hochait la tête, Cosimo ne put dissimuler son soulagement.

— Mais… et toi, Nik ? Tu n'as pas dormi, la nuit dernière.

— Ne t'en fais pas pour moi.

— Demi n'a pas fermé l'œil depuis votre départ. Elle réclame Melina. Je ne sais pas quoi faire, je me sens complètement dépassé.

— Avec Fran, elle devrait se calmer. Maintenant, allez-vous reposer un peu

Cosimo réveilla Sandro, qui se mit péniblement debout, et Nik les escorta jusqu'au bout du couloir avant de demander à l'accueil un lit de camp, qui fut apporté quelques minutes plus tard. Enfin seul avec Fran et sa nièce, il éteignit la lumière principale, ne laissant qu'une lampe de chevet.

— Je crois qu'elle s'est endormie : encore un nouveau miracle à votre actif ! s'exclama-t-il en se laissant lourdement tomber sur une chaise.

— La pauvre petite était épuisée.

— Dans vos bras, elle accepte de se reposer. Manifestement, vous avez un don avec elle. Quand vous serez fatiguée, prévenez-moi. Je me chargerai de la petite.

— Non, je ne manque pas de sommeil. Kellie et moi avons fait la grasse matinée jusqu'à 10 heures. Allongez-vous plutôt sur le lit de camp et tâchez de dormir un peu. Je vous réveillerai tout à l'heure.

— Promis ?

Elle hocha la tête, souriante.

— Vous pouvez compter sur moi.

Dans la pénombre, les yeux mi-clos, il regarda sa jolie bouche pulpeuse. De nouveau, il eut honte de la trouver désirable alors qu'elle était mariée et s'occupait de sa nièce avec un tel dévouement.

— D'où êtes-vous tombée ?

— Pas du ciel, en tout cas ! répondit-elle, amusée.

Les jambes croisées au niveau des chevilles, il la considéra d'un air songeur.

— Et pourquoi pas ? Ce matin, mes frères et moi étions sur des charbons ardents, désespérés de ne pas trouver la moindre trace de Demi. Et, tout à coup, je reçois un appel de Leandros qui me demande de venir au plus vite à l'hôpital de Leminos si je crois aux miracles. A mon arrivée, je rencontre une Américaine qui s'occupe de ma nièce comme de sa propre fille. Même en ce moment, je me demande si je ne suis pas en train de rêver.

Déposant un baiser sur les cheveux du bébé, elle s'assit dans l'autre fauteuil.

— Vous n'êtes pas le seul. Avant-hier, je suis arrivée à Athènes pour passer deux semaines de vacances avec Kellie. Hier, nous sommes parties à 6 heures du matin pour faire une longue route… mais, en fin d'après-midi, le temps s'est subitement gâté et je lui ai suggéré un bref arrêt à Leminos, le temps que l'orage passe. Comme nous étions à seulement vingt-cinq kilomètres de la Villa Perséphone, Kellie tenait absolument à continuer… mais la grêle est devenue si forte que nous avons fini par trouver refuge dans le premier hôtel venu. Nous y avons d'ailleurs passé la nuit. Le lendemain, que se passe-t-il ? Nous apprenons qu'une tornade a dévasté la résidence ! Imaginez notre choc ! On nous a dit que la tempête avait causé plusieurs morts… dont nous aurions fait partie si nous avions poursuivi notre route. Kellie a aussitôt tenté de téléphoner à Leandros, mais il était injoignable.

En écoutant son récit, il se redressa sur son siège.

— La situation est restée chaotique pendant plusieurs heures. Savez-vous qu'une autre tornade a aussi balayé la région ?

— Non ? Vous plaisantez !

— Pas du tout. J'ai même failli en être victime. Hier, j'ai accompagné ma sœur et sa famille à l'aéroport vers 6 h 30 du matin et j'en ai profité pour me rendre dans la zone de fret afin de superviser les envois de plusieurs containers. La tornade s'est abattue sur la ville peu après. Fort heureusement, personne n'a été blessé, mais les dégâts matériels sont impressionnants. Et le soir, à peine rentré du bureau, j'ai reçu un appel de mon frère m'avertissant qu'une seconde tornade avait frappé la région de Thessalonique.

— Aux Etats-Unis, nous sommes malheureusement habitués à ce genre de phénomènes, mais j'ignorais qu'ils se produisaient aussi en Grèce.

— Ils sont rares mais pas exceptionnels. En tout cas, les événements d'hier ne se reproduiront sans doute pas avant plusieurs décennies.

— Espérons-le.

En proie à une profonde tristesse, il observa le bébé endormi dans les bras de Fran. Lors de son dernier anniversaire, Melina ne lui avait-elle pas demandé d'être le tuteur de Demi en cas de malheur ? Il avait accepté sans hésiter, bien loin de se douter de l'étrange intuition de sa sœur.

— Demi a de la chance d'être entourée par une famille aussi aimante.

Il la regarda d'un air songeur.

— Avez-vous des enfants, madame Myers ?

— Non, fit-elle en détournant le regard.

Tiens donc…

— Comment se fait-il que votre mari accepte que vous partiez en vacances sans lui ? demanda-t-il sans réfléchir.

— Nous avons divorcé.

— Ah bon ? Depuis quand ?

— Environ un an.

Quel homme était assez fou pour se séparer d'une femme pareille ? De justesse, il se retint de poser d'autres questions en dépit de sa curiosité piquée au vif. Il trouverait plus tard l'occasion d'aborder le sujet.

— Je peux la porter, si vous voulez.

— Ça va, je vous assure. Profitez de cette nuit pour vous reposer un peu.

— Ma foi, je ne dis pas non.

Se levant pour préparer le lit de camp, il ôta ensuite ses chaussures et s'allongea avec un soupir.

— Bon sang, je suis exténué ! Je ne sais même pas si j'arriverai à me relever un jour. Vous êtes certaine que vous vous en sortirez seule ?

— Absolument. Je suis ravie de la tenir dans mes bras. Et puis, vous avez besoin de dormir, autrement, vous ne serez pas utile à votre famille demain.

— Vous avez raison. Au cas où je ne vous l'aurais pas déjà dit, je vous suis très reconnaissant de votre aide. Merci d'être venue avec moi.

— C'est moi qui vous suis reconnaissante.

Reconnaissante ? Mais de quoi ? songea-t-il en bâillant. Avant d'ouvrir la bouche, il sombrait déjà dans le sommeil.

Le jour pointait lorsqu'il se réveilla. S'asseyant au bord du lit, il s'étira longuement. D'une gentillesse incroyable, Fran avait disposé une couverture sur lui. A quelle heure s'était-elle endormie, du coup ? Il lui lança un long regard, profitant de son sommeil pour l'observer à son gré. Calée dans le fauteuil, elle avait incliné la tête sur le côté. Au naturel, sans maquillage, les cheveux légèrement ébouriffés, elle damnait le pion à toutes les femmes qui perdaient des heures devant leur miroir.

Il se dirigea ensuite vers le berceau : Demi dormait. Il en profita pour sortir téléphoner à ses frères mais ceux-ci avaient déjà quitté l'hôtel. Lorsqu'il revint dans la chambre, Fran, réveillée, discutait à voix basse avec le Dr Xanthis. Elle avait retouché sa coiffure et appliqué une touche de rouge à lèvres. A son air frais et reposé, qui aurait pu deviner qu'elle avait passé une nuit blanche ?

— Les tests ADN ont confirmé votre parenté avec le bébé, lui déclara le médecin à son entrée. Et je suis heureux de vous annoncer que votre nièce est en bonne voie de guérison. Ces coupures ne présentent aucune gravité et cicatrisent déjà. N'oubliez pas de l'hydrater régulièrement. A présent, elle a seulement besoin de l'amour de sa famille… mais je ne m'en fais pas pour elle. Au fait, les médias ont assiégé l'hôpital et l'hôtel au cours de la nuit. J'ai rédigé un communiqué pour leur donner un os à ronger. Lorsque vous serez prêts, un agent vous conduira à votre hélicoptère.

Nik lui serra la main.

— Merci pour tout, docteur. Ma famille vous doit beaucoup.

— Remerciez plutôt *kuria* Myers. Elle a été d'une aide précieuse en veillant sur le bébé jusqu'à votre arrivée. Nous avons besoin de personnes comme vous, ajouta-t-il à son attention. Etes-vous infirmière ?

— Non, mais je travaille dans un hôpital. Je m'assure du respect des droits des patients et de la qualité des soins à domicile.

— Et seriez-vous intéressée par un travail dans cet établissement ?

— Merci, mais j'ai déjà pensé à un emploi pour elle, répondit Nik.

Comme elle le considérait avec étonnement, il précisa :

— Je n'ai pas encore eu le temps de vous en parler.

En effet, la veille, il avait eu une idée mais, la supposant mariée, il n'avait pas osé lui en toucher mot.

— Très bien, dit le médecin. Si vous avez besoin de moi, vous me trouverez à l'accueil. Lors de votre départ, je vous escorterai jusqu'à un ascenseur privé qui vous mènera directement à la plate-forme de décollage.

Au moment où il se retirait, les frères de Nik arrivaient dans le couloir. Réveillée par leurs grosses voix, Demi agrippa les bords de son berceau, essayant de se lever avec force gazouillis… avant de tendre ses petits bras vers Fran. Aussitôt, celle-ci la souleva et lui planta un baiser sur chaque joue. La petite se fendit d'un sourire lumineux.

— Bonjour, ma belle. Regarde un peu qui est là : tes oncles préférés !

Comme ils s'approchaient d'elle, l'enfant tourna la tête, cramponnée à son corsage. Au même instant, l'infirmière entrait avec un paquet de couches et du lait en poudre pour le voyage. Fran en profita pour la changer et l'habiller avec le bel ensemble rose que Cosimo et Sandro avaient acheté la veille.

— Qui veut lui donner le biberon ?

Sandro s'empara du bébé… mais n'en tira qu'un petit cri nerveux. Avec un sourire, il embrassa le sommet de son crâne.

— Voilà qui est clair. Je crois que vous n'avez pas le choix, *kuria* Myers.

— Je vous en prie, appelez-moi Fran.

Demi sur les genoux, elle lui présenta un biberon… qu'elle s'empressa de téter goulûment. Enfin repue, le bébé émit deux petits rots salués par un rire attendri.

— Nous pouvons partir maintenant, déclara Nik. Je vais porter Demi jusqu'à l'hélicoptère.

Joignant le geste à la parole, il prit le bébé et l'enveloppa dans une couverture.

— Allez, viens, *Demitza*. On va faire une balade.

Arrivée sur la plate-forme, Fran monta avec eux dans l'appareil. Nik tendit Demi à Cosimo pour qu'il l'attache dans son siège bébé et s'assit à côté du pilote. Fran, elle, s'installa près de la petite, face à Cosimo et Sandro. Tandis que tous les passagers bouclaient leur ceinture, Nik la vit prendre la menotte de Demi avec une prévenance bouleversante. Parmi les femmes qu'il avait fréquentées, laquelle pouvait se targuer d'une telle douceur, d'une telle générosité ? Au moment du décollage, il surprit un bout de conversation entre Fran et ses frères.

— Nous tenions de nouveau à vous remercier de votre aide. C'est étonnant de voir à quel point vous la mettez à l'aise. D'habitude, elle est plutôt farouche avec les étrangers.

— C'est sans doute parce que je l'ai trouvée dans ce jardin. Songez qu'elle a passé toute la nuit dans le froid.

— Peut-être, mais pas seulement. Elle ressent votre tendresse, comme avec Melina.

— Merci beaucoup, Sandro. J'aime beaucoup m'occuper d'elle, croyez-moi.

— Combien de temps comptez-vous rester en Grèce ?

— Encore deux semaines.

Ou plus, songea Nik. Tout dépendait des suites qu'elle donnerait à son offre.

— Nos parents seraient très honorés de vous héberger quelques jours à Mykonos.

— C'est très gentil de leur part, Cosimo, mais je suis venue en Grèce sur l'invitation de Kellie Petralia et je ne peux pas lui faire faux bond.

— Elle et son mari seront les bienvenus, également. Leandros est un ami de la famille.

— Vos parents m'en ont parlé au téléphone, en effet.

— Ils voulaient vous rassurer. Nous vous sommes tous si reconnaissants !

Elle se contenta de sourire. Comment leur dire qu'elle éprouvait aussi une infinie gratitude à leur égard ? Au fil des ans, alors que tous ses amis et proches se mariaient et fondaient une famille, elle-même se débattait avec un profond sentiment de vide. Or, quand elle tenait cette petite dans ses bras, elle se sentait heureuse, même si elle ne pouvait pas avoir d'enfant. Comme l'appareil survolait la mer Egée, elle regarda d'un œil vide la vaste et magnifique étendue turquoise. Elle songeait au moment où Rob avait brisé ses rêves de maternité. Pour rien au monde, elle ne tenait à revivre une telle expérience. A supposer qu'elle s'éprenne de nouveau d'un homme, il faudrait cette fois-ci qu'il soit veuf ou divorcé, avec des enfants.

En entendant Demi gémir, elle se tourna vers elle et lui tendit un autre biberon… mais, rassasié, le bébé s'amusa surtout à mordiller la tétine. Fran la contempla avec ravissement. Elle avait les traits fins de sa mère et les cheveux noirs et luisants de Nik… et de ses frères, se corrigea-t-elle. Oui, mais Nik possédait une sensualité et une distinction à part qui le démarquaient des autres. Vêtu d'un simple polo marron clair et d'un pantalon sombre, il restait d'une classe folle, sans doute parce que cette élégance dépassait la seule beauté physique. Certes il était séduisant, mais aussi chaleureux, généreux… Toutes ces qualités dont Rob n'avait jamais pu se prévaloir. Assez ! Pourquoi les comparait-elle sans cesse ? Nik n'avait aucun point commun avec son ancien époux. De temps en temps, lorsqu'il se tournait vers ses frères, elle pouvait admirer son profil volontaire. Elle inclina finalement la tête et ferma les paupières pour ne plus regarder sa nuque bordée de boucles noires.

Bientôt, l'hélicoptère atterrit sur le tarmac de l'aéroport de Thessalonique, où les attendait le jet privé de la famille Angelis. Avant d'embarquer, Nik échangea quelques mots avec les employés en charge d'acheminer les cercueils dans la soute. Puis il s'assit à bord aux côtés de Fran.

— Le vol jusqu'à Mykonos ne va pas durer longtemps. Après le petit déjeuner, je souhaiterais m'entretenir avec vous dans mon bureau situé à l'arrière.

Elle hocha la tête, intriguée, mais s'abstint de poser des questions. Peu après le décollage, sitôt les voyants lumineux éteints, un employé leur apporta les plateaux-repas. Fran mangea de bon appétit, avant de changer la couche de Demi. C'est alors qu'elle vit Nik lui adresser un signe.

Hélas, à peine avait-elle esquissé un pas pour le rejoindre… que le bébé se mettait à pleurer. Le cœur lourd, elle fit la sourde oreille et rejoignit le compartiment équipé d'un bureau avec ordinateur.

— Je vous en prie, dit-il en lui désignant l'un des fauteuils club.

Dans cet espace clos, elle entendait les pleurs de Demi assourdis… heureusement, ses oncles veillaient sur elle ! Avec l'autorité tranquille d'un homme de décision, Nik s'assit face à elle. Il était visiblement dans son élément. Un instant, il la dévisagea en silence, ses yeux sombres la fouillant jusqu'à l'âme. Elle se sentit défaillir.

— Avant notre arrivée à Mykonos, je souhaiterais vous poser quelques questions personnelles.

Personnelles ?

— Oui ?

— Etes-vous employée à temps complet ?

— Oui.

— Vous serait-il possible de prolonger vos congés ?

— Je crains que non, à moins d'une urgence.

— Bien sûr. Une dernière question : êtes-vous en couple avec quelqu'un ?

Désarçonnée, elle écarquilla les yeux.

— Non. Pourquoi ?

Il croisa les mains et se pencha en avant.

— Parce que j'ai un grand service à vous demander. J'ai

bien conscience d'abuser de votre gentillesse, mais vous devinez que Demi va être ma priorité absolue durant les jours à venir.

Elle acquiesça.

— Vous avez sans doute remarqué qu'elle se comporte différemment avec vous. A l'instant, elle a éclaté en sanglot parce que vous vous éloigniez. Ma nièce est très attachée à vous, à tel point que je redoute le moment où vous devrez nous quitter.

Si elle partageait sa préoccupation, elle hésita à le lui avouer.

— La situation s'améliorera lorsqu'elle sera entourée des siens.

— J'en doute. Cet accident l'a traumatisée. Vous avez bien vu la manière dont elle réagit avec mes frères et moi. Pourquoi serait-elle plus à l'aise avec le reste de la famille ?

— Mais vos parents, votre mère ? Ne ressemble-t-elle pas à Melina ?

— Elles ont un air de famille, évidemment… mais je ne sais pas si Demi sera aussi câline avec elle. J'attends de voir, sans nourrir trop d'illusions.

— Vous devez lui donner un peu de temps.

— Naturellement. Toutefois, après les funérailles, je compte bien consulter un pédopsychiatre pour savoir comment m'y prendre avec elle. D'ici là… j'aimerais vous engager comme nounou jusqu'à votre retour à Philadelphie. Ainsi, nous aurons le temps d'y voir plus clair.

Passer deux semaines avec Demi ? Elle éprouva aussitôt un mélange de joie et d'appréhension. Elle avait conscience que ses liens avec la petite étaient très forts. Mais, si elle ne la quittait pas très vite, elle s'exposait à des adieux difficiles. Voire impossibles.

— Elle finira par s'adapter, j'en suis sûre.

— Je ne sais pas. Pour l'heure, on ne peut rien affirmer avec certitude. De toute façon, je ne me déciderai pas avant d'avoir écouté l'avis d'un spécialiste. En revanche, je suis déjà certain d'une chose : Demi a besoin de vous. Si vous nous aidez, je vous paierai en conséquence.

Elle secoua la tête.

— Vous êtes vraiment très généreux, mais ce n'est pas une question d'argent.

Se renversant sur son siège, il la jaugea d'un œil scrutateur.

— Admettons que Kellie accepte d'interrompre vos vacances. Seriez-vous prête à réfléchir à mon offre ? Nous vous logerions dans une suite particulière. Evidemment, Kellie serait aussi la bienvenue et pourrait rester dans une chambre d'amis. Alors ? Etes-vous partante ?

Partante ? En deux jours, elle avait l'impression que la petite Demi avait pris une place immense dans son cœur. Peut-être avait-elle été guidée dans le jardin de l'hôtel par la Providence ? Mais elle savait d'ores et déjà combien elle paierait cher son attachement à Demi. Plus tard, elle vivrait forcément la séparation comme un arrachement. Parviendrait-elle même à s'en remettre ?

— Fran ?

Elle tressaillit au son de sa voix.

— Le problème n'est pas là, dit-elle enfin. Je connais d'avance la réponse de Kellie. Notre voyage était prévu de longue date et je ne veux pas la peiner en la laissant tomber. Je suis désolée. Je peux rester jusqu'aux funérailles, mais pas au-delà.

— Très bien. Je comprends.

En se levant, il lui indiqua la fin de l'entretien.

— Si vous le voulez bien, retournons auprès de Demi avant que mes frères ne perdent la tête.

Elle lui emboîta silencieusement le pas. Elle détestait le décevoir, mais ne devait-elle pas se protéger avant tout ?

4

Kellie et Leandros arrivèrent à Mykonos en début d'après-midi pour présenter leurs condoléances. Venu les accueillir sur la plate-forme d'atterrissage derrière la villa, Nik les guida jusqu'au patio, où la famille Angelis déjeunait. Après s'être extasiée devant Demi, Kellie s'assit à côté de Fran, sur une balancelle, tandis que Leandros rejoignait Nik et ses frères.

Inévitablement, elles évoquèrent la petite fille et Fran raconta une nouvelle fois son incroyable histoire.

— Dieu voulait qu'elle vive, déclara Mme Angelis.

— La nouvelle s'est répandue dans toute la presse, dit Sandro. Demi est surnommée le « bébé miracle » et l'hôtel de Leminos est devenu célèbre du jour au lendemain.

— L'hôpital aussi, répondit Cosimo. Le Dr Xanthis a même donné une interview durant les infos de midi.

Lovée dans les bras de Fran, Demi mordillait un anneau de dentition. Comme Nik l'avait craint, le bébé refusait tout autre contact — même si ses grands-parents pouvaient la prendre sans qu'elle pleure quelques minutes. Hélas, au bout d'un moment, elle finissait toujours par réclamer Fran. Il devinait combien ses parents étaient blessés par cette attitude, même s'ils s'efforçaient de faire bonne figure. En invitant Fran, ils ne s'étaient sans doute pas attendus à réclamer son aide pour le bébé.

— Nik ? Avez-vous montré à votre famille les photos prises à l'hôtel ?

— J'envisageais de le faire plus tard, mais pourquoi pas maintenant, en effet.

Sur son téléphone, il fit défiler les clichés et tendit l'appareil à ses parents. Tandis que le portable circulait de main en main, Nik et Fran échangèrent un regard complice. Tous deux se rappelaient ce moment où elle l'avait conduit vers le patio.

— A votre avis, acceptera-t-elle d'avaler autre chose que son biberon ? demanda-t-il.

— Je l'espère. Elle a besoin de reprendre des forces.

— Je vais demander au cuisinier de lui préparer une purée à la viande et une compote.

— Bonne idée. Tu dois avoir faim, ma chérie, fit-elle en la câlinant.

Revenant avec une petite assiette et une tasse, Nick installa Demi dans sa chaise haute et lui noua un bavoir propre. Apparemment, il s'amusait de la surprise de Fran et du bébé.

— Nous allons la nourrir tous les deux, n'est-ce pas, Demi ? Fran va te donner du hachis de dinde, et moi, de la compote de prunes.

— Ah, le lâche ! dit-elle en souriant. Comme par hasard, vous gardez le meilleur !

A son grand soulagement, Demi accepta son repas, signe que son traumatisme s'atténuait. La veille, à l'hôpital, elle avait refusé d'avaler la moindre bouchée avec l'infirmière. Peu à peu, le reste de la famille s'approcha, stupéfaite par l'affection et la confiance que la fillette témoignait à Fran. Au bout d'un moment, le père de Nik, très ému, embrassa le bébé sur la joue.

— Nul ne saura jamais ce que tu as enduré, ma petite chérie, dit-il en grec. Viens avec ton Papi.

Après avoir essuyé son adorable moustache de compote, il la posa sur les genoux de sa femme. Mais Demi se mit immédiatement à pleurer.

— Que se passe-t-il, mon ange ? demanda sa grand-mère dans sa langue. Tu as un gros chagrin ? Tu veux m'en parler ?

Nik connaissait déjà la vérité : elle réclamait Fran et se fichait que ses grands-parents, oncles, tantes et cousins soient réunis autour d'elle. Seul comptait le réconfort d'une parfaite inconnue. Avec un pincement au cœur, il observa sur tous les visages la même surprise peinée. Suite à la perte de Melina et Stavros, personne ne s'était imaginé que Demi refuserait l'amour et la tendresse des siens. A présent, il ne restait plus qu'à espérer une rapide amélioration.

— A mon avis, Demi est fatiguée. Allez, ma jolie, c'est l'heure de la sieste ! dit-il en la prenant dans ses bras.

Enjoignant Fran à le suivre, il gagna la nursery où ils changèrent ensemble sa couche avant de lui enfiler une grenouillère blanche.

— Que tu es mignonne dans cette tenue ! s'exclama Fran en pinçant ses joues.

Comment ne pas s'émerveiller de son naturel avec Demi ? Pour un peu, il aurait cru qu'elles étaient mère et fille. C'était étrange… A moins que… à moins que la chute du bébé n'ait entraîné chez elle une sévère amnésie. Cette explication n'était-elle pas plausible ? Fran avait été la première personne qu'elle avait vue en reprenant connaissance. Oui, mais dans ce cas pourquoi les reconnaissait-elle, lui, ses oncles et grands-parents ? Il n'y comprenait rien !

Une fois couchée dans son berceau, la petite se mit à babiller en les fixant de ses grands yeux noirs, si semblables à ceux de Melina.

— Allons, Demi, il faut dormir, dit-il tout bas.

— A tout à l'heure, ma chérie.

Fran quitta la pièce à sa suite… mais sitôt la porte fermée, des pleurs retentirent.

— Je ne peux pas m'en aller maintenant, dit-elle avec un regard implorant.

Il se mordit la lèvre. A quoi s'était-il attendu ?

— Demi vous aime beaucoup.

Elle baissa les yeux, embarrassée.

— Allez rejoindre votre famille, Nik. Vous avez certainement des détails à régler avec eux en vue des funérailles. Simplement, si vous pouviez dire à Kellie de monter pour me tenir compagnie…

— Entendu. En vous voyant, peut-être comprendra-t-elle à quel point Demi a besoin de vous et vous permettra-t-elle de repousser vos projets de quelques jours…

— Ça m'étonnerait.

Comme elle détournait les yeux, il sourit. Elle flanchait déjà ! Il le devinait à son hésitation.

— Nous verrons bien. N'hésitez pas à me solliciter en cas de soucis.

De retour au patio, il prévint Kellie.

— Fran vous réclame. Venez, je vous montre le chemin.

Glissant un mot à Leandros, elle le suivit ensuite jusqu'à la nurserie.

— Vous savez, la situation serait sans doute catastrophique si Fran n'était pas là pour veiller sur Demi.

— J'imagine, répondit-elle avec un grand sourire. Elle a toujours eu un don avec les enfants et les personnes âgées. En ce moment, je suis sûre qu'elle manque énormément à ses patients à l'hôpital. Je suis si heureuse qu'elle ait réussi à se libérer deux semaines pour nos vacances.

Connaissant Fran, il devinait combien ces compliments étaient mérités. Mais il reçut surtout cinq sur cinq le message de Kellie : Fran était une professionnelle dévouée et demandée, et il ne pouvait abuser indéfiniment de sa générosité.

Atteignant la porte, il l'ouvrit devant elle.

— Je redescends sur la terrasse. Rejoignez-nous là-bas lorsque la petite sera endormie.

Et, une demi-heure plus tard, Demi enfin calmée, les deux amies pouvaient quitter la nurserie à pas de loup.

— Viens dans ma chambre, déclara Fran. Tu me raconteras où tu en es avec Leandros.

— Notre situation a encore empiré depuis l'autre jour. Mais, avant d'aborder le sujet, j'aimerais savoir à quoi joue Nik.

— Que veux-tu dire ?

Une fois la porte close, Kellie s'assit sur le bord du grand lit.

— Regarde autour de toi : il t'a installée dans cette superbe suite à côté de la nurserie de Demi, comme si tu étais à son service.

— J'ai promis de l'aider jusqu'aux funérailles, pas plus.

— Mais il aimerait que tu restes davantage, n'est-ce pas ?

Décidément, rien n'échappait à Kellie... Elle opina lentement.

— Dans l'avion pour Mykonos, il m'a proposé de m'occuper de Demi le temps qu'elle se réhabitue à sa famille. Il souhaiterait que je reste à Mykonos jusqu'à mon départ, mais je lui ai expliqué que nous étions toutes les deux en vacances.

— Tu ne comptes par renoncer à notre périple, j'espère ?

Elle secoua négativement la tête.

— Non, Kellie, pas du tout. J'ai utilisé ces vacances comme excuse pour refuser. Je dois partir le plus vite possible avant de trop m'attacher à cette petite. Tu te rends compte ? J'ai même rêvé de l'adopter !

— Adopter une Angelis ?

— C'est ridicule, je sais. Donc, tu vois, heureusement que nous partons demain.

Kellie se leva, l'air inquiet.

— Je sais combien tu aimes ce bébé. Dans le fond, tu préférerais rester, n'est-ce pas ?

Comme Fran ne répondait pas, elle insista.

— Ma chérie, je suis désolée de te parler si franchement mais j'ai terriblement peur que tu ne souffres de nouveau. Quand je pense à toutes les épreuves que tu as déjà endurées à cause de Rob…

— Crois-moi, Kellie, moi non plus, je n'ai plus envie d'en passer par là. Au moment où j'ai trouvé Demi dans ce jardin, j'ai cru que le ciel m'envoyait un cadeau merveilleux. J'aurais aimé qu'elle soit à moi. Si je reste deux semaines à ses côtés, notre séparation me détruira. Et je sais qu'elle le vivra très mal aussi. Je refuse de me mettre dans cette situation. J'ai perdu trop d'êtres chers dans ma vie.

— Ma petite Fran…

Elle sentit les bras de Kellie se refermer sur elle.

— Je suis contente que nous partions après les funérailles, dit-elle en essuyant ses larmes. J'ai besoin d'oublier les événements de ces derniers jours, surtout Demi. Cette histoire a réveillé trop de mauvais souvenirs. Je dois continuer à avancer.

— Moi aussi. Au fait, Leandros ne veut pas que je travaille pour lui.

— Y a-t-il seulement réfléchi ?

— Non. Il prétend qu'il tient à me retrouver le soir à la maison après une dure journée de labeur, mais je connais bien la véritable raison. Même s'il refuse de l'avouer, notre couple ne l'a jamais satisfait. Je le comprends, d'ailleurs : nous n'avons jamais eu une vie sexuelle normale et épanouie. Ce n'était pas le cas lors de son précédent mariage. Petra attendait un bébé lorsqu'elle… tu sais bien…

Fran hocha la tête. La première femme de Leandros attendait un enfant lorsqu'elle avait trouvé la mort dans un tragique accident d'hélicoptère.

— J'ai décidé de prendre mes distances avec lui. Je ne m'en fais pas : je sais que Karmela sera là pour le consoler. Donc, voilà : notre mariage est terminé.

— Comme c'est triste, Kellie.

— Crois-moi, cela vaut mieux. Moi non plus, je ne veux pas me complaire dans le chagrin. Quant aux Angelis, il faudra qu'ils se mettent en quête d'une nourrice dès demain.

— Oui, tu as raison. Je sais que je manquerai à Demi, mais cela lui passera. D'ailleurs, j'ai tenu le même discours à Nik.

— Tant mieux.

Elles échangèrent un long regard.

— Il faut les rejoindre, déclara Kellie en se levant. J'ai un terrible mal de crâne mais je vais continuer à sourire et agir comme si de rien n'était. Après avoir bavardé un moment, j'irai me coucher.

— Je ne compte pas m'attarder non plus.

— Et puis tu sais… je ne manquerai pas beaucoup à Leandros, de toute façon. D'ailleurs, nous faisons chambre à part depuis un mois.

Fran la comprenait parfaitement. Elle-même n'avait pas couché avec Rob pendant les trois mois précédant leur divorce. Comme si cette abstinence avait marqué le début de la fin.

A leur retour dans le patio, le soir tombait, apportant enfin un peu de fraîcheur. Aussitôt, les discussions s'interrompirent et les regards se tournèrent vers les deux jolies Américaines. Nik sentit son pouls s'emballer. Il avait éprouvé la même sensation au moment où Fran avait retiré son masque et sa blouse, à l'hôpital. Malgré son deuil, malgré son inquiétude pour Demi, il était attiré par cette femme. Elle lui semblait si différente de ses autres fréquentations — des Grecques bavardes et théâtrales qui l'ennuyaient vite. Ses belles-sœurs étaient de ce genre : belles, conscientes de leur charme et dotées d'un tempérament de feu… Tout le contraire de Melina. D'ailleurs, n'était-ce pas pour cette raison qu'elle avait intéressé un garçon paisible comme Stavros ?

Ainsi, il rangeait Fran dans une catégorie à part — à l'aise dans son corps, elle affichait une assurance tranquille et une personnalité riche et profonde, tempétueuse, même. Il rêvait de mieux la connaître. D'ailleurs, en toute franchise, n'utilisait-il pas Demi comme prétexte pour l'obliger à rester ?

Un instant, il laissa son regard errer sur elle. Comme elle s'approchait du muret qui surplombait la mer pour s'y accouder, il la rejoignit.

— Quelle chance ! dit-elle avec un sourire. Je vous envie de profiter d'une vue aussi magnifique. Toutes les rumeurs au sujet des îles grecques sont exactes : vous vivez dans un paradis, surtout ici, à Mykonos.

— Je ne vais pas vous contredire. A mon avis, il n'existe pas de plus bel endroit au monde. Chaque fin de semaine, j'ai hâte de quitter mon travail pour revenir ici. Mais à propos de Demi… a-t-elle mis longtemps à s'endormir ?

— Euh… au bout d'une dizaine de berceuses. Une broutille, quoi ! dit-elle en riant.

— Que diriez-vous d'une promenade sur la plage ?

Sans attendre sa réponse, il se déchaussa.

— Vous n'avez qu'à déposer vos sandales ici, à côté de mes mocassins.

— D'accord.

Dans un coin, un escalier descendait directement vers la plage. Courant jusqu'aux vagues, elle trempa ses pieds dans l'eau tiède.

— Hou, elle est bonne ! Elle réchauffe mes orteils.

— Le crépuscule est le meilleur moment pour nager. Quand la lune sera levée, vous verrez son reflet sur les vagues. C'est magique !

Ils se promenèrent un long moment dans un silence agréable. A l'inverse de la plupart des femmes de sa connaissance, Fran n'éprouvait pas le besoin de meubler la conversation. Mais, s'il appréciait cette qualité, il aurait bien aimé, ce soir, qu'elle se montre plus loquace.

— Etes-vous toujours décidée à partir demain ?

Elle s'arrêta pour le regarder droit dans les yeux.

— Oui. Bien sûr, j'aimerais pouvoir vous aider davantage, mais je ne le peux pas. Sachez, en revanche, que j'ai adoré m'occuper de Demi durant ces quelques jours. Si vous le désirez, je resterai avec elle jusqu'aux funérailles. Ensuite, je repartirai à Athènes avec Kellie et Leandros.

Il reçut ses paroles comme une gifle. Une fois de plus, elle l'envoyait sur les roses. Pourtant, avant son aparté avec Kellie Petralia, il aurait juré qu'elle s'apprêtait à rendre les armes. Insatisfait, il se massa la nuque. Apparemment, son amie avait des projets bien précis. Mais peut-être pouvait-il essayer une autre tactique ?

— Pourriez-vous repousser votre départ d'une seule journée ? Je dois régler un dernier problème après-demain. D'ailleurs, si vous assistiez aux entretiens des candidates, vous m'aideriez beaucoup.

— Je suis désolée, mais j'ai promis à Kellie que nous partirions après l'enterrement. De plus, votre mère et vos belles-sœurs sont probablement mieux placées que moi pour choisir une nounou.

— Pour cela, il faudrait déjà que Demi accepte d'autres bras que les vôtres. Un bébé hystérique découragerait n'importe quelle nourrice potentielle.

— Dans ce cas, je vous conseille de faire preuve de patience et de persévérance. Vous finirez bien par trouver la perle rare.

Bon sang, elle n'abandonnait pas facilement ! Il sentit son respect pour elle grandir. Cela dit, il n'avait pas encore perdu la partie.

— Et si je vous proposais ce job ? En toute franchise, j'y ai songé dès que je vous ai vue avec Demi à l'hôpital. Vous vous comportez comme une mère avec elle. D'ailleurs, elle semble vous considérer comme telle.

— Merci, mais j'ai déjà un emploi à Philadelphie. Et même si j'adore Demi, je ne voudrais pour rien au monde du travail que vous m'offrez.

Il la dévisagea avec stupeur.

— Votre boulot à l'hôpital vous plaît au point que vous

refuseriez de démissionner, même pour résider dans un endroit aussi fabuleux ?

— Tout à fait. Et puis, je n'aimerais pas être payée pour m'occuper de ce bébé. A ce propos, permettez-moi de vous retourner la question, Nik. Aimez-vous votre métier ?

Les yeux étrécis, il la considéra longuement.

— Pourquoi ? Où voulez-vous en venir ?

— Je réfléchissais juste à une autre solution. A l'hôpital, vous avez veillé sur Demi comme un père. Pourquoi ne pas vous charger d'elle à plein temps et déléguer votre travail à vos frères ? Je suis sûre que Melina et Stavros vous seraient reconnaissants d'un tel sacrifice.

Sans le savoir, elle avait touché une corde sensible. Elle ignorait que Melina lui avait demandé d'être le tuteur de sa fille.

— Ou alors, vous pourriez aussi vous trouver une épouse qui aimerait Demi et lui servirait de mère. Ne serait-ce pas l'idéal ? Vos parents s'inquiètent certainement de votre célibat.

A ces mots, il se figea, furieux.

— Et cette épouse providentielle, ce serait vous, je présume ? C'était à cela que vous pensiez depuis le début ! Me proposer le mariage pour que j'entre dans le rang.

En réponse, elle éclata d'un rire léger qui tinta dans l'air frais du soir.

— Seigneur, non ! Vous pouvez dormir tranquille.

Comme il la regardait, surpris, elle ajouta :

— J'ai déjà été mariée et je n'ai nullement envie de retourner dans cette prison. Ne le prenez pas mal, Nik. Je vous taquinais, voilà tout. Je n'aurais pas dû me montrer aussi désinvolte à la veille des funérailles de votre sœur et de votre beau-frère. Je vous prie de me pardonner. A vous voir, je comprends mieux les raisons de votre succès dans les affaires : il est quasiment impossible de vous dire non.

— Vous avez pourtant réussi.

Elle ne parut pas déstabilisée.

— Tout à l'heure, j'ai cru comprendre que vous appréciez mon expérience de soignante à l'hôpital. Si tel est le cas, écoutez-moi. Tout va s'arranger pour Demi, je vous le garantis. Elle réclame encore son père et sa mère, mais elle finira par être touchée par votre affection. Vos parents, vos frères et leurs épouses sont formidables avec elle. Ne refusez pas leur aide. En portant le monde sur vos épaules, vous risquez le surmenage.

— De quoi parlez-vous, au juste ? demanda-t-il, piqué au vif.

— De vous, Nik. Leandros ne cesse de vanter vos compétences de chef d'entreprise, mais vous ne pouvez pas être présent sur tous les fronts. Savez-vous à qui vous me faites penser ? Au géant Atlas.

Atlas ?

— J'ai déjà observé ce phénomène dans les familles de mes patients, à leur retour de l'hôpital. Certaines personnes, comme vous, assument toutes les charges, parce qu'ils ont une plus grande empathie et le besoin viscéral d'aider… En tout cas, ils se montrent si altruistes et compatissants que cela devient chez eux une seconde nature. Or, vous êtes trop jeune pour vous enfermer dans ce schéma.

Pour le coup, elle le laissa sans voix. Fran Myers était sans conteste une des personnes les plus incroyables qu'il ait rencontrées. En fait, il n'avait jamais été aussi impressionné par une femme.

— Il est déjà tard, dit-il simplement. Rentrons, voulez-vous ? En chemin, vous me raconterez pourquoi votre mariage vous a dégoûtée à ce point.

Ils reprirent leur promenade à pas lents.

— Je vais vous expliquer en quelques mots mon naufrage personnel. Mon mari faisait partie d'un grand cabinet d'avocats et il nourrissait l'ambition d'en devenir un jour le directeur. Par conséquent, il ne se voyait pas du tout fonder une famille. Ses dossiers ne lui en laissaient pas le temps.

— Vous ne me dites pas tout, n'est-ce pas ?

En la voyant trébucher, il sut qu'il ne s'était pas trompé.

— Nous avons arrêté de nous aimer, comme cela arrive à des millions de personnes. C'est une histoire banale.

— Vous n'avez pas répondu à ma question. Pourquoi vous êtes-vous séparés ? A cause d'un adultère ?

— Je préfère garder ma vie privée pour moi.

— Eh, ce n'est pas juste ! Vous m'avez quasiment mis à nu à l'instant. Un peu de franchise de votre part me rassérénerait.

Avec un rire léger, elle rejeta en arrière ses magnifiques cheveux, aussi longs et pâles qu'un rideau de soie.

— Touchée ! Disons qu'il n'a pas respecté la promesse qu'il m'avait faite avant nos noces. Dès lors, je me suis sentie relevée de mes obligations envers lui.

— Il vous a menti.

— Non, pas vraiment. Il s'agissait plus d'un problème humain. Lorsqu'il a réalisé à quel point il s'était engagé envers moi, il a préféré jeter l'éponge. Je ne lui en garde pas rancune, mais j'ai eu beaucoup de mal à encaisser le coup.

— Je suis désolé. Combien de temps êtes-vous restés mariés ?

— Trois ans.

Et ils n'avaient pas eu d'enfants durant tout ce temps... Il sentit sa curiosité piquée au vif.

— S'agissait-il de votre premier amour ?

— Non. Avant lui, j'avais déjà eu plusieurs relations sentimentales... Tout comme vous, je suppose.

— Je suis effectivement sorti avec de nombreuses femmes. A sa manière, chacune d'entre elles était formidable.

— Mais aucune n'a su vous convaincre de sauter le pas... du moins, si l'on en croit la presse à scandale, dit-elle avec désinvolture. J'étais pareille avant ma rencontre avec Rob. Lui avait tout pour me plaire et je n'ai pas hésité une seconde à le suivre jusqu'à l'autel.

— Et, finalement, vous avez réalisé que votre mariage ne vous apportait pas l'essentiel.

— Malheureusement, oui.

Au léger tremblement de ses mains, il devina qu'elle lui cachait un secret. Sans doute son amie Kellie pourrait-elle le renseigner... mais il refusait de s'adresser à elle. Il irait plutôt trouver Leandros.

Comme par magie, celui-ci apparut justement non loin d'eux, en train de se baigner. Lui aussi natif d'une île de la mer Egée, Leandros adorait piquer une tête en fin de journée pour décompresser. Mais pourquoi sa femme n'était-elle pas avec lui ?

— Eh, Leandros ! s'écria Fran. Où est Kellie ?

Regagnant la plage, il ramassa une serviette en éponge pour les rejoindre.

— Elle s'est couchée tôt à cause d'une migraine.

— Après les événements des derniers jours, ça ne m'étonne pas, répondit-elle. D'ailleurs, je vais l'imiter.

Elle jeta un regard vers Nik.

— Merci de votre hospitalité. Et merci également de me confier Demi. Je vous retrouve demain matin avant les funérailles. Bonne nuit.

Après avoir échangé une accolade avec Leandros, elle remonta l'escalier, où, une fois en haut, elle agita la main avant de disparaître dans la villa.

— Pourrais-tu me renseigner sur un point ? demanda Nik.

— Bien sûr. Je t'écoute.

— Tout à l'heure, j'ai demandé à Fran si elle pouvait rester à Mykonos une semaine de plus pour nous aider à recruter une nounou. Comme elle s'est occupée de Demi depuis la tempête, j'ai pensé qu'elle accepterait. Or, elle a refusé au motif d'un voyage prévu de longue date avec ta femme ? Elle dit qu'elle ne peut pas modifier ses projets.

Leandros soupira avec une grimace.

— Je crains que Kellie ne veuille pas revenir sur sa décision, en effet.

Sans doute le problème ne s'arrêtait-il pas là mais, par discrétion, Nik s'abstint d'insister.

— Bien ! Ce que tu me dis me soulage. Je pensais qu'elle s'entêtait à cause de moi parce que je l'avais vexée d'une manière ou d'une autre. En la complimentant sur sa gentillesse envers Demi, j'ai finalement obtenu l'effet inverse. Comme tu l'as vu, ma nièce pleure avec tout le monde, sauf elle. Eh bien, lorsque je lui ai proposé de devenir sa nounou, elle a pris la mouche. Je ne pensais pourtant pas à mal.

— Ne t'inquiète pas. Je sais que Fran t'a aidé de bon cœur et je suis sûr qu'elle aurait prolongé son séjour si ma femme ne tenait pas autant à ce voyage.

— Où vont-elles, exactement ?

— Oh ! elles veulent faire le tour de la Grèce en voiture et à pied.

— Je vois.

— Fran sort d'un divorce pénible et Kellie s'inquiète beaucoup pour elle. Ne le répète à personne, mais je crois qu'elle veut lui trouver un mari.

Tiens, tiens... Intéressant.

— A-t-elle un homme en vue ?

— Je ne pense pas. A mon avis, elle espère débusquer un riche Américain en villégiature. Mais en ce qui te concerne, rassure-toi : la décision de Fran n'a aucun rapport avec toi ou Demi. Elle adore les enfants !

— Merci. Tes paroles me réconfortent.

— Je t'en prie. C'est la moindre des choses, entre amis.

Comme Leandros s'apprêtait à partir, il le retint par le bras.

— Encore une chose. J'ai réfléchi à une façon de remercier Fran et j'aimerais ton opinion.

— Je t'écoute. De toute manière, je ne compte pas me coucher avant un moment.

5

Le lendemain, jour des funérailles, Fran resta seule à la villa pour garder Demi. Après la sieste du bébé, elle sortit dans le patio et installa la petite sur sa chaise haute, sous un parasol, pour le goûter. Autour d'elle, les domestiques préparaient la collation des invités en prévision du retour du cimetière. D'ailleurs, le cortège n'allait plus tarder. Elle-même prendrait ensuite l'hélicoptère pour Athènes avec Kellie.

Par respect pour la famille, elle avait enfilé un élégant tailleur d'été bleu clair associé à des sandales blanches à talons hauts. Une barrette en écaille de tortue retenait ses cheveux blonds. Elle se rappela soudain combien Rob aimait cette coiffure. Il trouvait qu'elle lui donnait un air sophistiqué — pas étonnant de la part d'un homme obsédé par les apparences. Mais, aujourd'hui, elle avait surtout voulu empêcher Demi d'agripper ses cheveux.

— Quelle petite gloutonne ! Tu préfères les pêches aux prunes, n'est-ce pas ?

En réponse, l'enfant ouvrit grand la bouche.

— Allez, on finit le pot.

Pour l'amuser, elle fit danser la cuillère devant le nez du bébé, qui éclata de rire. Soudain, une ombre tomba sur elles. Relevant la tête, elle vit Nik en train de les regarder, l'air sombre. Dans son costume anthracite, il paraissait encore plus impressionnant que de coutume.

— Rien ne vaut le rire de Demi pour dissiper la tristesse, dit-il en embrassant sa nièce. Désolé pour le retard. La cérémonie a duré plus longtemps que prévu.

Elle acquiesça, émue par sa douleur. Melina et Stavros reposaient désormais dans leur dernière demeure et Demi ne connaîtrait jamais ses parents. Toute sa vie, elle serait élevée par d'autres : ses grands-parents, ses oncles et ses tantes. Face à ces lourdes responsabilités, sans doute Nik se sentait-il démuni.

Après avoir essuyé la bouche de la petite, elle la tendit à Nik.

— Elle a besoin de vous, à présent. Si vous me le permettez, je vais boucler mes bagages pendant ce temps.

Elle avait déjà rangé ses affaires la veille mais cherchait surtout un prétexte pour s'éclipser. Une fois dans sa chambre, elle vérifia une dernière fois qu'elle n'avait rien oublié. Bientôt, on frappa à sa porte.

— Fran ? Tu es prête ?

— J'arrive tout de suite.

Kellie l'attendait dans le couloir, vêtue d'un pantalon à pinces blanc et d'un petit top rose vif. Elle venait de quitter sa robe de deuil noire.

— Leandros est parti prévenir la famille que nous ne resterions pas dîner. Nous leur avons déjà dit au revoir. Viens, je vais t'aider à porter tes bagages, dit-elle en soulevant le plus gros sac.

En rejoignant Leandros, Fran sentit son cœur se serrer à la vue de ses traits creusés par les soucis. Ils échangèrent une accolade.

— Tu es magnifique.

— Merci.

Sans un mot, il prit ensuite la valise des mains de Kellie et ni l'un ni l'autre n'ouvrirent la bouche en chemin. En proie au malaise, Fran se retenait à grand-peine de crier. Devant la plateforme de décollage, à deux doigts de courir vers l'hélicoptère… elle remarqua à temps un homme en pleine discussion avec le pilote sur le tarmac. Nik ! Etait-il venu leur dire au revoir ?

— Laissez-moi vous aider, lui dit-il en venant vers elle.

Elle accepta la main qu'il lui tendait pour grimper dans l'appareil. Et instantanément, elle sentit une traînée de feu irradier le long de son bras. Troublée, elle prit place avec empressement. Lui s'assit près d'elle. Puis Kellie monta, suivie par son mari, qui referma la portière et se glissa près du pilote.

— Vous ne restez pas avec votre famille, Nik ? demanda Fran, non sans étonnement.

Comme les rotors se mettaient à tourner bruyamment, il lui adressa un vague sourire.

— Hier, j'ai réfléchi à notre conversation sur la plage et j'ai décidé de suivre votre conseil : je vais déléguer mes responsabilités. Demi est très entourée, et ils sont tous capables de choisir une bonne nourrice. Pour ma part, j'ai amplement mérité une semaine de congé.

— Vous plaisantez ?

— Pas du tout. Vous avez raison, j'ai une fâcheuse tendance à porter le poids du monde sur mes épaules. Grâce à vous, je vais corriger ce défaut. J'ai besoin de mettre mes problèmes à distance et des vacances me seront bénéfiques.

Elle ouvrit des yeux effarés.

— Des vacances ? Mais où ?

— Eh bien, nous en parlions avec Leandros hier… nous permettriez-vous de vous faire visiter la Grèce ? Je n'ai plus guère l'occasion de voyager sur les routes ces dernières années et j'adore conduire. Ainsi, j'aurais l'occasion de vous remercier pour tout ce que vous avez fait pour Demi et ma famille.

A ces mots, elle vit Kellie, très pâle, lui lancer un regard d'avertissement.

— C'est vraiment très gentil, Nik, mais Fran et moi avons décidé de rentrer aux Etats-Unis demain matin afin de passer le reste de nos vacances en Californie.

Silencieuse, Fran s'efforça de ne rien laisser paraître.

— Bonne idée ! s'exclama-t-il. Justement, je n'y suis pas allé depuis très longtemps. Cela vous embêterait-il si je venais avec vous ?

— Vous ne reculez devant rien, n'est-ce pas ? fit Fran soufflée par son aplomb.

— Pas plus que vous. A nous deux, nous faisons la paire. Au moins, acceptez que je vous invite à dîner ce soir. Je refuse que vous quittiez ce pays sans vous être promenée de nuit dans le Plaka, le plus vieux quartier de la ville. Faites-moi plaisir, acceptez. Je me sens redevable envers vous.

Seigneur, il ne la lâcherait jamais…

— Votre invitation est très aimable mais, si je dis oui, je ne pourrai de toute façon pas m'attarder.

— Parfait ! Dans ce cas, Leandros nous déposera à mon appartement. Vous pourrez vous changer et vous mettre à l'aise et, ensuite, nous aurons quartier libre.

Sans attendre son accord, il se pencha à l'oreille de Leandros, qui transmit ses instructions au pilote. Quelques minutes plus tard, elle apercevait les reliefs d'Athènes à l'horizon et l'hélicoptère ne tarda pas à se poser sur la plate-forme surmontant l'immeuble de Nik. En proie au tournis, elle se pencha alors vers Kellie.

— A tout à l'heure.

— Reviens avant les douze coups de minuit, répondit son amie sans sourire.

Surprise par sa gravité, elle acquiesça en descendant.

— Promis.

L'instant d'après, l'hélicoptère redécollait dans une grande bourrasque qui fit voleter sa jupe. Elle la plaqua sur ses cuisses, mais Nik eût le temps d'apercevoir ses jolies jambes. Dans l'ascenseur, il remarqua alors, pour son plus grand plaisir, qu'elle rougissait. Enfin, une femme pudique ! Il était de plus en plus sous le charme.

En coulissant, les portes de la cabine s'ouvrirent directement sur l'appartement de Nik — un attique splendide percé d'immenses baies vitrées.

— Après vous, mademoiselle.

Dans le hall, elle promena un regard émerveillé autour d'elle.

— On se croirait dans la tour de contrôle d'un aéroport, dit-elle enfin. La vue est spectaculaire. Entre ici et Mykonos, Atlas a plutôt la belle vie.

Il éclata de rire.

— Oubliez Atlas pour ce soir ! Vous voyez bien que je ne porte pas le monde sur mes épaules.

Elle lui darda un regard aigu.

— Alors, vous sentez-vous soulagé d'un poids ?

— Je vous le dirai plus tard. Pour l'heure, je pense que vous souhaitez vous rafraîchir et vous changer. Suivez-moi, la chambre d'amis est au bout du couloir. Vous me rejoindrez dans le salon quand vous serez prête.

De son côté, il prit une douche avant de choisir, en raison

de la chaleur, un jean usé et une chemise en lin, agrémentés de sandales de marche. En se préparant, il s'aperçut qu'il mourait de faim, comme si son appétit, disparu le temps des funérailles, revenait en force.

A sa sortie, Fran l'attendait déjà dans le salon, postée devant la fenêtre qui donnait sur la place Syntagma. Elle aussi avait enfilé un jean, assorti à une tunique à manches courtes d'une couleur fuchsia qui rehaussait son teint de porcelaine. Ses cheveux de miel, relevés sur la nuque, soulignaient son élégance désinvolte. Brusquement, il eut envie de poser ses lèvres dans son cou et d'humer le délicat parfum de fleurs sauvages qui émanait d'elle.

— Nous allons nous promener dans le quartier au-delà de cette place. Je connais une taverne qui sert des saucisses flambées et des truites grillées à tomber par terre. Mais, si vous préférez la cuisine traditionnelle, les restaurants ne manquent pas.

Elle sourit, un éclat dans ses yeux bleu-violet.

— Je fais justement partie de ces touristes qui préfèrent éviter les clichés et le folklore local.

— Dans ce cas, préparez-vous à une découverte gastronomique. En route !

Dehors, la nuit tombait sur les rues remplies d'un brouhaha festif et de délicieuses odeurs de grillades. Devant le restaurant, ils eurent la chance de trouver une table disponible à la terrasse bondée. Observant la rue et leurs autres clients, Fran s'imprégna de l'agitation du quartier avant de mordre à belles dents dans une truite marinée. Comme il appréciait son bel appétit ! Il avait toujours détesté les mijaurées qui chipotaient avec la nourriture. Puis, interpellant une petite vendeuse de fleurs, il lui offrit un gardénia qu'il piqua dans ses cheveux clairs. Il avait tellement envie de la toucher. Sous l'effet du vin, il finit même par oublier ses soucis dans une douce euphorie. Il s'estimait tout permis… La caresser, par exemple ? Par prudence, il finit par se lever pour régler l'addition.

Ensemble, ils partirent alors se promener dans le dédale des ruelles. Lorsqu'elle flânait devant les boutiques et les stands, il en profitait pour l'admirer du coin de l'œil et, lorsqu'ils marchaient, il frémissait en lui frôlant le bras. Ils s'arrêtèrent un instant devant une petite place où était projeté un film américain sous-titré en grec, mais repartirent avant la fin.

— Je connais, à deux pas d'ici, une taverne célèbre pour son ouzo. Ça vous tente ?

— J'en ai déjà goûté lors de mon dernier séjour à Athènes, et je n'ai pas vraiment apprécié... mais pourquoi pas si cela vous fait plaisir ?

— A vrai dire, je n'en raffole pas, moi non plus, répondit-il avec un sourire piteux.

— Comment ? Vous, un Grec ? Quel manque de patriotisme ! Promis, je ne le dirai à personne. Allons plutôt dans cette ruelle voir quels trésors s'y cachent.

Elle s'attarda dans une échoppe qui vendait diverses babioles et colifichets pour touristes... et en ressortit quelques instants plus tard, avec un petit paquet sous le bras.

— Tenez, c'est pour vous.

Il sourit à la vue d'une figurine en métal à l'effigie d'Atlas portant le monde sur ses épaules.

— Je ne vois vraiment pas pourquoi vous m'offrez ça.

Elle éclata de rire.

— Placez-le bien en vue sur votre bureau. Ainsi, vous n'oublierez pas de prendre une pause de temps en temps pour souffler.

— Je l'exposerai plutôt sur ma table de chevet. Chaque soir avant de m'endormir, je verrai Atlas et me souviendrai de mes priorités.

Ils échangèrent un long regard.

— Merci pour cette soirée, Nik. Je ne m'étais pas autant amusée depuis longtemps.

Lui non plus. Il examina son cadeau avec émotion. Il était plus touché par ce présent tout simple qu'elle ne l'imaginait. Au contraire de toutes ses précédentes compagnes, prêtes à tout pour qu'il ouvre son portefeuille, elle avait inversé la donne. Sans cesse, elle lui donnait des preuves de sa générosité, de sa gentillesse.

— On rentre ? dit-elle. Il se fait tard et j'ai promis à Kellie de revenir avant minuit.

— D'accord, mais je tenais à vous montrer un dernier endroit qui devrait vous plaire.

Il avait réservé le meilleur pour la fin : un arrêt dans une taverne où l'on pouvait danser jusqu'à l'aube. Aménagé en jardin, le toit en terrasse offrait une vue splendide sur le vieux quartier. Après avoir dégusté une glace, ils se joignirent aux autres couples sur la piste. Là, il put enfin la presser contre lui, savourant le contact de son corps contre le sien.

— Je pourrais danser avec vous toute la nuit, dit-il tout bas contre son cou. Avez-vous fréquenté beaucoup d'hommes depuis votre divorce ?

— Quelques-uns mais, si vous cherchez les compliments, vous êtes le meilleur cavalier.

— Flatteuse !

Il entendit son rire léger tintinnabuler et resserra son étreinte.

— Ne repartez pas demain.

— Je suis obligée, Nik.

Il pressa ses lèvres sur sa tempe.

— Dites plutôt que Kellie ne vous laisse pas le choix. Vous savez qu'elle cherche à fuir son mari, n'est-ce pas ?

Soudain raidie, elle leva des yeux inquiets vers lui.

— C'est ce que Leandros vous a dit ?

— Non, mais je ne suis pas aveugle et leurs problèmes de couple sautent aux yeux. Leandros a changé. Il n'est plus le même homme.

— Kellie aussi est différente.

Après un bref silence, il consulta sa montre.

— Il est 11 h 30. Nous n'avons qu'à récupérer vos affaires, puis mon chauffeur nous conduira chez eux. Vos bagages sont-ils prêts ?

— Oui. Je les ai posés devant la porte de la chambre.

— Parfait. Dans ce cas, un domestique va les descendre.

Alors qu'ils regagnaient l'appartement, il sortit son portable pour donner ses consignes. Et, à leur arrivée, une limousine les attendait devant l'immeuble, les valises chargées dans le coffre. Il lui ouvrit galamment la portière et s'assit en face d'elle.

— Avouez-le : vous n'allez pas en Californie.

— En toute franchise, je n'en sais rien, répondit-elle, les mains posées à plat sur le siège.

— Donc, si je pars demain aux Etats-Unis, aurais-je une chance de vous trouver chez vous ?

— Ma parole, vous me poursuivez !

— On peut dire ça comme ça. Je vous trouve très attirante, et je sais que je ne vous indiffère pas.

— A mon avis, peu de femmes résistent à votre charme, et vous le savez très bien, dit-elle avec un rictus nerveux.

— Dois-je en déduire que vous me considérez comme une espèce de don Juan volage ?

— C'est vous qui l'avez dit, pas moi.

— Vous accordez donc du crédit aux ragots dans la presse ?

Elle leva les yeux au ciel.

— Et vous ? Pensez-vous vraiment que je gobe tout ce que racontent ces journaux ? Cela dit, en tant que célibataire, vous vous exposez à ce genre de rumeurs…

— Si je ne vous rebute pas, pourquoi ne pourrais-je pas vous accompagner ? Avez-vous un problème personnel à régler ?

— Absolument pas. Mais nous savons tous les deux que vous n'irez pas en Pennsylvanie.

— On voit bien que vous ne me connaissez pas.

Un silence glacé tomba, interrompu par la sonnerie du téléphone de Fran.

— C'est Leandros, dit-elle en prenant la communication.

Au fil des mots, elle se mit à blêmir.

— O.K. On arrive tout de suite.

— Que se passe-t-il ? demanda Nik lorsqu'elle eut raccroché.

— C'est Kellie. Elle a fait un malaise et vient d'être admise aux urgences. Pourriez-vous dire à votre chauffeur de nous conduire à l'hôpital en vitesse ?

Il obtempéra, puis se glissa à ses côtés pour la prendre dans ses bras.

— Tout ira bien, ne vous inquiétez pas, dit-il avec douceur. D'après vous, pourquoi s'est-elle évanouie ?

Bouleversée, elle enfouit son visage entre ses mains.

— Vous avez le droit de connaître la vérité. Kellie a l'intention de divorcer dès son retour à Philadelphie. Ils se sont sans doute disputés ce soir, et ses nerfs auront lâché. Elle est si fragile émotionnellement.

— J'ignorais que la situation s'était dégradée à ce point entre eux. Autrement, je n'aurais jamais suggéré que nous partions en voyage ensemble.

— Ne vous faites pas de reproches. Moi-même, je ne me doutais de rien jusqu'à récemment. Mais Kellie tenait tant à ce que nous profitions d'une absence de Leandros pour partir toutes les deux en vacances que cela m'a mis la puce à l'oreille. Normalement, elle l'accompagne dans tous ses déplacements.

Comme elle achevait sa phrase, la limousine s'arrêta devant les urgences. Leandros les attendait déjà dans le hall, les traits tirés.

— Merci d'être venus aussi vite.

— Comment va-t-elle ?

— Bien, Dieu merci. Les docteurs sont rassurants, mais nous attendons encore le résultat de sa prise de sang. Malheureusement, Kellie refuse de me voir. C'est à vous qu'elle veut parler, Fran. Peut-être parviendrez-vous à la raisonner ?

Seigneur ! Elle n'avait jamais vu Leandros aussi démuni et angoissé.

— J'y vais. Où est-elle ?

— Là-bas, la chambre au fond du couloir.

— D'accord. De votre côté, ne vous faites pas trop de soucis. Je reviens tout de suite, ajouta-t-elle à l'adresse de Nik.

— Prenez tout votre temps. Moi, je reste tenir compagnie à Leandros.

— Merci.

Se retenant à grand-peine de l'embrasser sur la joue, elle traversa la salle d'un bon pas et gagna la dernière chambre, où un rideau bleu isolait le lit de son amie.

— Fran ! J'ai cru que tu n'arriverais jamais.

— Je suis désolée, répondit-elle en s'asseyant sur un coin du matelas. Comment te sens-tu ?

— Je ne suis qu'une idiote. Le médecin vient de passer et m'a assuré que les analyses étaient normales. J'ai simplement été victime d'une crise d'hypoglycémie, voilà tout. D'ailleurs, je me porte comme un charme depuis qu'ils m'ont alimentée. En fait, j'attends juste qu'ils m'autorisent à partir… mais je ne compte pas retourner chez Leandros. Ce soir, je préfère dormir à l'hôtel.

— Jamais il n'acceptera de te laisser seule après cet incident ! Mais que s'est-il passé entre vous ? Il faut que je sache si tu souhaites que je t'aide.

Kellie se redressa dans le lit avec un soupir.

— Tout à l'heure, nous venions d'arriver lorsque Karmela s'est présentée à l'appartement avec des dossiers pour Leandros. Elle a eu l'air stupéfaite de me trouver là.

— Je ne comprends pas. Si elle espérait rester seule avec lui, c'est elle qui aurait dû s'évanouir, pas toi !

Son amie eut un rire amer.

— Ce n'est pas son genre. Cette femme possède un sang-froid à toute épreuve. Face à elle, j'ai eu l'impression qu'elle était l'épouse légitime et moi l'intruse. Sous mon propre toit ! Je suis sûre qu'elle est entrée avec l'ancien code de feu sa sœur : Leandros ne l'a jamais désactivé. Quoi qu'il en soit, ils se sont enfermés tous les deux quelques minutes dans le bureau. En ressortant, elle m'a souhaité bon voyage avec un petit sourire satisfait. Comment pouvait-elle être au courant ? Cela signifie que Leandros lui a forcément parlé de mes projets. Or, je refuse qu'elle sache le moindre détail de ma vie. Ça a été la goutte d'eau !

Fran lui serra la main avec effusion.

— J'aurais réagi de la même manière.

— Lorsqu'il m'a rejointe, j'étais dans la cuisine, bien décidée à ne pas me plaindre de Karmela. Il s'est mis à me tourner autour et à m'énerver, tant et si bien que je suis montée me coucher. Mais, une minute plus tard, alors que je téléphonais à ma tante, il a fait irruption dans la chambre d'amis et m'a demandé de raccrocher pour avoir une conversation sérieuse avec moi.

— Non !

— Je t'assure que je ne l'avais jamais vu dans une telle colère. Il m'a juré ses grands dieux qu'il ignorait que Karmela allait passer. Mais plus il s'expliquait, moins je l'écoutais. Et, soudain, je me suis sentie mal et je me suis évanouie.

— Ça ne m'étonne pas. Je me félicite de notre prochain départ.

— Pardonne-moi, Fran. Je suis désolée de t'avoir fait venir

à Athènes pour des raisons personnelles. C'était très égoïste de ma part.

— Ce n'est pas grave. Tu as besoin d'aide.

— Toi aussi, tu as besoin de soutien.

Prise de court par cette remarque, elle dévisagea son amie avec surprise. Mais Kellie poursuivait déjà sans s'expliquer :

— Tu rentres tard, dis-moi. Je suppose que tu as passé une bonne soirée.

— Merveilleuse, oui.

— A voir cette fleur fripée dans tes cheveux, je veux bien te croire. Te l'a-t-il donnée avant ou après t'avoir embrassée ?

Elle rougit jusqu'à la racine des cheveux.

— Il ne m'a pas embrassée.

— Dis plutôt « pas encore ». Fais attention à toi, ne te laisse pas embobiner.

— Pourquoi dis-tu cela ?

— Tout à l'heure, il voulait passer ses vacances avec nous.

— Kellie, il flirtait !

— Non. Nik Angelis est un coureur de jupons. L'une des secrétaires de Leandros affirme qu'il collectionne les conquêtes et qu'il ne recule devant rien pour obtenir ce qu'il veut. Leandros aussi le répète tout le temps. Alors je sais qu'il a déjà une idée en tête avec toi…

— Laquelle, à ton avis ?

— Je mettrais ma main au feu qu'il voudrait que tu démissionnes pour devenir la nounou de sa nièce en Grèce.

Abasourdie, Fran ouvrit de grands yeux.

— Il me l'a déjà proposé, mais j'ai refusé.

— Je le savais ! fit Kellie entre ses dents serrées. Tu es la candidate idéale : une jolie divorcée qu'il espère faire plier facilement. Lui as-tu dit que tu étais stérile ?

— Non, quelle idée !

— Tant mieux. S'il venait à le savoir, il jouerait avec ta fibre maternelle pour parvenir à ses fins.

Puis Kellie s'interrompit brutalement, les yeux mouillés de larmes.

— Nik a suffisamment d'argent pour acheter n'importe qui, mais pas toi. Tu n'as pas de prix !

— Oh ! Kellie ! s'écria Fran en la serrant dans ses bras.

— Promets-moi de rester prudente. Si tu lui cèdes, tu peux dire adieu à tes espoirs de remariage. Ne m'as-tu pas expliqué à plusieurs reprises que tu voulais rencontrer un veuf avec des enfants ? Tu n'y penses donc plus ?

Fran s'écarta et tamponna ses yeux.

— Si, c'est toujours mon souhait.

— Alors, coupe tout de suite les ponts avec Nik. Autrement, tu vas te retrouver coincée dans un rôle de domestique de luxe. Peu importe ton attachement à Demi : les années passent vite. Réfléchis ! Lorsqu'elle sera grande et qu'elle n'aura plus besoin de toi… que deviendras-tu ? A ce moment-là, tu ne seras plus en âge de fonder une famille. Je ne veux pas de cette vie pour toi. A notre retour, je t'aiderai à trouver un type formidable. Sur internet, il existe des centaines et des centaines de veufs à la recherche d'une femme pour reconstruire leur vie. Allons, ne fais pas cette tête ! Tu mérites un homme merveilleux. Ce second mariage sera la chance de ta vie si tu choisis le bon candidat !

— Je sais bien.

— Alors, écoute-moi : tôt ou tard, les parents de Nik le harcèleront pour qu'il se marie, comme ses frères. Dès lors, quelle sera ta place au sein de cette famille ? Et lorsque Demi partira à l'université… que feras-tu ? Rentreras-tu aux Etats-Unis pour trouver un nouvel emploi dans un hôpital où tu te consacreras encore aux autres ?

Blessée et mise à nu, elle ne répondit pas.

— Tu dois apprendre à vivre pour toi. Tu aurais dû demander le divorce dès la première année de ton mariage, quand Rob t'a dit qu'il ne voulait pas d'enfants. As-tu conscience du temps que tu as perdu par sa faute ? Je ne t'en ai jamais parlé, mais l'envie ne m'en manquait pas à l'époque, crois-moi.

A cet instant, Fran dévisagea Kellie avec ébahissement.

— Je ne savais pas que mon histoire te tenait autant à cœur.

— Tu es loin de t'imaginer combien je méprisais Rob et son égoïsme. Et ton expérience m'a permis de réfléchir à mon propre mariage. Si je songe sérieusement à me séparer de Leandros, c'est parce que je refuse de cohabiter avec Karmela encore un ou deux ans. Hier, à notre retour à Athènes, j'avais l'impression de parler à un mur. Il nie en bloc qu'elle est amoureuse de lui, mais je ne suis pas aveugle. Je suppose qu'il se lassera un jour d'elle… mais il lui cherchera une remplaçante en espérant que je ferme encore les yeux. A mon mariage, je me disais que le rêve était trop beau mais, sotte comme je suis, j'ai refusé de regarder la réalité en face.

Elle saisit le bras de Fran convulsivement.

— Ne fais pas comme moi. Ne te laisse pas charmer par Nik et son physique de dieu grec. Surtout, ne couche jamais avec lui. Ne tombe pas dans son piège.

— Kellie… Je ne t'ai jamais vue dans cet état.

— J'ai pris conscience que mon mariage était une erreur. A mon retour, je contacterai l'avocat de mon oncle pour lancer les procédures de divorce.

— Ton oncle et ta tante sont-ils au courant ?

— Non, pas encore.

— C'est incroyable. Votre couple paraissait si solide…

— Jusqu'à ce que Karmela se glisse entre nous ! Ne t'embarque pas dans une relation sans issue. Je connais ton attachement à Demi, mais elle n'est pas ta fille ! Elle fait partie du clan des Angelis. Toi, tu resteras toujours une étrangère parmi eux.

Incapable de supporter ces paroles, Fran se mit debout.

— Veux-tu que je passe la nuit chez toi ?

— Non. Leandros refusera sûrement. Mais pourquoi ne viendrais-tu pas au Cassandra avec moi ? Je dois lui prouver que je suis capable de me débrouiller sans lui. Il me prend pour une idiote… mais c'est terminé ! Il aurait dû épouser Karmela. D'ailleurs, je ne comprends pas pourquoi il ne l'a pas choisie. Bref, demande à Nik de te ramener au Cassandra. J'ai déjà tout arrangé pour que tu loges dans notre suite particulière. Demain, nous passerons te chercher avant d'aller à l'aéroport.

— Très bien. Je serai prête, dit-elle en la serrant dans ses bras. Encore une fois, je suis désolée pour toi et Leandros.

— Je sais. Moi aussi, j'étais bouleversée par ta rupture avec Rob. Mais tu as su tourner la page et je compte t'imiter. Avec le temps, ça ira mieux.

Après lui avoir soufflé un baiser, Fran rejoignit les deux hommes qui se levèrent à son approche.

— Comment va-t-elle ? demanda Leandros.

— Mieux. D'ailleurs, elle a toujours l'intention de partir demain aux Etats-Unis. Je vais veiller sur elle, Leandros. Pour le moment, elle a besoin de prendre du recul et je pense que Philadelphie lui éclaircira les idées. En tous les cas, je suis sûre d'une chose : elle vous aime. Ne l'oubliez jamais ! dit-elle d'une voix tremblante.

Elle vit la mâchoire de Leandros se crisper.

— Je le sais parfaitement. Et, demain, si elle tient encore à partir, je mettrai à sa disposition mon jet privé et l'accompagnerai. Nous devons parler, elle et moi. Quant à vous, passez la nuit dans notre suite au Cassandra. Demain, mon chauffeur vous conduira à l'aéroport. Je vous ai déjà réservé un billet en première classe. Votre vol part à 8 heures.

Impressionnée par son autorité, elle n'osa pas le contredire. Soudain, elle sentit Nik la saisir par le bras pour l'entraîner dehors.

— Ne l'écoutez pas. Ce soir, je vous héberge. A cette heure tardive, il serait absurde d'aller à l'hôtel alors que je dispose d'une chambre d'amis. Demain sera un autre jour. Après une bonne nuit de sommeil, vous serez libre de prendre une décision.

— Comme vous voudrez, répondit-elle, gagnée par la fatigue. Merci de votre générosité.

Avec un large sourire révélant ses dents blanches, il lui ouvrit la portière de la limousine.

— Enfin, je peux m'occuper de vous.

— Combien de fois devrai-je vous répéter que vous ne m'êtes pas redevable ? Veiller sur Demi n'était pas une contrainte mais un plaisir !

Comme elle montait en voiture, elle continua :

— Avez-vous eu des nouvelles de vos parents ?

— Oui, mon père m'a téléphoné. Demi leur a donné du fil à retordre toute la journée, mais elle s'est calmée au moment d'aller au lit.

— Cette petite me manque. C'est un vrai rayon de soleil.

— Vous avez raison. Elle nous aide tous à surmonter notre deuil. Malgré tout, mon père m'envie de pouvoir tromper mon chagrin dans le travail. Il ne s'habitue pas à la retraite. Du coup, vous savez quoi ?

— Dites-moi.

— Je lui ai annoncé mon intention de prendre quelques jours de congé et de me décharger complètement sur mes assistants. Et j'en ai profité pour lui proposer de réintégrer l'équipe afin qu'il vérifie l'avancement des projets.

— Et alors ?

— Il n'a pas refusé.

— C'est vrai ? Formidable ! Je suis sûre qu'il a hâte de remettre la main à la pâte.

— Ce n'est rien de le dire ! Comme vous le voyez, vos conseils portent leurs fruits. Si vous ne m'aviez pas convaincu de lever le pied, je n'aurais jamais réalisé que mon père supportait mal la retraite. Nous vous sommes tous redevables.

Sans attendre, il pressa furtivement ses lèvres sur les siennes. Leur baiser ne dura qu'une seconde mais elle ressentit une onde de choc aussi puissante que l'avertissement de Kellie : *Ne fais pas comme moi. Ne te laisse pas charmer par Nik et son physique de dieu grec.*

— Au sujet des vacances, cessez de vous tourmenter à propos de Kellie. Leandros va l'accompagner à Philadelphie, où ils vont passer quelques jours en tête à tête et faire le point. De votre côté, rien ne vous oblige à repartir tout de suite — d'autant plus qu'en votre absence ils seront bien obligés de se parler. Je sais que Leandros ne veut pas divorcer.

Parce qu'elle partageait son avis, elle hocha la tête. Selon elle, Karmela n'était qu'un problème parmi d'autres. Et, si Kellie semblait obsédée par cette histoire, sans doute était-ce par refus d'affronter ses propres angoisses. Elle avait épousé un homme puissant, dont le premier mariage avait été heureux, et redoutait de ne pas être à la hauteur. En dépit du soutien de ses amis, elle ne gardait plus la tête hors de l'eau et avait besoin de consulter un spécialiste.

— Je suis bien d'accord, Nik mais, sans Kellie, je n'ai aucune raison de rester ici.

— Je peux vous faire découvrir la Grèce.

— Vous ?

— Eh bien, oui. Seriez-vous effrayer à l'idée de voyager en ma compagnie ?

Elle réprima un léger frisson.

— Moi ? Quelle idée ridicule !

— Menteuse… avouez-le ! Vous redoutez de vous retrouver seule avec moi. Ou alors vous craignez de passer un trop bon moment et d'en concevoir des regrets.

Tout en éclatant de rire, elle retira sa main.

— Vous n'avez pas tort.

— Dans ce cas, profitez de la vie et savourez chaque instant comme un cadeau. Vous êtes en vacances, que diable ! Où voudriez-vous aller ?

— J'aurais très envie de gravir le mont Olympe. Kellie et moi avions programmé cette excursion avant la tornade.

— Excellente idée ! Vous aimez le camping sauvage ? C'est mon hobby préféré, à l'exception des sports aquatiques.

— Et de la conduite.

— Quelle mémoire ! C'est entendu, alors : départ demain matin, après le petit déjeuner. Nous prendrons l'hélicoptère jusqu'à Prionia, où le chemin débute.

— Vous avez déjà fait cette randonnée, bien sûr.

— Deux fois : la première avec mes frères, la seconde, avec des amis. Mais jamais encore avec une femme.

— Votre esprit d'aventure n'a pas de limite !

Comme il éclatait d'un rire franc, elle sentit son cœur se réchauffer un peu. Et elle ne put s'empêcher de reléguer les craintes de Kellie au second plan, loin, très loin dans son esprit.

6

Prenant le bras de Fran, Nik l'attira sur le bord du chemin pour laisser passer une caravane de mulets qui montaient ravitailler le refuge. Ils en profitèrent pour se désaltérer.

— Nous avons terminé la moitié de l'étape, dit-il. Nous arriverons dans deux heures.

Ils avaient gardé le meilleur pour le lendemain : l'ascension du Mytikas, le plus haut sommet du massif de l'Olympe. Jusqu'à présent, il ne regrettait pas cette expédition avec elle. Malgré le lourd sac sur son dos, elle supportait le rythme sans une plainte et s'épanouissait dans la marche. Et puis, n'était-elle pas adorable dans ce jean et ce joli top à volants couleur crème ?

— On y va ? Nous allons maintenant longer une gorge. Le refuge se trouve au bout.

— A quelle altitude ?

— Deux mille mètres.

— Allons-nous y passer la nuit ?

— Non, nous allons camper un peu plus loin. Nous avons beaucoup de chance aujourd'hui. D'habitude, la montagne est voilée par les nuages mais, cette nuit, nous pourrons admirer les étoiles.

— C'est vrai ? J'ai hâte !

Elle repartit sans l'attendre, le forçant à allonger le pas pour la rattraper. Mais, au bout d'une dizaine de minutes, elle s'arrêta en tendant le bras en l'air.

— Là, Nik ! Regardez cet énorme oiseau.

— Oui, j'arrive à le voir sans les jumelles. C'est un gypaète barbu : une espèce de vautour.

— Pourquoi barbu ?

— Parce qu'il a une moustache. Ce spécimen doit peser au moins cinq kilos.

— Vu son envergure, cela ne m'étonne pas.

— Oui, il mesure environ un mètre. Savez-vous que l'écosystème du mont Olympe est protégé ? Il englobe des espèces végétales et animales introuvables ailleurs dans le monde.

— C'est incroyable ! Je suis vraiment ravie d'être venue.

Moi aussi, songea-t-il. S'il n'avait pas craint la présence gênante de témoins, sans doute l'aurait-il prise dans ses bras pour l'embrasser passionnément. A la place, il murmura à son oreille :

— Et ce n'est que le début. Allez, c'est reparti. Je commence à avoir faim, pas vous ?

Elle éclata de rire.

— A votre avis ?

Même s'ils entamaient la partie la plus difficile du périple, elle continuait à avancer avec l'assurance d'une randonneuse chevronnée.

— Arrêtons-nous pour boire un peu, dit-il. Cela nous permettra de tenir jusqu'au sanctuaire.

— Quel sanctuaire ?

— Le refuge !

Tout en riant, elle vida sa gourde en quelques longues lampées. Fasciné, il regarda les légers mouvements de sa gorge… et il n'était pas le seul. En passant à leur hauteur, deux randonneurs posèrent sur elle un regard insistant.

— En voilà un qui s'est dégotté une vraie déesse ! s'exclama l'un des hommes en grec.

En surprenant ces mots, Nik n'en conçut nul ombrage. Au contraire, il était fier d'accompagner une telle femme. Aux anges, il avait l'impression que rien ne pouvait l'atteindre. N'était-ce pas incroyable ? Sa famille venait d'essuyer une terrible tragédie dont sa nièce ressortait orpheline, mais il ne prêtait plus aucune attention à ses soucis personnels et professionnels. Avec Fran à ses côtés, il se sentait comblé et en paix — comme si elle donnait un sens à sa vie. Un instant, il songea à sa petite figurine d'Atlas. La veille, il s'était endormi en la serrant dans sa main. Si Fran le connaissait depuis seulement quelques jours, elle avait pourtant cerné les manques et le vide de son existence avec une perspicacité remarquable. Pourquoi ne l'avait-il pas connue plus tôt, avant qu'elle ne rencontre son mari ? Hélas, il ne pouvait pas réécrire le passé... De toute façon, elle n'était plus mariée et, désormais, elle se trouvait à ses côtés — au moins pour le moment. Elle-même était sûrement consciente du lien très fort qui se tissait entre eux... car, sans cela, sans doute serait-elle repartie aux Etats-Unis.

— Le soir tombe. Dépêchons-nous de gagner le refuge.

Comme la route devenait escarpée, ils progressaient désormais plus lentement.

— Nous avons semé les autres randonneurs.

— Tout le monde ne partage pas votre goût de l'aventure, répondit-il en souriant.

— Vous savez, j'aimerais aussi explorer le mont Athos.

— Dans ce cas, vous devrez vous déguiser en homme.

— Oui, comme Maryse Choisy. Kellie et moi avons lu le récit de son séjour dans l'un des monastères.

— *Un mois chez les hommes* ?

— C'est ça ! Elle s'est travestie pour pouvoir vivre la véritable existence des moines. Elle aurait même refusé les avances de l'un d'eux. Kellie prétendait qu'elle lui avait brisé le cœur.

— Ou, plutôt, elle a froissé son amour-propre. Elle a dû le trouver très laid, autrement, elle serait restée et n'aurait jamais écrit ce livre.

Quand elle rejeta la tête en arrière, son rire résonna dans l'air comme un doux tintement. Surpris, de petits écureuils grimpèrent se réfugier à la cime d'un arbre.

— Estimons-nous heureux d'être sur le Mont Olympe, où Zeus permettait aux dieux et aux déesses de s'ébattre en toute liberté.

— Cela devait valoir le coup d'œil. Je m'étais toujours figurée que le sommet de l'Olympe était blanc et cotonneux.

— Dites plutôt couvert de neige et de cailloux. Lorsque nous arriverons en haut, vous verrez que les légendes ne sont pas à prendre au pied de la lettre.

— Tant mieux : je préfère la réalité.

S'arrêtant un instant, il observa les alentours avant de

l'inviter à le suivre dans le bois jusqu'à une petite clairière entourée de pins. Il déposa alors son chargement par terre et sortit une lampe torche.

— La tente sera vite montée. Ensuite, nous pourrons nous restaurer.

— Je vais vous aider, dit-elle en se débarrassant à son tour de son paquetage.

Ils œuvrèrent quelques instants dans un agréable silence.

— Vous êtes une campeuse expérimentée, cela se voit tout de suite.

— Merci. Venant de vous, je suis flattée. Plus jeune, j'avais l'habitude de partir en excursion avec mes parents et mon jeune frère. Kellie était souvent de la partie. Elle adore marcher, elle aussi.

Il lui jeta un bref coup d'œil.

— Je ne savais pas que vous aviez un frère.

— Il est mort à quinze ans d'une leucémie. A l'époque, je pensais ne jamais m'en remettre mais, petit à petit, mon chagrin s'est estompé. Vous aussi, vous finirez par surmonter le deuil de votre sœur.

Il parut méditer ces propos un moment et reprit :

— Parlez-moi de vos parents.

— Papa est journaliste. Il rédige une chronique politique dans une revue. Ma mère est directrice d'école. J'ai aussi plusieurs oncles et tantes, cousins et cousines des deux côtés. Bref, une grande famille, comme la vôtre.

Il n'était pas étonné d'apprendre qu'elle avait beaucoup souffert dans sa vie : d'abord, la mort de son frère, ensuite un divorce... Il comprenait mieux son incroyable empathie, sa compassion, sa sensibilité aux malheurs des autres, sa force de caractère.

Une fois la tente montée, ils étalèrent leurs sacs de couchage à l'intérieur et sortirent leurs provisions : des sandwichs, de la salade, des fruits, des pâtisseries. Nik plaça la lampe de manière à éclairer la nappe pendant qu'elle choisissait un gâteau. Comme elle le dégustait avec un plaisir évident, il la regarda en souriant.

— Je ne vous l'ai peut-être pas encore dit mais j'ai passé une journée fabuleuse.

La bouche pleine, elle dut terminer de mâcher avant de répondre.

— Je pensais justement la même chose. Vous êtes un homme si facile à vivre. Après Rob, je…

Elle s'interrompit brusquement.

— Désolée, je n'arrête pas de parler de lui. Excusez-moi.

— Vous excuser de quoi ? Vous avez été mariée… quoi, trois ans ? Cela fait partie de vos souvenirs.

— Sans doute, mais c'est grossier vis-à-vis de vous, et de lui.

— Vous êtes une femme de principes. C'est l'une de vos nombreuses qualités, dit-il en avalant quelques grains de raisin. A ce propos, j'aurais une question : Fran… c'est votre prénom de naissance ?

— Non, je m'appelle Francesca mais, à l'école, mon nom ne plaisait pas. J'ai donc pris l'habitude d'utiliser mon diminutif.

— On se moquait de vous ?

— Disons que les autres élèves trouvaient mon prénom prétentieux. Je l'ai hérité de ma grand-mère maternelle.

— Cela vous embête si je vous appelle Francesca ?

— Pourquoi le feriez-vous ?

— Parce que j'aime ce nom.

— Mes parents le prononçaient en entier uniquement lorsqu'ils étaient fâchés contre moi.

— Ah bon. C'était fréquent ?

— Oh ! oui… Plus que vous ne l'imaginez ! Par exemple, en cinquième, Kellie et moi nous sommes inscrites à un club de danse sur un coup de tête. Lorsque mes parents ont reçu la facture, ils m'ont demandé une petite explication. Et en dernière année de lycée, nous avons eu l'idée de partir étudier en France. Pour blaguer, nous avons envoyé notre candidature à un pensionnat parisien… sans penser une seconde qu'elle serait retenue ! Là aussi, un courrier est arrivé en provenance de Paris. La directrice était ravie de m'informer que mon dossier était accepté, et elle réclamait deux mille dollars pour valider mon inscription. Une fois de plus, j'ai été convoquée par mes parents. Lorsque j'ai vu la lettre, je n'en croyais pas mes yeux. Et je leur ai dit qu'il s'agissait d'une plaisanterie.

— Mais ils ont admiré votre esprit d'initiative et vous ont laissée partir.

Elle opina.

— Ils ont pensé que cette expérience me serait profitable.

— Avec le recul, ont-ils eu raison ?

— Oui. Bien sûr, les premières semaines ont été difficiles à cause du mal du pays mais dans l'ensemble, Kellie et moi avons passé des moments formidables. En plus, nous sommes revenues aux Etats-Unis avec un bon niveau de français.

— De qui tenez-vous votre candeur ? Votre père ou votre mère ?

— Des deux, je crois, dit-elle en s'essuyant les doigts avec une serviette en papier.

Enfin repue, elle s'adossa contre son paquetage et joignit les mains derrière sa nuque.

— A mon tour de poser des questions. Vous n'avez jamais été marié… mais avez-vous déjà vécu en couple ?

— Non.

— Voilà une réponse franche ! Dans ce cas, parlez-moi de votre dernière conquête, monsieur Nikolos Angelis. Allons, ne secouez pas la tête. Votre réputation vous précède.

Pour toute réponse, il éclata de rire.

— Pourquoi suis-je la première femme que vous emmenez en randonnée ?

— Parce que Lena aurait fait semblant de s'amuser pour me faire plaisir.

— Et donc ?

Il soutint son regard.

— Donc, je n'ai pas eu envie de la connaître davantage. Ai-je répondu à votre question ?

— Combien de fois êtes-vous sorti avec elle ?

— Deux fois.

Elle se redressa, stupéfaite.

— Vous n'attendez que deux petits rendez-vous avant de jeter l'éponge ?

— Parfois, je patiente jusqu'au troisième… mais le plus souvent, je m'arrête au premier.

— Vous plaisantez, j'espère ?

— Non.

— Mais alors, pourquoi avez-vous tenu à m'emmener, moi, en randonnée ?

— Vous êtes une femme intelligente. Je pense que vous trouverez la réponse toute seule.

— Vous me faites peur, Nik.

— Tant mieux. Il est temps que vous me preniez au sérieux. Vous avez bien dû remarquer que vous m'attirez. J'ai fait des pieds et des mains pour vous empêcher de quitter Athènes. Jusqu'à présent, aucune femme n'avait jamais réussi à m'éloigner de ma famille ou de mon travail. Comprenez-vous à quel point je vous désire ?

— Ne dites pas cela. Notre relation ne ressemble à aucune autre.

— Je suis heureux de vous l'entendre dire.

— Non, je vous en prie, ne vous approchez pas ou nous risquons de le regretter tous les deux.

Indifférent à son avertissement, il posa une paume tiède sur sa joue.

— Vous avez envie de moi, ne me mentez pas, dit-il dans un murmure. Je le lis dans vos yeux, et dans cette petite veine qui pulse au creux de votre gorge.

— Non, Nik…

Trop tard. Vaincu par un désir irrépressible, tel qu'il n'en avait jamais connu, il posa sa bouche à l'endroit exact où battait son pouls. Savourant le velours de sa peau, il déposa une série de baisers sur tout son visage et, du bout de la langue, entrouvrit ses lèvres tremblantes. A cet instant, elle crut qu'une digue cédait en elle… et lui répondit avec une ferveur égale. Bientôt, leurs gémissements se mêlèrent, attisant leur incontrôlable passion. Il en voulait plus — elle aussi, il le savait. Il sentit son corps entier vibrer, comme en ébullition. Pour eux, le temps n'existait plus. Seul comptait le plaisir qu'ils se donnaient.

— Tu es magnifique, dit-il. Sais-tu à quel point je souffrais de ne pas pouvoir te toucher, t'embrasser ?

Le souffle court, il dénoua ses longs cheveux et les caressa avant d'enfouir son visage parmi les mèches soyeuses.

— Avoue que tu me désires, toi aussi.

— Je n'ai pas besoin de le dire.

— Je veux entendre ces mots dans ta bouche.

De nouveau, il l'embrassa avec une ardeur brûlante mais elle finit par s'écarter dans un soupir.

— J'ai peur de m'attacher à toi, dit-elle.

— A cause du comportement de ton ex-mari ?

Elle hocha la tête.

— Désormais, j'ai du mal à accorder ma confiance à un homme.

— Donc, tu ne me laisses même pas une chance ? Tu me condamnes d'avance ?

— Non ! Si c'était le cas, je serais directement rentrée aux Etats-Unis.

— Tu sais bien que je ne te ferai jamais de mal…

— J'aimerais te croire, répondit-elle d'une voix éraillée.

Durant un moment, il la contempla en silence. Son mari l'avait vraiment détruite. Parviendrait-elle un jour à surmonter cette déception ? Saisi d'un brusque accès de colère, il se leva et prit la lampe.

— Où vas-tu ? s'écria-t-elle, alarmée.

— Oh ! pas loin, ne t'inquiète pas.

— Nik…

Il se retourna brusquement.

— Quoi ? Qu'est-ce qu'il y a ?

— Rien. Sois prudent, c'est tout.

Le cœur battant à rompre, elle le regarda disparaître entre les arbres, puis entra s'asseoir dans la tente. Alors, le menton sur les genoux, le regard vide, elle attendit son retour. Au bout de cinq minutes, elle n'y tint plus et s'enfonça à son tour dans la clairière.

— Nik ? Où es-tu ?

— Juste derrière toi.

Surprise, elle se retourna brusquement et chancela. Elle vit alors deux mains viriles jaillirent de nulle part pour la retenir avant sa chute.

— Explique-moi une chose : pourquoi ton mariage t'a-t-il inspiré une telle peur des hommes… et de moi ?

— Je… J'ai perdu confiance. Lorsque tu te donnes entièrement et que ton couple se brise malgré tout, la peur de revivre un tel échec est paralysante. Je n'ai pas envie de répéter mes erreurs.

— Tu es la femme la plus franche que je connaisse, mais tu me caches la vérité. Comment ton mari a-t-il fait pour détruire cette confiance ?

Comme il enfonçait ses doigts dans ses épaules, elle grimaça.

— Je ne peux pas te le dire. Désolée.

Brutalement, comme il la relâchait avec un gémissement sourd, elle vacilla sur ses jambes. Après une journée aussi magnifique, comment avaient-ils pu en arriver là ? Mais elle refusait de céder. Si elle s'abandonnait à lui, elle risquait de tomber définitivement amoureuse. Or, elle ne pouvait pas se le permettre. Tout était de sa faute. En acceptant de passer une soirée avec lui dans le vieux quartier d'Athènes, elle avait joué avec le feu. Eh bien, tant pis pour elle ! Elle s'était brûlé les ailes. Néanmoins, elle pouvait encore fuir — car elle préférait panser quelques égratignures que passer le reste de sa vie à regretter un moment d'égarement.

— Puisque j'ai suggéré cette randonnée, j'assume l'entière responsabilité de notre situation actuelle, dit-elle. Toutefois, j'aimerais quand même profiter du reste du parcours. Tu as été si gentil avec moi que je ne voudrais pas me montrer ingrate. Pourrions-nous redevenir amis, s'il te plaît ?

— Non, répondit-il avec effort. La situation est trop ambiguë et mes sentiments pour toi n'ont aucun rapport avec de l'amitié. Toutefois, j'ai toujours une dette envers toi : je te servirai donc de guide jusqu'en haut. Et, puisque tu refuses de me parler, je n'insiste pas. Je vais me coucher.

— Nik…

— Demain, réveil à 6 heures. C'est le meilleur moment pour atteindre le sommet.

Sans attendre, il lui jeta la lampe torche dans les mains et disparut sous la tente. Elle dut se mordre le poing pour ne pas pleurer. Idiote ! Elle ne pouvait s'en prendre qu'à elle-même. Heureusement, elle s'était arrêtée avant qu'ils ne fassent l'amour. Et elle ne doutait pas un instant que Nik oublierait vite cette histoire. En revanche, de son côté, elle n'était pas sûre de s'en remettre… Ce soir, possédée par une violente passion, elle avait failli succomber au charme d'un bel inconnu. Plus elle y pensait, plus elle jugeait son attitude invraisemblable. Comment avait-elle pu s'engager aussi loin avec lui ?

Au bout d'un long moment, elle recouvra suffisamment son calme pour regagner la tente. Engoncé dans son sac de couchage, il lui tournait le dos. Sans un bruit, elle se déchaussa et se coucha, remarquant au passage qu'il avait ouvert la fenêtre grillagée pour qu'elle puisse admirer les étoiles. Mais elle ne vit rien et les yeux brouillés de larmes, épuisée, elle s'endormit.

— Il est l'heure de partir.

Tout engourdie de sommeil, elle s'assit dans son sac de couchage et se frotta les yeux. Dehors, il faisait encore nuit.

— Le petit déjeuner est prêt, déclara Nik sans aménité. Inutile de démonter la tente. Nous le ferons à notre retour. Et maintenant, préparez-vous vite.

Attristée par son hostilité, elle s'habilla précipitamment, de sorte qu'ils se mettent tout de suite en marche.

Elle vécut les deux heures suivantes comme un véritable calvaire. Peu à peu, la forêt s'était éclaircie jusqu'à disparaître complètement, remplacée par un paysage aride et caillouteux. Quant au chemin, il se perdait dans les éboulis. A bout de souffle, les pieds couverts d'ampoules, elle progressait avec difficulté. Mais elle souffrait surtout de l'attitude de Nik. A moins d'une absolue nécessité, il ne desserrait pas les lèvres. Quand ils firent une pause pour boire, elle s'assit sur une pierre et massa longuement ses jambes endolories. Lui, en revanche, ne semblait guère fatigué.

— Cette piste s'appelle le Kaki Skala, c'est-à-dire le mauvais escalier, dit-il. C'est la partie la plus éprouvante du parcours. Comme vous n'êtes pas en état de grimper jusqu'au Mytikas, nous allons nous rendre au Skolio : nous l'atteindrons en vingt minutes, au lieu d'une heure pour l'autre.

Avec un hochement de tête, elle se leva pour repartir. Lorsqu'ils arrivèrent enfin, un amoncellement de nuages obstruait la vue imprenable sur la mer Egée. Elle put néanmoins prendre quelques photos avec son téléphone portable. Malgré la brume, ce désert minéral parsemé de plaques de neige restait grandiose.

— Merci de m'avoir amenée ici, Nik.

— Je vous en prie.

Face à sa sécheresse, elle sentit son cœur se serrer. La veille, il aurait plaisanté ou inventé une anecdote sur les dieux occupés à gambader au sommet du mont enneigé. Ne venait-elle pas de perdre un ami ? Après avoir signé le livre d'or, ils entreprirent la descente, mais les éboulis rendaient la marche encore plus périlleuse qu'à l'aller. Lorsqu'ils atteignirent leur tente, elle s'affala sur son sac de couchage, exténuée. Debout devant l'ouverture, il la regarda, mais elle lui jeta un coup d'œil torve.

— Je suis vannée. On ne pourrait pas se reposer une demi-heure avant de partir ?

Il pinça les lèvres.

— A vos risques et périls, alors.

— Nik, je t'en prie ! Je ne mérite pas ton agressivité.

Il vida sa gourde sans cesser de la fixer durement.

— Es-tu prête à me dire enfin ce que j'ai envie de savoir ?

Elle se redressa péniblement et enserra ses genoux de ses bras.

— Tu m'en demandes trop.

— Pourquoi ?

L'air vibrait entre eux d'une tension lourde et désagréable. Prenant dans son sac des fruits secs et des barres énergétiques, il les partagea néanmoins avec elle. Elle poussa alors un profond soupir.

— Parce que je désire certaines choses que je n'aurai jamais.

— Quel genre de chose ?

— Tu vas rire si je te le dis.

— Qu'en sais-tu ? Vas-y, je t'écoute.

— Je rêve d'avoir une chose totalement inaccessible pour moi : un bon mariage et des enfants. L'autre jour, lorsque tu m'as demandé de devenir la nounou de Demi, j'ai beaucoup réfléchi avant de refuser. J'adore ta nièce mais, en acceptant cet emploi, je serais contrainte de renoncer à toute vie personnelle.

— Fran…

— Je sais de quoi je parle ! Tu ne peux pas comprendre, à moins d'être une femme. J'ai peur de rester cantonnée jusqu'à la fin de mes jours à un rôle de dame de compagnie. Durant les prochaines années, je voudrais…

— Quel âge as-tu, exactement ? demanda-t-il à brûle-pourpoint.

— Vingt-huit ans. Ce n'est pas vieux mais, depuis mon divorce, j'ai l'impression d'être plus âgée que les femmes de ma génération. Et soyons francs : pour la plupart des hommes, je suis « hors circuit ». Tu ne me crois peut-être pas, mais je te dis la vérité.

— Toi aussi, tu as du mal à te mettre à ma place. Tout le monde me voit comme un séducteur qui passe son temps à butiner d'une conquête à l'autre. D'ailleurs, tu partages cette opinion, non ? Ne le nie pas, tu es en train de rougir.

— A la lecture des articles à ton sujet, j'avoue m'être forgée une opinion, c'est vrai. Mais, depuis, j'ai changé d'avis.

— Même après la scène d'hier soir ?

— Nik… Nous n'avons rien à regretter.

— Ta franchise ne cesse de m'étonner.

— Pourquoi ? Tu ne vas pas me faire croire que tes précédentes petites amies se comportaient comme des saintes-nitouches.

— Non. C'est plutôt moi qui ne leur ai jamais laissé une chance.

Elle le considéra avec une curiosité croissante avant de dire :

— Raconte-moi la véritable histoire de ta vie… Celle que personne ne connaît.

7

Nik laissa son regard errer sur son fin visage.

— Gamin, j'étais un vrai casse-cou, adepte de tous les sports extrêmes — ce qui m'a valu plusieurs séjours aux urgences. D'ailleurs, mes parents ont fini par m'interdire de pratiquer mes activités favorites, sous réserve que j'obtienne de meilleures notes en classe. J'ai alors commencé à m'investir pleinement, dans le travail comme dans les loisirs. Par exemple, à une époque, j'ai envisagé une carrière de footballeur professionnel. Ensuite, j'ai voulu devenir pilote de course.

— Tu te croyais invincible, en somme, dit-elle avec un sourire.

— Oui… mais la vie s'est chargée de me rappeler mes limites. J'ai pas mal bourlingué, notamment aux Etats-Unis et en Amérique du Sud. Au cours d'un voyage dans les Andes, j'ai rencontré un ami qui organisait une expédition sur l'Everest. Il m'a proposé de l'accompagner et cette expédition a changé ma vie.

— Comment cela ?

— En cours de route, nous avons été surpris par le blizzard et deux de nos compagnons sont morts. En tombant, ils m'ont entraîné dans leur chute et j'ai basculé d'une corniche. Par bonheur, un cordage m'a sauvé la vie, mais j'ai été projeté contre une paroi rocheuse et le choc a causé des lésions internes. Sur le moment, tout le monde m'a cru mort.

— Oh ! Nik…

— J'ai été hospitalisé pendant deux mois, mais la convalescence a duré plus d'un an. A présent, je mesure mieux la chance que j'ai eue d'en réchapper. Mes parents m'avaient toujours laissé les coudées franches parce qu'ils ignoraient comment m'arrêter. Du coup, j'obéissais à mes impulsions, sans jamais songer aux conséquences de mes actes. Grâce à cet accident, j'ai enfin réalisé que je n'étais pas immortel.

— Cela explique pourquoi tu n'as pas escaladé tous les sommets de ce pays !

Riant de sa plaisanterie, il lui décocha un clin d'œil.

— En prenant conscience de l'angoisse dans laquelle je faisais vivre mes parents, j'ai décidé d'arrêter les frais et de me mettre au travail sérieusement. Et, le jour où j'ai intégré l'équipe d'Angelis Corporation, je suis rentré dans le rang. A présent, tu sais d'où vient mon complexe d'Atlas…

— Tu es devenu P.-D.G. assez récemment, si je ne m'abuse.

— Mon accident remonte à cinq ans.

— Quel âge as-tu ?

— Trente-quatre ans.

— Donc, en seulement cinq ans, tu as grimpé jusqu'au sommet de l'échelle. Tu peux être fier de toi. A trente-quatre ans, peu d'hommes supportent de telles responsabilités, mais tu as les épaules larges. Je comprends pourquoi Melina t'a demandé d'être le parrain de sa fille. Demi a de la chance d'avoir un oncle comme toi.

Comme sa voix se cassait, il lui prit la main d'un geste vif et baisa le creux de sa paume.

— Chaque fois que tu parles de ma sœur, je devine une blessure en toi. Pourquoi ne pas te confier ? Ça te ferait du bien. Tu peux tout me dire.

Emue par sa prévenance, elle baissa la tête.

— A l'adolescence, j'ai souffert d'une endométriose — une maladie fréquente aux séquelles plus ou moins graves. Pour ma part, j'ai été affectée par une forme sévère qui m'a rendue stérile. J'aurais tant voulu avoir un petit garçon aussi mignon que mon frère, hélas…

— Francesca…

S'effondrant dans ses bras, elle éclata en sanglots. Et, pendant de longues minutes, il la berça doucement, la réconfortant jusqu'à ce qu'elle se redresse et s'essuie les yeux.

— Excuse-moi. Avant de notre mariage, Rob connaissait mon problème, mais il se disait prêt à adopter et je l'ai cru.

Seulement, un an plus tard, il n'avait toujours pas envie de sauter le pas. J'ai fini par le convaincre de consulter un spécialiste en thérapie de couple. Dès la première séance, il a admis qu'il voulait des enfants de sa chair, ou pas du tout. Et son aveu m'a brisé le cœur.

— *Agapi mou*, dit-il tout bas en couvrant son visage d'une pluie de légers baisers.

Incapable de comprendre ces paroles, elle en ressentit pourtant la tendresse et se blottit contre lui en fermant les paupières, à bout de forces.

Lorsqu'il se réveilla, Fran dormait encore, pelotonnée dans ses bras et agrippée à sa poitrine en un geste possessif. Il consulta sa montre : 17 heures. Seigneur ! Ils avaient dormi tout l'après-midi. Ce n'était pas étonnant. Entre cette discussion qui avait mis leurs nerfs à rude épreuve et leur longue randonnée, ils étaient tombés de fatigue.

Se dégageant doucement de son étreinte, il partit alors en direction du refuge. A son retour, il portait des sacs chargés de provisions et découvrit une Fran réveillée, occupée à brosser ses épais cheveux blonds. Elle lui jeta aussitôt un regard brillant.

— De la nourriture ! Justement, je meurs de faim. Nik, je t'adore.

Il déposa ses paquets entre leurs sacs de couchage.

— Après manger, nous irons prendre un bain dans la rivière.

— Je n'ai pas apporté de maillot de bain ! s'écria-t-elle, embarrassée.

Il la regarda d'un air malicieux.

— Intéressant, fit-il.

Elle éclata de rire en déballant un sandwich.

— A ton avis, les dieux pique-niquaient-ils tous nus sur le mont Olympe ?

— Aucune idée, répondit-il, hilare. Je m'intéresse davantage à la déesse en face de moi.

— Kellie te trouve beau comme un dieu grec.

— Elle n'a pas vu mes cicatrices.

— Je suis sûre qu'elle ne s'arrêterait pas à ce genre de détail.

— En parlant de Kellie, Leandros m'a dit qu'elle comptait

te dégoter un mari pendant ton séjour. Elle a dû remarquer que tu faisais tourner les têtes.

— Moi ?

— Bien sûr ! Hier, en montant au refuge, nous avons croisé deux randonneurs qui se sont carrément arrêtés pour t'admirer. L'un d'eux t'a même comparée à une déesse.

Elle éclata d'un rire incrédule.

— Non, c'est vrai ? En tous les cas, c'est agréable à entendre.

— Ne ris pas ! Même mes frères, et Keiko…

— Ton pilote ? Restons sérieux, je te prie. Au fait, nous devrions peut-être démonter la tente et partir avant que la nuit tombe.

— Changement de programme ! Comme nous avons dormi tout l'après-midi, j'ai téléphoné tout à l'heure à Keiko : il nous attendra demain matin, à 7 heures.

Après l'avoir dévisagé un bon moment, elle finit par se lever.

— Dans ce cas, je vais faire un brin de toilette.

— As-tu besoin d'aide ?

— Merci, je vais me débrouiller, dit-elle en rougissant.

Emportant son attirail sous un bras, elle sortit timidement… et revint seulement quelques minutes plus tard, fraîche et pimpante dans un chemisier blanc. A son tour, il partit ensuite se laver pour la découvrir, à son retour, allongée dans son sac de couchage, en train de lire à la lumière d'une lampe torche. Elle avait noué ses cheveux en une lourde tresse qui reposait sur son épaule. Dehors, l'obscurité régnait, renforçant l'intimité à l'intérieur de la tente.

— Que lis-tu ? demanda-t-il en se couchant.

— *Le Massacre de Memphremagog.* C'est l'histoire d'un meurtre dans un monastère. Mais, en toute honnêteté, je n'arrive pas à me concentrer.

Posant son roman, elle éteignit la lumière et un léger silence s'abattit entre eux.

— Tu es parti longtemps, dit-elle enfin. Tu as des nouvelles de ta famille ?

— Oui. Mon père m'a laissé un message.

— Il est arrivé quelque chose ? demanda-t-elle avec anxiété.

— Non. Demi se porte bien.

— Ah, Dieu merci ! Est-ce que tu lui as parlé ?

— Non. J'ai suivi ton conseil et je n'ai pas rappelé. Pour une fois que je pars en vacances avec une femme, je compte bien en profiter.

A ces mots, elle parut hésiter.

— C'est le cas ? Je veux dire, tu en profites vraiment ?

— Me croiras-tu si je te dis que je n'ai jamais été aussi heureux de ma vie ?

— *Nik...*

— Et toi ? Tu ne regrettes pas ton séjour ?

Il entendit le bruissement du sac de couchage... et l'instant d'après, elle posait un bras autour de son cou et l'embrassait sur les lèvres.

— Pas une seconde. Tu es un homme merveilleux, au point que j'ai parfois l'impression de vivre un conte de fées, dit-elle en ponctuant chaque parole d'un baiser. Bonne nuit, mon chéri.

— Attends ! dit-il comme elle s'écartait. Il faut que je te dise quelque chose.

— Qu'est-ce qu'il y a ?

— Puisque tu as été franche avec moi, j'aimerais en faire autant. Lors de mon hospitalisation suite à mon accident d'escalade, le médecin a diagnostiqué que j'étais stérile. Je ne pourrai jamais devenir père.

Encaissant d'abord le choc... elle se pencha ensuite sur ses lèvres avec douceur.

— Oh ! Nik... si tu savais comme je te comprends.

Il hocha la tête.

— A cette annonce, ma vie a été bouleversée à jamais. Comme toi, j'ai dû m'habituer à cette terrible réalité. Et, volontairement, j'ai commencé à entretenir une myriade de relations sans lendemain, comme si je redoutais de tomber amoureux d'une femme qui n'accepterait pas ma défaillance.

— Moi aussi, j'ai connu ces doutes et ces incertitudes. Je sais à quel point ils font souffrir. Qui est au courant, à part moi ?

— Personne — en dehors de mon médecin. Je ne l'ai même pas avoué à mes parents.

Elle voulut s'asseoir, mais il la retint en posant les mains sur ses épaules.

— Laisse-moi terminer. Il y a quelques jours, j'ai cru que ma nièce était morte en même temps que ma sœur et son mari… or, il se trouve qu'elle a survécu. Et, grâce à elle, tu as débarqué dans ma vie. Deux miracles sont arrivés le même jour.

— Nik…

— Je ne veux pas que tu partes.

— Je le sais bien.

— Non, je suis très sérieux…

— Ecoute, nous sommes venus ici pour oublier nos soucis et passer un bon moment. Toi-même, ne m'as-tu pas conseillé de savourer l'instant présent pour éviter les regrets ?

— C'est vrai, mais je n'arrête pas de penser que tu vas bientôt partir et ça me gâche mon plaisir.

— Tu es vraiment incroyable, tu sais ! fit-elle avec un petit rire de gorge.

— Et tu es loin d'avoir tout vu. Attends demain.

— Pourquoi ? Tu as prévu quelque chose ?

— C'est une surprise. Une surprise qui te plaira, je te le garantis. Reste près de moi, Francesca. J'ai besoin de toi.

Tout en l'enlaçant, il posa ses lèvres sur son cou et mêla ses jambes aux siennes, heureux de la sentir contre lui, offerte à son désir. A trente-quatre ans, il la tenait enfin dans ses bras la femme de sa vie. Il ne nourrissait plus aucun doute à ce sujet.

— Tu n'as pas idée de ce que tu représentes pour moi, dit-il dans un murmure enfiévré. Je voudrais que ce moment dure toujours.

Frémissant entre ses bras, elle s'écarta finalement à contrecœur.

— Moi aussi, j'adore quand tu me prends contre toi… mais notre rapprochement est trop soudain. N'oublie pas qu'on n'a pas toujours ce qu'on veut dans la vie.

— Hein ? Mais pourquoi dis-tu cela ?

— Garde à l'esprit que je vais bientôt repartir dans mon pays. De retour à Philadelphie, j'aimerais reprendre le cours de mon existence sans trop souffrir à cause des derniers événements. Je ne suis pas comme ces femmes qui papillonnent d'une relation à l'autre. Toi et moi, nous nous sommes rencontrés dans des circonstances exceptionnelles. Je ne t'oublierai jamais et je chérirai chaque moment passé en ta compagnie… mais nous ne pouvons pas aller plus loin. Excuse-moi de t'avoir donné de faux espoirs.

Ebranlé par ses paroles, il la relâcha.

— Au moins, es-tu toujours d'accord pour la surprise de demain ?

— Evidemment.

Au comble de la frustration, il s'écarta d'elle le plus loin possible, craignant de ne pas pouvoir s'arrêter à temps s'il l'embrassait de nouveau. Pour lui, la nuit promettait d'être longue !

Le lendemain, après un copieux petit déjeuner pris dans le refuge, ils arrivèrent à Prionia en début de matinée. La température, déjà élevée, annonçait l'une de ces chaudes journées ensoleillées fréquentes en Grèce au cœur de l'été. Alors qu'elle montait dans l'hélicoptère, Fran sentit les yeux du pilote braqués sur elle. La veille encore, elle n'y aurait pas prêté attention… mais n'avait-elle pas été déstabilisée par les remarques de Nik ?

Une fois installé près d'elle, il lui tendit une paire de jumelles.

— Tiens. Tu vas en avoir besoin.

Au moment du décollage, elle inspira profondément pour éviter tout malaise. Pendant le trajet, ses vertiges s'apaisaient, mais elle craignait de ne jamais s'habituer aux envols et aux atterrissages. Cela dit, elle ne risquait plus d'utiliser ce moyen de locomotion souvent à Philadelphie !

Philadelphie… Dans quelques jours, elle retrouverait sa routine quotidienne, même si, sans illusion, elle savait qu'elle laisserait à jamais une partie d'elle en Grèce. Demi et Nik avaient pris une telle place dans son cœur qu'elle n'envisageait plus la vie sans eux. A vrai dire, à cette seule perspective, elle souffrait horriblement. Déjà, elle avait hâte de retrouver la petite fille, de la serrer dans ses bras…

Au bout d'un long moment, Nik désigna du doigt une bande de terre qui avançait dans la mer.

— Tu vois cette péninsule à ta gauche ? C'est le mont Athos.

Les yeux écarquillés, elle plaqua une main sur sa bouche.

— Non, c'est vrai ? Tu m'emmènes vraiment là-bas ? Mais les femmes ne peuvent pas le visiter.

— A terre, oui... mais rien ne nous interdit de le survoler.

— Nik, c'est fabuleux ! Je n'ai jamais rien vécu de plus excitant !

Alors que les deux hommes souriaient de sa candeur, elle haussa les épaules, magnanime. Toute à son impatience, elle s'en fichait !

— Après l'avoir vu, tu comprendras mieux pourquoi on l'appelle la Montagne Sacrée, dit-il. A mon avis, il s'agit d'un des plus beaux endroits sur terre.

— Tu l'as déjà vu, je suppose ?

— Pour mes dix-huit ans, mon père nous y a amenés, moi et mes frères. Grâce à lui, l'un de mes rêves est devenu réalité. Le paysage est parsemé de monastères, et certains sont aussi imposants que des châteaux. Mon préféré est celui de Docheiariou. Il borde une plage immaculée parce que les moines ne nagent pas souvent.

— Comme je t'envie.

— J'ai vécu une expérience inoubliable. Nous avons même visité les grottes où vivent des ermites. Sais-tu que certaines églises abritaient plus d'or dans leurs coffres-forts que certains pays ? Leur architecture et leurs icônes sont d'une beauté inoubliable.

— Les moines sont-ils tous grecs ?

— Non, ils viennent de tout le monde orthodoxe, et parfois même d'ailleurs. Tu remarqueras aussi comme les jardins sont bien entretenus. Mais, surtout, cet endroit baigne dans une atmosphère mystique.

— C'est un phénomène qu'on observe dans la plupart des montagnes, quelles qu'elles soient. Hier, j'ai ressenti cette magie sur le mont Olympe. As-tu déjà visité le mont Sinaï ?

— Non, pas encore. Un jour, peut-être. Je crois qu'il abrite des monastères, lui aussi.

Gagnée par le chagrin à l'idée qu'il découvrirait cette merveille sans elle, elle chassa cette pensée alors que le pilote amorçait une descente. Et, durant une demi-heure, elle admira les trésors qui s'étalaient sous ses yeux. Même si ses « oh ! » et ses « ah ! » amusaient Nik et Keiko, elle ne pouvait dissimuler sa joie. Peu après, ils se dirigèrent vers l'aéroport de Thessalonique où une luxueuse voiture de sport noire les attendait. En vrai gentleman, Nik s'empressa de lui ouvrir la portière.

— J'ai demandé à mon chauffeur de nous amener mon modèle préféré. Un vrai petit bijou ! De son côté, Keiko va se charger de rapatrier notre matériel de camping à Mykonos.

Derrière le volant, il se tourna vers Fran en exerçant une légère pression sur sa cuisse. Secouée par cette familiarité, elle retint son souffle.

— Puisque ce véhicule transporte le plus précieux des chefs-d'œuvre, je veillerai à ne pas faire de folies, dit-il.

— Quelle est sa vitesse de pointe ?

— Trois cent vingt kilomètres/heure. Mais si tu préfères une voiture normale, je peux m'arranger, répondit-il après un silence. A toi de voir.

En voyant l'étincelle au fond de ses yeux, elle n'eut pas le cœur de bouder son plaisir. Il n'était pas prétentieux… plutôt un authentique amoureux de la vitesse, pourvu d'un enthousiasme contagieux. Après tout, elle n'était encore jamais montée dans un tel bolide. Pourquoi ne pas tenter l'aventure ?

— O.K., chéri ! dit-elle en imitant le rude accent du Texas. Montre-moi un peu ce qu'elle a sous le capot.

Avec un éclat de rire sonore, il mit le contact et enfonça l'accélérateur sitôt sur l'autoroute. Il affichait à présent un sourire insouciant qui tranchait avec la noirceur des derniers jours. A bord de son coupé racé, il était aux anges.

— Je suis sûre que tu aurais pu devenir pilote de course, dit-elle à un croisement.

— J'y ai songé mais, plus jeune, je me lassais très vite.

— Tu es comme moi : toujours en quête de nouveaux centres d'intérêt, de nouveaux défis.

— Exactement. A ce propos, puisque tu parlais d'un voyage au mont Sinaï, que dirais-tu de l'escalader avec moi ?

Stupéfaite, elle mit quelques secondes à analyser ses paroles.

— Tu veux dire, avant mon départ ?

— Eh bien, oui, pourquoi pas ? Ni toi, ni moi ne connaissons cet endroit. Nous pourrions vivre cette expérience ensemble.

A son grand regret, elle secoua la tête.

— Non, je ne veux pas abuser de ta générosité.

— Dis plutôt que tu as peur. Ecoute, hier, tu m'as demandé de terminer notre randonnée sur l'Olympe en toute amitié, mais j'étais trop énervé pour te rassurer. Si tu me donnes une seconde chance, je te promets de faire cette excursion avec toi en tant qu'ami, rien de plus.

Oh! Nik...

— Lorsque je suis avec toi, j'oublie mes soucis. Je suis enfin libre et j'adore ça. J'arrive à te parler facilement et tu me mets à l'aise. En fait, j'aime ta compagnie. Et je sais que, toi aussi, tu ressens la même chose avec moi, pas vrai ?

Puisqu'il connaissait déjà sa réponse, elle esquissa un mince sourire. Elle ne niait guère qu'ils allaient bien ensemble, qu'ils se réconfortaient mutuellement. La veille, ils s'étaient raconté leurs secrets les plus intimes et elle lui faisait maintenant confiance en dépit de sa crainte des hommes.

— Bon, d'accord. Soyons fous et vivons dangereusement, au moins encore un peu.

Pour fêter sa reddition, il fit rugir le moteur et la voiture bondit en avant, la plaquant à son siège. Secouée, elle ne retrouva l'usage de la parole qu'après une bonne minute.

— J'ai bien l'impression que l'adrénaline te monte à la tête !

— Mais ça t'est égal, pas vrai ?

Amusée, elle lui jeta un regard en coin. Il avait raison : plus rien n'importait ! Concentrée, elle observa le paysage qui défilait à toute allure derrière la vitre. Entre les battements fous de son cœur et sa gorge nouée, elle ne savait plus où donner de la tête.

Ils ralentirent à l'approche d'un village et se garèrent devant un commerce.

— Je file nous acheter un casse-croûte. Sauf si ça te gêne de manger sur le pouce, dans la voiture... mais à cause de cette idée de randonnée dans le Sinaï, je suis impatient de rentrer à Athènes. Tu aimes l'agneau ?

— J'adore.

Couvrant sa réponse, le portable de Nik émit un « bip » .

— Un message de Sandro, dit-il après un coup d'œil à l'écran. Bizarre.

— Tu devrais peut-être l'appeler.

— Tu incites M. Atlas à enfreindre tes principes ? fit-il avec un sourire.

Elle riait encore quand il ouvrit le SMS envoyé par son frère.

Demi a de la fièvre depuis hier. Maman n'arrive pas à la calmer, elle a appelé le docteur. Comme nous ignorons s'il s'agit d'un rhume ou d'une séquelle de l'accident, le médecin a préféré l'hospitaliser. Elle n'arrête pas de pleurer et refuse de s'alimenter. J'ai promis à maman de te tenir informé. Nous t'attendons tous aux urgences de Mykonos.

Il répondit aussitôt.

Je me trouve à 250 km de Mykonos. J'arrive dans deux heures au plus tard. Tiens-moi au courant.

Pressentant le drame, Fran le dévisageait maintenant avec appréhension.

— Un problème ?

— Demi a été admise aux urgences avec de la fièvre.

— Oh ! non ! C'est grave ?

— Je ne sais pas. Elle pleure et personne ne parvient à l'apaiser. Je crois que ma mère est à bout de nerfs. Attends-moi, je reviens tout de suite avec des provisions.

Tandis qu'il disparaissait dans le magasin, elle s'affala sur son siège en fermant les yeux. Tant pis pour le Sinaï… Nik revint presque aussitôt.

— Avec cette voiture, nous aurons rejoint le port en moins de deux heures. Sur place, nous prendrons un hélicoptère, dit-il en lui offrant un sandwich.

— Tu sais, il n'est pas étonnant que Demi peine à s'adapter. Tes frères m'ont expliqué que Melina passait tout son temps avec elle. La transition nécessitera beaucoup de temps.

— Je crains que tu n'aies raison. A l'hôpital, j'entrerai en contact avec un pédopsychiatre afin d'avoir son avis en plus de celui du pédiatre. Mais je songe aussi à une autre explication. Je n'arrive pas à m'enlever de la tête qu'elle souffre peut-être d'un traumatisme interne… exactement comme moi après mon accident.

— N'y pense pas. Rappelle-toi seulement qu'elle se portait bien à sa sortie de l'hôpital.

— Parfois, certaines blessures ne se manifestent pas tout de suite.

— En ce cas, le médecin le verra tout de suite. Elle va s'en tirer, Nik. N'oublie pas qu'elle a déjà survécu à une tornade ! Si elle est bien entourée, tout se passera au mieux.

— Et si ça ne suffit pas ? Imagine qu'on la perde…

— N'y songe pas !

Derrière sa belle assurance, elle partageait pourtant ses craintes et les exorcisait en se répétant en boucle la même phrase, tel un mantra : *Demi va bien, elle va bien…* Une heure trente plus tard, tous deux montaient à bord de l'hélicoptère où, toute à son angoisse, Fran ne remarqua même pas le décollage. Au terme d'un interminable vol, ils atterrirent sur la plate-forme de l'hôpital de Mykonos.

Logé dans une chambre particulière, le bébé était entouré de ses grands-parents et de ses oncles et tantes quand Nik entra dans la pièce. Aussitôt, tous fondirent sur lui comme sur le Messie et Fran lutta contre une vague de culpabilité. N'était-ce pas sa faute s'il s'était éloigné des siens pendant quelques jours ? Resté près d'elle, il la mena alors vers le petit lit. Allongée sur un flanc, une intraveineuse au pied, Demi somnolait d'un air fiévreux.

— Apparemment, elle est dans cet état depuis ce matin, dit-il. Et sa fièvre n'est pas tombée.

Fran se tourna vers Mme Angelis.

— Que disent les analyses ?

— Elles sont bonnes. Les médecins ne comprennent pas.

— Elle dort ?

— Non, mais ils lui ont administré un calmant pour abaisser un peu sa température.

Pour la réconforter, Nik passa un bras autour des épaules de sa mère.

— Melina lui manque.

— Elle était la meilleure des mères, mon chéri. Sa disparition est une véritable tragédie. Je me sens si désemparée… Ma pauvre petite Demitra.

— Elle va s'en sortir, madame Angelis, déclara Fran avec aplomb.

Pourtant, elle sentit son cœur s'arrêter à la vue du petit être immobile. Demi était déjà plongée dans une torpeur semblable lorsqu'elle l'avait ramassée dans les buissons. Incapable de résister, elle se pencha pour caresser les boucles brunes.

— Demi, ma chérie ? C'est Fran. Que se passe-t-il ?

— Chante-lui une berceuse, dit Nik en lui enlaçant la taille. Elle réagira peut-être au son de ta voix.

Le silence se fit dans la pièce, et tous les regards convergèrent sur la couveuse alors qu'elle fredonnait plusieurs comptines, sans résultat. Puis, soudain, Demi ouvrit les yeux et la regarda. Poussant un gémissement, elle tendit sa menotte vers elle. Nik l'encouragea à voix basse :

— Prends-la dans tes bras.

Elle obtempéra et la souleva avec précaution à cause de l'intraveineuse.

— Comment te sens-tu, ma chérie ? Tu viens de te réveiller ?

A son contact, Demi se blottit contre elle, comme pour lui signifier qu'elle avait mal vécu son absence. Bouleversée, elle enfouit son visage dans les boucles sombres du bébé.

— Tu m'as manqué, à moi aussi. Et à ton oncle Nik également.

Lui tendant doucement l'enfant, elle le vit secouer la tête.

— Elle veut être avec toi.

Le reste de la famille observait la scène d'un air effaré. Mais déjà, Nik se tournait vers sa mère.

— As-tu apporté un biberon ? Fran devrait essayer de la nourrir.

— Oh… oui, dans le sac de couches, là-bas, sur la table.

Il sortit le biberon et tira une chaise pour Fran.

— As-tu faim, ma puce ? demanda-t-elle en s'asseyant.

Les nerfs tendus, elle lui présenta la tétine sans grand espoir… quand un murmure de stupeur s'éleva dans son dos. Demi la fixait de ses grands yeux bruns, la bouche ouverte pour téter. Les parents de Nik sourirent, les larmes aux yeux, tandis que ses frères se donnaient l'accolade. De son côté, elle resta interdite.

— Je ne sais vraiment pas pourquoi elle réagit ainsi.

— Tu lui as sauvée la vie et tu as été la seule personne à ses côtés durant l'épreuve qu'elle a traversée : n'est-ce pas une explication suffisante pour toi ?

Comme il quêtait du regard l'approbation de ses proches, son père s'éclaircit la gorge :

— A présent, notre seul problème, *kuria* Myers, consiste à vous convaincre de rester à nos côtés le temps que Demi se sente à l'aise avec nous.

— Son état n'a cessé d'empirer depuis votre départ, déclara Mme Angelis. Ne partez pas, s'il vous plaît.

Elle baissa la tête, prise entre deux feux : les impératifs de sa propre vie et la santé d'une fillette.

— Alors, que décides-tu ? lui demanda Nik.

Une fois de plus, il lui laissait le choix. Et elle ne l'en adorait que plus pour cela.

8

— Bien sûr, je vais vous aider. Je suis toujours ravie de m'occuper de Demi.

— Alors je vais parler au médecin, déclara Nik. Lorsqu'elle pourra quitter l'hôpital, nous repartirons tous ensemble.

Puis, se penchant à son oreille, il ajouta :

— Nous irons dans le Sinaï une autre fois.

Non, songea-t-elle. Ils n'iraient jamais, autant se faire une raison. Malgré tout, elle continuerait longtemps à chérir cette idée magique.

Une demi-heure plus tard, Demi dans les bras et Nik à ses côtés, elle s'installait à l'arrière de la voiture des parents de Nik pendant que les autres frères Angelis empruntaient un second véhicule. Bizarrement, elle avait l'impression d'être une jeune maman à la sortie de la maternité. Et on aurait facilement pu la confondre avec une jeune accouchée si Demi n'avait pas été si grande avec la peau mate…

A leur arrivée, ils déposèrent leurs affaires dans la suite que Fran avait déjà occupée avant de baigner Demi. Ravie, celle-ci donnait de grands coups de pied, indifférente aux éclaboussures.

— En voilà une petite fille courageuse !

Après l'avoir enveloppée dans une serviette en éponge, elle lui enfila une couche et une grenouillère. De son côté, Nik lui brossa longuement les cheveux.

— Et si nous prenions sa température ? dit-elle.

— Oui, le thermomètre est dans l'armoire à pharmacie.

Durant une minute, elle retint son souffle, au comble de l'inquiétude.

— Trente-sept deux degrés, déclara-t-il.

— Formidable ! Tu es pratiquement tirée d'affaire, ma chérie.

Parsemant le ventre rond du bébé de petits baisers, elle le fit rire aux éclats.

— Emmenons-la au jardin pour que tout le monde profite de sa guérison, dit-il.

A la tombée du crépuscule, qui nimbait l'île d'une lumière dorée, toute la famille s'était réunie dans le patio pour le repas. Nik prit place sur une balancelle, le bébé sur les genoux, et tapota le coussin à côté de lui pour inviter Fran.

— Sa fièvre a baissé, déclara-t-il à la ronde. Mademoiselle a pris son bain et nous allons la mettre au lit.

— Demitra est transformée par rapport à ce matin, observa Mme Angelis. C'est incroyable comme elle réagit à votre présence, Fran. En tout cas, merci de tout cœur de ne pas avoir rejoint Athènes.

A ces mots, Fran se sentit obligée de fournir une explication :

— Avant la tornade, Kellie et moi avions prévu d'escalader le mont Olympe.

— Ah, vous aimez la randonnée ? Notre Nikolos aussi.

— Justement, il m'a guidée jusqu'au sommet. A notre retour, il m'a même offert un vol en hélicoptère au-dessus du mont Athos.

— C'est un endroit étonnant, fit le père de Nik.

— Surtout pour vous, les hommes !

Des éclats de rire résonnèrent, et comme Nik se levait, elle l'imita.

— Bien. Nous avons eu une rude journée entre un lever aux aurores et une route interminable. Si vous voulez bien nous excuser, nous allons border Demi et nous coucher. A demain.

En quittant la terrasse, elle remarqua les regards intrigués du couple Angelis. Sans parler des frères de Nik, tout aussi curieux même s'ils s'abstenaient de poser la moindre question. Pour la première fois, ils voyaient leur cadet passer tout son temps avec une femme. Et sans doute auraient-ils été encore plus surpris en apprenant que Nik et elle avaient failli s'envoler pour l'Egypte sur un coup de tête…

— Je suis sûre que tes parents ont envie de discuter encore

un peu avec toi, dit-elle soudain. Si cela ne t'embête pas, je vais lui donner un biberon et la coucher.

— D'accord. Je ne vais pas tarder.

— Prends ton temps.

Elle s'éclipsa, soulagée de s'octroyer un moment de solitude dans la nurserie. Quelques instants plus tard, enfin repue, Demi s'endormait dans ses bras comme par enchantement. Grâce aux calmants et à la fatigue, la petite allait passer une bonne nuit.

Sortant dans le couloir à pas de loup, Fran jeta ensuite un coup d'œil à son portable, par acquit de conscience : elle avait reçu deux messages, l'un de sa mère, inquiète de ne pas avoir de nouvelles. L'autre de Kellie.

Ça fait deux jours que j'essaie de te joindre. Que se passe-t-il ? Pourquoi ne m'as-tu pas téléphoné ?

Elle consulta sa montre : il était environ 14 heures à Philadelphie. En attendant que Nik la rejoigne, elle se décida à appeler son amie.

— Kellie ?

— Fran ! Dieu merci, c'est toi. Je commençais vraiment à m'inquiéter.

— Désolée. Il s'est passé tellement de choses depuis ton départ que je ne sais pas par où commencer. Mais, avant cela, parle-moi de toi. Ton oncle et ta tante doivent être au courant, à présent.

— Oui. Ils ont été merveilleux avec moi, répondit-elle d'une voix hachurée.

— Et Leandros ? Est-il resté avec toi ?

— Non. Je lui ai demandé de partir en lui promettant de lui parler dès que je me sentirais prête. Il a fini par céder et rentrer à Athènes.

— Oh ! Kellie…

Catastrophée par ces confidences, elle s'assit sur le bord du lit.

— Et toi, comment te sens-tu ? Ces vertiges ?

— Finis, heureusement. Ma tante m'a dit qu'elle allait me remplumer.

— C'est vrai que tu as perdu plusieurs kilos depuis Pâques.

— Assez parlé de moi. Quand rentres-tu ?

Avant de répondre, elle inspira profondément.

— Pas tout de suite.

— Ah bon ? Pourquoi ?

Elle se raidit, sa main crispée sur le téléphone.

— Aujourd'hui, Demi a encore été hospitalisée. Elle avait de la fièvre et refusait de s'alimenter.

— Elle continue à te réclamer ?

— Oui, et cela peine beaucoup sa famille. Personne n'arrive à comprendre pourquoi elle préfère une inconnue à ses proches.

— Est-ce que Nik t'a…

— Non, Kellie. Il n'a plus jamais reparlé de cet emploi de nourrice. Demain, il doit consulter un pédopsychiatre pour éclaircir la situation. Pour le moment, je lui ai promis de rester.

— Oh ! Fran… Pourquoi n'as-tu pas pris le vol que Leandros t'avait réservé ?

Bonne question…

— Parce que Nik a proposé de me servir de guide pour escalader le mont Olympe.

Après un long silence, elle entendit de nouveau la voix de Kellie :

— Et tu as accepté ?

— Eh bien, oui. Mais, ses frères nous ont prévenus que Demi était malade sur le chemin du retour.

— Sa nièce est sa priorité. J'étais là avant, pendant et après les funérailles. J'ai bien vu qu'il plaçait Melina sur un piédestal et qu'il était prêt à tout pour elle. C'est par son intermédiaire qu'elle avait rencontré Stavros. Au fait, sais-tu que Nik a autrefois été victime d'un grave accident de montagne ?

— Oui, il me l'a raconté.

— Et t'a-t-il précisé que Melina était restée à son chevet durant toute sa convalescence ? Dans son éloge funèbre, il a plusieurs fois souligné son incroyable dévouement.

A ces mots, elle ferma les paupières. Non, elle n'était pas au courant de ce détail.

— Si tu t'attardes encore, tu finiras par t'occuper du bébé. Grâce à toi, il espère s'acquitter de sa dette envers sa sœur.

Non. Elle connaissait Nik. Il n'était pas homme à nourrir ce genre de pensées. Elle en était certaine, surtout après les deux merveilleuses journées passées en sa compagnie. Et puis, ne lui avait-elle pas ouvert son cœur — et inversement ? D'un autre côté, elle ne pouvait pas nier que Kellie avait au moins raison sur un point : elle était restée en Grèce de son plein gré, et sans date fixe de retour. Or, Demi prenait dans son cœur une place de plus en plus importante. Et Nik aussi.

— Fran ? Tu es encore là ?

— Oui, oui.

— Tu connais l'adage : les liens du sang sont plus forts que les autres. Crois-moi, après avoir épousé Leandros, je suis bien placée pour le savoir.

Dans l'esprit de Kellie, Karmela s'était insinuée au sein de son couple. Peut-être était-ce vrai, dans une certaine mesure, mais Fran savait que le problème ne se bornait pas à cette femme. Son amie n'arrivait pas à affronter ses angoisses les plus profondes. Et elle n'en avait certainement jamais parlé à Leandros.

— Eh, tu m'écoutes ?

— Oui.

Au même instant, Nik frappa à la porte et entra discrètement. Désireuse de clore la conversation, elle lui tourna le dos.

— Excuse-moi, Kellie, mais je dois raccrocher. Je te rappelle plus tard, promis.

Elle fit ensuite face à Nik, debout au pied du lit dans une posture virile, les poings sur les hanches.

— Je parlais avec Kellie.

— Comment va-t-elle maintenant qu'elle se trouve chez son oncle et sa tante ?

— Physiquement, bien. En revanche, d'un point de vue émotionnel, je ne l'ai jamais vue aussi fragile. Leandros est revenu à Athènes.

Il se frotta distraitement le menton.

— En effet, c'est une triste histoire, d'autant plus que sa souffrance t'affecte.

— J'avoue que je m'inquiète pour eux.

— Dans ces conditions, je vais te souhaiter bonne nuit et te laisser. Demain matin, après le petit déjeuner, nous emmènerons Demi se promener en bateau. Elle adore la mer.

— Très bien. Bonne nuit, Nik.

Elle aurait voulu qu'il la prenne dans ses bras et l'embrasse à perdre haleine... mais, en homme de parole, il ne fit pas un geste vers elle. A la place, il entra dans la nurserie pour embrasser sa nièce. Emue par sa tendresse, Fran sentit ses yeux la piquer. Quand il reparut, la main sur la poignée de la porte, il tourna vers elle des yeux brillants.

— *Kalinichta*, Fran.

Sa voile gonflée par une brise tiède, le bateau fendait l'eau scintillante de la mer Egée. Les paupières closes, vêtue d'un simple Bikini sous une robe légère, Fran s'offrit à la caresse du vent. En face d'elle, Nik manœuvrait le gouvernail avec l'assurance tranquille d'un expert. Il ne portait qu'un T-shirt sur son maillot de bain, et le soleil dorait sa peau mate. A cause de la chaleur, de plus en plus forte, Fran descendrait bientôt dans la cabine pour coucher Demi.

— Où allons-nous, Nik ?

— A Delos. C'est la petite île aride que tu peux voir à cinq kilomètres. Les Ioniens l'ont colonisée vers l'an mille avant Jésus-Christ. pour en faire leur capitale religieuse. Je t'y emmène pour une raison bien précise.

Tout en l'écoutant, elle embrassa Demi sur la joue.

— Nous sommes tout ouïe, n'est-ce pas, ma chérie ?

— A une époque, il était interdit de naître ou de mourir dans cet endroit sacré.

— Non ! C'est vrai ?

— Les naissances et les décès se déroulaient à Rinia, un îlot voisin.

— Mais certaines fois, ce genre d'événement survient sans prévenir, dit-elle en riant.

— D'une manière ou d'une autre, les habitants se débrouillaient.

— Cela me fait penser aux règles du mont Athos.

— Je m'attendais à ce que tu fasses le rapprochement. Toutefois, les femmes sont admises à Delos.

— Et les enfants ?

— Aussi, mais Demi devra attendre d'atteindre ses six ou

sept ans. Cet après-midi, nous nous contenterons de faire le tour de l'île et d'admirer les ruines depuis le pont.

— Et quel temps magnifique pour faire du tourisme !

— Avec cette brise, c'est idéal.

Elle sentit son regard s'attarder sur elle avec insistance et son cœur manqua plusieurs battements.

— Au fait, comment s'appelle ton bateau ? Je ne sais pas lire le grec.

— Le *Phorcys*.

— Une créature mythologique ?

— Absolument. Depuis l'enfance, je me nourris des légendes anciennes. Et, très jeune, j'ai décidé que mon futur bateau porterait le nom d'une divinité antique qui présidait aux mystères des abysses.

— Il te ressemble ?

Il éclata de rire, très amusé.

— Un jour, je te ferai visiter Delos.

Ne dis pas ça, Nik. Dans quelques jours, je repars chez moi pour ne jamais revenir.

— Sur le plus haut point de l'île, tu verras une mosaïque qui le représente. C'est un monstre marin avec des cheveux gris, une queue de poisson et une peau pleine d'écailles.

— Oh là, là ! J'imagine qu'on devait lui ficher la paix.

— Certainement, d'autant plus que lui et sa femme, Ceto, ont engendré toute une lignée de monstres appelés les Phorcydes.

— Dommage qu'ils n'aient pas eu une petite fille aussi adorable que Demi, dit-elle en la serrant contre son épaule. Si les dieux existaient, ils seraient tous jaloux du bébé de Melina.

Au moment où elle levait les jumelles pour observer la côte parsemée de ruines, Demi tira sur la bride de son chapeau qui tomba par terre, dénouant du même coup ses longs cheveux blonds.

— Petite vilaine ! s'écria-t-elle en l'embrassant sur les joues et dans le cou.

Durant une heure, ils naviguèrent autour de l'île. Le bébé babillait avec vivacité et leur adressait de grands sourires. Parfois, Fran lui prenait les mains pour l'aider à tenir debout.

— Je crois qu'elle aimerait bien aller à terre, déclara-t-elle.

— Je le sais bien, *Demitza*, mais tu ne peux pas tout avoir.

— Elle commence à avoir chaud. Je vais l'emmener dans la cabine.

— Je vous rejoins dès que j'ai jeté l'ancre, et nous déjeunerons.

Dans une petite chambre, Fran changea la couche de la petite et lui enfila une adorable robe à smocks. Elle la conduisit ensuite dans le coin cuisine où elle l'installa dans son siège bébé.

— Qu'est-ce qui ferait plaisir à ma jolie princesse ? De l'agneau et des pêches ?

Après avoir bu un long verre d'eau, elle s'assit pour lui donner son repas et Nik ne tarda pas à les rejoindre. Un peu à l'écart, il les contempla en silence… mais, dans cet espace exigu, elle était troublée par sa proximité et peinait à respirer. N'y tenant plus, elle finit par lui céder la place.

— Si tu veux bien la nourrir, moi, je vais préparer le déjeuner.

Sans rechigner, la petite accepta que son oncle lui donne la becquée. Charmée par ses risettes, elle le fixait de ses grands yeux sombres. Nik faisait vraiment un père formidable. Demi avait de la chance. Une chance folle.

Pensive, Fran disposa sur la table une salade avec des petits pains, une corbeille de fruits, des pâtisseries et une carafe de jus d'orange. Ils mangèrent avec appétit avant l'heure de la sieste. Et, pendant qu'elle couchait Demi, Nik s'allongea sur une couchette.

— Tu viens ? lui dit-il. Nous allons rester ici jusqu'à ce qu'elle s'endorme, donc autant nous mettre à l'aise !

A son tour, elle s'allongea sur le flanc, tournée vers Demi… mais Nik se lova contre son dos, un bras autour sa taille.

— Je suis au paradis, dit-il dans un soupir, la bouche dans ses cheveux.

Un long moment, ils demeurèrent immobiles… jusqu'à ce que Demi sombre enfin. Et elle n'était pas la seule ! Bercé par le doux roulis du bateau, son oncle aussi s'était assoupi. Pourtant, lorsque Fran fit mine de se lever, il la prit par surprise et la fit rouler sur lui.

— Chut, ne dis rien !

Comme il l'embrassait lentement, elle s'enflamma tout entière, remuée par sa langueur et sa sensualité. Blottie contre lui, elle se laissa griser, envahie par un désir fulgurant, impossible à maîtriser.

— Je t'avais promis de rester un simple ami, mais je n'en suis pas capable, dit-il d'une voix assourdie. Ce que je ressens pour toi est beaucoup trop fort. Alors, avant que je n'oublie mes bonnes résolutions, tu ferais mieux de remonter sur le pont aussi vite que possible. Je te donne une chance, Fran.

Elle sut tout de suite qu'il ne plaisantait pas. Si elle s'attardait un instant, ils risquaient de dépasser le point de non-retour. Et, en se levant, elle l'entendit gémir. Pourtant, que n'aurait-elle donné pour se réfugier dans ses bras ! Détournant la tête, elle aperçut alors le bébé endormi. Et au seuil de la cabine, elle les contempla tous les deux — l'oncle et la nièce. Ils ne lui appartiendraient jamais, ni l'un, ni l'autre. Elle devait s'en aller.

Sur le pont, elle inspira l'air à pleins poumons. Et, décidée à se changer les idées, elle ôta sa robe et plongea dans la mer. A cette heure tardive de l'après-midi, l'eau était d'une tiédeur délicieuse... alors pourquoi ne parvenait-elle pas à la savourer ? En plein dilemme, elle se força à nager de toutes ses forces. Aurait-elle dû s'abandonner à un moment de folie, même au prix d'une vie de regrets ? Avait-elle eu raison de rester raisonnable, de ne pas céder au plaisir ? Elle n'était satisfaite par aucune des deux options. Heureusement, elle pouvait cacher ses larmes dans la mer.

En retournant vers le bateau, elle aperçut Nik sur le pont, Demi dans ses bras.

— Demi ! fit-elle avec un grand signe de la main.

— Elle aimerait nager avec toi.

De nouveau maître de lui, il ne ressemblait plus à l'homme qui l'avait étreinte quelques instants plus tôt. Elle ressentit comme une déchirure au cœur : l'autre Nik ne reviendrait jamais. Et elle en était responsable. N'était-ce pas son choix ? Maintenant, elle allait en assumer les conséquences.

— L'eau est à la bonne température. Je remonte à bord pour que tu en profites aussi.

En grimpant sur le navire, elle le vit s'écarter d'elle. D'un geste preste, elle enfila alors sa robe par-dessus son Bikini jaune, non sans lui donner une vision fugace de son corps parfait. Sans un mot, il posa alors le bébé sur son siège pour aller dérouler la voile.

— Tu ne vas pas te baigner ?

— Tout à l'heure, peut-être. Pour le moment, je préfère profiter de la brise pour rentrer. Demi doit manquer à maman à présent.

— En tous les cas, elle n'a pas l'air d'avoir faim. Elle semble même très en forme.

Au bout d'une demi-heure, ils accostèrent dans une petite rade en contrebas de la villa. Après avoir aidé Fran à descendre avec Demi, Nik porta le siège bébé dans le patio.

— Si tu permets, je vais d'abord lui donner son bain, lança-t-elle par-dessus son épaule. Ensuite, tu pourras l'amener à ta mère.

— D'accord. Et moi, je vais lui choisir des vêtements.

Dans la nurserie, il sortit de la commode une petite robe d'été, des socquettes blanches et des chaussons assortis. A côté, Fran finissait de shampooiner les cheveux du bébé. Quand il passa la tête dans l'entrebâillement de la porte, elle lui sourit.

— Ta nièce est un bébé très facile à vivre, un vrai trésor.

— Elle a hérité du caractère de sa mère.

Prenant le relais, il tamponna Demi dans une serviette et l'emporta dans la chambre… quand il réalisa soudain que Melina ne reviendrait jamais. Par surprise, il reçut cette terrible réalité en pleine figure, comme une gifle. Et il ne parvint pas à refouler des larmes brûlantes. Serrant Demi contre lui, il essaya de se calmer.

— Ce n'est pas grave de pleurer, Nik, dit doucement Fran. Malheureusement, on peut se laisser submerger à n'importe quel moment. Je suis passée par là avant toi. Mais, aussi forte que soit ta douleur, sache que ton chagrin se dissipera avec le temps.

— Je tâcherai de m'en souvenir, dit-il en posant le bébé sur le lit pour lui sécher les cheveux.

— Oh ! Quelle robe ravissante !

— C'est moi qui l'ai achetée à sa naissance… mais, à l'époque, elle était trop petite pour la porter.

— A présent, elle est pile à sa taille et ce vert vif va mettre en valeur sa peau mate. Eh, regarde cette robe, toi ! dit-elle en l'agitant devant la fillette. Elle te plaît ? C'est un cadeau de ton oncle, mon ange.

Avec un joyeux gazouillis, Demi attrapa un bout de tissu pendant que Nik ravalait ses larmes.

— A toi l'honneur, déclara Fran, bouleversée.

— Lorsque je lui ai offert cette robe, j'étais loin de m'imaginer que je l'habillerais moi-même.

Le voyant batailler avec les boutons, Fran finit par l'aider à vêtir la petite.

— Et voilà ! Prête pour une visite à ta *yaya* et ton *papou.*

— Où as-tu appris ces mots ? demanda-t-il, surpris.

— En écoutant tes neveux et tes nièces. Durant mes études en France, je me promenais souvent dans un parc situé près de l'école afin de pratiquer la langue avec les enfants. Ce sont d'excellents professeurs, *kurie* Angelis.

— J'adore quand tu parles grec.

— Emmène-la voir ses grands-parents. De mon côté, je dois prendre une bonne douche. Si tu as besoin de moi, n'hésite pas à m'appeler, mais je pense qu'elle s'est suffisamment amusée pour se passer de moi et profiter de sa famille.

Une minute plus tard, Nick trouva ses parents dans le salon, en compagnie du père et de la mère de Stavros. Eux aussi avaient perdu un fils et s'étaient attachés à Demi. En découvrant la petite, vêtue comme une princesse, leurs yeux s'illuminèrent. Emu, il s'assit pour discuter pendant que Demi passait de bras en bras jusqu'à l'heure du dîner, servi dans le patio. Avec un mot d'excuse, il en profita pour monter se changer avant le repas… et bifurqua brusquement en chemin. Il devait voir Fran. Il avait quelque chose à lui dire. Et il ne pouvait pas attendre.

Après une brève attente, elle vint lui ouvrir en pantalon écru et chemisier blanc. A peine sortie de la douche, elle avait relevé ses cheveux avec une barrette, en dégageant son joli visage hâlé. Hormis une touche de rouge à lèvres, elle ne portait pas la moindre trace de maquillage. Mais avait-elle jamais eu besoin de ces artifices pour être belle ?

— J'aimerais te parler. C'est important. Je peux entrer ?

— Bien sûr.

Refermant derrière lui, il s'adossa à la porte.

— La petite scène dans la cabine du bateau m'a fait prendre conscience que nous ne pouvions plus continuer comme ça.

A ces mots, elle frotta nerveusement ses paumes l'une contre l'autre.

— Je suis d'accord. Et j'ai décidé de m'en aller demain matin, quoi qu'il arrive.

— J'ai une autre solution.

— Non, Nik. Il n'y a pas d'autre issue.

— Si, justement. Mais j'hésitais à te la proposer étant donné que nous nous connaissons depuis seulement une semaine. Je veux t'épouser.

— M'épouser ?

Les jambes flageolantes, elle se laissa tomber sur le lit alors que les paroles de Kellie lui revenaient à l'esprit, prémonitoires : Nik n'est-il pas prêt à tout pour qu'elle s'occupe de Demi ?

— Non, tu ne veux pas m'épouser, répondit-elle dans un souffle.

— Mais pourquoi ? Qu'est-ce qui te fait si peur ?

Elle esquiva son regard, le souffle court et la gorge nouée au point d'étouffer.

— Et si nous nous lassons l'un de l'autre ?

— Pourquoi envisages-tu d'emblée le pire ? Ton premier mariage s'est mal terminé, mais notre histoire est différente.

— Sois un peu sérieux, Nik.

— Je n'ai jamais été aussi sérieux, justement. Je t'ai demandée en mariage et j'attends ta réponse.

— Je t'ai pourtant dit que je ne pouvais pas avoir d'enfant.

— Moi non plus, et ce n'est pas grave. Nous n'aurons qu'à adopter.

— Rob m'a tenu exactement le même discours.

— Mais je ne suis pas ton ex ! Pour te le prouver, nous irons voir mon avocat afin de monter un dossier d'adoption avant notre mariage. Ainsi, il pourra lancer la procédure dès la fin de la cérémonie.

— Tu ne sais plus ce que tu dis ! s'écria-t-elle, l'air buté.

— Si ! Après des années d'errance, j'ai enfin trouvé la femme de ma vie. Je t'aime, Francesca. Je ne peux pas te dire exactement quand je suis tombé amoureux de toi, mais c'est une évidence. Et je sais que tu ressens la même chose, toi aussi. Seulement, tu refuses de te l'avouer.

Sans attendre sa réponse, il l'embrassa avec ferveur avant de poser son front contre le sien.

— Je ne peux pas te laisser partir, déclara-t-il en plongeant les doigts dans ses cheveux clairs. Nous sommes faits l'un pour l'autre. Tu ne peux pas l'ignorer.

Elle se dégagea, les larmes aux yeux.

— C'est ce que tu penses pour le moment, mais tu ne seras peut-être pas toujours de cet avis.

— Pour la dernière fois, je ne suis pas Rob. Ton ex t'a profondément blessée, mais il n'est pas représentatif de tous les hommes. Pas ceux de ma connaissance, du moins.

— Je ne sais pas quoi dire, Nik. Tu m'as complètement prise au dépourvu. J'ai besoin de réfléchir.

— Tu ne me fais pas confiance ?

— Si, si… Mais, comme je te l'ai dit l'autre jour, sur le mont Olympe, tout arrive trop vite.

— Combien de temps tes parents ont-ils mis avant de convoler ?

Elle se mit à rire à travers ses larmes.

— Ils se sont rencontrés sur un parking. Maman avait éraflé la voiture de papa. Lorsqu'il est sorti, furieux, elle a couru vers lui pour s'excuser d'un air catastrophé et il a craqué tout de suite.

Doucement, il baisa ses lèvres.

— Mes parents ont vécu une histoire similaire. Le coup de foudre arrive à des centaines de couples… alors pourquoi pas nous ?

— Nous, c'est différent. J'ai déjà été mariée ; toi, non. Tu mérites de connaître une femme qui ne traîne pas son passé comme un boulet.

— C'est toi, que j'aime. Toi, et toutes les épreuves qui ont forgé ta personnalité. Ce qui inclut Rob, et même Kellie, qui ne veut absolument pas que j'épouse sa meilleure amie.

— Elle réagit mal parce que son couple bat de l'aile. Oh ! Nik…

Agitée de sanglots, elle jeta ses bras autour de son cou

— Alors, et ma réponse ?

A cet instant, elle soutint son regard sans ciller. Tant qu'elle en avait le courage, elle préférait tirer toute cette histoire au clair. Son bonheur n'en dépendait-il pas ?

— Nik… Sois franc avec moi. J'ai une question à te poser.

— Je t'écoute.

— Si nous nous étions rencontrés dans d'autres circonstances, sans Demi, m'aurais-tu demandé en mariage ?

Un silence glacé s'abattit sur la chambre. Nik n'avait pas bougé d'un iota, mais elle le vit se crisper. A présent, elle ne lisait plus trace de désir dans son regard. Il la transperçait juste avec dureté, comme si elle n'avait été qu'un vulgaire insecte. Dans sa poitrine, elle sut alors que son cœur se brisait.

— Quelle emprise Kellie exerce-t-elle sur toi pour te changer à ce point ? Je ne te reconnais plus, Fran.

— Cela n'a aucun rapport avec mon amie !

— Et je suis censé gober ça ?

Blessée par son ton sec et tranchant, elle s'écarta en croisant les bras sur sa poitrine. Face à elle, il prit une profonde inspiration.

— Répète-moi ce qu'elle t'a dit au juste.

— Elle pense que tu es prêt à tout pour me retenir auprès de Demi.

Il arborait désormais un visage de marbre.

— Quoi que je te dise, tu auras toujours un doute, n'est-ce pas ? L'autre jour, tu m'as conseillé de laisser mes parents choisir une nounou. Eh bien, sache qu'ils vont rencontrer des candidates dès demain. Et pendant ce temps, toi, tu seras à bord d'un avion en partance de Mykonos. Tu salueras Kellie de ma part à ton arrivée. Je vous souhaite beaucoup de bonheur, à toutes les deux. Comme je ne pense pas te revoir, je te dis adieu maintenant.

Sur ces paroles, il s'en alla avant qu'elle ne réalise vraiment ce qui s'était passé.

Seigneur, qu'ai-je fait ?

En proie à la panique, elle aurait voulu s'élancer à sa poursuite… mais elle ignorait sa destination. Aussi préféra-t-elle s'emparer du téléphone interne de la villa pour demander à l'intendant de joindre la chambre d'un des frères de Nik, n'importe lequel !

Cosimo décrocha le premier.

— Pardonnez-moi de vous déranger, Cosimo, mais je... Nik et moi, nous nous sommes disputés. Il faut absolument que je lui parle.

— Je viens de le voir quitter la villa.

Elle ferma les yeux.

— Savez-vous vers où il se dirigeait ?

Il marqua une brève hésitation avant de répondre.

— Vers la marina. En cas de stress, il passe souvent la nuit à bord de son bateau, loin du reste du monde. Mais motus ! Je ne vous ai rien dit.

— Promis. Merci du fond du cœur.

9

Nik courut jusqu'à la plage où, délesté de son T-shirt, il plongea dans l'eau pour gagner son navire à la nage. Il avait besoin de bouger, de se dépenser pour se vider la tête, pour éviter de devenir fou. Jamais il n'avait été aussi anéanti. Après s'être hissé sur le pont, il resta un instant immobile, pantelant, la poitrine pressée dans un étau. Il avait l'impression que ses larmes se mêlaient à l'eau salée et, bouleversé, il refusa de lever la tête pour voir les étoiles qu'ils avaient admirées ensemble, avec Fran, deux jours plus tôt. Il ne voulait plus penser à elle. Ne plus penser du tout. Au souvenir d'une bouteille de whisky rangée dans un placard, il descendit finalement dans la cabine. Puis, de retour sur le pont, il défit les amarres pour dépasser les bouées le plus vite possible. Il n'avait plus qu'une envie : dériver au hasard et vidant verre sur verre. Avec un peu de chance, il ne se réveillerait pas.

Mai, au moment d'actionner le moteur, il crut entendre une voix. A croire qu'il divaguait déjà, même sobre. Sans doute était-ce une mouette ? Alors que le bateau s'éloignait de la marina, il discerna de nouveau un cri, plus fort cette fois, et coupa le moteur.

— Nik !

Fran ? Se précipitant à l'arrière du voilier, il aperçut, dans l'eau, une mince silhouette qui s'efforçait de rallier le bateau à la nage.

— Attends-moi !

C'était bien elle. Soudain galvanisé, il plongea et la rejoignit en quelques brasses. A bout de souffle, elle s'effondra contre lui.

— Penche la tête en arrière et respire à fond !

Serrant les bras autour de son cou, elle effleura sa joue de ses lèvres.

— Je vais bien. J'avais peur que tu t'en ailles avant que je ne te parle.

— Viens te mettre au sec. Tu claques des dents. Surtout, accroche-toi bien à moi.

Une fois sur le pont, elle s'écroula sur la banquette, agitée de frissons. Elle avait plongé dans l'eau tout habillée. Les cheveux trempés, ses vêtements plaqués sur sa peau, elle ressemblait à une rescapée de naufrage. Il secoua la tête, désapprobateur.

— Tu es complètement folle. Tu aurais pu avoir un accident !

— Je sais, mais je m'en moque. Je devais à tout prix te voir.

Avec prévenance, il la conduisit dans le coin douche du navire. Et, pendant qu'elle se lavait, il lui prépara une serviette et un peignoir avant de se changer. Lui aussi était trempé de pied en cap ! Comme il ne comptait plus partir, au moins pour le moment, il jeta ensuite l'ancre avant de lui préparer un café brûlant. Quelques instants plus tard, elle le rejoignait, drapée dans son peignoir bleu et parfumée au savon.

— Comme ça fait du bien ! dit-elle en acceptant une tasse avec un plaisir manifeste.

Accoudé au comptoir, il but son café à petites gorgées.

— Comment as-tu deviné où je me trouvais ?

— Je me suis lancée à ta poursuite mais tu filais à toute vitesse.

— J'étais pressé.

— Je sais. Excuse-moi, Nik. Tout est de ma faute. Je n'aurais pas dû écouter les bêtises de Kellie. Elle n'a jamais été comme ça, mais ses problèmes de couple la rendent malheureuse et elle voit tout en noir, pour elle comme pour moi.

— Leur histoire n'est pas la nôtre.

— J'en ai bien conscience.

Posant son mug, elle alla s'asseoir à côté de lui.

— Tu ne dois pas lui en tenir rigueur. Elle s'est complètement trompée parce qu'elle a omis un détail : je t'aime, Nik. Tu n'imagines pas à quel point, dit-elle en nouant les mains derrière sa nuque. Aide-moi, mon chéri. J'ai besoin que tu m'embrasses.

Cédant à sa prière, il l'emporta sur son lit avant de se laisser tomber à ses côtés. Elle lui prit alors le bras pour l'attirer à elle.

— Nik… Il faut que tu me pardonnes.

Il secoua la tête.

— C'est à moi d'implorer ton pardon. Je suis tombé amoureux de toi dès la première seconde mais, comme tu devais partir avec Kellie, j'ai cherché un prétexte pour te retenir. J'ai honte de l'admettre, mais je me suis servi de Demi pour te garder avec moi.

— Et dire que, tout à l'heure, j'ai failli tout gâcher avec ma stupide question !

En réponse, il posa sur ses lèvres un baiser léger comme une aile de papillon.

— Allons, c'est oublié. Retournons à la villa, ils doivent se demander ce que nous fabriquons.

Une demi-heure plus tard, de retour sur l'île, ils entrèrent à pas de loup dans la nurserie. Demi dormait déjà. Penché sur le berceau, Nik serra Fran de toutes ses forces.

— Depuis que nous nous sommes rencontrés dans cet hôpital de Leminos, je rêve de t'épouser et de l'adopter. C'est ce que Melina aurait voulu, j'en suis sûr. Parfois, j'ai l'impression qu'elle s'est arrangée pour te guider jusqu'à Demi et lui donner une nouvelle mère.

— Cette petite est un cadeau du ciel.

— Alors, adoptons-la et donnons-lui tout l'amour dont elle a besoin. Ensuite, nous adopterons un autre bébé, et encore un autre.

Submergée par l'émotion, elle sentit des sanglots former un nœud dans sa gorge.

— Rien ne me rendrait plus heureuse.

— Alors marions-nous bientôt pour qu'elle devienne rapidement bilingue.

— De mon côté, il va falloir que j'apprenne vite le grec ! Oh… Je vais aussi devoir démissionner de mon travail à l'hôpital.

Il la berça dans ses bras un long moment.

— Nous allons annoncer la nouvelle à mes parents dès demain matin. Ils vont faire une de ces têtes ! Ils avaient fini par se persuader que leur plus jeune fils resterait éternellement célibataire.

— Mieux vaut tard que jamais, répondit-elle en riant. Les miens non plus n'en reviendront pas. Je suis déjà certaine que tu leur plairas.

— Quant à toi, ma famille t'adore !

Dans les bras l'un de l'autre, ils quittèrent la nurserie pour regagner sa chambre.

— Je meurs d'envie de passer la nuit avec toi… mais je suis vieux jeu et je voudrais d'abord attendre que mon père bénisse notre union. Tu vas être ma femme et je tiens à agir avec respect.

— C'est déjà le cas, mon chéri. Tu es parfait, plus que parfait. Je ne mesure toujours pas la chance que j'ai eue de te rencontrer. Ne pars pas tout de suite, s'il te plaît. Nous nous coucherons tout habillés sur les draps, si tu veux.

Il secoua la tête.

— Si je commence à te toucher, je ne réussirai pas à m'arrêter. Je veux que tu puisses dire à Kellie que tu ne t'es pas mariée sous la contrainte.

— Jamais je n'aurais dû te raconter cette histoire ! dit-elle, les larmes aux yeux.

— Chut. Au contraire, tu as bien fait. Ainsi, nous n'avons pas de secrets l'un pour l'autre. Et, lorsque tu estimeras le moment venu, tu pourras aussi lui parler de ma stérilité.

— Elle s'en voudra en apprenant la vérité.

Emu, il caressa tendrement ses cheveux.

— Mais je suis certain que tu sauras trouver les mots pour lui parler. Car elle aura encore besoin de toi pour régler ses problèmes. J'espère qu'elle a conscience de sa chance d'avoir une amie comme toi.

Se levant, il la couva d'un regard de braise.

— Embrasse-moi avant que je te quitte. Demain, après-demain et tous les autres jours, nous écrirons notre histoire.

— Nik…

10

Trois semaines plus tard…

— C'est l'heure de ta sieste, ma chérie.

Sortant le bébé de sa chaise haute, Fran traversa l'appartement, amusée par le joyeux bazar, les jouets et les accessoires pour bébé qui avaient transformé l'élégant repaire de célibataire en véritable foyer. A l'évidence, une famille avait élu domicile entre ces murs, apportant un grand vent de fraîcheur. Entrant dans l'ancienne chambre d'amis, reconvertie en une adorable nurserie, elle alla coucha Demi dans son petit lit.

— Sois une gentille fille et endors-toi. Maman a beaucoup de travail avant le retour de ton papa.

Elle consulta sa montre : 1 h 30. Elle sentait déjà l'odeur de sa moussaka, mise au four une heure plus tôt, embaumer tout l'appartement. Mais elle devait encore nettoyer la cuisine et dresser la table pour le dîner destiné à célébrer leur première semaine de mariage. Pour l'occasion, elle s'était même acheté une ravissante robe noire à fines bretelles qui ferait son petit effet ! Surtout, elle se réjouissait à l'avance de la surprise. Certes, rien ne remplaçait une lune de miel mais, avec un peu de chance, Demi parviendrait bientôt à passer quelques jours sans eux. Ils pourraient alors s'envoler en amoureux au bout du monde. Après la cérémonie, Nik s'était seulement absenté du bureau une semaine… et elle n'avait pas vu le temps passer ! Et aujourd'hui, il avait repris le travail. Jamais elle n'avait trouvé la maison aussi vide !

Dans sa chambre, elle lissa le plaid sur le lit avec satisfaction.

Quand soudain… elle sentit deux bras lui enlacer la taille. Avec un cri de joie et de surprise, elle se retourna vivement.

— Nik ! Je ne t'attendais pas si tôt. J'ai l'air horrible, dans cette tenue.

— Au contraire, ce short te va à ravir. J'avoue aussi que mon T-shirt te donne un certain style… mais nous pouvons très bien nous en passer.

Tout en parlant, il tira sur le vêtement en la renversant sur le matelas.

— Chéri ! fit-elle en riant.

— Désolé, tu n'as aucune excuse pour te défiler. Demi est en train de dormir.

— Je te croyais au bureau.

Comme il la couvrait de baisers, elle commença à défaillir.

— Sandro m'a dit que je n'étais bon à rien et m'a renvoyé à la maison.

— Non !

D'une légère pression, il le fit alors rouler sur lui, amusé par sa réaction.

— Non, évidemment… mais j'admets que la reprise est plus dure que je ne le pensais. Impossible de me concentrer. Tout à l'heure, je n'ai pas retenu un mot du discours de mon assistante. Et pendant la pause du déjeuner, comme j'étais incapable de soutenir une conversation cohérente avec mes frères, j'ai compris qu'il valait mieux rentrer.

Il lui caressa la joue en souriant.

— Ça sent bon. Qu'est-ce que tu nous as mijoté pour ce soir ?

— C'est une surprise.

— Ça tombe bien, moi aussi, j'ai quelque chose pour toi.

Sur ces mots, il sortit de sa poche un écrin de velours… qu'elle ouvrit avec un cri de stupeur. La boîte contenait un magnifique collier de saphirs.

— Je t'adore, Nik. Je t'adore !

— Les pierres me rappellent la couleur de tes yeux. Il y en a sept : une pour chaque jour de bonheur que tu m'as offert jusqu'à présent. Joyeux anniversaire, ma beauté, dit-il en attachant le bijou sur sa nuque.

Au comble du bonheur, elle se lova contre lui en oubliant le reste du monde pendant un long moment… du moins, jusqu'à ce que Demi s'agite à côté. Abandonnant lentement ses lèvres, Nik étouffa un gémissement.

— Ce matin, au bureau, j'ai eu une idée. Pourquoi ne viendrais-tu pas travailler avec moi ? Nous n'aurions qu'à installer un parc à jeux pour Demi.

Elle s'esclaffa, franchement amusée.

— Ce serait un désastre annoncé, même si ta proposition me plaît beaucoup. Plus sérieusement, pourquoi ne te ferais-tu pas remplacer par ton père deux jours par semaine ? Ainsi, nous aurions du temps pour naviguer sur la mer Egée avec notre petite fille. Qu'en dis-tu ?

Il lui planta un long baiser sur la bouche.

— Ton idée est brillante ! Je vais l'appeler tout à l'heure.

— Non, fais-le tout de suite. Pense au plaisir que tu vas lui faire.

— Comme tu voudras, ma chérie.

Et tandis qu'il composait le numéro, elle se pencha vers lui.

— Dis-lui que le plus tôt sera le mieux : je te veux pour moi toute seule. Sais-tu ce que je pense souvent ? Quand cette tornade m'a apporté Demi, elle m'a aussi fait cadeau de son oncle. Tout était écrit dans le vent.

Composé et édité par HarperCollins France.

Achevé d'imprimer en juillet 2019.

CPI
BLACK PRINT

Barcelone

Dépôt légal : août 2019.

MIXTE
Papier issu de sources responsables
FSC® C108412
FSC www.fsc.org

Pour limiter l'empreinte environnementale de ses livres, HarperCollins France s'engage à n'utiliser que du papier fabriqué à partir de bois provenant de forêts gérées durablement et de manière responsable.

Imprimé en Espagne.